KB099677

“Il n’y a pas d’amour de vivre sans désespoir de vivre.”

“삶에 대한 절망 없이는 삶에 대한 사랑은 없다.”

—알베르 카뮈

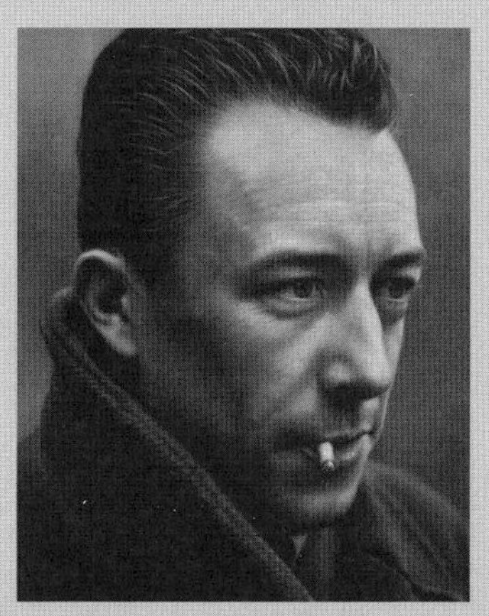

알베르 카뮈
#Albert Camus

디 에센셜
The essential

7

김화영

민음사

차례

이방인

글을 쓰게 된 초기 카뮈는 수첩에 다음과 같이 메모한다. 1. 거부(부조리): 이방인, 칼리굴라, 오해, 시지프 신화—방법론적 회의. 2. 긍정(반항): 페스트, 정의의 사람들, 계엄령, 반항하는 인간. 3. 사랑: 지금 계획 중, 집필 중. 「이방인」은 부조리한 상황을 거부하는 문제적 개인에 대한 이야기를 담아낸 소설로, 카뮈 메모에서 첫 번째 주제 '거부(부조리)'에 해당하는 작품이다. 두 차례에 걸친 세계 대전을 겪으며 정신적 공허를 경험한 독자들에게 카뮈는 '자기 자신과 대면하는 실존적 주체', '진실을 위해 죽음도 마다하지 않는' 뫼르소라는 새로운 인간상을 제시한다. "적어도 나는 이 진리를 굳세게 붙들고 있어. 그 진리가 나를 붙들고 놓지 않는 것만큼이나. 내 생각은 옳았고, 지금도 옳고, 또 언제나 옳아."라고 외치는 이방인에게도 그 실존의 가치와 자유를 부여하는 세계. 그러한 세계 속에 인간이 살아갈 때 비로소 우리는 사랑으로 향할 수 있을 것이다.
1942년 작.

이방인

1부

1

오늘 엄마가 죽었다. 아니, 어쩌면 어제. 모르겠다. 양로원으로부터 전보를 한 통 받았다. '모친 사망, 명일 장례식. 근조(謹弔).' 그것만으로는 아무런 뜻이 없다. 어쩌면 어제였는지도 모르겠다.

양로원은 알제에서 80킬로미터 떨어진 마랭고에 있다. 2시에 버스를 타서 오후 중 도착할 생각이다. 그러면 밤샘을 할 수 있고, 내일 저녁에는 돌아올 수 있으리라. 나는 사장에게 이틀 동안의 휴가를 청했는데 그는 사유가 그러한 만큼 거절할 수 없었다. 그러나 좋아하지 않는 눈치였다. 나는 그에게 이런 말까지 했다. "그건 제 탓이 아닙니다." 사장은 아무 대꾸도 하지 않았다. 그제야 나는 그런 소리는 하지 말았어야 하는 걸 그랬다고 생각했다. 따지고 보면 내가 변명을 할 필요는 없었던 것이다. 오히려 그가 나에게 조의를 표해 주는 것이 마땅했다. 하지만 아마도 모레, 내가 상복을 입고 있는 것을 보면 그는 조문 인사를 할 것이다. 지금 당장은 마치 엄마가 죽지 않은 것이나 거의 마찬가지다. 장례식을 치르고 나면 기정사실이 되어 만사가 다 공식적인 모양새를 갖추게 될 것이다.

나는 2시에 버스를 탔다. 날씨가 몹시 더웠다. 나는 평소와 다름없이 셀레스트네 식당에서 점심을 먹었다. 식당 사람들은 모두 나에 대하여 매우 마음 아파했고, 셀레스트는 나에게 말했다. "하나밖에 없는 어머니신데." 내가 나올 때는 모두들 문간까지 따라 나왔다. 나는 좀 어리둥절한 상태였다. 왜냐하면 에마뉘엘의 집에 올라가서 검은 넥타이와 상장을 빌려야 했기 때문이다. 에마뉘엘은 몇 달 전에 그의 아저씨를 잃은 것이다.

나는 버스를 놓치지 않으려고 뛰어갔다. 그처럼 서둘러 대며 달음박질을 친 데다 버스의 흔들림, 가솔린 냄새, 길과 하늘에 반사되는 햇빛, 아마도 그런 모든 것이 더해져 나는 졸음에 빠져 버렸다. 나는 차를 타고 가는 동안 거의 내내 잤다. 잠을 깨고 보니 어떤 군인에게 몸을 기대고 있었는데, 그는 나에게 웃어 보이며 먼 데서 오느냐고 물었다. 나는 더 말하기가 싫어서 "네." 하고 대답했다.

양로원은 마을에서 2킬로미터 떨어진 곳에 있었다.

나는 걸어서 갔다. 즉시 엄마를 보고 싶었다. 그러나 관리인이 내게 양로원장을 만나야 된다고 했다. 원장이 바빴으므로 나는 조금 기다렸다. 그동안 줄곧 관리인이 이야기를 했다. 이윽고 나는 원장을 만났다. 원장은 자기 사무실에서 나를 맞아 주었다. 레지옹 도뇌르 훈장을 단, 키가 작은 늙은이였다. 그는 맑은 눈으로 나를 쳐다보았다. 그러고는 내게 악수를 청했는데 내 손을 하도 오래 붙잡고 있어서 나는 어떻게 손을 빼내야 할지 몰랐다. 원장은 서류를 뒤적여 보고 나서 나에게 말했다. "뫼르소 부인은 지금으로부터 삼 년 전에 이곳에 들어오셨군. 의지할 사람이라곤 자네밖에 없었고." 나는 그가 내게 뭔가 나무라는 것이라고 생각하고 설명을 하기 시작했다. 그러나 그는 내 말을 끊으며 말했다. "변명할 건 없네, 이 사람아. 나도 자네 어머님의 서류를 읽어 보았네만, 어머님을 부양할 수가 없는 처지였더구먼. 어머니한테는 요양사가 필요했는데, 자네 봉급은 변변치 못하고. 사실 따지고 보면, 어머니는 여기서 더 행복하셨지." "네, 원장님." 하고 내가 말했다. 그는 이렇게 덧붙였다. "알다시피, 어머니께는 같은 연배의 친구들이 있었거든. 어머니는 친구들과 함께 지난 시절 이야기를 나눌 수 있었지. 자네는 젊어서, 자네와 같이 살았더라면 답답해했을 걸세."

정말 그랬다. 집에서 살 때, 엄마는 아무 말 없이 나를 쳐다만 보며 시간을 보냈던 것이다. 양로원으로 들어간 처음 며칠 동안 엄마는 자주 울곤 했다. 그러나 그것은 습관 때문이었다. 몇 달 후에는, 양로원에서 데리고 나오겠다고 하더라도 엄마는 울었을 것이다. 마찬가지로 습관 때문에. 지난해에 내가 거의 양로원에 가지 않은 것도 약간은 그 때문이었다. 그리고 또한 일요일을 빼앗기기 때문이기도 했다. 버스를 타러 가서 표를 사서 두 시간 동안이나 차를 타야 하는 수고는 그만두고라도 말이다.

원장은 다시 이야기를 계속했다. 그러나 나는 듣는 둥 마는 둥 하고 있었다. 이윽고 원장이 말했다. "아마도 어머님을 보고 싶을 것 같은데." 나는 아무 말 없이 일어섰고 그는 앞장서 방문을 향해 걸어갔다. 층계로 나서자 그가 설명을 덧붙였다. "조그만 영안실로 어머니를 옮겨 놓았네. 다른 원우들을 자극하지 않으려고. 재원자(在院者)가 하나 죽을 때마다 이삼 일 동안 다른 사람들의 신경이 날카로워지거든. 그렇게 되면 일하기가 어려워져." 우리는 어떤 안마당을 지나갔는데 거기에는 노인들이 많았고, 그들은 작은 무리를 지어 끼리끼리 이야기를 나누고 있었다. 우리가 지나갈 때는 잠시 대화가 뚝 끊겼다. 그리고 우리의 등 뒤에서 대화가 다시 이어졌다. 마치 앵무새들이 나직하게 재잘거리는 소리 같았다. 어떤 조그만 건물의 문 앞에 이르자 원장은 나를 두고 가며 말했다. “그럼 나는 그만 가 보겠네, 뫼르소 군. 사무실에 있을 테니 필요하면 언제든 찾아오게. 원칙적으로 장례식은 아침 10시로 예정되어 있다네. 그러면 자네가 고인 곁에서 밤샘을 할 수 있겠다 싶었지. 끝으로 한 가지 말해 두자면, 어머님께서는 가끔 동료 원우들에게, 장례는 종교 의식에 따라 치러 주었으면 한다고 말씀하셨던 걸로 알고 있네. 필요한 준비는 내가 다 해 두었네. 하지만 자네에게 그 점을 알려 두고 싶었어.” 나는 원장에게 감사하다고 말했다. 엄마는 무신론자는 아니지만, 생전에 종교를 생각해 본 적은 한 번도 없었다.

나는 안으로 들어갔다. 하얗게 회칠이 되고 큰 유리창이 나 있는 매우 밝은 방이었다. 의자들과 X자 모양의 받침대들이 갖추어져 있었다. 그중 방 한가운데에 있는 두 개의 받침대 위에는 뚜껑을 덮은 관이 가로놓여 있었다. 호두 기름을 먹인 판자에 살짝 박아 놓은 나사못만이 반짝거리며 눈에 띄었다. 관 곁에는 흰 작업복을 입고 머리에 강렬한 빛깔의 스카프를 두른 아랍인 여자 간호사가 있었다.

그때 관리인이 내 뒤쪽에서 들어왔다. 뛰어온 모양이었다. 그는 좀 더듬거리며 말했다. “관을 닫아 놓았습니다만, 어머니를 보실 수 있도록 나사못을 풀어

드려야지요." 그러면서 관으로 다가가기에 나는 그를 제지했다. 그가 내게 말했다. "안 보시렵니까?" 내가 대답했다. "네." 그가 멈칫했다. 나는 그런 소리는 말았어야 했다는 생각이 들어 거북했다. 조금 후 그는 나를 쳐다보며 물었다. "왜요?" 그러나 나무라는 어조는 아니었고, 그저 물어나 보자는 듯한 투였다. 나는 말했다. "모르겠습니다." 그러자 그는 흰 수염을 만지작거리면서 나를 쳐다보지도 않고 말했다. "이해합니다." 푸르고 맑은 그의 눈은 아름다웠으며 얼굴빛은 조금 붉었다. 그는 나에게 의자를 권하고 자기도 내 뒤에 조금 떨어져서 앉았다. 간호사가 일어나 문으로 걸어갔다. 그때 관리인이 나에게 말했다. "궤양이 생겨서 저렇답니다." 나는 무슨 말인지 몰라 간호사를 쳐다보았다. 그녀의 눈 밑을 지나 머리를 한 바퀴 빙 둘러 감고 있는 띠가 보였다. 코 부분에서 띠가 불룩하지 않고 납작했다. 그녀의 얼굴에서 보이는 것은 온통 허연 띠뿐이었다.

간호사가 나가자 관리인이 말했다. "혼자 계시게 해 드려야겠네요." 내가 어떤 몸짓을 했는지 모르나, 그는 나가지 않고 내 뒤에 그냥 서 있었다. 그렇게 등 뒤에 사람이 서 있는 것이 나는 거북했다. 방 안에는 기울어 가는 오후의 아름다운 빛이 가득했다. 무늬말벌 두 마리가 유리창에 부딪치며 붕붕거리고 있었다. 나는 졸음이 오는 것을 느꼈다. 나는 관리인에게 고개를 돌리지 않고 말했다. “여기 오신 지 오래됐습니까?” 그가 즉시 대답했다. “오 년 됐습니다.” 마치 진작부터 내가 그렇게 물어 주기를 기다리고나 있었다는 듯이.

그러고 나서 그는 수다스럽게 이야기를 늘어놓았다. 혹시 누가 자기에게 마랭고 양로원에서 관리인으로 생을 마치게 될 것이라고 말했다면 아마 자기는 펄쩍 뛰었을 거라고 했다. 자기는 예순네 살이며 파리 태생이라는 것이었다. 그때 나는 그의 말을 끊고 말했다. “아! 이 고장 분이 아니시군요?” 그러다가 그가 나를 원장실로 안내하기 전에 엄마 이야기를 했다는 게 생각났다. 그는 나에게, 평원 지대에서는, 특히 이 지역에서는 날씨가 몹시 덥기 때문에 서둘러 매장을 해야 한다고 말했었다. 자기가 파리에 살았고, 그곳이 좀처럼 잊히지 않는다고 내게 알려 준 것도 그때였다. 파리에서는 시신을 사흘, 때로는 나흘씩이나 묻지 않고 두는 수도 있지만 여기서는 그럴 시간이 없으며, 실감을 할 겨를도 없이 벌써 영구 마차를 따라가야 한다는 것이었다. 그때 그의 아내가 그에게 말했다. “그만둬요. 이분에게 할 얘기가 아니에요.” 영감은 낯을 붉히며 미안하다고 했다. 나는 나서서, “아녜요, 정말 아녜요.” 하고 말했다. 나는 관리인의 이야기가 맞고 또 재미있다고 느꼈다.

그 조그만 영안실에서 관리인은 자신이 극빈자로서 양로원에 들어온 것이라고 내게 알려 주었다. 그는 자신이 아직 건강하다고 여겼기에 그 관리인 자리를 자원했다. 내가 그에게, 결국 그 역시 재원자 중의 한 사람이 아니냐고 지적했다. 그는 아니라고 했다. 나는 그가 재원자들 이야기를 하면서 '그들', '저 사람들', 또 어쩌다가는 '노인들'이라고 말하는 것을 듣고 놀랐다. 재원자들 중 몇몇은 그보다 나이가 많지 않은데도 말이다. 그러나 물론 그건 다른 문제였다. 그는 관리인인 만큼, 어느 정도 그들에 대해 권한이 있었다.

그때 간호사가 들어왔다. 갑자기 저녁이 다 된 것이었다. 삽시간에 유리창 위로 어둠이 짙어져 있었다. 관리인이 스위치를 돌리자 별안간 쏟아지는 불빛 때문에 나는 눈앞이 캄캄했다. 그가 식당으로 가서 저녁을 먹으라고 권했다. 그러나 나는 배가 고프지 않았다. 그러자 그는 밀크 커피를 한 잔 가져오겠다고 했다. 나는 밀크 커피를 매우 좋아하므로 그러라고 했다. 조금 뒤에 그는 쟁반을 들고 돌아왔다. 나는 밀크 커피를 마셨다. 그러자 담배가 피우고 싶어졌다. 그러나 나는 엄마 앞에서 담배를 피워도 좋을지 어떨지 몰라 망설였다. 생각해 보니, 꺼릴 이유가 조금도 없었다. 나는 관리인에게 담배 한 대를 권했고, 우리는 함께 피웠다.

잠시 후 그가 말했다. "그런데 말입니다, 모친의 친구분들도 밤샘을 하러 오실 겁니다. 관습이 그러니까요. 의자와 블랙커피를 가져와야겠습니다." 나는 그에게 전등 가운데 하나를 꺼도 되겠냐고 물었다. 흰 벽에 반사되는 불빛 때문에 피로를 느꼈던 것이다. 관리인은 그럴 수 없다고 말했다. 전기 시설이 그렇게 되어 있어서, 다 켜든지 다 끄든지 하는 수밖에 없다는 것이었다. 나는 더 이상 그에게 별다른 신경을 쓰지 않았다. 그는 나갔다가 돌아와서 의자들을 늘어놓았다. 그리고 그중 한 의자 위에 커피포트를 놓고 그 주위에 찻잔들을 포개 놓았다. 그러고 나서 그는 엄마의 건너편 쪽으로 가서 나와 마주 보고 앉았다. 간호사도 내게 등을 보인 채 안쪽에 앉아 있었다. 그녀가 무엇을 하고 있는지는 보이지 않았다. 팔을 놀리는 것으로 보아 뜨개질을 하고 있다는 것을 짐작할 수 있었다. 방 안이 따뜻했고 커피를 마셔서 몸이 훈훈해졌고 열어 놓은 문으로는 밤과 꽃 냄새가 흘러 들어오고 있었다. 나는 약간 졸았던 것 같다.

무언가 가볍게 스치는 소리에 잠이 깼다. 눈을 감고 있었던 터라 방 안의 흰빛에 더욱 눈이 부셨다. 내 앞에는 그림자 하나 없었고, 물체 하나하나, 모서리 하나하나, 모든 곡선들이 눈이 아플 정도로 뚜렷이 드러나 보였다. 엄마의 양로원 친구들이 들어온 것은 그때였다. 모두 여남은 명 되었는데, 그들은 소리 없이 그 눈부신 빛 속으로 살며시 들어왔다. 그들은 의자 끄는 소리 하나 내지 않고 앉았다. 나는 지금까지 사람이라고는 본 적이 없는 것처럼 그들을 보았고 그들의 얼굴이나 옷차림의 사소한 것 하나도 빠짐없이 눈에 다 들어왔다. 그러나 아무 소리도 들리지 않으니 그들이 실제로 존재하는 사람들이라고 믿기 어려웠다. 여자들은 거의 모두가 앞치마를 두르고 있었는데 허리에 꽉 졸라맨 끈 때문에 그들의 불룩한 배가 더욱 튀어나와 보였다. 나는 지금까지 늙은 여자들의 배가 어느 정도로 불룩해질 수 있는지 주목해 본 적이 한 번도 없었다. 남자들은 거의 모두가 몹시 여위었고 지팡이를 짚고 있었다. 그들의 얼굴을 보고 놀란 것은, 눈은 보이지 않고 다만 온통 둥지를 튼 주름살들 한가운데에서 광채 없는 빛만 보였기 때문이었다. 그들은 자리에 앉자 거의 모두가 나를 바라보며 이 빠진 입속으로 입술이 다 말려 들어간 모습으로 어색하게 머리를 끄덕였는데, 그것이 내게 하는 인사인지 아니면 그들의 버릇인지 알 수 없었다. 아마도 나에게 인사를 한 것이라고 생각된다. 바로 그때 나는 그들 모두가 관리인을 가운데 두고 나와 마주 보고 앉아서 고개를 꾸벅거리고 있다는 것을 알아차렸다. 나는 한순간, 그들이 나를 심판하기 위해서 거기에 와 앉아 있다는 어처구니없는 인상을 받았다.

잠시 후 한 여자가 울기 시작했다. 그 여자는 둘째 줄에 앉아 있었는데, 앞에 앉은 다른 여자에게 가려 잘 보이지 않았다. 그녀는 규칙적으로 작은 소리를 내며 울었다. 내 느낌으로는 그녀가 언제까지나 울음을 그치지 않을 것만 같았다. 다른 사람들에게는 그 소리가 들리지 않는 것 같았다. 그들은 축 처진 채 침울한 낯으로 묵묵히 앉아 있었다. 모두들 관이든 지팡이든 무엇이든 바라보고 있었다. 그러나 오로지 그것 한 가지만을 바라보고 있었다. 여자는 여전히 울고 있었다. 내가 모르는 여자였으므로 나는 몹시 놀랐다. 그 울음소리를 이젠 그만 들었으면 싶었다. 하지만 차마 그 말을 할 수가 없었다. 관리인이 그 여자 쪽으로 몸을 기울이며 말을 걸었지만, 그녀는 고개를 저으며 뭐라고 중얼거리더니 이전과 다름없이 계속 규칙적으로 울었다. 그때 관리인이 내 쪽으로 왔다. 그는 내 옆에 앉았다. 한참 동안 그러고 있더니 나의 얼굴을 보지 않고 이렇게 알려 주었다. "저분은 모친과 매우 가깝게 지냈답니다. 여기서는 모친이 하나뿐인 친구였는데, 이제 자기는 친구 하나 없는 신세가 되었다고 하네요."

우리는 오랫동안 그러고 있었다. 여자의 한숨과 흐느낌이 차츰 뜸해졌다. 그녀는 몹시 코를 훌쩍거렸다. 그리고 마침내 잠잠해졌다. 나는 더 이상 졸리지 않았지만 고단하고 허리가 아팠다. 이제 견디기 어려운 것은 바로 그 모든 사람들의 침묵이었다. 그저 가끔씩 이상한 소리가 들렸는데, 나는 그것이 무슨 소리인지 알 수가 없었다. 결국 그중 몇몇 노인네들이 볼때기 안쪽을 쪽쪽 빨면서 그런 야릇한 혀 차는 소리를 내고 있다는 것을 알게 되었다. 그들은 자신들이 그러고 있다는 것도 알아차리지 못했다. 그만큼 제각기 생각에 몰두해 있었던 것이다. 그들 한가운데 누워 있는 그 죽은 이가 그들의 눈에는 아무런 의미도 없다는 느낌마저 들었다. 그러나 지금 생각해 보면, 그것은 틀린 느낌이었던 것 같다.

우리는 모두 관리인이 따라 준 커피를 마셨다. 그다음 일은 모르겠다. 밤이 지나갔다. 어느 순간 눈이 떠져서 보니 노인들이 서로 몸을 기댄 채 잠들어 있었던 것이 기억난다. 어떤 한 사람만이 양손으로 지팡이를 그러쥐고 그 손등 위에 턱을 괸 채, 마치 내가 깨기만을 기다리고 있었다는 듯이 나를 뚫어지게 바라보고 있었다. 그러고 나서 나는 또다시 잠이 들었다. 허리가 점점 더 아파져서 나는 눈을 떴다. 유리창으로 날이 밝아 오고 있었다. 조금 뒤, 노인 중 한 사람이 잠에서 깨어 기침을 몹시 했다. 그는 커다란 체크무늬 손수건에 가래침을 뱉어 댔는데, 매번 뱉는다기보다는 마치 몸에서 잡아 뜯는 듯했다. 그 때문에 다른 사람들이 깼고, 관리인은 그들에게 나갈 시간이 되었다고 알려 주었다. 그들은 일어섰다. 불편한 밤샘으로 인해 그들의 얼굴은 잿빛이 되어 있었다. 방문을 나서면서, 내겐 매우 놀라운 일이었지만, 그들은 모두 나의 손을 잡고 악수를 했다. 마치 서로 말 한마디 주고받지 않고 보낸 그날 밤이 우리의 친밀감을 두텁게 만들어 주기라도 했다는 듯이.

나는 피곤했다. 관리인이 나를 자기 방으로 데려가 주었고 나는 간단히 세수를 할 수 있었다. 그리고 또 밀크 커피를 마셨는데 맛이 아주 좋았다. 밖으로 나왔을 때는 해가 완전히 떠올라 있었다. 바다와 마랭고 사이를 가로막고 있는 언덕들 위로 불그레한 빛이 하늘 가득 퍼지고 있었다. 언덕을 넘어오는 바람에 소금기 냄새가 여기까지 실려 왔다. 쾌청한 하루가 시작되려는 참이었다. 나는 오랫동안 야외에 나가 보지 못했다. 그래서 엄마 일만 없었다면 산책하면서 즐거움을 만끽할 수 있었을 텐데 하는 생각이 들었다.

그러나 나는 안마당의 플라타너스 밑에서 기다렸다. 나는 신선한 흙냄새를 들이마셨고, 더 이상 졸음은 오지 않았다. 사무실 동료들이 생각났다. 바로 이 시각이면 그들은 출근하기 위해 잠자리에서 일어났다. 나에게는 언제나 그때가 가장 힘든 시각이었다. 나는 여전히 그런 생각에 좀 정신을 팔고 있었지만 건물들 안에서 울리는 종소리에 주의가 산만해져 버렸다. 창문 저 안쪽이 한동안 소란스럽더니, 이윽고 모든 것이 잠잠해졌다. 해는 하늘로 좀 더 높이 떠올랐다. 햇볕이 내 발을 뜨겁게 하기 시작했다. 관리인이 마당을 가로질러 오더니 원장이 나를 좀 보자고 한다고 일러 주었다. 나는 원장실로 갔다. 원장이 시키는 대로 몇 가지 서류에다 서명을 했다. 나는 그가 줄무늬 바지에 검은 웃옷을 입고 있는 것을 보았다. 그는 수화기를 들더니 나에게 말했다. “장의사 사람들이 조금 전부터 와 있네. 와서 관을 닫으라고 할 생각인데, 그 전에 마지막으로 어머님을 보겠는가?” 나는 아니라고 말했다. 원장은 수화기에 대고 목소리를 낮추어서 지시했다. “피자크, 그 사람들에게 닫아도 된다고 하게.”

그러고 나서 원장이 자기도 장례식에 참석하겠노라고 하기에 나는 그에게 고맙다고 했다. 그는 자기 책상으로 가 앉았고 짧은 다리를 꼬았다. 그는 나와 자기만이 담당 간호사와 함께 식에 참석할 것이라고 일러 주었다. 원칙적으로 재원자들은 장례식에 참석할 수 없었다. 그들에게는 밤샘만 허용한다는 것이었다. “인정상의 문제니까.” 그가 말했다. 그러나 이번 경우에는 특별히, 엄마의 오랜 남자 친구였던 노인에게 장지까지 따라가는 것을 허락했다고 했다. “토마 페레스라는 사람이야.” 이 대목에서 원장은 빙그레 웃어 보이며 말했다. “사실, 좀 유치한 감정이긴 해. 하지만 그 영감과 자네 어머니는 떨어져 지내는 일이 거의 없었어. 원내에서는 놀리느라고 페레스에게, '자네 약혼자군.' 하고 말하곤 했다네. 그는 웃었지. 그들에겐 그게 재미였던 거야. 뫼르소 부인의 죽음으로 그가 몹시 충격을 받은 것은 사실이야. 그래서 난 그가 장례식에 참석하는 것을 막을 필요는 없다고 생각한 거야. 그러나 왕진 의사의 권고에 따라 어제의 밤샘만은 못하게 했다네."

우리는 한참을 말없이 앉아 있었다. 원장은 일어서서 사무실 창문으로 밖을 내다보았다. 문득 그가 말했다. "마랭고의 주임 신부님이 벌써 오시네. 일찍 오셨군." 그는 바로 마을 안에 있는 성당까지 가자면 최소한 사십오 분은 걸어야 될 것이라고 내게 일러 주었다. 우리는 아래로 내려갔다. 건물 앞에 사제와 복사(服事) 아이 둘이 서 있었다. 그중 한 아이가 향로를 들고 있었는데, 사제는 그 아이 쪽으로 몸을 숙여 은줄의 길이를 알맞게 조절해 주고 있었다. 우리가 그 앞으로 가자 사제가 허리를 폈다. 그는 나를 '몽 피스'[1]라고 부르면서 몇 마디 말을 건넸다. 그러고는 안으로 들어갔다. 나도 따라 들어갔다.

1 몽 피스(mon fils)는 본래는 '나의 아들'이라는 뜻이지만 천주교 사제가 남성 신도를 부를 때 흔히 쓰는 관용적 표현이다.

얼핏 보니 관 뚜껑의 나사못들이 꽉 조여 박혀 있었고 실내에는 검은색 옷을 입은 남자들이 네 명 있었다. 영구 마차가 길에서 기다리고 있다는 원장의 말과 기도를 시작하는 사제의 목소리가 동시에 들렸다. 그다음부터는 모든 것이 신속히 진행되었다. 남자들이 관을 덮을 큰 보자기를 가지고 관 앞으로 나섰다. 사제와 그를 뒤따르는 복사들과 원장과 나는 밖으로 나왔다. 문 앞에 내가 모르는 어떤 부인이 서 있었다. "뫼르소 씨일세." 원장이 말했다. 나는 그 부인의 이름을 알아듣지 못했고 다만 그녀가 담당 간호사라는 것만 알 수 있었다. 그녀는 웃음기 없이 앙상하고 길쭉한 얼굴을 숙여 인사했다. 그런 다음 우리는 관이 지나갈 수 있도록 비켜섰다. 그리고 운구하는 남자들을 따라 양로원을 나왔다. 문 앞에 영구 마차가 기다리고 있었다. 영구 마차는 길쭉하게 생긴 데다 니스 칠이 번들거려서 필통을 연상시켰다. 영구 마차 앞에는 장례 진행자가 서 있었는데 우스꽝스러운 옷차림을 한 키가 작은 사내였다. 그리고 거동이 부자연스러워 보이는 노인이 한 사람 있었다. 나는 그가 페레스 씨라는 것을 알아차렸다. 그는 위가 동그랗고 전두리가 넓은, 축 처진 중절모를 썼고(관이 문을 지날 때는 모자를 벗었다.) 바지는 구두 위로 비틀리며 늘어진 데다 검정 보타이는 셔츠의 커다란 흰색 칼라에 비해 지나치게 작았다.

검은 점투성이인 코 아래에서 입술이 떨리고 있었다. 귀는 상당히 가느다란 흰 머리털 밑으로 축 늘어진 채 귓바퀴가 흉하게 말린 야릇한 모양으로 드러나 있었는데, 창백한 얼굴에서 그 귀만이 핏빛으로 새빨간 것이 대단히 인상적이었다. 장례 진행자가 우리에게 자리를 정해 주었다. 사제가 앞장서 가고 그다음에 영구 마차. 영구 마차 주위에 네 남자. 그 뒤로 원장과 나. 행렬의 맨 끝에는 담당 간호사와 페레스 씨.

하늘에는 벌써 햇빛이 가득했다. 하늘이 땅을 무겁게 짓누르기 시작했고, 열기가 급속히 높아졌다. 이유는 모르겠으나, 길을 떠나기까지 한참을 기다렸다. 나는 검은 상복을 입고 있어서 더웠다. 모자를 쓰고 있던 왜소한 영감은 다시 모자를 벗었다. 내가 고개를 약간 돌려 그를 쳐다보고 있으려니 원장이 내게 그에 대해 이야기했다. 원장은 나에게, 어머니와 페레스 씨가 저녁이면 간호사를 대동하고서 마을까지 자주 산책을 하곤 했다고 말해 주었다. 나는 주위의 벌판을 바라보았다. 저 멀리 하늘 닿는 언덕까지 줄지어 늘어선 실편백나무들, 그 적갈색과 초록색의 대지, 드문드문 흩어져 있지만 그린 듯 뚜렷한 집들을 바라보면서 나는 엄마를 이해할 수 있었다. 이 고장에서 저녁은 우수에 젖은 휴식과도 같았을 것이다. 오늘은, 풍경을 전율케 하면서 천지에 넘쳐 나는 태양 때문에 이 고장은 비인간적이고 기를 꺾어 놓는 듯한 느낌을 주었다.

우리는 걷기 시작했다. 페레스가 다리를 약간 전다는 것을 알아차린 것은 바로 그때였다. 영구 마차의 속도가 점점 빨라졌고 영감은 자꾸 뒤로 처졌다. 영구 마차 곁에서 따라가던 남자 중 하나도 이제 뒤로 처져서 나와 나란히 걷고 있었다. 나는 태양이 그렇게 빨리 하늘로 솟아오르는 것을 보고 놀랐다. 벌써 오래전부터 벌판이 벌레 소리와 타닥거리는 풀잎 소리로 수선스러웠다는 것을 나는 알아차렸다. 땀이 볼을 타고 흘러내렸다. 나는 모자가 없었으므로 손수건으로 부채질을 하곤 했다. 그때 그 남자가 나에게 뭐라고 말을 했는데 나는 잘 알아듣지 못했다. 동시에 그는 오른손으로 모자 차양을 들어 올리고 왼손에 든 손수건으로 이마를 닦았다. 나는 그에게 말했다. "뭐라고요?" 그가 하늘을 가리키며 되풀이했다. "지독히 내리쬐네요." 나는 "네." 하고 말했다. 조금 뒤에 그가 물었다. "당신 어머닌가요?" 나는 또 "네." 하고 말했다. "연세가 많으셨나요?" 나는 정확한 나이를 몰라서 "그렇죠, 뭐." 하고 대답했다. 그러고 나서 그는 말이 없었다. 뒤를 돌아보니 페레스가 우리 뒤로 한 50미터쯤 떨어져서 따라오고 있었다. 그는 손에 든 펠트 모자를 흔들면서 발걸음을 서두르고 있었다. 나는 원장도 쳐다보았다. 그는 필요 없는 몸짓은 전혀 하지 않은 채 아주 점잖게 걷고 있었다. 이마에 땀이 몇 방울 맺혀 있었지만 닦으려고도 하지 않았다.

내가 보기에 행렬의 걸음이 좀 더 빨라진 것 같았다. 내 주위에는 여전히 햇빛이 넘쳐 날 듯 빛나는 똑같은 들판 그대로였다. 하늘에서 쏟아지는 빛은 견딜 수 없을 지경이었다. 어느 한순간 우리는 최근에 새로 포장한 길을 지났다. 뜨거운 햇볕에 아스팔트가 녹아 터져 있었다. 발이 그 속에 푹푹 빠졌고, 그러면서 아스팔트의 번쩍거리는 속살이 드러났다. 영구 마차 위로 보이는, 삶은 가죽으로 만든 마부의 모자는 마치 바로 그 검은 진창을 이겨서 만든 것만 같았다. 푸르고 흰 하늘과 갈라진 아스팔트의 끈적거리는 검은색, 상복들의 우중충한 검은색, 니스 칠을 한 영구 마차의 검은색, 이런 색깔들의 단조로움 가운데서 나는 좀 길을 잃은 기분이었다. 햇빛, 가죽 냄새, 마차의 말똥 냄새, 니스 칠 냄새, 향냄새, 잠을 자지 못한 지난밤의 피로, 그 모든 것 때문에 나는 눈과 머릿속이 온통 혼미했다. 나는 다시 한번 뒤를 돌아보았다. 구름처럼 드리워진 열기 속에 파묻힌 페레스 영감이 까마득하게 멀리 보이더니 이내 더 이상 보이지 않았다. 눈으로 찾아보았더니 그가 길을 벗어나 들판을 가로질러 가는 것이 보였다. 동시에 나는, 길이 내 앞 저쪽에서 구부러진다는 것을 알아차렸다. 그 지방을 잘 알고 있는 페레스가 우리를 따라잡으려고 지름길로 접어든 것임을 알 수 있었다. 길이 구부러지는 곳에서 그는 우리와 다시 만났다. 그랬다가 또 보이지 않았다. 그는 다시 벌판을 가로질러 갔고, 그러기를 여러 번 되풀이했다. 나는 관자놀이에서 피가 뛰는 것을 느꼈다.

그다음에는 모든 것이 어찌나 신속하고 확실하고 또 자연스럽게 진행되었는지 더 이상 아무것도 기억나지 않는다. 다만 한 가지, 마을 어귀에서 담당 간호사가 나에게 말을 건넸던 것이 기억난다. 그녀는 얼굴과는 어울리지 않는 기이한 목소리, 감미롭고 떨림이 있는 목소리를 갖고 있었다. 그녀가 말했다. "천천히 가면 일사병에 걸리기 쉽고 너무 빨리 가면 땀을 많이 흘려서 성당 안에 들어가선 오한이 나요." 그 말이 옳았다. 빠져나갈 길이 없는 것이었다. 그 밖에 그날의 광경들이 몇 가지 머릿속에 남아 있다. 가령 마을 근처에서 마지막으로 우리를 따라잡았을 때의 페레스의 얼굴. 흥분과 힘겨움으로 인해 굵은 눈물이 그의 뺨을 적시고 있었다. 그러나 주름살 때문에 흘러내리지는 않았다. 눈물 줄기들은 퍼졌다가 한데 모였다가 하면서 그 허물어진 얼굴 위에서 니스 칠을 해 놓은 듯 번들거렸다. 그리고 생각나는 것은 성당, 보도 위에 서 있던 마을 사람들,

묘지의 무덤 위에 놓인 붉은 제라늄 꽃들, 페레스의 기절,(마치 무슨 꼭두각시가 해체되어 쓰러지는 것 같았다.) 엄마의 관 위로 굴러떨어지던 핏빛 흙, 그 속에 섞여 들던 나무뿌리의 허연 살, 그리고 또 사람들, 목소리들, 마을, 어느 카페 앞에서의 기다림, 끊임없이 부르릉거리는 모터 소리, 그리고 마침내 버스가 알제라는 빛의 둥지 속으로 돌아오고 그리하여 이제는 잠자리에 들어 열두 시간 동안 실컷 잘 수 있겠구나 하고 생각했을 때 내가 느꼈던 기쁨이었다.

2

잠에서 깨어나자 나는, 이틀 동안의 휴가를 청했을 때 사장이 왜 못마땅한 기색을 보였는지 깨달았다. 오늘이 토요일인 것이다. 나는 말하자면 그것을 잊고 있었던 것인데, 잠자리에서 일어나면서 문득 그 생각이 떠오른 것이다. 당연히 사장은, 그렇게 되면 내가 일요일까지 합쳐서 나흘이나 쉬게 될 거라고 생각했고, 그게 마음에 들지 않았던 것이다. 그러나 한편으로 엄마의 장례식을 오늘 치르지 않고 어제 치른 것은 내 탓이 아니고, 또 다른 한편으로 나는 어차피 토요일과 일요일엔 쉬었을 것이었다. 물론 그렇다고 해서 사장이 이해되지 않는 것은 아니다.

어제 하루의 일로 피곤했기 때문에 잠자리에서 일어나기가 힘들었다. 면도를 하면서 오늘 무엇을 할까 생각하다가 수영을 하러 가기로 했다. 나는 전차를 타고 항구 해수욕장으로 갔다. 그리고 거기서 바닷물 속으로 뛰어들었다. 젊은이들이 많았다. 나는 물속에서 마리 카르도나를 만났다. 전에 같은 사무실에서 일했던 타이피스트인데 당시 나는 그녀를 가지고 싶은 마음이 있었다. 그녀 역시 그런 것 같았다. 그러나 얼마 안 돼 그녀가 회사를 그만두는 바람에 우리는 그럴 시간이 없었다. 나는 그녀가 부표 위로 기어오르는 것을 거들어 주었고, 그러다가 그녀의 젖가슴을 스쳤다. 나는 아직 물속에 있는데 그녀는 벌써 부표 위에서 바닥에 배를 대고 엎드렸다. 그녀는 나에게로 몸을 돌렸다. 머리카락이 눈 위로 흘러내린 채 웃고 있었다. 나는 부표 위 그녀의 곁으로 기어올랐다. 날씨가 기분 좋았고, 나는 장난하는 척하며 머리를 뒤로 젖혀 그녀의 배를 베었다. 그녀가 아무 말도 하지 않기에, 나는 그러고 가만있었다. 온 하늘이 내 눈 가득 들어왔다. 하늘은 파랗고 황금빛이 돌았다. 나는 목덜미 아래에서 마리의 배가 천천히 오르락내리락하는 것을 느끼고 있었다. 우리는 살짝 잠이 든 채로 오랫동안 부표 위에 머물러 있었다. 햇볕이 너무 뜨거워지자 마리가 물속으로 뛰어들었고 나도 그녀의 뒤를 따랐다. 나는 그녀를 따라잡아 그녀의 허리를 감싸 안았고, 우리는 같이 헤엄을 쳤다. 마리는 줄곧 웃고 있었다. 항구의 둑 위로 올라가서 몸을 말리는 동안 그녀가 나에게 말했다.

"당신보다 내가 더 탔는데요." 나는, 저녁에 영화 보러 가지 않겠냐고 그녀에게 물어보았다. 그녀는 웃으면서 페르낭델[2]이 나오는 영화를 보고 싶다고 말했다. 우리 둘이 옷을 다 입었을 때, 마리는 내가 검은 넥타이를 맨 것을 보고 매우 놀란 것 같았고 상중이냐고 물었다. 나는 엄마가 죽었다고 대답했다. 언제 상을 당했는지 그녀가 알고 싶어 하기에, 나는 "어제."라고 대답했다. 그녀는 약간 흠칫했지만, 아무런 지적도 하지 않았다. 나는 그건 내 탓이 아니라고 말하고 싶었으나, 사장에게 이미 그 말을 했다는 게 생각나서 그만두었다. 그건 무의미한 일이었다. 어차피 사람이란 언제나 약간 잘못이 있게 마련이니까.

저녁때 마리는 이미 모든 걸 잊고 있었다. 영화는 때때로 웃기기도 했지만 정말이지 너무 바보 같았다. 마리는 다리를 내 다리에 딱 붙이고 있었다. 나는 그녀의 젖가슴을 어루만졌다. 영화가 끝날 무렵 그녀에게 키스를 했는데 서투르게 되고 말았다. 영화관을 나와 그녀는 내 집으로 왔다.

눈을 떴을 땐, 마리는 가고 없었다. 그녀는 아주머니한테 가야 한다고 내게 설명했었다. 일요일이라고

2 Fernandell(1903~1971). 본명은 페르낭 콩탕댕(Fernand Contandin). 20세기 프랑스 영화계의 유명한 희극 배우다.

생각하자 나는 따분한 기분이 되었다. 일요일을 좋아하지 않아서다. 그래서 나는 잠자리로 돌아가 마리의 머리카락이 남긴 소금기 냄새를 베개 속에서 더듬다가 10시까지 잤다. 그러고는 12시까지 계속 침대에 누워서 담배를 피웠다. 나는 여느 때처럼 셀레스트네 식당에 가서 점심을 먹고 싶지 않았다. 왜냐하면 틀림없이 사람들이 여러 가지 질문을 할 텐데 나는 그게 싫었기 때문이다. 나는 계란을 몇 개 익혀서, 빵도 없이 접시에다 입을 대고 먹었다. 빵이 떨어졌으나 사러 내려가기가 싫었기 때문이다.

점심을 먹고 나자 좀 심심해져서 나는 아파트 안에서 어정거렸다. 엄마가 함께 살 때는 알맞은 아파트였다. 그러나 지금의 나에겐 너무 커서 식당의 테이블을 내 방으로 옮겨다 놓을 수밖에 없었다. 나는 이제 내 방에서만 지낸다. 바닥이 약간 꺼진 밀짚 의자들, 거울이 누렇게 변색된 옷장, 화장대, 구리 침대 사이에서 말이다. 그 밖의 것들은 모두 방치돼 있다. 잠시 후 나는 무엇이든 해야겠기에 옛날 신문을 한 장 들고 읽었다. 거기서 크뤼셴 소금 광고[3]를 오려서, 신문에 난 재미있는 것들을 모아

3 1920~1930년대 프랑스에서 과장된 광고를 통해(알제리의 경우 《에코 달제(L'Echo d'Alger)》 신문에서) 건강에 좋다고 널리 알려졌던 영국제 소금이다.

두는 낡은 공책에다 풀로 붙였다. 나는 손을 씻고 마침내는 발코니에 나가 앉았다.

내 방은 변두리의 간선 도로에 면해 있다. 오후엔 날씨가 좋았다. 그러나 보도는 눅진눅진했고, 행인들은 드물고 걸음도 빨랐다. 우선 산책하러 가는 가족들이 지나갔다. 사내아이 둘은 세일러복 상의와 무릎 밑까지 내려오는 반바지 차림으로, 뻣뻣한 옷 속에서 거동이 좀 거북해 보였고, 계집아이는 커다란 분홍색 리본을 달고 에나멜 구두를 신고 있었다. 그 뒤로는 밤색 비단옷을 입은 엄청나게 뚱뚱한 어머니와, 전에 본 적이 있는 키가 작고 비쩍 마른 남자가 지나갔다. 그는 밀짚모자를 쓰고 나비넥타이를 매고 손에는 단장을 짚고 있었다. 아내와 함께 지나가는 그를 보면서, 나는 동네에서 사람들이 왜 그를 보고 점잖은 사람이라고 하는지 알 수 있었다. 조금 뒤에 변두리 젊은이들이 지나갔다. 머리에는 기름을 반지르르하게 바르고, 붉은 넥타이를 매고, 허리가 잘록한 양복저고리에 수놓은 장식 손수건을 꽂고, 코가 모난 구두를 신은 젊은이들이었다. 나는 그들이 시내 영화관에 가겠거니 생각했다. 그렇기 때문에 그렇게 일찌감치 길을 나서서 큰 소리로 웃어 대며 서둘러 전차를 타러 가는 것이었다.

그들이 지나간 뒤로는 길에 점점 인적이 드물어졌다.

아마 도처에서 공연들이 시작된 모양이었다. 이제 길에는 가게를 보는 주인들과 고양이들뿐이었다. 길가에 늘어선 무화과나무들 위로 보이는 하늘은 맑았으나 선명하지 않았다. 맞은쪽 보도에는, 담배 가게 주인이 의자를 문 앞에 내다 놓고, 등받이 위에 두 팔을 얹고 거꾸로 타고 앉았다. 조금 전에는 초만원이었던 전차들도 이제는 거의 비어 있었다. 담배 가게 옆의 조그만 카페 '피에로'에서는 종업원이 텅 빈 가게 안을 톱밥을 뿌려서 쓸고 있었다. 그야말로 일요일이었다.

나는 의자를 돌려서 담배 가게 주인의 의자처럼 해 놓았다. 그게 더 편리하다고 생각되었기 때문이다. 나는 담배를 두 대 피웠고, 안에 들어가 초콜릿을 한 조각 꺼내 가지고 다시 창가로 나와서 먹었다. 얼마 안 있어 하늘이 점점 어두워졌고, 나는 여름 소나기가 퍼붓겠다고 생각했다. 그러나 하늘은 차츰 맑아졌다. 그래도 구름이 지나가면서 길 위에 비의 전조와도 같은 것을 남겨 놓아 길은 한층 어두웠다. 나는 오랫동안 자리에 남은 채 하늘을 바라보았다.

5시에 전차들이 소리를 내며 도착했다. 교외의 경기장으로부터, 발판이며 난간에까지 다닥다닥 올라선 구경꾼들을 다시 싣고 돌아오는 것이었다. 그다음 전차들은 운동선수들을 싣고 왔다. 그들 손에 들린 작은 가방들을 보면 운동선수들이라는 것을 알 수 있었다. 그들은 자기네 팀은 결코 패하지 않을 것이라고 목이 터지도록 고함치고 노래를 불렀다. 그중 여럿이 나에게 손짓을 했다. 하나는 "우리가 이겼어." 하고 나에게 소리치기까지 했다. 그래서 나는 머리를 끄덕여 "그럼." 했다. 그때부터 차들이 밀리기 시작했다.

해가 조금 기울었다. 지붕들 위로 하늘이 불그레하게 물들었고, 저녁이 가까워지면서 길거리는 활기를 띠었다. 산책 나갔던 사람들이 차츰 돌아오고 있었다. 나는 그들 속에서 그 점잖다는 사람을 알아보았다. 어린애들은 울거나 손목을 잡힌 채 끌려오고 있었다. 거의 동시에 동네 영화관들이 관람객들을 길로 쏟아 냈다. 그들 가운데 젊은이들은 태도가 여느 때보다 더 결연해 보여서 나는 그들이 모험 영화를 보고 나오는구나 생각했다. 시내 중심가의 영화관에서 돌아오는 사람들은 조금 뒤에 도착했다. 그들의 표정은 좀 더 심각해 보였다. 아직 웃고 있긴 했지만 가끔씩 피로하고 생각에 잠긴 얼굴이었다. 그들은 가지 않고 남아서 맞은쪽 인도에서 왔다 갔다 했다. 동네의 젊은 아가씨들이 머리에 아무것도 쓰지 않은 채 서로 팔을 끼고 서 있었다. 청년들이 일부러 그 옆으로 지나쳐 가면서 농을 걸었고 여자들은 고개를 돌리고 웃어 댔다. 그중 내가 아는 몇몇 아가씨들은 나에게 손짓을 했다.

그때 갑자기 가로등이 켜졌고, 어둠 속에 떠오르던 초저녁 별들이 그 때문에 흐릿해졌다. 나는 그처럼 온갖 사람들과 불빛이 가득한 보도를 바라보느라고 그만 눈이 피로해지는 것을 느꼈다. 가로등 불빛에 젖은 보도가 번들거렸고, 전차들이 일정한 간격을 두고 지나가면서 빛나는 머리털, 웃음 띤 얼굴, 혹은 은팔찌 위에 그림자를 던졌다. 얼마 후, 전차들이 점점 뜸해지고 벌써 캄캄해진 밤이 나무들과 가로등 위에 내려앉으면서 동네가 어느 틈엔가 텅 비어 버리자 마침내 첫 번째 고양이가 나타나 다시 인적이 끊긴 거리를 천천히 가로질러 갔다. 그러자 나는 저녁을 먹어야겠다는 생각을 했다. 오랫동안 의자 등받이에 턱을 괴고 있었기 때문에 목이 좀 아팠다. 나는 내려가서 빵과 파스타를 좀 사 왔고, 음식을 만들어 선 채로 먹었다. 창가에 가서 담배를 한 대 피우려 했으나, 공기가 선선해져서 좀 추웠다. 나는 창문을 닫았고, 방 안으로 돌아오다가 거울 속에 알코올램프와 빵 조각이 함께 놓여 있는 테이블 한끝이 비친 것을 보았다. 나는, 언제나 다름없는 일요일이 또 하루 지나갔고, 이제 엄마의 장례가 끝났고, 나는 다시 일을 하러 나갈 것이고, 그러니 결국 달라진 것은 아무것도 없다는 생각을 했다.

3

오늘 나는 사무실에서 일을 많이 했다. 사장은 친절하게 대해 주었다. 그는 나에게 너무 피곤하지 않은가 물었고, 그 역시 엄마의 나이를 알고 싶어 했다. 나는 틀리게 대답하지 않으려고 "한 예순쯤."이라고 말했는데, 왜 그런지는 알 수 없으나 사장은 마음이 놓인다는 표정을 지으면서 다 끝난 일이라고 여기는 것 같았다.

내 책상 위에는 선하 증권이 잔뜩 쌓여 있었고, 나는 그걸 모두 자세하게 검토하지 않으면 안 되었다. 점심을 먹으러 사무실을 나오기 전에 나는 손을 씻었다. 정오, 나는 이 시간을 좋아한다. 저녁은, 회전식 수건이 완전히 젖어 있어서 기분이 덜 좋다. 온종일 사용한 것이기 때문이다. 언젠가 나는 사장에게 그 점을 지적한 적이 있다. 사장은, 자기도 그 점을 유감스럽게 생각하지만 그래도 그것은 지엽적인 작은 일이라고 대답했다. 나는 조금 늦은 12시 반에, 발송과에 근무하는 에마뉘엘과 함께 밖으로 나왔다. 사무실이 바다 쪽을 향해 자리 잡고 있어서, 우리는 태양이 이글이글 내리쬐는 항구의 화물선들을 바라보는 데 한동안 정신이 팔려 있었다. 바로 그때 트럭 한 대가 쇠사슬 소리와 폭발음을 요란스럽게 내면서 달려왔다. 에마뉘엘이 나에게 "잡아탈까?" 하고 묻기에 나는 달음박질치기 시작했다. 트럭이 우리를 지나쳐 버렸고, 우리는 그 뒤를 쫓아 내달렸다. 나는 소음과 먼지 속에 묻혀 버렸다. 내 눈에는 아무것도 보이지 않았고, 다만 권양기(捲揚機)며 또 다른 기계들, 수평선 위에서 춤추는 돛대들, 우리 옆에 늘어선 선체들 한가운데를 달릴 때의 그 어지러운 흥분만이 느껴졌다. 내가 먼저 달리는 트럭에 발을 걸치고 재빨리 뛰어올랐다. 그러곤 에마뉘엘이 올라앉는 것을 거들어 주었다. 우리는 숨이 턱 끝에 닿아 있었고, 트럭은 부두의 고르지 못한 포도 위를, 먼지와 땡볕 속에서 덜컥거리며 달렸다. 에마뉘엘은 숨이 넘어갈 듯이 웃어 댔다.

우리는 땀에 흠뻑 젖은 채 셀레스트네 식당에 도착했다. 언제나 다름없이 셀레스트는 뚱뚱한 배에다 앞치마를 두른 채 흰 콧수염을 달고 거기에 있었다. 그는 나에게 "그래도 잘 지냈지?" 하고 물었다. 나는 그렇다고, 그리고 배가 고프다고 말했다. 나는 얼른 식사를 하고 나서 커피를 마셨다. 그러고 나서 집으로 돌아와 잠을 좀 잤다. 포도주를 너무 많이 마셨던 것이다. 잠에서 깨니 담배를 피우고 싶었다. 늦었기 때문에 뛰어가서 전차를 탔다. 오후 내내 나는 일을 했다. 사무실 안은 몹시 더웠다. 그래서 저녁에 퇴근해 부둣가를 따라 천천히 걸어 돌아오는 것이 행복했다. 하늘은 초록빛이었고 나는 기분이 좋았다. 그래도 나는 곧장 집으로 돌아왔다. 삶은 감자 요리를 해 먹고 싶었던 것이다.

컴컴한 층계를 올라가다가, 나와 같은 층에 사는 이웃인 살라마노 영감과 마주쳤다. 영감은 개를 데리고 있었다. 팔 년 전부터 영감은 볼 때마다 늘 개와 함께 있었다. 그 스패니얼 품종의 개는 무슨 피부병에 걸려 있었다. 습진인 것 같았다. 그 때문에 털이 거의 다 빠지고 온몸이 갈색의 반점과 딱지투성이였다. 그 개와 단둘이 조그만 방에서 오랫동안 지내다 보니 살라마노 영감은 마침내 개를 닮고 말았다. 그의 얼굴에는 불그스름한 딱지들이 있고, 털은 누렇고 듬성듬성하다. 한편 개는 주인에게 구부정한 자세를 배웠는지 주둥이는 앞으로 나오고 목은 굳어 있었다. 그들은 한 종족인 것 같은데, 서로를 미워한다. 하루에 두 번씩, 11시와 오후 6시에 영감은 개를 데리고 나와서 산책을 시킨다. 팔 년 동안 그들은 한 번도 산책 코스를 바꾼 적이 없다. 언제나 리옹가를 따라가는 그들을 볼 수 있는데, 개가 늙은이를 끌고 가다가는 기어코 살라마노 영감의 발이 걸리고 만다. 그러면 영감은 개를 때리고 욕을 퍼붓는다. 개는 무서워서 설설 기며 끌려간다. 이번에는 영감이 개를 끌고 갈 차례다. 개가 그걸 잊어버리고 또다시 앞서서 주인을 끌어당기면 또 매를 맞고 욕을 먹는다. 그때는 둘이 다 멈춰 서서, 개는 공포에 떨며, 주인은 미움에 떨며 서로 노려본다. 매일매일 그 모양이다. 개가 오줌을 싸고 싶어 해도 영감이 그럴 시간을 주지 않고 끌어당기니까, 스패니얼 개는 오줌 방울을 찔끔찔끔 흘리면서 따라간다. 어쩌다가 개가 방 안에서 오줌을 싸면 또 매를 맞는다. 그렇게 지낸 것이 팔 년째다. 셀레스트는 늘 "딱하기도 하지." 하고 말하지만 사실 그건 아무도 알 수 없는 일이다. 내가 층계에서 살라마노와 마주쳤을 때, 그는 개에게 욕지거리를 퍼붓는 중이었다. "못된 놈! 망할 놈!" 하고 그는 야단을 쳤고 개는 끙끙거렸다. "안녕하세요?" 하고 내가 인사를 해도 영감은 여전히 욕지거리를 해 댔다. 그래서 나는 개가 무슨 짓을 했느냐고 물었다. 대답이 없었다. 영감은 그저 "못된 놈! 망할 놈!" 하고 말할 뿐이었다. 영감은 개에게 몸을 굽히고 있었는데, 목줄의 무엇인가를 고쳐 주고 있다는 것을 짐작할 수 있었다. 나는 좀 더 큰 소리로 말해 보았다. 그제야 그는 고개도 돌리지 않은 채 억지로 화를 참는 목소리로 “이놈이 늘 이렇게 버티는 거예요.” 하고 대꾸했다. 그러고는 개를 잡아끌고 가 버렸다. 개는 네발로 질질 끌려가면서 끙끙거렸다.

바로 그때, 나와 같은 층에 사는 또 다른 이웃 사람이 들어왔다. 동네에서는 그가 여자들을 등쳐 먹고 산다고들 한다. 그러나 직업이 뭐냐는 질문을 받으면 그의 대답은 ‘창고 감독’이다. 대체로 그는 사람들에게 전혀 호감을 얻지 못하고 있다. 그러나 그는 나에게 곧잘 말도 걸고, 또 내가 자기 말을 들어 주니까 가끔 내 방에 잠깐씩 들르기도 한다. 나는 그가 하는 이야기가 재미있다고 생각한다. 사실 내가 그와 말을 하지 말아야 할 이유는 하나도 없다. 그의 이름은 레몽 생테스다. 그는 키가 상당히 작고 어깨가 딱 벌어지고 코는 마치 권투 선수의 코 같다. 옷차림은 언제나 매우 반듯하다. 그 역시 살라마노 이야기를 하며 “딱하지 뭐예요!” 하고 말했다. 그 꼴을 보면 역겹지 않느냐고 그가 묻기에 나는 아니라고 대답했다.

층계를 다 올라와서 막 헤어지려 할 때 그가 나에게 말했다. “우리 집에 순대랑 포도주가 있는데, 한 조각 같이 할래요?” 나는 그러면 끼니를 준비하지 않아도 된다는 생각에 좋다고 했다. 그 집 역시 창문 없는 부엌이 딸린 방 하나뿐이다. 그의 침대 머리 위에는 흰색과 분홍색 석고로 만든 천사상과 챔피언들의 사진들과 여자의 나체 사진 두세 장이 붙어 있다. 방 안은 더럽고 침대는 어질러져 있었다. 그는 먼저 석유램프를 켠 다음, 호주머니에서 상당히 지저분한 붕대 하나를 꺼내 오른손을 싸매었다. 내가 어떻게 된 거냐고 물었다. 그는 어떤 녀석이 시비를 걸어서 주먹다짐이 있었다고 했다.

"그건 말이죠, 뫼르소 씨." 하고 그가 말했다. "내가 못된 놈이라서가 아니라 참지 못하는 성미라서 그래요. 그 녀석이 나한테, '네가 남자라면 전차에서 내려.' 그러더란 말이에요. 나는 '가만 좀 있지그래.' 하고 말했지요. 녀석이 나더러 남자답지 못하다고 합디다. 그래서 나는 전차에서 내려서 말했어요. '그만하는 게 좋을걸. 그러지 않으면 본때를 보여 줄 테니.' '무슨 본때?' 하고 녀석이 대꾸를 하더군요. 그래서 한 대 먹였죠. 그랬더니 나자빠지더군요. 일으켜 주려고 했어요. 그런데 녀석이 땅에 자빠진 채 발길질을 하는 거예요. 그래 무릎으로 한 방, 주먹으로 두 방을 먹였지요. 녀석의 얼굴이 피투성이가 되었어요. 내가 그 녀석에게 이제 됐냐고 물었죠. 녀석은 '됐다.'고 하더군요." 말을 하면서 생테스는 줄곧 붕대를 매만졌다. 나는 침대에 앉아 있었다. 그는 다시 말을 이었다.
"보다시피, 내가 시비를 건 게 아니었어요. 그 녀석이 함부로 대든 거지." 그건 사실이었고 그래서 나도 그렇다고 인정했다. 그러자 그는 마침 나에게 그 문제에 대해서 도움말을 구하고 싶었는데, 내가 남자다운 데다 세상 물정을 잘 알고 있으니 자기를 도와줄 수 있을 거라면서, 그래 준다면 자기는 내 친구가 되겠다고 말했다. 나는 아무런 대답도 하지 않았다. 그는 또다시 나에게 자기와 친구가 되고 싶으냐고 물었다. 내가 아무래도 좋다고 말했더니 그는 만족해하는 눈치였다. 그는 순대를 꺼내서 프라이팬에다가 굽고는 컵, 접시, 포크, 나이프와 포도주 두 병을 늘어놓았다. 그러는 동안 그는 아무 말도 하지 않았다. 그러고 나서 우리는 자리를 잡고 앉았다. 먹으면서 그는 자초지종을 이야기하기 시작했다. 처음에는 약간 망설였다. "내가 어떤 여자를 알게 되었는데…… 말하자면 내 정부였죠." 그와 싸움을 한 사내는 그 여자의 오빠였다. 그는 자기가 그 여자를 먹여 살렸다고 했다. 나는 아무런 대꾸도 하지 않았는데, 그는 얼른 덧붙이기를, 동네 사람들이 뭐라는지 알고 있지만 자신은 양심에 거리낄 것이 조금도 없고, 자기 직업은 창고 감독이라고 했다.

"아까 하던 얘기로 돌아가자면." 그가 말했다. "어딘가 속임수가 있다는 사실을 알게 되었어요." 그는 여자에게 꼭 먹고살 만큼만 돈을 대 주고 있었다. 그는 손수 여자의 방세를 치렀고, 그녀에게 식비로 하루에 20프랑씩을 주었다. "방세 300프랑, 식비 600프랑, 이따금 스타킹도

한 켤레씩 사 주고, 그러다 보니 한 1000프랑 들었지요. 그런데도 마님께선 일을 하지 않았죠. 그러고선 한다는 소리가, 그걸로는 빠듯하고, 내가 대 주는 걸로는 생활이 안 된다는 거였어요. 그렇지만 난 이렇게 말하곤 했어요. '왜 반나절만이라도 일을 안 하는 거지? 그러면 온갖 자잘한 비용 부담은 덜 텐데. 이달에는 옷도 한 벌 사 줬고, 하루에 20프랑씩 용돈도 주고 방세도 내 주는데, 넌 오후면 친구들과 커피를 마시지. 넌 친구들에게 커피와 설탕을 내바치지만 돈은 내가 줘. 난 너한테 잘해 줬는데 넌 제대로 보답을 않고 있잖아.' 그래도 그 여자는 일은 하지 않고, 생활이 안 된다는 소리만 해 대는 거였어요. 그러는 중에 어딘가 속임수가 있다는 걸 내가 알게 된 거죠."

그는 여자의 핸드백에서 복권 한 장을 발견했는데, 여자가 그걸 어떻게 샀는지 해명하지 못하더라고 말했다. 얼마 뒤 그는 여자의 방에서 '증거물'로서 전당표를 한 장 발견했고, 그걸 보면 그녀가 팔찌 두 개를 잡힌 것이 분명했다. 그때까지 그는 그 팔찌들이 있는 줄도 모르고 있었다. "나는 속임수가 있다는 것을 확실히 알았어요. 그래서 그 여자와 헤어졌어요. 그러나 먼저 그년을 두들겨 패 줬지요. 그러고 나서 그녀의 실상을 다 말해 줬어요. 네가 바라는 건 오로지 네 그걸 가지고 재미 보는 거, 바로 그것뿐이라고 말했어요. 내 말 이해하시겠죠, 뫼르소 씨, 난 이렇게 말했어요. '세상 사람들은 내가 너한테 주는 행복을 부러워하는데 넌 그걸 몰라. 나중에 가서야 네가 누렸던 행복을 깨닫게 될 테니, 두고 봐.'"

그는 무자비하게 여자를 두들겨 패 줬다. 그전에는 그녀를 때리지 않았다. "손찌검을 해도, 말하자면 부드럽게 했어요. 그러면 그녀는 약간 소리를 지르곤 했지요. 나는 덧문을 닫았고 그러면 늘 그렇듯 일은 거기서 끝나는 거였어요. 그렇지만 이번엔 심각해요. 그런데 나로서는 그녀를 속 시원하게 혼내 주지 못했거든요."

그때 그는 나에게, 바로 그렇기 때문에 도움말이 필요한 것이라고 설명했다. 그는 말을 중단하고 그을음이 나는 램프의 심지를 조절했다. 나는 여전히 그의 말을 듣고만 있었다. 거의 1리터나 되는 포도주를 마셨기 때문에 관자놀이가 몹시 뜨거웠다. 내 담배가 떨어져서 나는 레몽의 담배를 피우고 있었다. 마지막 전차들이 지나가며, 이제는 아득하게 들리는 변두리의 소음들을 실어 가고 있었다. 레몽이 말을 이었다. 이제 그에게 문제는, '아직도 그녀와의 섹스에 미련이 남아 있다는 점'이었다. 그러나 그는 그녀를 혼내 주고 싶었다. 그는 우선 그녀를 호텔로 오게 해 놓고, '풍기 단속반'을 불러다가 추문을 일으켜서 매춘부로 점 찍히게 하려 했었다. 그다음으로 그의 뒷골목 친구들과 상의해 봤지만 그들은 아무런 제안도 내놓지 못했다. 사실 레몽이 내게 지적했듯이, 뒷골목 세계에 몸담았다면 그래도 뭔가 다른 데가 있는 법이었다. 레몽이 그들에게 그 말을 하자 그들은 여자에게 '낙인'을 찍어 버리는 게 어떻겠냐고 했다. 그러나 그건 그가 바라는 바가 아니었다. 그는 좀 더 곰곰이 생각해 볼 참이었다. 그러나 먼저 나에게 한 가지 부탁하고 싶은 것이 있었다. 그런데 그 부탁을 하기 전에, 그 이야기를 내가 어떻게 생각하는지 알고 싶어 했다. 나는, 거기에 대해선 아무 생각도 없었지만, 재미있는 이야기라고 대답했다. 그는 뭔가 속임수가 있다고 생각하느냐고 물었고 내가 볼 때 과연 속임수가 있는 것 같았다. 그 여자를 혼내 주어야 한다고 생각하느냐, 그렇다면 나 같으면 어떻게 하겠냐고 그가 묻기에 나는, 그건 결코 알 수 없는 일이지만 여자를 혼내 주고 싶어 하는 그의 기분은 이해할 수 있다고 말했다. 나는 또 포도주를 조금 마셨다. 그는 담배에 불을 붙이고 나서 자기의 생각을 털어놓았다. 그는 여자에게 '그녀를 걷어차 버리는, 그러면서도 동시에 여자가 후회하도록 만드는' 그런 편지를 보내고 싶었다. 그런 다음에 여자가 돌아오게 되면, 그때는 여자와 잠자리를 같이하고는 '막 끝나려 할 때' 여자의 낯짝에다 침을 뱉고 밖으로 내쫓아 버린다는 것이었다. 내가 보기에 과연 그렇게 하면 여자에게는 징계가 될 것 같았다. 그러나 레몽은 자신이 적절한 편지를 쓸 능력이 못 되는 것 같아서 편지 내용을 작성하는 일 때문에 내 생각을 했던 것이라고 했다. 내가 아무 대답도 하지 않자 그는 나에게, 지금 당장 그 편지를 쓰는 건 귀찮겠냐고 물었고 나는 아니라고 대답했다.

그러자 그는 포도주를 한 잔 마시고 일어섰다. 그는 접시들과 먹다 남은 얼마 안 되는 식은 순대를 한옆으로 밀어 놓았다. 그리고 방수포 식탁보를 정성스럽게 닦았다. 이어서 그는 나이트 테이블 서랍에서 바둑판 무늬 종이 한 장과 노란 봉투와 붉은 나무로 된 작은 펜대와 보랏빛 잉크가 든 네모난 병을 꺼냈다. 그가 말하는 여자의 이름을 들어 보니 무어 여자라는 것을 알 수 있었다. 나는 편지를 썼다. 약간 무턱대고 쓰기는 했지만, 그래도 레몽의 마음에 들도록 힘썼다. 왜냐하면 레몽의 마음에 들도록 하지 않을 까닭이 없었기 때문이다. 그리고 나는 큰 소리로 편지를 읽었다. 그는 담배를 피우며, 머리를 끄덕거리며, 듣고 있더니, 다시 한번 읽어 달라고 청했다. 그는 매우 마음에 들어 했다. "난 네가 세상 물정에 밝다는 것을 알고 있었어." 그가 말했다. 나는 처음엔 그가 나에게 반말을 하고 있다는 것을 알아차리지 못했다. 그가 "이제 넌 진짜 친구야."라고 했을 때에야 비로소 그 말이 놀랍게 들렸다. 그는 거듭 그 말을 했고, 나는 "그래." 하고 대답했다. 그의 친구가 되는 건 내겐 아무래도 상관없는 일이었는데, 그는 정말로 그렇게 되기를 바라는 것 같았다. 그는 편지를 봉했고, 우리는 남은 포도주를 마저 마셨다. 그러고는 잠시 서로 말없이 담배만 피웠다. 밖은 모든 것이 고요했고 미끄러지듯 지나가는 자동차 소리가 들렸다. "시간이 늦었군." 하고 내가 말했다. 레몽의 생각도 그랬다. 그는 시간이 빨리 간다고 말했는데, 어떤 의미로 그건 사실이었다. 나는 졸렸지만 일어서기가 힘들었다. 내가 피곤해 보였던지, 레몽은 나에게 자포자기하면 안 된다고 말했다. 처음엔 나는 무슨 말인지 알아차리지 못했다. 그러자 그가 엄마의 사망 소식을 들었다면서, 그러나 그것은 어차피 언젠가는 당할 일이었다고 설명했다. 내 생각도 마찬가지였다.

내가 일어서자 레몽은 나의 손을 꽉 쥐고 악수하며, 사나이들끼리는 언제나 뜻이 통한다고 말했다. 그의 집을 나선 뒤 나는 문을 닫고 어둠 속의 층계참에 잠시 서 있었다. 건물 안은 고요했고, 계단통의 저 깊숙한 밑바닥으로부터 으스스하고 축축한 바람이 올라오고 있었다. 귓전에 나 자신의 맥박이 웅웅대며 뛰는 소리만 들렸다. 나는 그냥 우두커니 서 있었다. 그러나 살라마노 영감 방에서는 개가 나직이 끙끙거렸다.

4

한 주일 내내 나는 일을 많이 했다. 레몽이 찾아와서 편지를 보냈노라고 말했다. 나는 에마뉘엘과 함께 영화 구경을 두 번 갔는데, 그는 가끔 스크린 위에서 벌어지는 내용이 무엇인지 이해하지 못했다. 그러면 그에게 설명을 해 줘야 한다. 어제는 토요일이었고 약속했던 대로 마리가 왔다. 나는 그녀에게 격한 욕정을 느꼈다. 그녀가 붉은색과 흰색의 줄무늬가 있는 아름다운 옷을 입고 가죽 샌들을 신고 있었기 때문이다. 단단한 젖가슴의 윤곽이 완연히 드러나 보였고, 햇볕에 그을어 갈색이 된 얼굴이 꽃처럼 아름다웠다. 우리는 버스를 타고 알제에서 몇 킬로미터 떨어진 곳으로, 좌우에는 바위가 솟고 육지 쪽으로는 갈대가 우거진 바닷가로 나갔다. 4시의 태양은 과히 뜨겁지 않았으나 물은 따뜻했고, 길게 퍼진 작은 물결이 나른하게 넘실거리고 있었다. 마리가 내게 놀이를 한 가지 가르쳐 주었다. 헤엄을 치며 파도의 물마루에서 물을 들이마셔서 입속에 거품을 가득 채운 다음 반듯이 누워서 하늘을 향해 그것을 내뿜는 것이다. 그러면 그것은 물거품 레이스를 만들면서 공중으로 사라지기도 하고 미지근한 보슬비가 되어 얼굴 위로 떨어지기도 하는 것이었다. 그러나 잠시 후에는 입속이 짠 소금기 때문에 얼얼했다. 그러자 마리가 다가와 물속에서 나에게 달라붙었다. 마리는 자기의 입을 나의 입에 갖다 대었다. 그녀의 혀가 나의 입술을 시원하게 식혀 주었다. 한동안 우리는 물결 속에서 뒹굴었다.

바닷가로 나와서 옷을 갈아입을 때, 마리는 빛나는 눈길로 나를 바라보았다. 나는 그녀에게 키스했다. 그 순간부터 우리는 더 이상 아무 말도 하지 않았다. 나는 그녀를 꼭 껴안았고, 우리는 급히 버스를 잡아타고 돌아와 방 안에 들어서는 즉시 침대로 뛰어들었다. 나는 창문을 열어 두었는데 여름밤이 갈색으로 그을린 우리의 몸 위로 흘러 들어오는 것을 느낄 수 있어서 상쾌했다.

오늘 아침엔 마리가 가지 않고 있어서, 나는 점심을 같이 먹자고 했다. 나는 고기를 사러 내려갔다. 다시 올라올 때, 레몽의 방에서 여자 목소리가 들렸다. 조금 뒤에는 살라마노 영감이 개를 꾸짖는 소리가 들렸고, 나무 층계에서 구둣발 소리와 개가 발톱으로 긁는 소리가 났다. 이윽고 "못된 놈, 망할 놈!" 하는 소리가 들리더니 그들은 거리로 나갔다. 내가 영감의 이야기를 해 주자 마리가 웃었다. 그녀는 내 파자마를 입고 소매를 걷어 올리고 있었다. 그녀가 웃을 때 나는 또 그녀에게 욕정을 느꼈다. 조금 뒤에 마리는 나에게 자기를 사랑하느냐고 물었다. 그건 아무 의미도 없는 말이지만, 아닌 것 같다고 나는 대답했다. 마리는 슬픈 표정을 지었다. 그러나 점심을 준비하면서 그녀가 아무것도 아닌 일에 또 웃어 대서 나는 그녀에게 키스했다. 바로 그때 레몽의 방에서 말다툼 소리가 터져 나왔다.

먼저 날카로운 여자 목소리가 들리더니 이어서 레몽이 말하는 소리가 들렸다. "넌 날 무시했어, 넌 날 무시했어. 나를 무시하면 어떻게 되는지 가르쳐 주지." 하고 말하는 소리가 들렸다. 퍽퍽 소리가 나고 여자가 비명을 질렀는데 그 비명 소리가 어찌나 끔찍하게 들렸는지 금방 층계참 가득 사람들이 모여들었다. 마리와 나도 밖으로 나갔다. 여자는 여전히 소리를 질렀고 레몽은 여전히 두드려 팼다. 마리는 끔찍하다고 말했고 나는 아무 대꾸도 하지 않았다. 그녀는 나에게 가서 경찰을 불러오라고 했지만, 나는 경찰을 좋아하지 않는다고 말했다. 그러나 3층에 세 들어 사는 배관공과 함께 경찰이 한 명 들어왔다. 경찰이 문을 두드렸지만 이젠 아무 소리도 들리지 않았다. 경찰이 더 크게 문을 두드리자, 잠시 후 여자가 우는 소리가 들렸고, 레몽이 문을 열었다. 그는 입에 담배를 물고 짐짓 부드러운 표정을 짓고 있었다. 여자가 문으로 뛰어나와 경찰에게 레몽이 자기를 때렸다고 말했다. "이름이 뭐야?" 경찰이 물었다. 레몽이 대답했다. "말할 때는 입에서 담배를 빼." 경찰이 말했다. 레몽은 망설이다가 나를 쳐다보더니 담배를 빨아들였다. 그 순간 경찰이 두껍고 무거운 손바닥으로 레몽의 얼굴에 따귀를 한 대 호되게 올려붙였다. 담배가 몇 미터 저쪽으로 떨어졌다. 레몽은 안색이 변했지만 당장은 아무 말도 하지 않았다. 그러더니 공손한 목소리로 꽁초를 주워도 되겠냐고 물었다. 경찰은 그러라고 하면서, "그러나 다음부터는 경찰이 허수아비가 아니라는 걸 알아 두라고." 하고 덧붙였다. 그동안 여자는 줄곧 울면서, "이 사람이 날 때렸어요. 이 사람, 뚜쟁이예요." 하고 몇 번이나 말했다. 그러자 레몽이 물었다. "경찰관님, 법에 그렇게 되어 있나요, 남자에게 뚜쟁이라는 말을 해도 된다고요?" 그러나 경찰이 그에게 "닥쳐."라고 호통을 쳤다. 그러자 레몽은 여자에게 고개를 돌리고 말했다. "두고 봐, 요것아. 다시 볼 날이 있을 테니." 경찰은 레몽에게 닥치라고 한 다음, 여자는 가도 좋고, 레몽은 방으로 들어가서 경찰서에서 소환할 때까지 기다리라고 말했다. 그는 또 레몽에게, 그처럼 몸이 덜덜 떨리도록 술에 취했으면 부끄러운 줄 알아야 한다고 말했다. 그 말을 듣자 레몽은 설명을 했다. “경찰관님, 저는 취한 게 아닙니다. 다만, 경찰관님 앞에 서 있어서 떨리는 거죠. 어쩔 수 없는 겁니다.” 그가 문을 닫았고, 모였던 사람들도 자리를 떴다. 마리와 나는 점심 준비를 마쳤다. 그러나 그녀는 식욕이 없어서 나 혼자서 거의 다 먹었다. 마리는 1시에 갔고 나는 잠을 조금 잤다.

3시경에 문 두드리는 소리가 나더니 레몽이 들어왔다. 나는 누워 있었다. 그는 내 침대가에 앉았다. 그는 한동안 말이 없었다. 나는 그의 일이 어떻게 된 것이냐고 물었다. 그는 말하기를, 계획대로 했는데 여자가 따귀를 때리기에 두들겨 패 준 것이라고 했다. 그 뒤의 일은 내가 목격한 대로였다. 나는 그에게, 여자가 혼이 났으니 이제 흡족하겠다고 말했다. 그 역시 같은 생각이었다. 그리고 그는, 경찰이 제아무리 뭐라고 해도 여자가 이미 매를 맞은 것은 조금도 바꿀 수 없을 것이라고 지적했다. 그는 또 자기는 경찰이 어떤 사람들인지를 잘 알기에 그들을 어떻게 다루어야 하는지 안다고 덧붙였다. 그러고는 경찰관이 따귀를 올려붙인 것에 자기가 응수하리라고 기대했느냐고 물었다. 나는 아무 기대도 하지 않았고, 더군다나 나는 경찰을 좋아하지 않는다고 대답했다. 레몽은 매우 만족한 눈치였다. 그가 나에게 함께 외출하겠냐고 물었다. 나는 일어나서 머리를 빗기 시작했다. 그는 내게 증인을 서 주어야겠다고 말했다. 나야 그건 아무래도 좋지만, 뭐라고 말을 해야 하는 것인지 알 수가 없었다. 레몽 말로는, 여자가 그를 무시했다고 말하기만 하면 된다는 것이었다. 나는 그의 증인을 서 주기로 했다.

우리는 외출했고, 레몽이 내게 코냑을 한 잔 사 주었다. 그러고는 그가 당구를 한 판 치자고 했는데, 근소한 차이로 내가 졌다. 그다음에 그는 창녀 집엘 가자고 했으나, 나는 그런 걸 좋아하지 않는 까닭에 싫다고 했다. 그래서 우리는 천천히 집으로 돌아왔는데, 레몽은 정부를 혼내 줘서 얼마나 기분이 좋은지 모르겠다고 말했다. 그는 내게 아주 다정스럽게 구는 것 같았고, 나는 즐거운 한때라는 생각을 했다.

멀리서 나는 흥분한 표정으로 문간에 서 있는 살라마노 영감을 알아보았다. 가까이 가 보니 그는 개를 데리고 있지 않았다. 그는 이리저리 사방을 두리번거리고, 제자리에서 빙글빙글 돌고, 컴컴한 복도를 노려보고, 두서없이 뭐라고 중얼거리는가 하면, 다시 그 충혈된 작은 눈으로 길거리를 뒤지듯 살펴보기 시작하는 것이었다. 레몽이 무슨 일이냐고 물어도 그는 얼른 대답하지 않았다. “못된 놈! 망할 놈!” 하고 중얼거리는 소리만이 어렴풋이 들렸고, 영감은 계속해서 어쩔 줄 모르고 서성거렸다. 내가 그에게 개는 어디 있느냐고 물었다. 그는 불쑥, 달아나 버렸다고 대답했다. 그러더니 갑자기 수다스럽게 이야기를 늘어놓았다. “오늘도 평소와 같이 ‘연병장’으로 녀석을 데리고 갔죠. 장터의 가건물들 근처에는 사람들이 많이 있었어요. ‘도주왕(逃走王)’을 구경하려고 잠시 멈췄다 돌아보니 그놈이 없어졌어요. 물론 벌써부터 좀 작은 목줄을 사 주려고 생각하고 있었지만, 그 망할 놈이 그렇게 없어져 버릴 거라고는 생각도 못했어요.”

그러자 레몽이, 개가 길을 잃은 것일 수도 있으니 돌아올 것이라고 설명했다. 그는 수십 킬로미터를 걸어서 주인을 찾아온 개들의 예를 들어 보였다. 그랬는데도 영감은 더욱 흥분한 것 같았다. “하지만 놈을 잃고 말 거라고요, 알겠어요? 누가 그걸 갖다 길러 주기라도 한다면 또 모를까. 그러나 그건 불가능해요. 그렇게 딱지투성이인 걸 보면 누구나 다 질색할 거예요. 경찰이 잡아가고 말 겁니다. 틀림없어요.” 그래서 나는 그에게 경찰서의 동물 보호소로 가 볼 필요가 있으며, 비용을 얼마간 내면 찾아올 수 있을 거라고 말해 주었다. 영감은 비용이 많이 드는지 물었다. 나는 알 수 없었다. 그러자 영감은 성을 내며 “그 망할 놈 때문에 돈을 내다니. 아아, 죽어 버리라지!”라고 말하고는 개에게 욕설을 퍼붓기 시작했다. 레몽은 웃으며 아파트 건물 안으로 들어갔다. 나도 그를 따라 들어갔고 우리는 같은 층의 층계참에서 헤어졌다. 조금 뒤에 영감의 발소리가 나더니 그가 내 방문을 두드렸다. 내가 문을 열자, 그는 잠시 문간에 서 있다가 말했다. "미안합니다, 미안합니다." 내가 안으로 들어오라고 권했지만 그는 들어오려고 하지 않았다. 그는 구두코만 내려다보고 있었고 딱지가 앉은 그의 두 손은 떨고 있었다. 나를 똑바로 보지 않은 채 그가 나에게 물었다. "나한테서 개를 빼앗아 가지는 않겠지요, 네, 뫼르소 씨? 돌려주겠지요? 안 돌려주면 난 어떻게 해요?" 나는 그에게, 동물 보호소에서는 주인이 찾아갈 수 있도록 사흘 동안 개들을 데리고 있다가, 그다음에는 적절한 방식으로 처분한다고 일러 주었다. 그는 아무 말 없이 나를 쳐다보았다. 그러고는 "안녕히 계세요." 하고 말했다. 그가 자기 집 문을 닫았고, 방 안에서 왔다 갔다 하는 소리가 들렸다. 그의 침대가 삐걱거렸다. 그러다가 벽을 통해서 조그맣게 들려오는 기이한 소리에 나는 그가 울고 있다는 것을 깨달았다. 내가 왜 엄마 생각을 했는지 모르겠다. 그러나 나는 이튿날 아침에 일찌감치 일어나야 했다. 배가 고프지 않았으므로 나는 저녁도 먹지 않고 잤다.

5

레몽이 회사로 나에게 전화를 했다. 그는 자기 친구 하나가(그가 그 친구에게 나의 이야기를 한 적이 있었다.) 알제 근처의 조그만 별장에서 일요일 하루를 지내자고 했다면서 나를 초대한다고 말했다. 나는 그러고 싶지만 어떤 여자 친구와 그날 함께 지내기로 약속을 했다고 대답했다. 그러자 곧 레몽은 금방 그 여자 친구도 초대한다고 말했다. 그 친구의 아내는, 온통 남자들뿐인 가운데 외톨이가 아니어도 되니 아주 반색할 거라고 했다.

나는 바로 전화를 끊으려 했다. 왜냐하면 사장이 밖에서 우리에게 전화가 오는 것을 탐탁지 않아 하는 걸 알기 때문이었다. 그러나 레몽이 잠깐 기다리라고 하더니, 이 초대 건은 저녁에 전해도 되겠지만, 지금은 내게 다른 걸 한 가지 알려 주고 싶다고 했다. 그는 한 무리의 아랍인들에게 하루 종일 미행당했는데 그 가운데는 그 옛

정부의 오빠가 끼어 있다는 것이었다. “오늘 저녁 퇴근하는 길에 집 근처에서 그를 보거든 내게 알려 줘.” 나는 알았다고 말했다.

조금 뒤에 사장이 나를 불렀다. 그 순간 나는 걱정이 됐다. 사장이 전화 통화는 좀 덜 하고 일은 좀 더 열심히 하라고 말할 것 같았기 때문이다. 그런데 전혀 다른 이야기였다. 그는 아직은 아주 막연한 어떤 계획에 대해서 나에게 이야기를 하겠다고 말했다. 그는 다만 그 문제에 관해 나의 의견을 들어 보려는 것이었다. 그는 파리에 사무실을 열어 현지에서 직접 큰 회사들과 거래하려는 계획을 세우고 있었고 그래서 내가 그리로 갈 생각이 있는지 알고 싶어 했다. 그러면 나는 파리에서 생활할 수 있을 것이고, 일 년에 얼마 동안은 여행을 할 수도 있을 것이었다. “자넨 젊으니까, 그런 생활이 마음에 들 것 같은데.” 나는, 그렇기는 하지만 사실 이러나저러나 내게는 마찬가지라고 말했다. 그러자 사장은 내게 삶의 변화에 흥미를 느끼지 않느냐고 물었다. 나는, 삶이란 결코 달라지는 게 아니며, 어쨌건 모든 삶이 다 그게 그거고, 또 나로서는 이곳에서의 삶에 전혀 불만이 없다고 대답했다. 그는 불만스러운 표정을 지으면서, 내가 늘 엉뚱한 대답이나 하고 야심이 없으니 그건 사업하는 데는 대단히 좋지 못한 점이라고 말했다. 그래서 나는 자리로 돌아와 일을 했다. 나는 사장의 비위를 거스르고 싶지는 않았지만, 나의 삶을 바꿔야 할 이유는 없었다. 곰곰이 생각해 볼 때 나는 불행하지 않았다. 대학생 시절에는 그런 종류의 야심도 많았다. 그러나 학업을 포기해야 했을 때, 나는 곧 그런 모든 것이 사실상 전혀 중요하지 않다는 것을 깨달았다.

저녁에 마리가 찾아와서, 자기와 결혼할 마음이 있느냐고 물었다. 나는 그건 아무래도 상관없지만, 마리가 원한다면 우리가 결혼할 수도 있을 거라고 말했다. 그러자 그녀는 내가 자기를 사랑하는지 알고 싶어 했다. 나는 이미 한 번 말했던 것처럼, 그건 아무 의미도 없는 말이지만 아마 사랑하지 않는 것 같다고 대답했다. “그렇다면 왜 나하고 결혼을 해?” 마리가 말했다. 나는, 그런 건 전혀 중요하지 않지만 그녀가 원한다면 우리는 결혼할 수 있다고 설명해 주었다. 게다가 결혼을 원하는 쪽은 그녀고, 나는 그저 그러자고 했을 뿐이었다. 그러자 마리는, 결혼이란 중대한 일이라고 지적했다. 나는 “아냐.” 하고 대답했다. 그녀는 한동안 잠자코 있다가 말없이 나를 쳐다보았다. 그러고는 말했다. 그녀는 다만, 자기와 같은 식으로 사귀게 된 어떤 다른 여자가 똑같은 제안을 했어도 내가 받아들였을지 알고 싶어 했다. 나는 “물론.”이라고 대답했다. 그러자 마리는 자기가 나를 사랑하는지 어떤지를 자문해 보는 것이었다. 나는 그 점에 관해서는 아무것도 알 수가 없었다. 잠시 또 잠자코 있다가 그녀는 내가 이상한 사람이라고, 아마 그렇기 때문에 자기가 나를 사랑하는 것이겠지만 언젠가는 바로 그 이유들 때문에 내가 싫어질지도 모르겠다고 중얼거렸다. 내가 더 보탤 말이 없어 잠자코 있자, 마리는 미소를 지으면서 내 팔짱을 꼈다. 그리고 나와 결혼하고 싶다고 고백했다. 나는 그녀가 원하면 언제든 바로 결혼을 하자고 대답했다. 그때 내가 사장의 제안에 대해 이야기했고, 마리는 파리를 알고 싶다고 했다. 나는 한때 파리에서 살았다고 말했고 그녀는 어떻더냐고 물었다. 나는 마리에게 말했다. "더러워. 비둘기들과 컴컴한 마당들이 있어. 사람들은 피부가 허옇고."

그러고 나서 우리는 대로들을 따라 걸어서 시내를 통과했다. 여자들이 아름다웠다. 나는 마리에게 그 점을 눈여겨보았느냐고 물었다. 마리는 그렇다고 하면서 내 기분을 이해할 수 있다고 말했다. 잠시 동안 우리는 아무 말도 하지 않았다. 그래도 나는 그녀가 나와 함께 있어 주었으면 싶어서, 셀레스트네 식당에 가서 같이 저녁을 먹으면 되겠다고 말했다. 마리는 그러고 싶지만 볼일이 있었다. 그때 우리는 내 집 근처에 이르렀고, 나는 그녀에게 잘 가라고 인사했다. 그녀는 나를 쳐다보며 말했다. "내

볼일이 뭔지 알고 싶지 않아?" 나도 알고 싶긴 했지만 미처 물어볼 생각을 하지 못했더랬다. 마리는 그것을 나무라는 눈치였다. 그때 나의 당혹한 표정을 보고 마리는 또다시 웃었고, 불쑥 온몸으로 다가와서 내게 입술을 내밀었다.

나는 셀레스트네 식당에서 저녁을 먹었다. 내가 막 먹기 시작했을 때 키가 작은 이상한 여자가 하나 들어오더니, 내가 앉은 테이블에 앉아도 되겠냐고 내게 물었다. 나는 물론 앉아도 된다고 했다. 그녀의 행동들은 단속적이었고 두 눈은 사과 같은 작은 얼굴에서 반짝거렸다. 그녀는 재킷을 벗고 자리에 앉더니 아주 열심히 메뉴를 살펴보았다. 그리고 셀레스트를 불러, 즉시 명확하면서도 빠른 목소리로 먹을 음식들을 한꺼번에 다 주문했다. 오르되브르를 기다리는 동안, 그 여자는 핸드백을 열고 네모난 작은 종이와 연필을 꺼내어 미리 음식 값을 계산한 뒤 작은 지갑에서 팁까지 덧붙인 정확한 금액을 꺼내어 자기 앞에 내놓았다. 그때 오르되브르가 나왔고 그녀는 아주 빠른 속도로 먹어 치웠다. 다음 요리를 기다리며 그녀는 또 핸드백에서 청색 색연필과 일주일 동안의 라디오 프로그램이 실린 잡지를 꺼냈다. 그러고는 아주 신경을 써서 거의 모든 프로그램에 하나하나 체크 표시를 했다. 잡지가 열두어 페이지나 되었으므로 그녀는 식사를 하는 동안 줄곧 세밀하게 그 일을 계속했다. 내가 식사를 끝마쳤을 때도 그녀는 여전히 열심히 체크 표시를 하고 있었다. 그러더니 자리에서 일어섰고, 전과 다름없이 자동인형 같은 몸짓으로 재킷을 다시 입고 식당을 나갔다. 아무 할 일이 없었으므로, 나도 밖으로 나가서 한동안 여자의 뒤를 따라갔다. 그녀는 인도 가장자리를 따라 믿을 수 없으리만큼 빠르고 정확한 걸음으로, 옆으로 벗어나거나 뒤돌아보는 일도 없이 자기 길을 가고 있었다. 결국 나는 여자를 시야에서 놓쳐 버렸고 가던 길을 되돌아오고 말았다. 이상한 여자라는 생각이 들었지만 나는 금방 그녀를 잊어버렸다.

나의 방문 앞에 살라마노 영감이 서 있었다. 나는 그를 방 안으로 들어오게 했고, 영감은 동물 보호소에 자기 개가 없으니 결국 잃어버리고 만 것이라고 알려 주었다. 동물 보호소의 직원들이 그에게, 아마 차에 치였을 거라고 말했다는 것이었다. 그러자 그는, 경찰서에서는 그런 걸 알 수 있지 않느냐고 물어보았다. 그에 대해 그가 들은 답변은, 그런 일은 매일 있는 일이라 흔적을 남겨 두지 않는다는 것이었다. 내가 살라마노 영감에게 다른 개를 하나 데려오면 되지 않느냐고 말했지만, 영감은 자신이 그 개에게 길이 들었다는 점을 지적했는데, 옳은 말이었다.

나는 침대 위에 웅크리고 앉아 있었고 살라마노는 테이블 앞 의자에 앉아 있었다. 영감은 나와 마주 보며 두 손을 무릎에 얹어 놓고 있었다. 낡은 중절모자를 쓴 채로였다. 그는 누런 수염 밑에서 말끝을 우물거리며 말했다. 그와 같이 있는 것이 좀 귀찮았지만 나는 달리 할 일도 없었고 졸리지도 않았다. 무슨 말이든 하려고 나는 그의 개에 대하여 물어보았다. 그는 아내가 죽은 뒤에 개를 키우게 된 것이라고 말했다. 그는 상당히 늦게 결혼을 했다. 젊었을 적에는 연극을 하고 싶어 했다. 군대에서는 군인극에 출연하기도 했다. 그러나 결국 철도국에 들어갔는데, 그걸 후회하지는 않았다. 왜냐하면 지금 약간의 연금을 탈 수 있기 때문이다. 아내와는 행복하지 못했지만 대체로 아내에게 길들어 있었다. 아내가 죽자 그는 매우 외롭다고 느꼈다. 그래서 직장 동료에게 개 한 마리를 부탁해서 그 개를 아주 어릴 때 데려오게 되었다. 젖병을 물려서 길러야 했다. 그러나 개의 수명은 사람의 수명보다 짧아서 그들은 결국 함께 늙고 말았다. “그놈은 성미가 나빴어요. 우린 가끔 입씨름을 했지요. 그렇지만 좋은 개였어요.” 살라마노가 말했다. 내가 혈통 좋은 개였다고 하자 살라마노는 만족하는 눈치였다. 그가 덧붙였다. “어디 그뿐입니까. 그놈이 아프기 전의 모습을 본 적 없죠? 최고로 멋있는 것은 털이었어요.” 개가 피부병에 걸린 다음부터 살라마노는 매일 아침저녁으로 연고를 발라 주었다. 그의 말에 따르면 그 개의 진짜 병은 늙음인데 늙음은 낫는 것이 아니다.

그때 내가 하품을 했고 영감은 그만 가 봐야겠다고 말했다. 나는 좀 더 있어도 괜찮다고, 그리고 개가 그렇게 되어서 걱정이라고 말했다. 그는 고맙다고 했다. 그리고 엄마가 그 개를 몹시 귀여워했다고 말했다. 엄마 이야기를 하면서 그는 '가엾은 모친'이라고 말했다. 그는 엄마가 죽고 나서 내가 매우 불행하리라 짐작된다고 했고 나는 아무런 대답도 하지 않았다. 그러자 그는 거북한 표정을 지으며, 내가 어머니를 양로원에 맡겼다고 동네 사람들이 나를 안 좋게 보고 있다는 것을 안다고 아주 빠른 어조로 말했다. 그러나 그는 내가 어떤 사람인지 잘 알며, 내가 엄마를 몹시 사랑한다는 것도 안다고 했다. 지금도 왜 그랬는지는 알 수 없지만, 나는 지금까지 그 점에 대하여 사람들이 나를 안 좋게 본다는 것을 전혀 모르고 있었으며, 그렇지만 나는 엄마를 돌볼 사람을 둘 만한 돈이 없었으므로 양로원이 당연한 것으로 보였다고 대답했다. "게다가 엄마는 오래전부터 내게 할 말이 아무것도 없었고 그냥 혼자서 적적해했어요." 내가 덧붙였다. "그럼요, 그리고 양로원에 있으면 하다못해 친구들이라도 생기지요." 그가 말했다. 그리고 그는 자리에서 일어섰다. 그만 가서 자려는 것이었다. 이제 그의 생활은 달라져 버렸고, 그는 앞으로 어떻게 하면 좋을지 알 수가 없었다. 그와 알게 된 이래 처음으로 그는 슬그머니 나에게 손을 내밀었고 나는 그의 손등에 일어난 살비듬을 느낄 수 있었다. 그는 약간 웃어 보였고, 방을 나서려다가 말했다. “오늘 밤은 제발 개들이 짖지 말았으면 좋겠어요. 늘 그게 내 개인 것만 같아서요.”

6

일요일, 나는 잠에서 깨기가 힘들었다. 그래서 마리가 나를 부르며 흔들어 깨워야만 했다. 우리는 일찍 해수욕을 하고 싶었으므로 아침을 먹지 않았다. 나는 속이 완전히 텅 빈 것 같았고 머리가 조금 아팠다. 담배 맛이 썼다. 마리는 나를 '죽상'이라고 놀려 댔다. 마리는 흰색 원피스를 입고 머리를 풀어 늘어뜨린 모습이었다. 내가 예쁘다고 말했고, 그녀는 좋아서 웃었다.

내려오면서 우리는 레몽의 방문을 두드렸다. 그는 곧 내려가겠다고 대답했다. 길에 나서자, 피로한 탓도 있고 또 덧문을 닫아 놓고 있었던 탓도 있어서, 벌써 태양으로 가득한 대낮의 빛이 마치 내 따귀를 후려치는 것 같았다. 마리는 기뻐서 깡충거리며 몇 번이나 날씨가 좋다는 말을 했다. 나는 기분이 좀 나아졌고 배가 고프다는 것을 깨달았다. 마리에게 그 말을 하자 그녀는 우리 두 사람의 수영복과 수건 한 장을 넣어 가지고 온 방수포 가방을 내게 열어 보였다. 기다리는 수밖에 없었다. 레몽이 자기 집 문을 닫는 소리가 들렸다. 그는 청색 바지와 반팔 흰 셔츠를 입고 있었다. 그러나 밀짚모자를 쓰고 있어서, 그걸 보고 마리가 웃어 댔다. 검은 털로 덮인 그의 팔뚝이 몹시 하얬다. 내겐 그것이 좀 역겨웠다. 그는 휘파람을 불면서 내려왔는데 아주 신이 나 보였다. 그는 나에게 "안녕, 친구." 하고 말한 다음, 마리를 '마드무아젤'이라고 불렀다.

그 전날 우리는 경찰서에 함께 갔고 나는 그 여자가 레몽을 '무시했다'고 증언했다. 레몽은 경고를 받고 나왔다. 경찰은 내 진술의 진위를 확인하려 들지 않았다. 문 앞에서 우리는 레몽과 그 일에 대해 이야기를 나눈 다음 버스를 타기로 결정했다. 바닷가는 그다지 멀지 않았지만 그렇게 하면 더 빨리 갈 수 있을 것이기 때문이었다. 레몽은, 자기 친구도 우리가 일찍 도착하는 것을 보면 좋아할 거라고 생각했다. 우리가 막 출발하려 하는데, 갑자기 레몽이 맞은편을 보라는 눈짓을 했다. 한 무리의 아랍인들이 담배 가게 진열창에 기대어 서 있는 것이 보였다. 그들은 묵묵히, 그러나 그들 특유의 방식으로, 마치 우리가 돌이나 죽은 나무 이상도 이하도 아니라는 듯한 시선으로 우리를 바라보고 있었다. 왼쪽으로부터 두 번째가 그 녀석이라고 레몽이 말했는데, 그는 걱정스러운 표정이었다.

그렇지만 그건 이제 다 끝난 일이라고 덧붙였다. 마리는 무슨 영문인지 몰라서 무슨 일이냐고 우리에게 물었다. 나는 그녀에게 저들이 레몽에게 앙심을 품고 있는 아랍인들이라고 대답했다. 마리는 당장 출발하고 싶어 했다. 레몽이 다시 가슴을 펴고 웃으면서 서둘러야겠다고 말했다.

우리는 조금 떨어진 버스 정류장으로 갔고 레몽은 아랍인들이 우리를 따라오지 않는다고 내게 일러 주었다. 나는 뒤를 돌아다보았다. 그들은 여전히 같은 자리에 그대로 서서 우리가 이제 막 떠나온 그 자리를 전과 다름없는 무관심한 태도로 바라보고 있었다. 우리는 버스에 올라탔다. 레몽은 완전히 마음을 놓은 듯이 보였고, 마리에게 끊임없이 농담을 해 댔다. 내 느낌으로는 레몽이 마리를 마음에 들어 하는 것 같았지만 마리는 그에게 거의 대꾸를 하지 않았다. 그저 이따금 웃으면서 레몽을 쳐다볼 뿐이었다.

우리는 알제 교외에서 내렸다. 바닷가는 버스 정류장에서 멀지 않았다. 그러나 바다를 굽어보며 모래밭 쪽으로 내리뻗은 조그만 언덕을 지나야 했다. 언덕은 하늘의 이미 단단해진 푸른빛을 배경으로 노르스름한 돌들과 새하얀 수선화들로 뒤덮여 있었다. 마리는 방수포 가방을 휘둘러 꽃잎들을 흩뜨리며 장난을 치곤 했다.

우리는 초록색 또는 흰색의 울타리를 둘러친 작은 별장들 사이를 걸어갔다. 어떤 별장들은 베란다까지 타마리스 나무에 파묻혀 있었고, 또 어떤 별장들은 돌들 가운데 덩그렇게 서 있었다. 언덕 끝에 이르기도 전에 벌써 움직임 없는 바다가 나타났고, 더 멀리 맑은 물속에 조는 듯 잠겨 있는 육중한 곶[岬]이 보였다. 나직한 모터 소리가 고요한 대기를 뚫고 우리에게까지 들려왔다. 그리고 아주 먼 곳에, 반짝이는 바다 위로 움직이는 듯 마는 듯 가고 있는 조그만 트롤 어선 한 척이 보였다. 마리는 바위붓꽃을 몇 송이 꺾었다. 바다로 내려가는 비탈에서 바라보니 벌써 수영하는 사람들이 더러 있었다.

레몽의 친구는 바닷가의 끝 쪽에 자리한 조그만 목조 별장에 살고 있었다. 집은 바위를 등지고 있었고, 집의 전면 밑쪽을 떠받치는 기둥들은 이미 물속에 잠겨 있었다. 레몽이 우리를 소개했다. 그의 친구는 이름이 마송이었다. 몸집과 어깨가 우람하고 키가 큰 인물이었는데 작은 체구에 통통하고 사랑스러운 그의 아내는 파리 말씨를 썼다. 그는 즉시 우리에게 거리낌 없이 편히 지내라고 하면서 바로 그날 아침에 자기가 낚은 물고기로 장만한 생선 튀김이 있다고 말했다. 나는 그에게 집이 아주 예쁘다고 말했다. 그는 토요일과 일요일, 그리고 휴일마다 그곳에 와서 지낸다고 알려 주었다. “제 아내와는 누구든지 뜻이 잘 맞아요." 하고 그가 덧붙였다. 그의 아내는 마침 마리와 웃고 있었다. 아마 그때 처음으로 나는 내가 결혼을 하게 되겠다고 진정으로 생각한 것 같다.

마송이 헤엄치러 가자고 했으나 그의 아내와 레몽은 가고 싶어 하지 않았다. 우리 세 사람이 바닷가로 내려갔고, 마리는 곧장 물속으로 뛰어들었다. 마송과 나는 잠시 동안 기다렸다. 그는 말을 천천히 했다. 나는 그가 말끝마다 '그뿐만이 아니라'를 덧붙이는 버릇이 있다는 것을 알아차렸다. 자기가 한 말의 뜻에 사실상 아무것도 덧붙이는 것이 없을 때조차도 그랬다. 마리에 대해서 그는 말했다. "아주 멋져요. 그뿐만이 아니라, 매력적이에요." 이윽고 나는 햇볕을 쬐면서 느끼는 흐뭇한 기분을 음미하는 데 정신이 팔려서 그 말버릇에는 더 이상 신경 쓰지 않게 되었다. 발밑에서 모래가 뜨거워지기 시작했다. 나는 물속으로 들어가고 싶은 욕구를 좀 더 참았지만 드디어 마송에게 말하고 말았다. "들어갈까요?" 나는 물속으로 뛰어들었다. 마송은 서서히 물속으로 들어가 발이 땅에 닿지 않게 되자 물 위로 몸을 던졌다. 그는 개구리헤엄을 쳤으나 퍽 서툴러서, 나는 그를 남겨 두고 마리에게로 헤엄쳐 갔다. 물은 차가웠고, 나는 헤엄을 치니 흐뭇했다. 마리와 나는 함께 멀리까지 나갔고, 우리 두 사람이 몸놀림과 만족감에 있어 서로 일치한다는 것을 느낄 수 있었다.

우리는 바다 한가운데로 나가서 물 위에 반듯이 누웠다. 입으로 흘러드는 마지막 물의 장막을 태양이 하늘로 향한 나의 얼굴에서 걷어 내 주었다. 마송이 모래밭으로 나가 햇볕을 쬐려고 눕는 것이 보였다. 멀리서 봐도 그는 우람했다. 마리는 나와 함께 헤엄을 치고 싶어 했다. 나는 마리의 뒤쪽에서 그녀의 허리를 붙잡고, 마리가 두 팔을 놀려 앞으로 나아가는 동안 두 발로 물장구를 쳐서 그녀를 도왔다. 물을 때리는 나직한 소리가 아침 시간의 우리를 따라오고 있었다. 마침내 나는 지친 느낌이 들었다. 그래서 마리를 남겨 두고, 규칙적으로 헤엄을 치면서, 숨을 고르게 쉬며 돌아왔다. 모래밭으로 나와서 나는 마송 옆에 배를 깔고 엎드려 모래에 얼굴을 묻었다. 내가 그에게 "좋은데요."라고 말했고, 그도 동감했다. 잠시 후에 마리가 왔다. 나는 고개를 돌려 마리가 걸어오는 것을 바라보았다. 몸이 소금물에 젖어 온통 미끈거렸고, 머리는 목 뒤로 늘어뜨려져 있었다. 마리와 나는 서로 옆구리를 꼭 붙이고 누웠는데, 그녀의 몸과 태양이 내뿜는 두 가지 열기 때문에 나는 얼핏 잠이 들었다.

마리가 나를 흔들어 깨우면서, 마송이 벌써 집으로 올라갔다고 말했다. 점심을 먹어야 한다는 것이었다. 나는 시장했으므로 즉시 일어났다. 그러나 마리는,

아침부터 내가 한 번도 키스를 해 주지 않았다고 말했다. 정말 그랬다. 그렇지만 사실 나도 키스를 하고 싶었다. "물속으로 들어가." 마리가 말했다. 우리는 뛰어가서 곧장 잔물결 속에 몸을 뻗었다. 우리가 몇 번 팔을 저어 헤엄쳐 갔을 때 마리가 내 몸에 찰싹 달라붙었다. 그녀의 다리가 내 다리를 휘감는 것이 느껴졌고, 나는 그녀에게 욕정을 느꼈다.

우리 둘이 다시 돌아와 보니 마송은 벌써 우리를 불러 대고 있었다. 내가 몹시 배가 고프다고 말하자 마송은 금방 그의 아내에게 내가 썩 마음에 든다고 말했다. 빵은 맛있었고, 나는 내 몫의 생선을 허겁지겁 먹었다. 그다음에 고기와 감자튀김이 나왔다. 우리는 모두 아무 말 없이 먹었다. 마송은 빈번히 포도주를 들이켰고 나에게도 줄기차게 따라 주었다. 커피가 나왔을 때는 머리가 좀 띵했다. 나는 담배를 많이 피웠다. 마송과 레몽과 나는 비용을 공동으로 부담하고 8월을 해변에서 함께 지내기로 계획했다. 마리가 문득 말했다. "지금 몇 신지 아세요? 11시 반이에요." 우리는 모두 놀랐다. 그러나 마송은, 매우 일찍 식사를 한 셈이지만, 배고플 때가 곧 식사 시간이니 자연스러운 일이라고 말했다. 그 말을 듣고 마리가 왜 웃었는지 모르겠다. 아마 술을 좀 지나치게 마신 것 같았다. 그때 마송이 나에게, 바닷가로 나가서 산책을 하지 않겠냐고 물었다. “제 아내는 점심을 먹은 뒤엔 언제나 낮잠을 자요. 나는 그거 안 좋아해요. 난 걸어야 해요. 늘 아내에게 그편이 건강에 좋다고 말하지요. 하지만 결국 자기 하고 싶은 대로 하는 거죠.” 마리는 남아서 마송 부인이 설거지하는 것을 거들겠다고 말했다. 그러자면 남자들은 밖으로 내보내야 한다고 자그마한 파리 여자가 말했다. 우리 세 사람은 아래로 내려왔다.

태양은 거의 수직으로 모래 위에 내리꽂혔고 바다에 반사되는 그 강렬한 빛은 견디기 어려울 정도였다. 이제 바닷가에는 아무도 없었다. 언덕 가장자리를 따라 바다를 굽어보며 늘어선 작은 별장들 안에서는 접시며 포크, 나이프 같은 것들이 덜그럭거리는 소리가 들리고 있었다. 땅에서 올라오는 혹독한 열기 속에서는 숨을 쉬기도 힘들었다. 처음에 레몽과 마송은, 내가 알지 못하는 일들과 사람들의 이야기를 했다. 나는 그들 두 사람이 오래전부터 아는 사이라는 것과, 심지어 한때 같이 산 적도 있다는 것을 알 수 있었다. 우리는 물가 쪽으로 가서 바다를 끼고 걸었다. 때때로 잔물결이 더 길게 밀려와서 우리의 헝겊 신발을 적셨다. 나는 맨머리 위로 내리쬐는 태양 때문에 반쯤 졸고 있었으므로 아무 생각이 없었다.

그때 레몽이 마송에게 뭐라고 말했으나, 나는 잘 알아듣지 못했다. 그러나 그와 동시에 나는 바닷가 저 끝 아주 멀리서, 푸른 작업복 차림의 아랍인 둘이 우리 쪽으로 걸어오는 것을 보았다. 내가 레몽을 쳐다보자 그가 말했다. "그놈이야." 우리는 계속 걸었다. 마송은 그들이 어떻게 여기까지 우리를 따라올 수 있었던 거냐고 물었다. 나는, 우리가 해수욕 가방을 들고 버스에 타는 것을 그들이 본 것이라고 생각했지만 아무 말도 하지 않았다.

아랍인들은 천천히 다가오고 있었는데, 벌써 훨씬 가까운 거리에 와 있었다. 우리는 걷는 속도를 바꾸지 않았지만 레몽이 말했다. "마송, 싸움이 붙으면 넌 두 번째 놈을 맡아. 내 상대는 내가 알아서 할게. 그리고 뫼르소, 만약 또 다른 놈이 나타나면 그건 네가 맡아." 나는 "응." 하고 말했고, 마송은 두 손을 호주머니 속에 넣었다. 뜨겁게 달아오른 모래가 내 눈엔 이제 벌겋게 보였다. 우리는 일정한 걸음으로 아랍인들을 향해 걸어갔다. 그들과 우리 사이의 거리는 규칙적으로 가까워졌다. 우리 사이의 간격이 불과 몇 걸음으로 좁혀지자 아랍인들이 멈춰 섰다. 마송과 나는 걸음을 늦추었다. 레몽이 곧장 자기 상대에게로 갔다. 나는 그가 뭐라고 했는지 잘 알아듣지 못했지만 상대가 머리로 들이받는 시늉을 했다. 그러자 레몽이 먼저 한 대 후려치고 곧장 마송을 불렀다. 마송은 레몽이 미리 지목해 준 녀석에게로 가서 온몸의 무게를 실어 두 번 후려갈겼다. 아랍인이 물속으로 엎어지면서 얼굴을 바닥에 처박았고, 한동안 그러고 가만히 있었는데 머리통 주위에서 수면으로 거품이 터져 올라왔다. 그러는 동안 레몽 쪽에서도 후려쳤고 그의 상대는 얼굴이 온통 피투성이가 되었다. 레몽이 나를 돌아보며 말했다. "이놈이 어떤 꼴을 당하는지 잘 봐." 내가 그에게 소리쳤다. "조심해, 저놈 칼 가졌어!" 그러나 이미 레몽은 팔을 베이고 입을 찢긴 상태였다.

마송이 앞으로 훽 몸을 날렸다. 엎어져 있던 아랍 녀석이 일어나서 칼을 가진 녀석 뒤로 몸을 숨겼다. 우리는 움직이지 않았다. 그들은 우리에게서 눈을 떼지 않은 채 단도로 위협을 하면서 천천히 뒷걸음을 쳤다. 충분한 거리가 확보되었다는 걸 알게 되자 그들은 부리나케 달아났고, 그러는 동안 우리는 햇볕 아래 꼼짝 않고 서 있었고, 레몽은 핏방울이 떨어지는 팔을 움켜쥐고 있었다.

마송은 곧, 일요일마다 언덕 위 별장에 와서 지내는 의사가 있다고 말했다. 레몽은 당장 의사에게 가려고 했다. 그러나 그가 말을 할 때마다 상처에서 피가 흘러나와 입속에서 거품을 일으켰다. 우리는 그를 부축해 허둥지둥 별장으로 돌아왔다. 거기로 오자 레몽은 상처가 가벼운 것이라면서 의사에게 갈 수 있다고 했다. 그는 마송과 함께 갔고, 나는 남아서 여자들에게 무슨 일이 있었는지 설명해 주었다. 마송 부인은 울고 있었고, 마리는 하얗게 질려 있었다. 나는 그들에게 설명을 하는 게 귀찮았다. 나는 결국 입을 다물어 버리고 담배를 피우면서 바다를 바라보았다.

1시 반쯤 레몽이 마송과 함께 돌아왔다. 팔에는 붕대를 감고 입가에는 반창고를 붙이고 있었다. 의사는 별것 아니라고 말했다지만, 레몽은 매우 침울한 표정이었다. 마송은 그를 웃기려고 애를 썼다. 그러나 레몽은 여전히 말이 없었다. 그가 바닷가로 내려간다고 하기에 나는 그에게 어디로 가느냐고 물었다. 그는 바람을 쐬고 싶다고 대답했다. 마송과 나는 함께 가겠다고 했다. 그러자 레몽이 화를 내며 우리에게 욕을 했다. 마송은 그의 비위를 거스르지 않는 편이 좋겠다고 말했다. 그래도 나는 그를 따라나섰다.

우리는 오랫동안 해변을 걸었다. 이제 태양은 찍어 누르는 듯했다. 햇빛이 모래와 바다 위에서 조각조각 부서지고 있었다. 나는 레몽이 자신이 가는 곳을 알고 있다는 느낌을 받았지만, 어쩌면 잘못 짚은 것일 수도 있었다. 바닷가 맨 끝까지 가자, 우리는 마침내 커다란 바위 뒤에 위치한, 모래밭으로 흐르고 있는 조그만 샘에 이르게 되었다. 거기서 우리는 좀 전의 두 아랍인을 발견했다. 그들은 기름기 묻은 작업복 차림으로 누워 있었다. 더없이 편안하고 거의 만족한 표정들이었다.

우리가 나타나도 전혀 흔들림이 없었다. 레몽을 찌른 녀석은 아무 말 없이 레몽을 쳐다보았다. 또 한 녀석은 작은 갈대 피리를 불고 있었는데, 우리에게 곁눈질을 해 가면서 제 악기가 내는 세 가지 음만을 끊임없이 되풀이하고 있었다.

그러는 동안 줄곧 거기에는 오직 태양, 그리고 나직한 샘물 소리와 세 가지 음이 어우러진 그 침묵뿐이었다. 이윽고 레몽이 주머니의 권총에 손을 댔지만 상대편은 움직이지 않았고, 그리하여 둘은 여전히 서로를 바라보고 있었다. 나는 피리를 부는 녀석의 발가락들 사이가 몹시 벌어져 있다는 것을 눈여겨보았다. 그러나 레몽은 상대편에게서 눈을 떼지 않고, "해치워 버려?" 하고 내게 물었다. 안 된다고 했다간 그가 제풀에 흥분해서 틀림없이 쏠 거라는 생각이 들었다. 그래서 나는 그에게 "저 녀석은 아직 너한테 아무 말도 안 했는데, 이대로 쏘는 건 비겁해."라고만 말했다. 침묵과 열기 속에서, 또다시 나직한 물소리와 피리 소리가 들렸다. 이윽고 레몽이 말했다. "그럼 저 녀석에게 욕을 하겠어. 그래서 놈이 대꾸하면 쏴 버리지 뭐." 내가 대답했다. "그래. 하지만 놈이 칼을 뽑지 않는 한 쏘면 안 돼." 레몽이 약간 흥분하기 시작했다. 다른 녀석은 여전히 피리를 불고 있었고, 둘 다 레몽의 일거일동을 주시하고 있었다. 내가 레몽에게 말했다. "안 돼. 남자 대 남자로 맞상대해야지. 그리고 그 권총은 이리 줘. 만약에 다른 녀석이 끼어들거나 저 녀석이 칼을 뽑으면 내가 쏘겠어."

레몽이 내게 권총을 건네줄 때, 태양이 그 위로 번쩍하며 미끄러졌다. 그러나 마치 모든 것이 우리 주위를 둘러막아 가두어 버렸다는 듯이, 우리는 여전히 그대로 꼼짝도 하지 않고 있었다. 우리는 시선을 떨구지 않은 채 마주 보고 있었으며, 모든 것이 여기, 바다, 모래, 태양, 그리고 피리 소리와 물소리가 자아내는 이중의 침묵 사이에 정지해 있었다. 그 순간 나는, 권총을 쏠 수도 있고 쏘지 않을 수도 있다고 생각했다. 그러나 갑자기 아랍인들이 뒷걸음질을 쳐서 바위 뒤로 스며들듯이 사라졌다. 그래서 레몽과 나는 갔던 길을 되돌아왔다. 레몽은 기분이 좀 풀린 듯, 집으로 돌아갈 버스 이야기를 했다.

나는 그와 함께 별장까지 갔고, 그가 나무 층계를 올라가는 동안 첫 계단 앞에 그대로 서 있었다. 머릿속에서 태양이 꽝꽝 울렸고, 힘들게 그 나무 층계를 걸어 올라가서 또다시 여자들과 대면할 생각을 하니 그만 맥이 풀렸던 것이다. 하지만 열기가 하도 뜨거워서, 눈을 멀게 할 듯 하늘에서 쏟아붓는 불비를 맞으며 우두커니 서 있는 것 또한 내겐 고통스러운 일이었다. 여기 가만히 서 있든 자리를 뜨든 결국 매한가지인 것이었다. 잠시 후 나는 다시 바닷가 쪽으로 돌아서서 걸어가기 시작했다.

태양의 붉은 폭발은 여전히 그대로였다. 모래 위에서 바다는 작은 물결들이 되어 부서지며 급하고 가쁜 숨을 몰아쉬고 있었다. 나는 천천히 바위들 쪽으로 걸어가고 있었는데, 쏟아지는 태양의 열기에 이마가 팽창하는 느낌이었다. 그 모든 열기가 머리 위에서 나를 내리누르면서 내가 앞으로 나아가는 것을 방해하고 있었다. 그래서 뜨거운 태양의 엄청난 숨결을 얼굴에 느낄 때마다, 나는 이를 악물었고, 바지 주머니 속에서 두 주먹을 불끈 쥐었고, 태양과 태양이 쏟아붓는 그 캄캄한 취기(醉氣)를 이겨 내려고 전신을 긴장시켰다. 모래, 흰 조개껍질, 유리 조각에서 빛의 칼날이 솟아날 때마다 내 턱뼈가 움찔움찔했다. 나는 한참을 걸었다.

햇빛과 바다의 먼지 같은 수증기가 만들어 내는 눈부신 후광(後光)에 둘러싸인 조그만 바윗덩어리가 멀리 거무스름하게 보였다. 나는 그 바위 뒤의 서늘한 샘을 생각했다. 졸졸 흐르는 그 샘물 소리를 다시 듣고 싶었고, 태양과 힘겨운 노력과 여자의 울음소리에서 벗어나고 싶었으며, 그늘과 휴식을 되찾고 싶었다. 그러나 좀 더 가까이 갔을 때, 나는 레몽의 상대가 되돌아와 있는 것을 발견했다.

그는 혼자였다. 그는 반듯이 드러누워, 두 손으로 목덜미를 괴고 이마는 바위 그늘 속에 둔 채 전신에 햇볕을 받고 있었다. 그의 작업복이 열기 속에서 김을 내고 있었다. 나로서는 좀 의외였다. 내가 생각하기에 그건 이미 끝난 일이었고, 나는 그 일은 생각도 않고 그리로 온 것이었다.

그는 나를 보자마자 몸을 약간 일으켜 호주머니에 손을 넣었다. 물론 나도 웃옷 속에 들어 있는 레몽의 권총을 그러쥐었다. 그는 다시 몸을 젖혀 누웠지만 주머니에서 손을 빼지는 않은 채였다. 나는 그에게서 퍽 멀찍이, 한 십여 미터쯤 떨어져 있었다. 절반쯤 감은 그의 눈꺼풀 사이로 이따금 그의 시선을 알아챌 수 있었다. 그러나 대개는 그의 모습이, 불타는 대기 속에서 나의 눈앞에 어른거리고 있었다. 파도 소리는 정오 때보다 더 나른했고 더 가라앉아 있었다. 똑같은 모래밭 위에서의 똑같은 태양, 똑같은 빛이 여기 그대로 연장되고 있었다. 벌써 두 시간째 낮이 더 이상 앞으로 나아가지 않고 정지해 있었고, 벌써 두 시간째 낮이 펄펄 끓는 금속의 대양 속에 닻을 내리고 있었다. 수평선 위로 조그만 증기선이 지나갔다. 나는 내 시선의 가장자리에 보이는 검은 반점으로 그 배를 분간할 수 있었다. 왜냐하면 나는 잠시도 아랍인에게서 눈을 떼지 않고 있었기 때문이다.

나는 내가 뒤로 돌아서기만 하면 일은 끝난다는

생각을 했다. 그러나 태양으로 진동하는 해변 전체가 내 뒤로 밀려들고 있었다. 나는 샘 쪽으로 몇 걸음을 내디뎠다. 아랍인은 움직이지 않았다. 어쨌든 그는 아직 꽤 멀리 떨어져 있었다. 아마도 얼굴 위에 드리워진 그림자 때문인지 그는 웃고 있는 것처럼 보였다. 나는 기다렸다. 불로 지지는 태양의 열기가 내 두 뺨으로 확 번졌고 땀방울들이 내 눈썹 위에 고이는 것이 느껴졌다. 그것은 내가 엄마의 장례를 치르던 그날과 똑같은 태양이었고, 그날처럼 특히 머리가 아팠고, 이마의 모든 핏줄들이 한꺼번에 다 피부 밑에서 펄떡거렸다. 불로 지지는 것 같은 그 뜨거움을 더 이상 견딜 수가 없어서 나는 한 걸음 앞으로 나섰다. 나는 그게 어리석은 짓이며, 한 걸음 몸을 옮겨 본댔자 태양을 떨쳐 버릴 수 없다는 것을 알고 있었다. 그렇지만 나는 한 걸음, 단 한 걸음 앞으로 나섰다. 그러자 이번에는 아랍인이, 몸을 일으키지는 않은 채 칼을 뽑더니 태양 빛 속에서 나를 향해 쳐들었다. 빛이 강철 위에서 반사되었고, 번쩍하는 긴 칼날 같은 것이 되어 내 이마를 쑤셨다. 그와 동시에, 눈썹에 고여 있던 땀이 단번에 눈꺼풀 위로 흘러내려서 미지근하고 두꺼운 막으로 눈꺼풀을 뒤덮었다. 내 두 눈은 이 눈물과 소금의 장막에 가려서 캄캄해졌다. 나는 다만 이마 위에서 울리는 태양의 심벌즈 소리, 그리고 내 앞의 칼에서 여전히 뿜어져 나오는 눈부신 빛의 칼날을 어렴풋이 느낄 뿐이었다. 그 불타는 칼은 내 속눈썹을 쥐어뜯고 고통스러운 두 눈을 후벼 팠다. 모든 것이 기우뚱한 것은 바로 그때였다. 바다가 무겁고 뜨거운 바람을 실어 왔다. 하늘 전체가 갈라지면서 불비가 쏟아지는 것 같았다. 나의 전 존재가 팽팽하게 긴장했고 나는 손으로 권총을 꽉 그러쥐었다. 방아쇠가 당겨졌고, 권총 손잡이의 매끈한 배가 만져졌다. 그리하여 날카롭고도 귀를 찢는 소리와 함께 모든 것이 시작되었다. 나는 땀과 태양을 흔들어 털었다. 나는 내가 대낮의 균형과, 내가 행복을 느끼고 있었던 어느 바닷가의 그 특별한 침묵을 깨뜨려 버렸다는 것을 깨달았다. 그래서 나는 그 움직이지 않는 몸에 다시 네 발을 쏘았다. 총알들은 깊이 들어가 박혀 보이지 않았다. 그것은 마치, 내가 불행의 문을 두드리는 네 번의 짧은 노크 소리와도 같았다.

2부

1

체포되자 곧 나는 여러 번 심문을 받았다. 그러나 인정 심문이어서 오래 걸리지는 않았다. 처음에 경찰서에서는 아무도 내 사건에 관심을 갖는 것 같지 않았다. 일주일 후 예심판사는 그와 반대로 호기심을 가지고 나를 바라보았다. 그러나 우선 그는 오직 나의 이름과 주소, 직업, 생년월일과 출생지를 물었을 따름이다. 그러고는 내가 변호사를 선임했는지 알고 싶어 했다. 나는 안 했다고 인정하면서 반드시 변호사를 선임해야 하느냐고 물었다. "왜 그러시죠?" 그가 말했다. 나는 내 사건이 지극히 간단한 것이라고 생각한다고 대답했다. 그는 웃으면서 말했다. "그것도 하나의 의견이긴 하죠. 하지만 법이라는 게 있어서, 당신이 변호사를 선임하지 않으면 우리가 국선 변호사를 지정하게 됩니다." 나는 사법부가 그런 세세한 것을 맡아 준다니 참 편리하다고 생각했다. 그리고 예심판사에게 그렇게 말했다. 그도 나에게 동의를 표하고, 법이 아주 잘되어 있다고 결론을 내렸다.

나는 처음엔 그를 중요시하지 않았다. 그는 커튼을 둘러친 어떤 방에서 나를 맞아 주었다. 그 방에 전등은 그의 책상 위에 놓인 것 하나뿐이었는데, 그것의 불빛은 그의 지시에 따라 내가 앉은 안락의자를 비추고 있었고 그 자신은 어둠 속에 머물러 있었다. 나는 전에 이와 비슷한 장면의 묘사를 책에서 읽은 적이 있었고, 내가 느끼기엔 그 모든 게 무슨 장난 같았다. 대화를 끝낸 뒤에는 반대로 내가 그를 쳐다보았는데 그가 섬세한 용모, 움푹한 푸른 눈, 큰 키, 긴 회색 콧수염, 거의 백발에 가까운 수북한 머리털을 가진 남자라는 것을 알 수 있었다. 그는 분별력이 있어 보였고, 입술을 쫑긋거리는 신경질적인 버릇이 있기는 해도 그런대로 호감형으로 보였다. 방을 나설 때 나는 그에게 손을 내밀려고까지 했지만 내가 사람을 죽였다는 사실을 제때에 상기했다.

이튿날 어떤 변호사가 감옥으로 나를 만나러 왔다. 키가 작고 통통하고 꽤 젊은 데다 머리를 정성스럽게 빗어 붙인 모습이었다. 날씨가 더운데도(나는 셔츠 바람이었다.) 그는 짙은 색 정장 차림으로, 끝이 접힌 정장용 칼라에 굵은 흑백 줄무늬가 있는 이상한 넥타이를 매고 있었다. 그는 겨드랑이에 끼고 있던 서류 가방을 내 침대 위에 내려놓고 자기소개를 하더니 내 서류를 검토해 보았다고 말했다. 내 사건이 까다롭긴 하지만, 내가 그를 신뢰해 준다면 재판에 이길 것을 믿어 의심치 않는다는 것이었다. 내가 고맙다고 하자 그는 말했다. “그럼 본론으로 들어갑시다.”

그는 침대 위에 앉은 다음, 나의 사생활에 관한 조사를 해 보았다고 설명했다. 그는 나의 어머니가 최근에 양로원에서 사망한 사실을 알게 되었다. 그래서 마랭고에 가서 조사를 했다. 조사 결과 엄마의 장례식 날 ‘내가 냉담한 태도를 보였다’는 사실을 알게 되었다. 변호사가 내게 말했다. “그런데 말이죠, 사실 당신에게 이런 걸 묻는다는 게 나로선 좀 거북한 일이긴 해요. 하지만 이건 매우 중요합니다. 그리고 만약에 내가 반박할 거리를 전혀 찾아내지 못한다면 그건 검사 측에 아주 유리한 논거가 될 겁니다.” 그는 내가 자신에게 협력해 주기를 바랐다. 그는 내가 그날 마음이 아팠느냐고 물었다. 그 질문에 나는 몹시 놀랐다. 만약에 내가 그런 질문을 해야만 할 처지라면 나는 매우 거북했을 것 같았다. 그렇지만 나는, 내 감정이 어떤지 살펴보는 습관 같은 건 별로 없기 때문에 그 점에 대해 알려 주기는 어렵다고 대답했다. 아마도 나는 엄마를 사랑했겠지만 그러나 그런 것은 아무 의미도 없었다. 정상적인 사람들은 사랑하는 사람들의 죽음을 많게건 적게건 바랐던 적이 있는 법이다. 그 말에 변호사는 내 말을 가로막았고 매우 흥분한 것 같아 보였다. 그는 법정에서든 예심판사의 방에서든 그런 말은 하지 않겠다고 약속하라고 다그쳤다. 그렇지만 나는 그에게, 내가 원래 육체적 욕구에 감정이 방해받는 일이 많은 천성이라고 설명해 주었다. 엄마의 장례식이 있던 날, 나는 매우 피곤했고 졸렸다. 사정이 그렇다 보니 뭐가 어떻게 돌아가는 것인지 잘 알 수가 없었다. 내가 확실히 말할 수 있는 것은 엄마가 죽지 않았더라면 더 좋았겠다는 거였다. 그러나 내 변호사는 성이 차지 않는 것 같은 표정이었다. 그는 나에게 말했다. "그 정도로는 안 돼요."

그는 잠시 생각에 잠겼다. 그는, 그날 내가 자연스러운 감정을 억제했다고 말할 수 있느냐고 물었다. "아뇨. 그건 사실이 아니거든요." 나는 대답했다. 그는 내가 좀 밉살스럽다는 듯, 이상스러운 눈길로 나를 쳐다보았다. 그는 나에게, 어쨌든 양로원 원장과 직원들이 증인으로 불려 나와서 심문을 받을 텐데, '그렇게 되면 내게는 대단히 불리하게 작용할 수도 있다'고 거의 쌀쌀맞다 싶은 어조로 말했다. 내가 그에게 그 이야기는 내 사건과 아무 관계가 없다고 지적했지만 그는, 내가 법정을 상대해 본 경험이 전혀 없다는 걸 말하지 않아도 알겠다고만 대답했다.

그는 화가 난 얼굴로 나가 버렸다. 나는 그를 좀 더 붙잡아 두고서, 그의 호감을 사고 싶다고, 나를 더 잘 변호해 주기를 바라서가 아니라 말하자면 그냥 마음이 그래서 그러고 싶다고 설명하고 싶었다. 무엇보다도 내가 그를 불편하게 만들고 있는 게 눈에 뻔히 보였다. 그는 나를 이해하지 못했고 오히려 나를 원망하고 있었다. 나는 내가 다른 사람들과 다를 바 없다고, 조금도 다를 바 없다고 그에게 분명히 말해 주고 싶었다. 그러나 그 모든 게 결국은 별 소용이 없는 짓이었다. 나는 귀찮아서 그러는 걸 포기하고 말았다.

얼마 뒤에 나는 다시 예심판사 앞으로 불려 갔다. 오후 2시였는데, 이번에는 그의 사무실이 얇은 커튼으로 약간 걸러졌을 뿐인 빛으로 가득했다. 매우 더웠다. 그는 나를 앉힌 다음, 나의 변호사는 '피치 못할 사정 때문에' 오지 못했다고 매우 정중하게 말해 주었다. 그러나 내게는 변호사가 입회할 때까지 그의 심문에 대답하지 않고 기다릴 권리가 있다고 했다. 나는 혼자서도 대답할 수 있다고 말했다. 그가 손가락으로 책상 위의 버튼을 눌렀다. 젊은 서기가 들어와서 내 등 바로 뒤에 자리를 잡고 앉았다.

우리는 둘 다 안락의자에 편안하게 앉았다. 심문이 시작되었다. 판사는 먼저, 사람들이 나에 대해 말이 없고 내성적인 성격이라고 하던데 그 점에 대해서 어떻게 생각하느냐고 물었다. "별로 할 말이 없으니까요. 그래서 말을 안 하는 거죠." 나는 대답했다. 그는 첫 심문 때처럼 빙그레 웃으면서 그건 참 지당한 이유라고 말한 다음, "하기야 그건 전혀 중요한 일이 아니지요."라고 덧붙였다. 그는 말을 멈추고 나를 바라보더니, 갑자기 자세를 바로 하면서 빠른 어조로 말했다. "내가 관심을 가지는 쪽은 당신입니다." 나는 그가 무슨 뜻으로 하는 말인지 잘 몰라서 아무 대답도 하지 않았다. 그는 이어서 덧붙였다. "당신의 행동에는 나로선 이해하기 힘든 점들이 있어요. 나는 당신이 그걸 이해할 수 있도록 도와줄 거라고 확신합니다." 나는 모두 지극히 단순한 일들이었다고 말했다. 그는 그날 하루의 일들을 다시 이야기해 보라고 나를 재촉했다. 나는 그에게 이미 한 번 이야기한 것을 되풀이했다. 레몽, 바닷가, 해수욕, 싸움, 다시 바닷가, 작은 샘, 태양 그리고 다섯 발의 총격. 한마디 할 때마다 그는 "그렇죠, 그렇죠."라고 말하곤 했다. 쓰러진 시체에 이야기가 미치자 그는 "좋아요."라는 말로 진술에 동의했다. 나는 그처럼 같은 이야기를 되풀이하는 것이 지겨웠다. 나로서는 그렇게 말을 많이 해 본 적은 한 번도 없었던 것 같다.

잠시 침묵이 흐른 뒤 그는 자리에서 일어나더니, 나를

도와주고 싶다, 내게 흥미를 느낀다, 하느님의 도움을 얻어 나를 위해 뭔가 해 줄 수 있을 것 같다고 말했다. 그러나 먼저 그는 나에게 몇 가지 더 물어보고 싶다고 했다. 그러더니 다짜고짜로, 엄마를 사랑했느냐고 물었다. 나는 "네, 누구나 그렇듯이요."라고 대답했다. 그러자 그때까지 규칙적으로 타이프를 치고 있던 서기가 키를 잘못 친 것 같았다. 당황하면서 다시 앞쪽으로 돌아가지 않으면 안 되었으니 말이다. 여전히 확연한 논리적 연관성도 없이, 그가 이번엔 권총 다섯 발을 연달아서 쏘았느냐고 물었다. 나는 잠시 생각해 본 뒤, 처음에 한 발만 쏘고, 몇 초 후에 다시 네 발을 쏘았다고 분명하게 말했다. 그러자 그는 "첫 발과 둘째 발 사이에 왜 기다렸습니까?" 하고 물었다. 또다시 붉은 바닷가가 눈에 선해지면서 나는 태양의 지지는 듯한 열기를 이마 위에 느꼈다. 나는 그러나 이번에는 아무 대답도 하지 않았다. 침묵이 이어지는 동안 판사는 흥분하는 것 같았다. 그는 자리에 앉더니 머리털을 헝클면서 책상 위에 팔꿈치를 괸 다음, 이상한 표정으로 나를 향해 약간 몸을 굽혔다. "왜, 왜 땅바닥에 쓰러진 시체에다 대고 쏘았느냐고요?" 그 물음에도 나는 대답할 수가 없었다. 예심판사는 두 손으로 이마를 짚고 목소리까지 약간 변해서는 거듭 물었다. "왜요? 그 까닭을 말해 줘야죠. 왜죠?" 나는 여전히 입을 다물고 있었다.

갑자기 그가 일어서서 사무실 한끝으로 성큼성큼 걸어가더니 서류함의 어떤 서랍을 열었다. 그리고 거기서 은 십자가를 꺼내더니 내 쪽으로 돌아오며 그것을 흔들어 댔다. 그러고는 완전히 달라진, 거의 떨리는 목소리로 외쳤다. "당신은 이걸, 이분을 압니까?" "네, 물론이죠." 내가 말했다. 그러자 그는 빠르고 격정적인 어조로, 자기는 신을 믿는다고, 신이 용서하지 못할 만큼 죄가 많은 인간은 하나도 없지만, 다만 신의 용서를 받기 위해서는 인간이 뉘우침을 통해서 어린애처럼 마음을 깨끗이 비우고 모든 것을 받아들일 준비가 돼 있어야 한다는 것이 자신의 신념이라고 말했다. 그는 책상 위로 온몸을 기울이고 십자가를 거의 내 머리 위에서 휘두르다시피 하고 있었다. 솔직히 말해서 나는 그의 논리를 제대로 따라갈 수가 없었다. 우선은 너무 더운 데다 그의 사무실에 있는 큼직한 파리들이 내 얼굴에 달라붙곤 했기 때문이고, 또 그가 내게 좀 겁을 주기 때문이기도 했다. 그와 동시에 그건 좀 우스꽝스럽다는 생각도 들었다. 왜냐하면, 뭐니 뭐니 해도 범죄자는 바로 나였으니 말이다. 그런데도 그는 계속 떠들어 댔다. 내가 대강 이해한 바로는, 그가 생각할 때 나의 자백 가운데는 오직 한 가지 모호한 부분이 있으니, 그건 바로 둘째 발을 쏘기 전에 짬을 두고 기다렸다는 사실이다. 그 밖의 내용은 다 이해가 되는데, 바로 그 점을 그는 이해할 수 없었다.

나는 그에게 그처럼 집요하게 묻고 늘어지는 것은 잘못이라고, 그 마지막 문제는 그다지 중요하지 않다고 말할 셈이었다. 그러나 그는 나의 말을 가로막고는, 벌떡 일어서서 마지막으로 한 번 더 나를 설득하려 들며 내게 신을 믿느냐고 물었다. 나는 아니라고 대답했다. 그는 분개하여 털썩 주저앉았다. 그는 그럴 수는 없다고, 인간은 모두 신을 믿는다고, 심지어 신을 외면하는 이들조차 신을 믿는다고 말했다. 그것이야말로 그의 신념이었고, 만약 그것을 조금이라도 의심해야 한다면 그의 삶은 무의미해지고 말 것이었다. "당신은 내 삶이 무의미해지기를 바라는 겁니까?" 그가 외쳤다. 내 생각에, 그건 나와는 아무 상관이 없는 일이었다. 나는 그에게 그렇게 말했다. 그러나 그는 벌써 책상 너머로 손을 쭉 뻗어 그리스도의 십자가상을 내 눈앞에 들이대며 미친 듯이 소리를 지르는 것이었다. "나는 기독교 신자야. 나는 이분께 네 죄를 용서해 달라고 빌고 있어. 어떻게 넌 그리스도께서 너를 위해 고통받으셨다는 것을 믿지 않을 수가 있지?" 나는 그가 내게 반말을 하고 있다는 것을 알아차렸지만 이젠 진절머리가 났다. 더위는 점점 더 심해지고 있었다. 별로 귀 기울이고 싶지 않은 사람에게서 벗어나고 싶을 때면 늘 그러듯이, 나는 그의 말을 시인하는 체했다. 놀랍게도 그는 의기양양해서, "그것 봐, 그것 보라고. 너도 믿잖아? 그리고 하느님께 너를 맡기려 하잖아?" 하고 말했다. 물론 나는 다시 한번 더 아니라고 말했다. 그는 다시 안락의자에 털썩 주저앉았다.

그는 매우 피곤해 보였다. 잠시 동안 그는 아무 말이 없었지만, 그동안에도 쉬지 않고 대화를 뒤쫓아 온 타자기가 마지막 부분을 계속해서 받아 치고 있었다. 이윽고 예심판사가 약간 슬픈 표정으로 물끄러미 나를 바라보았다. "당신처럼 영혼이 메마른 사람은 한 번도 본 적이 없어요." 그가 중얼거렸다. "내 앞으로 찾아온 범죄자들은 이 고상(苦像)을 보고는 하나같이 다 눈물을 흘렸어요." 나는, 그건 바로 그들이 범죄자이기 때문이라고 대답하려고 했다. 그러나 나 역시 그들과 같은 입장이라는 생각이 들었다. 그것은 나로서는 도무지 익숙해지지 않는 생각이었다. 그때 심문이 끝났다는 것을 내게 알려 주기라도 하려는 듯 판사가 자리에서 일어섰다. 그는 여전히 좀 피곤한 표정으로 내가 한 행동을 후회하느냐고만 물었다. 나는 잠깐 생각해 본 뒤, 진정한 후회라기보다는 차라리 좀 귀찮다 싶은 느낌이라고 대답했다. 나는 그가 나를 이해하지 못하고 있다는 인상을 받았다. 그러나 그날의 일은 그 정도에서 그쳤다.

그 뒤 나는 자주 예심판사를 만났다. 단, 매번 내

변호사가 내 옆에 동석했다. 예심판사는 내가 이전에 한 진술 중 몇몇 부분을 좀 더 분명하게 밝히도록 요구하는 정도에 그쳤다. 그렇지 않으면 내 변호사와 기소 사유에 관한 의견을 주고받았다. 그러나 그럴 때면 그들은 사실상 나에게는 전혀 신경을 쓰지 않았다. 어쨌든 차츰차츰 심문의 어조가 달라졌다. 판사는 더 이상 나에게 관심이 없는 것 같았다. 말하자면 내 사건은 아예 매듭을 지어 버리기라도 한 것 같았다. 그는 다시는 나에게 신에 대해 이야기하지 않았고, 나는 첫날처럼 흥분한 그를 다시는 보지 못했다. 그 결과 우리의 대화는 더 화기애애해졌다. 몇 가지 질문, 내 변호사와의 약간의 대화가 있고 나면 심문은 끝나곤 했다. 나의 사건은, 판사의 표현처럼 순조롭게 진행되었다. 이따금 대화가 일반적인 내용에 이를 때면 판사가 나를 대화에 끼워 주기도 했다. 나는 그제야 숨을 돌릴 수 있었다. 그런 때에는 아무도 나에게 고약하게 굴지 않았다. 모든 것이 너무나도 자연스럽고 순조롭고 소박하게 진행되어, 나는 '가족적인 분위기'라는 어처구니없는 인상을 받기까지 했다. 이리하여 열한 달 동안이나 계속된 그 예심을 치르고 나서, 나는 판사가 자기 사무실 문까지 나를 따라 나와서 내 어깨를 두드리며 "오늘은 끝났습니다, 반기독자(反基督者) 양반." 하고 다정스럽게 말해 주던 그 흔하지 않은 순간들 외에는 아무것도 즐거울 게 없었다는 사실에 거의 놀랐을 정도였다고 말할 수 있다. 그러고 나면 나는 다시 경관들의 손에 인계되는 것이었다.

2

결코 이야기하고 싶지 않은 일들도 있었다. 감옥에 들어와서 며칠이 지나자, 나는 장차 내 생애의 그 시기에 대해서는 이야기하고 싶지 않게 되리라는 것을 깨달았다.

나중에는 그러한 거부감이 더 이상 대수롭지 않게 여겨졌다. 사실인즉, 처음 며칠간 나는 실제로 감옥에 있는 것이 아니었다. 그저 막연히 뭔가 새로운 사건을 기다리고 있었던 것이다. 모든 것이 시작된 것은 오직, 마리가 처음이자 단 한 번뿐인 면회를 온 다음부터였다. 그녀의 편지를 받은 날부터,(그녀는 나의 아내가 아니기 때문에 이제 더 이상 면회 허가를 받을 수 없다고 했다.) 바로 그날부터, 나는 감방이 내 집이고 내 삶이 그 속에서 멈추어 버렸다는 것을 느꼈다. 체포되던 날, 나는 우선 이미 여러 사람이 수감돼 있는 감방에 갇히게 되었는데, 대부분이 아랍인들이었다. 그들은 나를 보더니 웃었다. 그러고 나서 내게 무슨 짓을 했느냐고 물었다. 내가 아랍인을 한 명 죽였다고 대답하자 그들은 잠잠해졌다. 그러나 잠시 후 저녁이 되었다. 그들은 누워 잘 돗자리를 어떻게 깔아야 하는지를 설명해 주었다. 한끝을 말아서 베개로 사용할 수 있는 것이었다. 밤새도록 빈대가 얼굴 위를 기어 다녔다. 며칠 후에 나는 독방에 격리되어 나무판자 침대에서 자게 되었다. 변기통과 쇠로 만든 대야가 있었다. 감옥은 도시의 맨 꼭대기에 있어서 작은 창문으로 바다를 볼 수 있었다. 어느 날 철창에 달라붙어 빛이 들어오는 쪽으로 얼굴을 내밀고 있는데 간수가 들어와서 면회 온 사람이 있다고 말했다. 나는 마리구나 하고 생각했다. 과연 마리였다.

나는 면회실로 가기 위해 긴 복도를 지나가고 층계를 지나가고 끝으로 또 다른 복도를 지나갔다. 나는 널따란 창으로 빛이 들어오는 아주 큰 방으로 들어섰다. 방은, 세로로 방을 가르는 두 개의 커다란 철책에 의해 세 부분으로 분리되어 있었다. 두 철책 사이에는 8미터에서 10미터가량의 간격이 있어서, 면회인과 죄수를 갈라놓고 있었다. 나는 내 맞은편에서 줄무늬 원피스를 입고 얼굴이 햇볕에 그을린 마리를 알아보았다. 내가 서 있는 쪽에는 여남은 명의 수감자들이 있었는데, 대부분이 아랍인들이었다. 마리는 무어인들에게 둘러싸여 있었고 두 여자 면회객 사이에 서 있었다. 그중 한 사람은 입을 꼭 다물고 있는 키 작은 노파로 검은 옷차림이었고, 또 한 사람은 맨머리의 뚱뚱한 여자였는데, 요란하게 몸짓을 해 대면서 아주 큰 소리로 지껄이고 있었다. 두 철책 사이의 거리 때문에 면회인들과 죄수들은 아주 큰 소리로 이야기하지 않으면 안 되었다. 방 안에 들어서니, 소란스러운 말소리가 그 방의 크고 텅 빈 벽들에 부딪쳐 울리고 하늘에서 유리창들 위로 쏟아지는 세찬 빛이 방 안으로 뻗쳐 들어오고 있어서 나는 정신이 얼떨떨했다. 나의 감방은 그보다 더 조용하고 더 어둑했다. 그곳에 익숙해지기까지는 잠시 시간이 필요했다. 그러나 마침내 나는 환한 빛 속에 뚜렷이 드러나는 얼굴 하나하나를 잘 볼 수 있게 되었다. 나는 간수 한 사람이 두 철책 사이 복도의 끝에 앉아 있는 것을 보았다. 대부분의 아랍인 죄수들과 그들의 가족들은 서로 마주 향한 채 웅크리고 앉아 있었다. 그들은 소리를 지르지 않았다. 그처럼 소란스러운 가운데서도 그들은 아주 나직하게 말을 주고받으면서도 용케 서로의 말을 알아듣는 것이었다. 가장 아래쪽에서 올라오는 그들의 희미한 속삭임은 그들의 머리 위에서 교차하는 대화에 대해 일종의 지속적인 저음부를 이루고 있었다. 그러한 모든 것을 나는 마리에게로 다가가면서 한순간에 재빨리 알아챘다. 마리는 벌써 철책에 달라붙어서, 있는 힘을 다해 나에게 웃어 보이고 있었다. 나는 그녀가 매우 아름답다고 생각했으나, 그 말을 그녀에게 하지는 못했다.

"그래 어때?" 마리가 아주 큰 소리로 말했다. "그냥 그렇지 뭐." "잘 지내지? 뭐 필요한 건 없고?" "응, 아무것도 없어."

우리는 입을 다물었고 마리는 여전히 웃고 있었다. 뚱뚱한 여자는 내 옆의 남자를 향해서 고함을 질러 댔다. 아마도 그녀의 남편인 듯, 솔직한 눈매에 키가 큰 금발의 사내였다. 그들은 이미 시작된 어떤 대화를 계속하는 중이었다.

"잔은 개를 맡기 싫대요." 여자가 고래고래 소리를 질러 댔다. "응, 그래." 사내가 말했다. "당신이 나오면 개를 다시 맡을 거라고 해도, 잔은 개를 맡기 싫대요."

이번에는 마리 쪽에서도 레몽이 내게 안부를 전하더라고 소리를 질렀고 나는 "고마워." 하고 말했다. 그러나 내 목소리는, '개는 잘 지내느냐'고 묻는 내 옆 사내의 목소리에 묻혀 버렸다. 그의 아내는, '개가 더할 나위 없이 건강하다'고 말하면서 웃었다. 내 왼편에 있는, 손이 가냘프고 키가 작은 청년은 아무 말이 없었다. 나는 그가 자그마한 노파와 마주 보고 있으며, 두 사람 다 서로를 뚫어지게 쳐다보고 있다는 것을 알아차렸다. 그러나 내겐 그들을 더 관찰할 여유가 없었다. 마리가 내게 희망을 가져야 한다고 외쳤기 때문이다. 나는 "그래." 하고 대답했다. 그와 동시에 나는 마리를 바라보았고, 원피스 위로 그녀의 어깨를 꼭 껴안고 싶었다. 나는 그 얇은 천을 느끼고 싶었다. 그리고 그 천 말고 더 바랄 게 뭐가 있는지 알 수가 없었다. 아마 마리가 말하려는 것도 바로 그것이었으리라. 마리가 여전히 미소를 짓고 있었으니 말이다. 이제 내 눈에 보이는 것은 그녀의 반짝이는 치아와 눈가의 잔주름뿐이었다. 마리가 다시 외쳤다. "나오게 될 거야. 그럼 우리 결혼해!" 나는 "그래." 하고 대답했다. 그러나 그것은 무엇보다도 무슨 말이건 해야겠기에 한 말이었다. 그러자 마리는 아주 빨리, 그리고 여전히 높은 음성으로 정말이라고 말했고, 또 나는 석방될 거고 또 해수욕을 하러 가게 될 거라고 말했다. 그러나 그녀 옆의 여자가 고함을 질러 대며 서기과(書記課)에 바구니 하나를 맡겨 놓았다고 말했다. 그녀는 그 속에 넣은 것을 빠짐없이 주워섬겼다. 돈을 많이 주고 산 것들이니 잘 확인해야 한다는 것이었다. 내 옆의 청년과 그의 어머니는 여전히 서로를 쳐다보고 있었다. 아랍인들의 속삭이는 소리는 우리의 아래쪽에서 계속되고 있었다. 밖에서는 빛이 창에 부딪혀 부풀어 오르는 것 같았다.

　나는 몸이 좀 아픈 것 같아서 그만 밖으로 나갔으면 싶었다. 시끄러운 소리 때문에 고통스러웠다. 그러면서도 다른 한편으로는 마리가 와 있을 때 그녀를 좀 더 보고 싶었다. 시간이 얼마나 지났는지 모르겠다. 마리는 자기 일에 대해서 이야기를 했고 끊임없이 미소를 지었다. 속살거림, 외침, 대화가 서로 교차하고 있었다. 서로 마주 바라보고 있는 내 옆의 젊은이와 노파, 두 사람만이 침묵의 섬을 이루고 있었다. 아랍인들이 한 명씩 차례로 떠밀려 나갔다. 맨 처음 사람이 나가는 즉시 거의 모든 사람이 일시에 말을 뚝 그쳤다. 키 작은 노파가 쇠창살로 다가섰고 그와 동시에 간수가 그녀의 아들에게 눈짓을 했다. 아들이 "잘 가, 엄마." 하고 말하자, 노파는 창살 사이로 손을 내밀고 아들에게 천천히 오래도록 작은 손짓을 했다.

노파가 나가자 그사이에 한 남자가 모자를 손에 들고 들어와서 그 자리를 차지했다. 그러자 남자 죄수 한 사람이 인도되어 들어왔고, 그들은 활기 있게 이야기를 시작했지만 목소리는 작았다. 방 안이 다시 조용해졌기 때문이었다. 내 오른편에의 사내가 불려 나갈 차례가 되자, 그의 아내는 더 이상 크게 소리 지를 필요가 없다는 것을 깨닫지 못한 듯, 여전히 목소리를 낮추지 않고 그에게 말했다. "건강 잘 돌보고 조심해요." 그다음에 내 차례가 되었다. 마리는 몸짓으로 내게 키스를 보냈다. 나는 방을 나서기 전에 뒤를 돌아다보았다. 마리는 얼굴을 창살에 꼭 갖다 붙인 채 여전히 어정쩡하고 경직된 미소를 지으며 우두커니 서 있었다.

그녀가 편지를 보낸 것은 그로부터 얼마 지나지 않아서였다. 그리고 내가 절대로 이야기하고 싶지 않았던 일들이 시작된 것은 바로 그때부터였다. 어쨌든 무엇이건 과장해서 말하면 안 되고, 또 그건 다른 사람들에 비해 나에게는 더 쉬운 일이었다. 하지만 구금 생활 초기에 가장 힘든 점은, 내가 자유로운 사람처럼 생각한다는 것이었다. 가령 나는 바닷가에 가 있고 싶었고 바다 쪽으로 내려가고 싶은 욕구에 사로잡히곤 했다. 발바닥 밑으로 밀려드는 첫 파도의 소리, 몸이 물속으로 들어갈 때의 느낌, 그리고 물속에서 맛보는 해방감을 상상하다 보면 나는 문득 내 감옥의 벽들이 얼마나 내 가까이 있는가를 실감하는 것이었다. 그러나 그러는 것도 그저 몇 달간이었다. 그다음부터는 죄수로서의 생각밖에 없었다. 나는 안뜰에서 하는 매일의 산책이나 내 변호사의 방문을 기다리는 것이었다. 나머지 시간은 그럭저럭 잘 보낼 수 있었다. 그 당시 나는, 만약 누가 나를 마른 나무둥치 속에 들어가 살게 만들어 내가 머리 위의 꽃 같은 하늘을 바라보는 것 말고는 다른 할 일이 아무것도 없게 된다 해도, 차츰 그 생활에 익숙해졌으리라는 생각을 자주 했다. 그러면 나는 새들이 지나가거나 구름들이 서로 만나기를 기다렸을 것이다. 여기서 내 변호사의 기이한 넥타이가 나타나기를 기다리듯이, 또 저 바깥세상에서 마리의 몸을 껴안기 위해 토요일까지 참고 기다렸듯이 말이다. 그런데 가만 생각해 보면, 나는 마른 나무둥치 속에 들어 있는 것이 아니었다. 나보다 더 불행한 사람들도 있었다. 사실 이건 엄마의 생각이었다. 엄마는 자주 그 말을 되뇌곤 했다. 사람은 결국 무엇에든 익숙해지는 법이라고 말이다.

그러나 나는 보통 그렇게 멀리까지 생각하지는 못했다. 처음 몇 달 동안은 힘들었다. 그러나 바로 내가 바쳐야 했던 노력이 그 몇 달을 지내는 데 도움이 되었다. 가령 여자에 대한 욕정이 고통거리였다. 젊으니까 당연한 일이었다. 특별히 마리가 생각나는 것은 결코 아니었다. 그러나 나는 어떤 한 여자를, 여러 여자들을, 알고 지냈던 모든 여자들을, 그들을 사랑했던 모든 상황들을 어찌나 골똘히 생각했는지 나의 감방이 그 모든 얼굴들로 가득 찼고 내 욕정으로 와글댔다. 어느 면에서 그것은 나의 마음을 어지럽게 했다. 그러나 또 다른 면에서는 시간을 때우게 해 주었다. 나는 마침내, 식사 시간에 주방 심부름꾼과 같이 오는 간수장의 호감을 얻게 되었다. 여자 이야기를 먼저 꺼낸 것은 그였다. 다른 죄수들이 제일 먼저 호소하는 고충이 바로 그것이라고 그는 말했다. 나는 그에게, 나도 다른 사람들과 마찬가지이며 그런 대우는 부당하다고 생각한다고 말했다. “그러나 바로 그러자고 당신네들을 감옥에 가두는 거라고요.” 그가 말했다. “아니, ‘그러자고’라니요?” “그럼요, 자유란 바로 그런 거거든요. 당신네들에게서 그 자유를 빼앗는 거예요.” 나는 한 번도 그 점을 생각해 본 적이 없었다. 나는 그에게 동감을 표했다. “맞아요, 정말 그러네요. 아니면 뭐가 벌이겠어요?” “그렇죠. 말귀를 잘 알아듣는군요. 다른 죄수들은 안 그래요. 그렇지만 결국 그네들은 스스로 알아서 문제를 해결하게 되지요.” 그렇게 말하고 나서 간수는 가 버렸다.

담배 문제도 있었다. 감옥으로 들어오자 나는 허리띠, 구두끈, 넥타이, 그리고 주머니에 소지하고 있던 모든 것, 특히 담배를 압수당했다. 일단 감방으로 들어오자 담배를 돌려 달라고 요청했다. 그러나 그건 금지되어 있다는 것이었다. 처음 며칠 동안은 매우 힘들었다. 무엇보다 가장 나의 기를 꺾어 놓은 것이 아마도 그것이었을 거다. 나는 침대 판자에서 나뭇조각들을 뜯어내서 빨곤 했다. 온종일 끊임없이 구역질이 따라다녔다. 아무에게도 해가 되지 않는 그것을 왜 압수한 것인지 알 수가 없었다. 나중에야 나는 그것도 벌의 일부임을 깨달았다. 그러나 그때는 벌써 담배를 피우지 않는 습관이 들어서 그것이 더 이상 나에게 벌이 되지 못했다.

그러한 문제들을 제외하면, 나는 그다지 불행하지

않았다. 거듭 말하지만, 문제는 오로지 시간을 보내는 일이었다. 기억을 되살리는 법을 터득한 순간부터는 더 이상 심심해서 괴로운 일은 없었다. 나는 가끔 내 방을 생각하는 습관을 갖게 되었다. 상상력을 동원하여 방의 한구석에서 출발해 그리로 다시 돌아올 때까지 지나는 길에 놓여 있는 것을 전부 마음속으로 꼽아 보는 것이었다. 처음에는 금방 끝나 버렸다. 그러나 다시 되풀이할 적마다 조금씩 길어졌다. 왜냐하면 거기 있는 가구를 하나하나 기억해 내고, 그 가구 하나하나마다 그 속에 들어 있는 물건들을, 또 그 물건 하나하나마다 그 모든 세부들을, 그 세부들마다 그 자체의 어떤 상감(象嵌)이나 갈라진 틈이나 이 빠진 가장자리나 혹은 그것들의 빛깔이나 결 같은 것을 기억해 냈기 때문이다. 그와 동시에 나는 내가 기억해 낸 명세의 맥락을 놓치지 않고 완전한 총목록을 만들도록 노력했다. 그 결과 몇 주일이 지나자 내 방 안에 있는 것들을 하나하나 꼽아 보는 것만으로도 여러 시간을 보낼 수 있었다. 그처럼 깊이 생각을 하면 할수록 나는 소홀히 했던 것, 잊어버렸던 것들을 더 많이 기억에서 끌어낼 수 있었다. 그때 나는 단 하루밖에 살지 않은 사람도 감옥에서의 100년쯤은 어렵지 않게 살 수 있으리라는 것을 깨달았다. 그런 사람도 추억할 거리가 얼마든지 있어서 심심하지 않을 것이다. 어떻게 생각하면 그건 하나의 장점이었다.

또 잠도 문제였다. 처음에는 밤에 잠을 잘 자지 못했고, 낮에는 한숨도 못 잤다. 차츰 밤에 잘 자게 되었고, 낮에도 잘 수 있었다. 마지막 수개월 동안은 하루에 열여섯 시간에서 열여덟 시간씩 잤다고 할 수 있다. 그러고 남은 여섯 시간은 식사와 대소변과 나의 기억들, 그리고 체코슬로바키아의 이야기로 그럭저럭 보내면 되었다.

사실 나는 짚을 넣은 내 매트와 침대 판자 사이에서 옛날 신문지 한 조각을 발견했던 것이다. 천에 거의 들러붙고 노랗게 빛이 바래고 종이가 투명하게 비쳐 보였다. 시작 부분은 떨어져 나가고 없었지만, 체코슬로바키아에서 일어난 것으로 보이는 어떤 사건에 대한 기사가 실려 있었다. 어떤 남자가 체코의 어떤 마을을 떠나 돈벌이를 하러 갔다. 이십오 년이 지난 뒤에 그는 부자가 되어 아내와 어린 자식을 데리고 돌아왔다. 그의 어머니는 누이와 함께 고향 마을에서 여관을 경영하고 있었다. 그들을 놀래 주려고 사내는 아내와 아이를 다른 여관에 남겨 두고 어머니의 집으로 갔는데, 그가 들어갔을 때 어머니는 그를 알아보지 못했다. 그는 장난 삼아 방을 하나 잡기로 마음먹었다. 그리고 자기가 지닌 돈을 내보였다. 밤중에 그의 어머니와 누이는 그를 망치로 때려죽이고 그가 가진 돈을 턴 다음 시체를 강물에 던져 버렸다. 아침이 되어, 사내의 아내가 찾아와 자기도 모르게 여행자의 신원을 밝히게 되었다. 어머니는 목을 맸다. 누이는 우물에 몸을 던졌다. 나는 그 이야기를 아마 수천 번은 읽었을 것이다. 한편으로 그것은 있을 법하지 않은 이야기였다. 또 한편으로는 자연스러운 이야기였다. 어쨌든 내가 볼 때 그런 결과에 대해서는 여행자에게도 좀 책임이 있었으며, 그리고 장난을 치면 절대 안 된다는 생각이 들었다.

그렇게 잠자는 시간, 기억하기, 사건 기사 읽기, 그리고 빛과 어둠의 교차로 시간은 지나갔다. 감옥에 있으면 시간 개념을 잃게 된다는 것을 나도 분명히 읽은 적이 있었다. 그러나 나에게는 그런 얘기가 별로 의미가 없었다. 하루하루의 날들이 얼마나 길면서도 짧을 수 있는지 나는 예전에는 미처 깨닫지 못했던 것이다. 하루하루는 지내기에는 물론 길지만, 하도 길게 늘어져서 결국 하루가 다른 하루로 넘쳐 나고 말았다. 하루하루는 그리하여 제 이름을 잃어버리는 것이었다. 어제 혹은 내일이라는 말만이 나에게는 의미가 있었다.

어느 날 간수로부터 내가 감옥에 들어온 지 다섯 달이 지났다는 말을 들었을 때, 나는 그의 말을 믿기는 했지만 이해할 수는 없었다. 내가 볼 때는 언제나 같은 날이 내 감방으로 밀려들었고 나는 언제나 같은 일을 계속하고 있었다. 그날 간수가 가고 나서 나는 양철 식기에 비친 내 얼굴을 들여다보았다. 내가 아무리 바라보고 웃음 지으려 해도 그 얼굴은 여전히 정색을 하고 있는 것 같았다. 나는 그 모습을 내 앞에서 흔들었다. 나는 미소를 지었지만 그 얼굴은 여전히 심각하고 슬픈 표정을 지었다. 날이 저물고 있었고, 그것은 내게 있어서는 이야기하고 싶지 않은 시간, 감옥의 모든 층으로부터 저녁의 소음들이 침묵의 행렬을 이루어 올라오는 이름 없는 시간이었다. 나는 천장에 뚫린 창문 쪽으로 다가가 마지막 빛 속에서 다시 한번 내 모습을 바라보았다. 여전히 심각한 표정이었다. 그야 놀라울 게 없었다. 그때 나 자신 역시 심각한 표정이었으니까. 그러나 그와 동시에, 여러 달 만에 처음으로 나는 내 목소리를 똑똑히 들었다. 나는 그것이 이미 오래전부터 내 귓전에 울리던 그 소리임을 알아차렸고, 그동안 줄곧 내가 혼자서 말을 하고 있었다는 것을 깨달았다. 그때 나는 엄마의 장례식 날, 간호사가 했던 말이 생각났다. 그렇다, 정말 빠져나갈 길이 없었다. 감옥 안에서 보내는 저녁들이 어떤 것인지는 그 누구도 상상할 수 없다.

3

사실상 여름은 매우 빨리 지나가고 또다시 여름이 되었다고 할 수 있다. 첫더위가 기승을 부리면서 나는 내게 뭔가 새로운 일이 생기리라는 것을 알고 있었다. 내 사건은 중죄 재판소의 마지막 회기에 다루도록 되어 있었는데, 그 회기는 6월로 끝나는 것이었다. 심리가 시작되었을 때, 밖에는 햇빛이 가득했다. 내 변호사는 심리가 이삼 일 이상 계속되지는 않을 것이라고 내게 잘라 말했다. 그리고 덧붙였다. "게다가 법정에서도 서두를 겁니다. 왜냐하면 당신 사건은 이번 회기에 가장 중요한 사건이 아니니까요. 바로 다음에 다룰 존속 살해 사건이 있어요."

나는 아침 7시 30분에 불려 나갔고, 호송차에 실려 법원으로 갔다. 경관 두 사람이 나를 어둠침침한 작은 방 안으로 들여보냈다. 우리는 어떤 문 옆에 앉아서 기다렸는데 문 뒤에서는 말소리, 부르는 소리, 의자

소리, 그리고 동네 축제에서 음악 연주가 끝난 뒤 춤을 출 수 있도록 장내를 정리할 때를 연상시키는 온갖 떠들썩한 소리가 들려왔다. 재판부의 출정을 기다려야 한다고 경관들이 내게 말했고, 그중 한 사람이 내게 담배를 권했지만 나는 거절했다. 조금 뒤에 그가 나더러 떨리느냐고 물었다. 나는 아니라고 대답했다. 심지어 어떤 의미에서 나는 재판 구경을 하는 것이 재미있기도 했다. 살아오는 동안 그런 기회가 한 번도 없었던 것이다. 그러자 또 다른 경관이 말했다. "그렇겠네요. 하지만 나중엔 지겨워지고 말아요."

잠시 후에 작은 벨 소리가 방 안에 울렸다. 그러자 그들이 내 수갑을 풀어 주었다. 그들은 문을 열고 나를 피고인석으로 들여보냈다. 법정에는 사람들이 터질 듯이 꽉 들어차 있었다. 블라인드가 내려져 있는데도 햇빛이 여기저기로 새어 들어왔고 벌써부터 공기는 숨이 막힐 듯 답답했다. 유리창들은 닫아 둔 채였다. 나는 자리에 앉았고, 경관들이 나의 좌우에 자리를 잡았다. 내 앞에 나란히 열을 지어 자리한 얼굴들이 눈에 들어온 것은 바로 그때였다. 모두가 나를 바라보고 있었다. 나는 그들이 배심원이라는 것을 깨달았다. 그러나 그 얼굴들 하나하나가 어떻게 달랐는지는 말할 수가 없다. 내가 받은 인상은 한 가지뿐이었다. 말하자면 내 눈앞에 전차의 긴 좌석이 있고 거기에 앉아 있는 이름 모를 승객들 모두가 새로 전차에 올라탄 승객을 몰래 엿보면서 웃음거리를 찾아내려고 하는 것 같았다. 그러나 그것이 어리석은 생각이라는 것을 나는 잘 알고 있었다. 왜냐하면 거기서 배심원들이 찾고 있던 것은 웃음거리가 아니라 범죄였기 때문이다. 그러나 그 차이는 그리 크지 않고, 어쨌든 그것이 내 머리를 스친 생각이다.

나는 또한 그 닫힌 방 안에 들어찬 그 모든 사람들 때문에 좀 얼이 빠져 있었다. 법정 안을 다시 한번 둘러보았지만 알아볼 수 있는 얼굴이 하나도 없었다. 나는 그 모든 사람들이 나를 보려고 밀려들었다는 사실을 처음엔 알아차리지 못했던 것 같다. 평소에 사람들은 나의 존재에 관심을 기울이지 않았다. 내가 그 모든 법석의 원인이라는 것을 이해하기 위해서는 노력이 필요했다. 나는 경관에게 말했다. “많이도 모였네요!” 그러자 경관은 신문 때문이라고 대답하며 배심원석 밑의 테이블 옆에 있는 한 무리의 사람들을 가리켰다. “저기들 와 있네요.” 그가 내게 말했다. “누구요?” 하고 내가 물으니까, “기자들 말이에요.” 하고 그가 다시 말했다. 경관은 기자 중 한 사람을 알고 있었는데, 바로 그때 그 기자가 그를 보고 우리 쪽으로 걸어왔다. 이미 나이가 지긋한 호감형의 사내로 얼굴을 약간 찌푸리고 있었다. 그는 매우 정답게 경관과 악수를 했다. 그 순간 나는, 모든 사람들이 서로 만나고 말을 걸고 대화를 나누는 것이 마치 같은 세계의 사람들끼리 서로 만나서 즐거워하는 어떤 클럽에라도 와 있는 것 같다는 생각을 했다. 내가 남아도는 존재라는, 좀 불청객 같다는 기묘한 느낌 또한 납득이 되었다. 그러나 기자는 웃음을 띠면서 나에게 말을 걸었다. 그는 내게 일이 다 잘 풀리기를 바란다고 말했다. 내가 고맙다고 하자 그가 덧붙였다. "아시다시피, 우리가 당신 사건을 좀 띄워서 보도했어요. 여름은 신문 쪽에서 보면 한가한 철이거든요. 거리가 될 만한 것이라곤 당신 사건과 존속 살해 사건밖에 없었어요." 그리고 그는, 자신이 방금 빠져나온 사람들 무리 속에서 큼직한 검은 테 안경을 쓴, 살찐 족제비처럼 생긴 키 작은 남자를 가리켜 보였다. 파리에 있는 어떤 신문의 특파원이라고 했다. "하기야 당신 사건 때문에 온 건 아니지요. 그렇지만 존속 살해 사건에 관한 취재를 맡은 까닭에, 당신 사건도 한꺼번에 기사로 만들어 보내라는 지시를 받은 겁니다." 그 말에 대해서도 나는 하마터면 감사하다고 말할 뻔했다. 그러나 그건 우스꽝스러운 일이라는 생각이 들었다. 그 기자는 나에게 다정스러운 손짓을 살짝 해 보이고 가 버렸다. 우리는 또 몇 분을 기다렸다.

내 변호사가 법복을 입고 여러 다른 동료들에게

둘러싸여 들어왔다. 그는 기자들에게 가서 악수를 했다. 기자들은 농담을 주고받기도 하고 웃기도 하며 아주 느긋해 보였다. 그때 마침 법정 안에 벨 소리가 요란스럽게 울렸다. 모두들 자기 자리로 돌아갔다. 내 변호사가 내게로 와서 악수를 했고, 질문을 받으면 간단하게 대답하고 이쪽에서 먼저 나서서 말하지 말 것이며, 그 밖의 일은 자기에게 맡기라고 충고했다.

내 왼편에서 의자를 뒤로 빼는 소리가 들리더니, 붉은 법복을 입고 코안경을 쓴, 키가 크고 호리호리한 남자가 조심스럽게 옷을 여미며 앉는 것이 보였다. 검사였다. 진행관이 재판부의 출정을 알렸다. 그와 동시에 커다란 선풍기 두 대가 윙윙거리기 시작했다. 판사 세 사람이 들어왔다. 둘은 검정 옷을 입고 하나는 붉은 옷을 입었는데, 그들은 서류를 가지고 들어와서 실내를 한눈에 내려다볼 수 있는 단으로 매우 빨리 걸어갔다. 붉은 옷을 입은 사람이 중앙의 안락의자에 앉더니 법관 모자를 앞에 벗어 놓고 조그만 대머리를 손수건으로 닦은 뒤 개정을 선언했다.

기자들은 벌써 만년필을 손에 들고 있었다. 모두들 무심하고 약간 비웃는 듯한 표정이었다. 그러나 그들 중 회색 플란넬 양복을 입고 푸른 넥타이를 맨 훨씬 더 젊은 청년 하나만은 만년필을 앞에 놔둔 채 나를 바라다보고 있었다. 좌우 균형이 약간 어긋나 보이는 그의 얼굴에서 매우 맑은 두 눈만이 내 눈에 들어왔다. 그 눈은 이렇다 할 어떤 표정도 드러내지 않은 채 나를 주의 깊게 관찰하고 있었다. 그러자 나는 나 자신이 나를 바라보고 있는 것 같은 야릇한 인상을 받았다. 아마도 그 때문에, 그리고 또 그런 장소의 관례를 잘 알지 못했기 때문에, 나는 뒤이어 일어난 모든 일들, 즉 배심원들의 추첨과 변호사, 검사, 배심원을 향한 재판장의 질문,(배심원들은 질문을 받을 때마다 일제히 재판부 쪽으로 고개를 돌렸다.) 내가 아는 지명, 인명들이 귀에 들리는 빠른 기소장 낭독, 그리고 다시 내 변호사에게 던져지는 또 다른 질문들을 제대로 이해할 수가 없었다.

그런데 재판장이 증인들을 소환토록 하겠다고 말했다. 진행관이 이름들을 읽었는데 그 이름들이 내 주의를 끌었다. 조금 전까지만 해도 불분명한 모습이었던 그 방청객들 속에서 하나씩 일어나 옆문으로 사라지는 사람들이 보였다. 양로원 원장과 관리인, 토마 페레스 영감, 레몽, 마송, 살라마노, 마리. 마리는 나에게 살짝 걱정스럽다는 신호를 보냈다. 나는 그들을 진작 알아보지 못한 것에 대해 아직 놀라워하고만 있었는데, 바로 그때 마지막으로 셀레스트가 자기 이름이 호명되는 소리를 듣고 일어섰다. 그의 옆에는 식당에서 봤던 그 키 작은 여자가 그때의 그 재킷을 입고서 예의 정확하고 단호한 모습으로 앉아 있는 것이 보였다. 그녀는 나를 뚫어지게 바라보고 있었다. 그러나 재판장이 또 말을 하기 시작했기 때문에 나는 깊이 생각할 겨를이 없었다. 재판장은 이제부터 정식 심리가 시작될 것인즉, 방청석의 정숙을 새삼스럽게 주문할 필요는 없을 것으로 생각한다고 말했다. 그의 말에 따르면, 사건의 심리를 공명정대하게 진행하는 것이 그의 직분이며, 그는 객관적인 눈으로 사건을 바라보려 한다는 것이었다. 배심원들의 평결은 정의의 정신에 입각해서 이루어질 것이며, 어쨌든 조그만 불상사라도 생기면 그는 방청객들에게 퇴장을 명하게 될 것이었다.

더위는 점점 심해졌고, 실내에서 방청객들이 신문지로 부채질하는 것이 보였다. 그 때문에 구겨진 종이가 내는 나직한 소음이 계속되었다. 재판장이 손짓을 하자 진행관이 밀짚으로 엮은 부채 세 개를 가져왔고, 세 판사는 즉시 그것을 사용했다.

나에 대한 심문이 즉시 시작되었다. 재판장은 침착하게, 심지어 다정한 느낌마저 깃든 어조로 나에게 질문을 했다. 또다시 내게 신분을 밝히라고 했는데, 나는 짜증이 나기는 했으나, 따지고 보면 그건 당연한 일이라는 생각이 들었다. 왜냐하면 어떤 사람을 다른 사람으로 잘못 알고 재판을 한다면 그건 너무나 중대한 문제일 것이기 때문이다. 이윽고 재판장이 내가 한 일에 대한 얘기를 다시 시작했는데 두세 마디마다 매번 나를 향해서 "맞나요?" 하고 물었다. 그럴 때마다 나는 변호사가 시킨 대로 "네, 재판장님." 하고 대답했다. 재판장은 이야기를 할 때 지극히 세밀한 부분들까지 언급했으므로 시간이 오래 걸렸다. 그동안 기자들은 줄곧 필기를 했다. 나는 그중 가장 젊은 기자와 그 키 작은 자동인형 여자의 시선을 느끼고 있었다. 전차의 긴 좌석은 일제히 재판장 쪽을 향하고 있었다. 재판장은 기침을 하고 서류를 뒤적이더니 부채질을 하며 내게로 눈을 돌렸다.

재판장은 나에게, 이제부터 겉보기에는 나의 사건과 무관한 것 같지만, 아마도 대단히 밀접한 관계가 있는 문제들을 다루겠다고 말했다. 나는 그가 또 엄마 이야기를 하려는 것임을 알아차렸고 동시에 그것이 내게는 얼마나 지겨운 일인가를 느꼈다. 그는 왜 엄마를 양로원에 보냈느냐고 물었다. 나는 엄마를 돌보고 보살피게 할 만한 돈이 없었기 때문이라고 대답했다. 그는 그 일이 나에게 개인적으로 괴로운 일이었느냐고 물었고 나는, 어머니도 나도 더 이상 서로에게, 또한 다른 누구에게 기대하는 것이 아무것도 없었다고, 그리고 우리는 둘 다 각자의 새로운 생활에 익숙해져 있었다고 대답했다. 그러자 재판장은 그 점에 관해서는 더 캐묻지 않겠노라고 말한 다음, 검사를 향하여 내게 할 질문이 더 없느냐고 물었다.

검사는 반쯤 나에게 등을 돌리고 있었는데, 나를 쳐다보지도 않은 채, 재판장이 허락한다면 내가 아랍인을 살해할 의도로 혼자서 샘 쪽으로 되돌아간 것인지를 알고 싶다고 말했다. "아닙니다." 하고 나는 말했다. "그렇다면 피고인은 왜 무기를 지니고 있었으며, 왜 다름 아닌 바로 그 장소로 되돌아간 것입니까?" 나는 우연이었다고 대답했다. 그러자 검사는 심술 섞인 어조로, "지금은 이 정도로 하겠습니다." 하고 말했다. 그러고 나서는 모든 것이 좀 혼란스러웠다. 적어도 나에게는 그랬다. 그러나 잠시 밀담을 나눈 뒤 재판장은 폐정을 선언하면서 증인 심문을 오후로 넘기겠다고 말했다.

나는 깊이 생각할 겨를이 없었다. 이끌려 나와서 호송차를 타고 감옥으로 돌아와 점심을 먹었다. 매우 짧은 시간, 피곤함을 겨우 느낄 만한 시간이 지나자, 나는 다시 불려 나갔다. 모든 것이 다시 시작되어, 나는 같은 방 안에, 같은 얼굴들 앞에 앉게 되었다. 다만 더위가 훨씬 심해졌고, 무슨 기적이라도 일어난 듯 모든 배심원, 검사, 내 변호사 그리고 몇몇 기자들이 하나같이 밀짚 부채를 구해 들고 있었다. 젊은 기자와 키 작은 여자도 여전히 거기에 있었다. 그러나 그들은 부채질을 하지 않았고, 아무 말 없이 여전히 나를 바라보고 있었다.

나는 얼굴에 흐르는 땀을 닦았다. 그리고 겨우 그 장소와 나 자신에 대한 의식을 얼마만큼 회복할 수 있었을 때 나는 양로원 원장의 이름을 부르는 소리를 들었다. 엄마가 나에 대한 불평을 하더냐는 질문을 받자 원장은 그렇다고 하면서, 그러나 근친들에 대해 불평하는 것은 원생들에게서 볼 수 있는 괴벽 같은 것이라고 말했다. 양로원에 자신을 맡긴 것에 대하여 엄마가 나를 자주 원망했는지 좀 더 분명히 말하라고 재판장이 요구하자, 원장은 또 그렇다고 대답했다. 그러나 이번에는 아무 설명도 덧붙이지 않았다. 또 다른 질문에 그는, 장례식 날 나의 담담한 태도를 보고 놀랐다고 대답했다. 담담하다는 것은 어떤 의미인가 하고 재판장이 묻자 원장은 구두코를 내려다보더니, 내가 엄마를 보려고 하지 않았고, 단 한 번도 눈물을 흘리지 않았으며, 장례식이 끝난 뒤 무덤 앞에서 묵도도 하지 않고 곧 떠났다고 말했다. 또 하나 그를 놀라게 한 일이 있는데, 장의사 직원 한 사람에게 들은 바로는, 내가 엄마의 나이를 모르더라는 것이었다. 잠시 침묵이 흘렀고, 이어 재판장이 그에게, 그 말이 과연 나에 관한 것임에 틀림없느냐고 물었다. 원장이 그 질문의 뜻을 알아차리지 못하자 재판장은 "법 절차상 하는 질문입니다." 하고 말했다. 그리고 재판장이 차장 검사에게 증인에 대해 질문이 없느냐고 묻자 검사가 외쳤다. "아!

없습니다. 그것으로 충분합니다.” 그 목소리가 어찌나 강렬하고 나를 보는 그 눈초리가 어찌나 의기양양한지, 여러 해 만에 처음으로 나는 바보같이 울음이 터져 나올 것만 같은 심정이 되었다. 왜냐하면 내가 그 모든 사람들에게 얼마나 미움을 사고 있는지를 느꼈기 때문이다.

배심원 측과 나의 변호사에게 질문이 없는가 묻고 나서 재판장은 양로원 관리인의 진술을 들었다. 그에게도 다른 모든 증인들 때와 같은 의식 절차가 되풀이되었다. 자리에 나와 서며, 관리인은 나를 쳐다봤다가 눈길을 돌렸다. 그는 질문을 받고 대답했다. 그는 내가 엄마를 보고 싶어 하지 않았고, 담배를 피웠고, 잠을 잤고, 밀크 커피를 마셨다고 말했다. 그때 나는 방청석 전체를 격앙시키는 무엇인가를 느꼈고, 처음으로 내가 죄인이라는 것을 깨달았다. 재판장은 관리인에게 밀크 커피 이야기와 담배 이야기를 한 번 더 반복하게 했다. 차장 검사는 조소의 빛이 담긴 눈으로 나를 빤히 바라보았다. 그때 나의 변호사가 관리인에게, 그도 나와 함께 담배를 피우지 않았느냐고 물었다. 그러나 이 질문에 항의하여 검사가 자리를 박차고 일어섰다. “도대체 지금 누가 범죄자입니까? 검찰 측 증인을 욕되게 하여, 명명백백한 것임에 변함이 없는 증언의 심각성을 축소하려는 이런 방법들은 대체 무엇입니까?" 그럼에도 불구하고 재판장은 질문에 대답하라고 관리인에게 말했다. 관리인 영감은 당황한 표정으로 말했다. "제가 잘못했다는 것은 잘 압니다. 그러나 저분이 권하신 담배를 차마 거절할 수가 없었습니다." 끝으로, 재판장이 나에게 덧붙일 말이 없느냐고 물었다. 나는 "없습니다. 다만 증인의 말이 옳다는 것을 말씀드립니다. 제가 증인에게 담배를 권한 건 사실입니다." 하고 대답했다. 그러자 관리인은 약간의 놀라움과 일종의 감사의 뜻이 담긴 눈길로 나를 바라보았다. 잠시 망설이더니 그는, 밀크 커피를 권한 것은 자기였다고 말했다. 내 변호사는 기세가 등등해져, 배심원들이 그 점을 참작하리라 생각한다고 말했다. 그러나 검사가 우리의 머리 위로 벼락같이 소리를 질렀다. "물론 배심원들께서는 그 점을 참작하실 겁니다. 그리고 배심원들께서는, 아무 관계도 없는 남이야 커피를 권할 수 있지만, 아들이라면 자기를 낳아 준 어머니의 시신 앞에서 모름지기 그것을 거절해야 한다고 결론을 내리실 것입니다." 관리인은 자기 자리로 돌아갔다.

토마 페레스의 차례가 되었을 때는, 진행관이 그를 증인대까지 부축해야만 했다. 페레스는 자신이 어머니와 특별히 잘 아는 사이였고, 나는 장례식 날 한 번 만났을 뿐이라고 말했다. 그날 내가 어떻게 행동했느냐는 질문에 그는 이렇게 대답했다. "사실 말씀이죠, 그날 나 자신이 너무 힘들었습니다. 그래서 아무것도 보지 못했습니다. 힘들어서 아무것도 눈에 보이지 않았습니다. 왜냐하면 그건 나에게 굉장히 마음 아픈 일이었으니까요. 심지어 기절까지 했습니다. 그래서 나는 저분을 보질 못했습니다." 차장 검사는, 적어도 내가 눈물을 흘리는 것은 본 적이 있느냐고 물었다. 페레스는 없다고 대답했다. 그러자 이번에는 검사가 "배심원들께서는 이 점을 참작하실 겁니다." 하고 말했다. 그러나 내 변호사가 화를 냈다. 그는 내가 보기에도 과장되었다 싶은 어조로 페레스에게, '내가 눈물을 흘리지 않는 건 본 적이 있느냐'고 물었다. 페레스는 "없습니다." 하고 대답했다. 방청객들이 웃었다. 그러자 내 변호사는 한쪽 소매를 걷어붙이면서 단호한 어조로 말했다. "이것이 바로 이 재판의 모습입니다. 모든 것이 다 사실이고 어느 것 하나 사실인 게 없습니다." 검사는 수수께끼 같은 얼굴로 문서의 제목을 연필로 찔러 대고 있었다.

오 분간의 휴정 시간에 변호사는 나에게 모든 것이 더할 수 없이 잘되어 간다고 말했다. 휴정 후 피고인 측에서 요청한 셀레스트의 증언이 있었다. 피고인 측이란 바로 나였다. 셀레스트는 때때로 나에게 시선을 던졌고 두 손으로 파나마모자를 만지작거리며 돌려 댔다. 그는 가끔 일요일에 나와 함께 경마 구경을 갈 때 입었던 새 양복을 입고 있었다. 그러나 셔츠에 칼라는 달지 못했던지 구리 단추로 목을 채우고 있었다.[4] 내가 그의 손님이었느냐는 질문에 그는, "그렇습니다. 하지만 또 친구이기도 했습니다." 하고 말했다. 나를 어떻게 생각하느냐는 물음에는 내가 사나이라고 대답했다. 사나이란 무슨 뜻이냐고 물으니까 그는, 그것이 무슨 뜻인지는 누구나 다 안다고 말했다. 내가 내성적인 성격인 것을 알고 있었냐는 질문에는 다만, 내가 쓸데없는 말을 하지 않았다고 대답했다. 내가 식비는 어김없이 치렀느냐고 차장 검사가 묻자 셀레스트는 웃고 나서, "그건 우리끼리의 사사로운 일입니다." 하고 말했다. 다시, 나의 범죄를 어떻게 생각하느냐는 질문을 받자 그는 증언대 위에 손을 올려놓았다. 뭔가 할 말을 미리 준비했다는 것을 알 수 있었다. 그가 말했다. "내가 볼 때, 그건 하나의 불행입니다. 하나의 불행, 그게 뭔지는 누구나 다 압니다. 불행이라는 건, 어쩔 도리가 없는 겁니다. 에, 또! 내가 볼 때, 그건 하나의 불행입니다." 그는 더 계속하려고 했으나, 재판장이

4 20세기 초에는 셔츠의 목 부분에 뗐다 붙였다 하는 칼라를 매번 세탁하여 달기도 했지만 미처 못 달게 된 경우에는 목 부분을 단추로 잠그기만 할 수도 있었다. 증인으로 출석한 셀레스트는 나름대로 성의를 다하여 구리 단추를 달았다.

됐다고 하며 고맙다고 말했다. 그러자 셀레스트는 약간 당황한 표정을 보였다. 그러나 그는 좀 더 이야기를 하고 싶다고 말했다. 재판장은 간단히 말해 달라고 요청했다. 셀레스트는 또다시 그것은 하나의 불행이라는 말을 되풀이했다. 그러자 재판장은 "네, 알았어요. 그러나 우리가 할 일은 그러한 불행을 판단하는 것입니다. 수고하셨습니다." 하고 말했다. 자신의 지혜와 성의를 다했으나 더 이상은 어쩔 수가 없었다는 듯이 셀레스트는 나에게로 고개를 돌렸다. 그의 눈이 번쩍이고 입술이 떨리는 것 같았다. 그는 나를 위해 자기가 더 할 수 있는 일이 무엇일지 나에게 묻는 듯했다. 나는 아무런 말도, 몸짓도 하지 않았으나, 한 인간을 껴안아 주고 싶은 마음이 우러난 것은 그때가 처음이었다. 재판장은 증인대에서 물러갈 것을 그에게 다시 한번 지시했다. 셀레스트는 방청석으로 가서 앉았다. 나머지 심문이 계속되는 동안 줄곧 그는 몸을 약간 앞으로 기울여 무릎에 팔꿈치를 괴고 모자를 두 손으로 잡은 채, 오가는 모든 얘기에 귀를 기울였다. 마리가 들어왔다. 모자를 쓰고 있었고 여전히 아름다웠다. 그러나 나는 머리를 풀어 헤쳤을 때가 더 좋았다. 내가 앉아 있는 곳에서도 그녀의 젖가슴의 가벼운 무게감을 느낄 수 있었고 아랫입술이 여전히 조금 부풀어 있는 것도 알아볼 수 있었다. 그녀는 매우 신경이 날카로워져 있는 것 같았다. 그녀는 곧장, 언제부터 나를 알았느냐는 질문을 받았다. 그녀는 우리 회사에서 같이 일하던 시기를 말했다. 재판장은 나와 어떤 사이인지 알고 싶다고 했다. 마리는 자기가 내 여자 친구라고 말했다. 또 다른 질문에 그녀는, 나와 결혼하기로 되어 있는 것은 사실이라고 대답했다. 서류를 뒤적이던 검사가 갑자기, 언제부터 우리의 관계가 시작되었냐고 물었다. 마리는 그 날짜를 말했다. 검사는 무심한 표정으로, 그것은 엄마가 죽은 직후인 것 같다고 지적했다. 그러고는 약간 비웃는 말투로, 그러한 미묘한 사정을 더 캐묻고 싶지도 않고 또 마리의 거리낌을 잘 이해하지만, 그러나 (여기에서 그의 어조는 모질어졌다.) 자기의 의무상 부득이 결례할 수밖에 없다고 말했다. 그래서 검사는 마리에게 나와 관계를 맺게 된 그날 하루 동안의 일을 요약해 달라고 요구했다. 마리는 이야기하고 싶어 하지 않았으나 검사의 채근에 어쩔 수 없이 우리의 해수욕, 우리가 함께 영화 구경을 간 일, 그리고 함께 우리 집으로 돌아온 일을 말했다. 차장 검사는 예심에서 마리의 진술을 듣고 그날의 영화 프로그램을 조사해 보았다고 말했다. 그리고 그는 그때 무슨 영화가 상영되고 있었는지를 마리 자신의 입으로 말해 주기 바란다고 덧붙였다. 과연 마리는 거의 하얗게 질린 목소리로, 그것은 페르낭델이 나오는 영화였다고 밝혔다. 그녀의 말이 끝나자 법정은 물을 끼얹은 듯이 조용해졌다. 그러자 검사가 일어서서 심각하게, 그리고 내가 보기에도 정말 흥분한 목소리로, 나를 손가락으로 가리키며 또박또박 천천히 말했다. "배심원 여러분, 어머니가 돌아가신 바로 다음 날 이 사람은 해수욕을 했고, 부적절한 관계를 맺기 시작했고, 희극 영화를 보러 가서 시시덕거렸습니다. 더 이상 드릴 말씀이 없습니다." 여전한 정적 속에서 검사는 말을 맺고 자리에 앉았다. 그런데 갑자기 마리가 흐느껴 울기 시작하면서, 그게 아니다, 다른 것도 있었다, 사람들이 억지로 자기가 생각하는 것과는 반대되는 말을 하게 만든 것이다, 자기는 나를 잘 알고 있고, 나는 그 어떤 나쁜 짓도 하지 않았다고 말했다. 그러나 재판장이 손짓을 하자 진행관이 그녀를 데리고 나갔고, 심문은 다시 계속되었다.

그다음에 마송이 나서서, 나는 정직한 사람이며 '그뿐만이 아니라, 성실한 사람'이라고 말했으나, 들어 주는 사람이 거의 없었다. 살라마노도 내가 자기 개에게 퍽 잘해 줬다는 점을 상기시켰고, 또 어머니와 나에 관한 질문에서는 내가 엄마와 할 말이 아무것도 없었고 그 때문에 엄마를 양로원에 맡긴 거라고 대답했으나, 역시 들어 주는 사람이 거의 없었다. 살라마노는 "이해해 주셔야 합니다. 이해해 주셔야 해요."라고 말하곤 했다. 그러나 이해해 주는 사람은 하나도 없는 것 같았다. 그도 이끌려 나갔다.

뒤이어 레몽의 차례가 되었다. 그가 마지막 증인이었다. 레몽은 나에게 슬쩍 어떤 신호를 해 보이더니 다짜고짜 나는 죄가 없다고 말했다. 그러나 재판장은, 그에게 요구하는 것은 평가가 아니라 사실이라고 잘라 말했다. 재판장은 그에게, 기다렸다가 질문을 듣고 대답을 하라고 권고했다. 그가 피해자와 어떤 관계였는지 정확하게 말해 보라는 요구가 있었다. 레몽은 그 기회를 이용해, 자기가 피해자 누이의 뺨을 때린 다음부터 피해자가 미워하고 있었던 것은 바로 자기라고 말했다. 그러나 재판장은, 피해자가 나를 미워할 이유는 없었냐고 물었다. 레몽은 내가 바닷가에 같이 있었던 것은 우연한 일이었다고 말했다. 그러자 검사는 어떻게 해서 사건의 발단이 된 그 편지를 내가 쓰게 된 거냐고 물었다. 레몽은 그것도 우연이었다고 대답했다. 검사는, 이 사건에서 우연은 이미 양심에 많은 폐해를 가져왔다고 반박했다. 그는 레몽이 자기 정부의 뺨을 때렸을 때 내가 말리지 않은 것도 우연인지, 내가 경찰서에 가서 증인을 서 준 것도 우연인지, 그때의 증언이 레몽을 두둔하는 내용 일색이었던 것도 우연인지 알고 싶다고 했다. 그리고 끝으로 레몽에게 생활 수단이 무엇이냐고 물었다. '창고 감독'이라고 레몽이 대답하자 차장 검사는 배심원들에게, 증인이 포주 노릇을 업으로 하고 있다는 것은 두루 알려진 사실이라고 말했다. 나는 그의 공범자요 친구였다. 이것은 가장 저질의 치정 사건으로, 피고인이 도덕적으로 기형적 인물이라는 점 때문에 더욱 위중하다는 것이었다. 레몽이 반박하려 했고 내 변호사도 항의했으나, 재판장은 검사의 이야기를 끝까지 들어야 한다고 말했다. 검사는 "더 할 말이 별로 없습니다." 하고 말한 다음 레몽에게, "피고인은 당신의 친구였습니까?" 하고 물었다. 레몽은 "그렇습니다, 나의 친구였습니다." 하고 말했다. 그러자 차장 검사가 나에게 같은 질문을 했고 나는 레몽을 바라보았다. 그는 나에게서 눈을 돌리지 않았다. 나는 "네." 하고 대답했다. 그러자 검사는 배심원들에게로 돌아서며 선언했다. "어머니가 돌아가신 다음 날 가장 수치스러운 방탕 행위에 골몰했던 바로 그 사람이 하찮은 이유로, 차마 입에 담을 수 없는 치정 사건을 정리하기 위하여 살인을 한 것입니다."

검사는 그제야 자리에 앉았다. 그러나 나의 변호사는 참다못해 두 팔을 높이 쳐들며 외쳤다. 그 때문에 법복의 소매가 흘러내리면서 풀 먹인 셔츠의 주름이 드러나 보였다. "도대체 피고인은 어머니의 장례를 치렀다고 해서 기소된 것입니까, 아니면 살인을 했다고 해서 기소된 것입니까?” 방청객들이 웃었다. 그러나 검사가 다시 벌떡 일어나 법복의 위엄을 과시하면서, 존경하는 변호인처럼 순진하다면 어떨지 모르겠지만, 그 두 범주의 사실들 사이에 어떤 심오하고 비장하고 본질적인 관계가 있음을 감지하지 않을 수 없다고 잘라 말했다. “그렇습니다.” 하고 그는 힘차게 외쳤다. “본인은, 범죄자의 마음으로 자기 어머니를 땅에 묻었다는 이유로 이 사람의 유죄를 주장합니다.” 이 선언은 방청객들에게 엄청나게 강한 인상을 준 것 같았다. 변호사는 어깨를 으쓱하고는 이마에 흐르는 땀을 닦았다. 그러나 그는 동요한 듯했고, 나는 사태가 내게 유리하게 돌아가지 않고 있다는 것을 깨달았다.

심문이 끝났다. 법원을 나와 호송차를 타러 가면서, 나는 짧은 한순간 여름 저녁의 냄새와 빛을 기억해 냈다. 굴러가는 감옥의 어둠 속에서 나는 내가 좋아했던 한 도시의, 그리고 이따금 스스로 만족감을 느꼈던 어떤 시각의 귀에 익은 그 모든 소리들을, 마치 내 피로의 밑바닥으로부터 찾아내듯이 하나씩 되찾아 냈다. 이미 고즈넉하게 가라앉은 대기 속에서 들려오는 신문팔이들의 외치는 소리, 작은 공원 안의 마지막 새소리, 샌드위치 장수들의 호객하는 소리, 시내 고지대의 굽은 길에서 울리는 전차의 마찰음, 그리고 항구 위로 어둠이 기울기 전 하늘의 저 술렁이는 소리, 그러한 모든 것이 나에게는 소경이 되어 더듬어 가는 행로를 재구성해 주고 있었다. 감옥에 들어오기 전에 내가 잘 알고 있었던 그 행로를 말이다. 그렇다, 그것은 아주 오래전에 내가 스스로 만족감을 느끼곤 했던 그런 시각이었다. 그때 나를 기다리고 있었던 것은 언제나 가볍고 꿈도 없는 잠이었다. 그러나 이제는 무엇인가 달라져 있었다. 왜냐하면, 다음 날에 대한 기대와 더불어 이제 내가 다시 대면한 것은 바로 나의 감방이었으니 말이다. 마치 여름 하늘 속에 그려진 낯익은 길들이 우리를 감옥으로 데려갈 수도 있고 순진무구한 잠으로 데려갈 수도 있다는 듯이.

4

비록 피고인석에 앉아 있을지라도 자기 자신에 대해 하는 말을 듣는 것은 언제나 흥미로운 일이다. 검사와 변호사 사이에 논고와 변론이 오가는 동안 사람들은 나에 대해 많은 이야기를 했다. 아마 내 범죄에 대해서보다 나에 대해서 더 많은 이야기를 했다고 할 수 있을 것이다. 게다가 양쪽의 논고와 변론에 큰 차이가 있었던가? 변호사는 두 팔을 쳐들고 유죄를 인정하되 변명을 붙였다. 검사는 양손을 앞으로 뻗으며 유죄를 고발하되 변명의 여지를 주지 않았다. 그러나 나로서는 어딘가 좀 걸리는 것이 하나 있었다. 나대로의 걱정거리들이 있음에도 불구하고, 때로는 나도 한마디 참견을 하고 싶었다. 그러면 변호사는 "가만있어요, 그편이 당신 사건에 더 유리해요." 하고 말하는 것이었다. 이를테면 사람들은 나를 빼놓은 채 사건을 다루고 있는 것 같았다. 모든 것이

나의 참여 없이 진행되었다. 나의 의견을 묻는 일 없이 나의 운명이 결정되고 있었다. 때때로 나는 다른 모든 사람들의 이야기를 가로막고 이렇게 말하고 싶었다. “대체 누가 피고인가요? 피고인이 된다는 건 중요한 일이에요. 내게도 할 말이 있어요.” 그러나 깊이 생각해 보면, 내겐 할 이야기가 아무것도 없었다. 사실 나는, 사람들의 관심을 끄는 데서 얻는 재미는 오래 계속되지 않는다는 것을 인정하지 않을 수 없었다. 예를 들어서, 검사의 논고는 금방 따분하게 느껴졌다. 나의 주의를 끌거나 흥미를 불러일으킨 것은 오직 단편적인 말, 몸짓, 혹은 전체 맥락과 동떨어진 장광설 같은 것들뿐이었다.

내가 제대로 이해했다면, 검사 측 생각의 요점은 내가 범죄를 사전에 계획했다는 것이었다. 적어도 그는 그것을 증명하려고 애썼다. 실제로 그 자신이 이렇게 말하고 있었다. “제가 그것을 증명하겠습니다, 여러분. 그것도 양면으로 증명하겠습니다. 우선은 명명백백한 사실에 비추어서, 다음으로는 이 범죄적 영혼의 심리 상태가 제공하는 어두컴컴한 조명에 의지해서 증명하겠습니다.” 검사는 엄마가 죽은 뒤의 여러 가지 사실들을 요약했다. 내가 냉담했다는 것, 엄마의 나이를 몰랐다는 것, 이튿날 여자와 해수욕을 하러 갔다는 것, 영화 구경, 페르낭델, 그리고 끝으로 마리와 함께 집으로 돌아왔다는 것을 상기시켰다. 그때 나는 검사의 말을 이해하는 데 시간이 좀 걸렸다. 그가 '그의 정부(情婦)'라고 말했기 때문이다. 그러나 나에게 그녀는 그저 마리일 뿐이었다. 그다음으로 검사는 레몽의 이야기에 이르렀다. 사건들을 보는 그의 방식에는 명쾌한 면이 없지 않다는 생각이 들었다. 그의 이야기는 그럴듯했다. 나는 레몽과의 합의하에, 그의 정부를 유인하여 '품행이 수상한' 어떤 인물의 악랄한 손아귀에 넘기려고 편지를 썼다. 바닷가에서는 내가 레몽의 상대들에게 시비를 걸었다. 레몽이 상처를 입었다. 나는 레몽에게 권총을 달라고 했고, 그것을 사용할 생각으로 혼자서 되돌아갔다. 그러고는 계획했던 대로 아랍인을 쏘아 죽였다. 그리고 기다렸다. 그러고 나서 '일이 제대로 되었는지 확인하기 위해서' 다시 네 발을 침착하게, 틀림없이, 말하자면 깊이 생각한 끝에 쏘았다는 것이었다.

"이상과 같습니다. 여러분!" 하고 검사는 말했다. "저는 여러분 앞에서, 이 사람이 고의적으로 살인을 하게 된 사건의 경위를 되짚어 보았습니다. 저는 이 점을 강조하고자 합니다. 왜냐하면 이것은 보통의 살인, 정상 참작의 여지가 있는 충동적인 행위가 아니기 때문입니다. 여러분, 이 사람은 똑똑합니다. 그의 진술을 여러분도 듣지 않으셨습니까? 그는 대답할 줄 압니다. 말뜻도 잘 압니다. 그러므로 자기가 무슨 짓을 하는지 모르고 행동했다고는 할 수 없습니다."

나는 귀를 기울이고 있었고, 내가 똑똑한 사람이라고 그가 말하는 것을 들었다. 그러나 평범한 사람이 갖춘 장점이 어떻게 그를 죄인으로 모는 명백한 기소 사유가 될 수 있는 것인지는 잘 이해할 수가 없었다. 적어도 나를 놀라게 한 것은 그 점이었다. 그 뒤 나는 검사의 말에 더 이상 귀 기울이지 않았는데 문득 그의 이런 말이 들렸다. "피고인이 하다못해 후회의 빛이라도 보였던가요? 전혀 아닙니다, 여러분. 예심이 진행되는 동안 이 사람은 단 한 번도 자기가 저지른 가증스러운 범행을 뉘우치는 빛이 없었습니다." 그 순간 그는 내 쪽으로 돌아서서 손가락으로 나를 가리키며 계속해서 나를 몰아붙였는데, 나는 왜 그러는지 그 이유를 잘 알 수 없었다. 하기야 그의 말이 옳다는 것은 나도 인정하지 않을 수 없었다. 나는 내가 한 행동을 그다지 뉘우치고 있지 않았던 것이다. 그렇지만 그가 그토록 악착스럽게 덤벼드는 것은 의외였다. 나는 다정스럽게, 거의 애정을 기울여, 나는 원래 진정으로 무엇을 뉘우쳐 본 적이 없다고 그에게 설명해 주고 싶었다. 나는 언제나 앞으로 일어날 일, 오늘 일 또는 내일 일에 정신이 팔려 있었던 것이다. 그러나 내가 처해 있던 상황에서 당연히 누구에게도 그런 투로는 말할 수 없었다. 나는 다정스럽게 대하거나 호의를 보일 권리가 없는 것이었다. 그리고 검사가 나의 영혼에 관해서 이야기하기 시작했으므로 나는 다시 귀를 기울이려고 애썼다.

검사는, 배심원 여러분, 그 영혼을 깊숙이 들여다보았으나 아무것도 찾아볼 수 없었다고 말했다. 사실상 나에게는 영혼 같은 것은 있지도 않았고, 인간다운 점도, 인간들의 마음을 지켜 주는 그 어떤 도덕적 원리도 없었다는 것이었다. 그는 이렇게 덧붙였다. "아마도 우리는 그렇다고 해서 이 사람을 비난할 수는 없을 것입니다. 그가 갖추고 있을 수 없는 것이 결여되어 있다고 해서 우리가 그에게 불평할 수는 없는 일입니다. 그러나 이 법정에서는 관용이라는 매우 소극적인 덕목은, 그보다 더 어렵기는 하지만 더 고귀한, 정의라는 덕목으로 바뀌어야 합니다. 이 사람에게서 볼 수 있는 것 같은 심리적 공허가 어떤 구렁텅이가 되어 사회 전체를 삼켜 버릴 수도 있는 경우에는 더더욱 그렇습니다." 그가 엄마에 대한 나의 태도를 거론한 것은 바로 그때였다. 그는 심리 중에 했던 말을 다시 되풀이했다. 그러나 그는 내가 저지른 범죄를 이야기할 때보다 훨씬 더 길게 끌었다. 심지어 너무나 길게 끄는 바람에 결국 나는 그날 아침나절의 더위밖에는 더 이상 아무것도 느끼지 못했다. 적어도 차장 검사가 말을 멈출 때까지는 그랬다. 그는 잠시 말을 끊었다가 다시 매우 낮지만 매우 자신 있는 목소리로 말했다. "여러분, 바로 이 법정은 내일 가장 흉악한 범죄, 아버지를 살해한 범죄를 심판하게 될 것입니다." 그의 말에 따르면, 이 잔학한 범죄 앞에서는 상상력조차 뒷걸음친다는 것이었다. 그는 인간 사회의 율법이 가차 없이 처단해 주기를 감히 기대해 마지않는다고 말했다. 그러나 그는, 서슴지 않고 말하거니와, 그 범행이 불러일으키는 혐오감은, 나의 무감각함 앞에서 자신이 느끼는 혐오감에 비하면 차라리 한 수 아래라고 했다. 여전히 그의 말에 따르면, 정신적으로 어머니를 죽이는 인간은, 자기에게 생명을 준 아버지를 제 손으로 죽이는 인간과 마찬가지로 인간 사회를 등지는 것, 어쨌든 전자는 후자의 행위를 준비하며, 말하자면 그러한 행위를 예고하고 또 정당화한다는 것이었다. 그는 목소리를 높이며 덧붙였다. "여러분, 저는 확신합니다. 피고인석에 앉아 있는 이 사람은 이 법정이 내일 판결을 내리게 될 살인죄에 대해서도 역시 유죄라고 말씀드린다 해도, 여러분은 제 생각이 너무 과장되었다고 여기지 않을 것입니다. 그러므로 이 사람은 벌을 받아 마땅합니다." 여기에서 검사는 땀으로 번들거리는 얼굴을 닦았다. 끝으로 그는, 자기의 의무는 고통스러운 것이지만 결연히 그 의무를 수행하겠다고 말했다. 그리고, 나는 사회의 가장 근본적인 규율을 무시하고 있으므로 이 사회와는 아무 관계도 없으며,

인간의 마음에서 우러나오는 가장 기본적인 반응도 보일 줄 모르므로 인정에 호소할 수도 없다고 말했다. “본 검사는 이 사람의 목을 요구합니다. 하지만 가벼운 마음으로 요구합니다. 왜냐하면, 이미 짧지 않은 재임 기간 중 저는 여러 번 사형을 구형했지만, 그 괴로운 의무가 오늘처럼, 절박한 지상 명령을 따른다는 의식에 의해, 그리고 흉악무도함밖에 찾아낼 수 없는 한 인간의 얼굴을 앞에 두고 느끼는 혐오감에 의해 보상받고, 채워지고, 빛을 받는다고 느껴 본 적이 한 번도 없었기 때문입니다.”

검사가 자리에 앉자, 상당히 오랜 정적이 흘렀다. 나는 더위와 놀라움으로 어리둥절한 상태였다. 재판장이 잔기침을 하고 나서 아주 낮은 목소리로 나에게, 덧붙여 말하고 싶은 것은 없느냐고 물었다. 나는 자리에서 일어났고, 말을 하고 싶었으므로, 사실은 그저 생각나는 대로, 아랍인을 죽이려는 의도는 없었다고 말했다. 재판장은 그것은 하나의 주장이라고 대답하고, 지금까지 자기는 나의 자기방어 논리를 잘 이해할 수가 없었으므로 변호사의 변론을 듣기 전에 내가 그런 행동을 하게 된 동기를 분명하게 말해 주면 좋겠다고 했다. 나는 빠르게, 좀 뒤죽박죽이 된 말로, 그리고 우스꽝스러운 말인 줄 알면서도, 그것은 태양 때문이었다고 말했다. 법정 안에서 웃음이 터졌다. 나의 변호사는 어깨를 으쓱했고, 곧이어

발언권을 얻었다. 그러나 그는 시간이 늦었고, 자기의 변론에는 많은 시간이 필요하므로 오후로 미루어 줄 것을 요청한다고 말했다. 재판부는 이에 동의했다.

오후에도 커다란 선풍기들이 여전히 실내의 무더운 공기를 휘젓고 있었고, 배심원들이 손에 든 여러 색깔의 작은 부채들이 모두 같은 방향으로 움직이고 있었다. 내 변호사의 변론은 좀처럼 끝날 것 같지 않았다. 그러나 어느 순간엔가 나는 그의 말에 귀를 기울였다. "내가 살인을 한 것은 사실입니다." 하고 그가 말했기 때문이다. 그리고 그는 그런 투로 계속하면서 나에 대해 이야기할 적마다 '나는'이라고 말하는 것이었다. 나는 매우 놀랐다. 나는 경관에게 몸을 굽혀 그러는 이유를 물었다. 경관은 잠자코 있으라고 하더니 조금 있다가 덧붙였다. "변호사들은 다 그러는 거예요." 나는, 그것 또한 나를 사건에서 제쳐 놓고 나를 아무것도 아닌 걸로 취급하는 것이며, 어떤 의미로는 나를 대신하는 것이라는 생각이 들었다. 그러나 그때 나는 이미 그 법정에서 아득하게 먼 곳에 가 있었던 것 같다. 게다가 내 눈엔 내 변호사도 우스꽝스럽게 보였다. 그는 매우 빠르게 상대 측의 도발임을 주장하고[5] 이어서

5 여기서 '도발'은 검사 측에서 도발했다는 뜻이 아니라 죽은 아랍인 쪽에서 도발했고 뫼르소가 대응하는 과정에서 살인을 하게 되었다는 의미다.

그 역시 나의 영혼에 대하여 말했다. 그러나 내가 보기에 그는 검사보다 재능이 훨씬 떨어지는 것 같았다. "저 역시 그 영혼을 들여다보았습니다만, 훌륭하신 검사님과 달리 저는 그 무엇인가를 발견할 수 있었습니다. 아니, 막힘없이 술술 그 내용을 읽어 볼 수 있었다고 할 수 있습니다." 그는 내가 착실한 사람이며, 규칙적이고 근면하고 근무하는 회사에 충실한 근로자, 모든 사람에게 사랑받고 다른 사람의 불행을 동정하는 사람이라는 것을 그 영혼 속에서 읽었다는 것이었다. 그가 본 바로는, 나는 힘이 닿는 한 오랫동안 어머니를 부양했던 모범적인 아들이었다. 그러다가 결국 내 능력으로는 마련해 드릴 수 없는 안락한 생활을 양로원이 대신해서 늙은 어머니에게 베풀어 주기를 기대하게 된 것이었다. "여러분, 그 양로원과 관련하여 이러니저러니 그렇게도 말이 많았다는 것이 저로서는 놀랍기만 합니다. 요컨대, 만약 그러한 시설이 유용하고 중요하다는 증거가 꼭 필요하다면, 그런 시설을 지원하고 있는 것이 다름 아닌 국가라는 사실을 지적하지 않을 수 없으니 말입니다." 그가 덧붙였다. 다만 그는 장례식에 관해서는 언급하지 않았고 나는 그것이 그의 변론에서 부족한 점이라고 느꼈다. 그러나 그 모든 장광설, 나의 영혼에 대하여 이야기했던 그 모든 날들과 끝이 없을 것 같던 시간들 때문에, 모든 것이 빛깔 없는 물처럼 변해 버리고 그 속에서 나는 어질어질 현기증이 나는 것만 같았다.

결국 내가 기억하는 것은 오직 변호사가 이야기를 계속하는 동안, 거리로부터, 다른 방들과 법정들의 전 공간을 거쳐서, 아이스크림 장수의 나팔 소리가 나의 귀에까지 울려 왔다는 것뿐이다. 나는 더 이상 나의 것이 아니게 된 어떤 삶, 그러나 나로 하여금 가장 초라하지만 가장 끈질긴 기쁨을 맛보게 했던 어떤 삶에 관한 추억에 휩싸였다. 여름의 냄새들, 내가 좋아하던 거리, 어느 저녁 하늘, 마리의 웃음과 옷. 그러자 내가 지금 여기서 하고 있는 그 모든 무용한 짓이 목구멍까지 치밀고 올라와 숨이 막혔다. 내가 서둘러 하고 싶은 것이 있다면 단 한 가지, 어서 모든 것이 끝나서 나의 감방으로 돌아가 잠이 드는 것뿐이었다. 내 변호사가 외쳐 대는 소리가 가까스로 귀에 들려왔다. 그는 끝으로, 배심원 여러분들께서는 일시적으로 잘못 생각하여 길을 잃었을 뿐인 성실한 근로자를 죽음의 자리로 보내지는 않을 것이라면서, 내가 이미 가장 확실한 벌로써 영원한 뉘우침의 짐을 끌고 가게 만든 그 범죄에 대해 정상 참작을 요구했다. 재판부가 휴정을 선언하고, 변호사는 기진맥진한 얼굴로 자리에 앉았다. 그러나 그의 동료들이 다가와서 그의 손을 잡았다. "아주 훌륭했어." 하는 말이 들렸다. 그중 한 사람은 심지어 나에게 맞장구를 쳐 달라는 듯 “안 그래요?” 하고 말하기까지 했다. 나는 동의했지만, 나의 칭찬은 진심이 아니었다. 나는 너무나 피곤했던 것이다.

그러는 사이에 밖에서는 어느덧 날이 기울어 갔고 더위는 수그러져 있었다. 거리에서 들려오는 소리들에서 나는 저녁의 감미로움을 짐작했다. 우리는 모두 거기서 기다리고 있었다. 그런데 우리가 함께 기다리는 것은 오직 나 자신하고만 관련된 일이었다. 나는 다시 한번 장내를 둘러보았다. 모든 것이 첫날과 똑같은 상태였다. 나는 회색 재킷 차림의 기자, 그리고 자동인형 같은 여자의 눈길과 마주쳤다. 그제야 재판 중에 내가 한 번도 눈으로 마리를 찾아보지 않았다는 데 생각이 미쳤다. 그녀를 잊지는 않았으나 할 일이 너무나 많았던 것이다. 셀레스트와 레몽 사이에서 마리가 보였다. 그녀는 “드디어”라고 말하듯이 나에게 작은 몸짓을 해 보였다. 나는 약간 근심 어린 표정으로 웃음 짓고 있는 그녀의 얼굴을 보았다. 그러나 가슴이 꽉 막힌 것 같은 느낌이어서 그녀의 미소에 답할 수 없었다.

재판이 재개되었다. 매우 빠른 속도로, 배심원들을 향하여 일련의 질문들이 낭독되었다. ‘살인죄’…… ‘계획적 범행’…… ‘정상 참작’ 등의 말들이 들렸다. 배심원들이 퇴장했고, 나는 이미 앞서 기다린 적이 있는 방으로 이끌려 갔다. 내 변호사가 따라와서 매우 수다스럽게, 그 어느 때보다 더 자신 있고 다정한 태도로 내게 이야기를 했다. 그는 다 잘될 것이며, 몇 년 동안의 감금형 혹은 도형 정도로 해결되리라고 생각하고 있었다. 만약 불리한 판결이 날 경우에 파기할 기회가 있느냐고 나는 물었다. 그는 아니라고 대답했다. 배심원 측의 비위를 건드리지 않기 위해서 의견서를 제출하지 않는 것이 그가 세워 둔 전술이라는 것이었다. 그는 그렇게, 아무 사유도 없이 그냥 판결을 파기하지는 않는 법이라고 설명했다. 내가 생각해도 그것은 명백해 보여서, 나는 그의 논리에 승복했다. 냉정하게 따져 보면 그것은 지극히 당연한 일이었다. 그렇지 않다면 쓸데없는 서류들이 너무 많아질 것 같았다. "어쨌든 항고의 기회가 있어요. 그러나 결과가 유리하게 나오리라고 확신합니다." 내 변호사가 말했다.

우리는 매우 오랫동안 기다렸다. 거의 사오십 분쯤 되었던 것 같다. 그만큼 시간이 지난 뒤 벨이 울렸다. 변호사는 "배심원 대표가 평결을 낭독할 거예요. 당신은 판결문 발표 때에나 들여보낼 겁니다."라고 말하고는 나를 두고 가 버렸다. 문을 여닫는 소리가 들렸다. 사람들이 층계를 뛰어가고 있었으나, 멀고 가까움을 분간할 수는 없었다. 그러고는 법정에서 잘 들리지 않는 목소리로 무엇인지 읽는 소리가 들렸다. 또다시 벨이 울리고 피고인석 문이 열렸을 때 나에게로 밀려온 것은 장내의 정적이었다. 그 정적, 그리고 그 젊은 기자가 시선을 딴 데로 돌리고 있는 것을 보고 내가 느낀 그 야릇한 느낌이었다. 나는 마리가 있는 쪽을 보지 못했다. 그럴 겨를이 없었다. 왜냐하면 재판장이 나에게 이상한 형식을 갖추어, 나는 프랑스 국민의 이름으로 공공 광장에서 목이 잘리게 된다고 말했기 때문이다. 그러자 나는 모든 사람들의 얼굴에서 실감되는 그 감정을 이해할 것 같았다. 그것은 분명 어떤 존중 같은 것이었다고 생각한다. 경관들은 나에게 아주 부드럽게 대했다. 변호사는 나의 손목에 자기 손을 올려놓았다. 나는 이제 아무 생각이 없었다. 그러나 재판장이 나에게 덧붙일 말이 없느냐고 물었다. 나는 잠시 생각해 보았다. 그리고 대답했다. "없습니다." 그러자 경관들이 나를 밖으로 데리고 나왔다.

5

세 번째로 나는 교도소 부속 사제의 면회를 거절했다. 그에게 말할 것도 없고 이야기도 하기 싫었다. 나는 그를 곧 만나게 될 것이다. 지금 나의 관심사는 기계 장치로부터 벗어나는 것, 피할 수 없는 그 일에서도 빠져나갈 구멍이 있을 수 있는지 알아보는 것이다. 내 감방이 바뀌었다. 지금 이 감방에서는, 반듯이 누우면 하늘이 내다보인다. 하늘밖에 보이지 않는다. 낮에서 밤으로 옮겨 가면서 색깔들이 약해지는 과정을 하늘의 얼굴 속에서 바라보는 것으로 하루하루가 지나간다. 누워서 머리 밑에 손을 괴고 나는 기다린다. 사형 선고를 받은 사람들 가운데 그 가차 없는 메커니즘에서 벗어난 예가, 처형되기 전에 종적을 감추거나 경찰의 비상선을 돌파한 예가 있었는지 나는 얼마나 여러 번 자문해 보았는지 모른다. 그럴 때마다 나는 전에 사형 집행에 관한 이야기에 충분히 주의를 기울이지 않았던 것을 자책했다. 그러한 문제에는 언제나 관심을 기울여야 마땅할 것이다. 어떤 일이 닥칠지 결코 알 수 없는 일이다. 다른 사람들과 마찬가지로 나도 신문에 난 취재 기사를 읽어 본 적은 있다. 그러나 전문적인 서적들이 분명히 있었을 텐데, 그것들을 들여다보고 싶어 한 적은 한 번도 없었다. 그러한 책들에서라면 탈출의 이야기들을 찾아낼 수 있었을 것이다. 적어도 한 번쯤은 돌아가던 바퀴가 멎는다든가, 그 거역할 수 없는 사전 계획 속에서도 우연과 요행이 무슨 변화를 일으키는 일이 단 한 번은 있었다는 것을 알게 되었을 것이다. 단 한 번! 어느 의미로는 내게는 그 한 번이면 충분했으리라고 생각한다. 나머지는 내 마음이 알아서 했을 것이다. 신문에서는 흔히 사회에 대한 부채를 말하곤 했다. 그들의 말에 의하면 그 부채를 갚아야 한다는 것이었다. 그러나 그러한 말은 상상력을 불러일으키지 못한다. 중요한 것은 탈출의 가능성, 무자비한 의식(儀式) 밖으로의 도약, 희망의 모든 기회를 제공하는 광란의 질주였다. 물론 희망이란, 힘껏 달리던 도중 길모퉁이에서, 어디선가 날아온 총탄에 맞아 쓰러지는 것이었다. 그러나 곰곰이 생각해 보면, 그러한 호사를 나에게 허락해 주는 것은 아무것도 없고 모든 것이 나에게 그런 호사를 금지하고 있었으니, 기계 장치가 나를 다시 붙잡는 것이었다.

아무리 해 보려 해도 나는 그러한 오만방자한 확실성을 받아들일 수가 없었다. 왜냐하면, 어쨌든 그 확실성에 근거를 제공한 판결과, 판결이 선고된 순간부터의 가차 없는 전개 과정 사이에는 어처구니없는 불균형이 있었기 때문이다. 판결문이 17시가 아니라 20시에 낭독되었다는 사실, 그 판결이 전혀 다를 수도 있었으리라는 사실, 속옷을 갈아입는 존재인 인간들에 의해 판결이 내려졌다는 사실, 프랑스(혹은 독일, 중국) 국민 같은 지극히 모호한 개념에 의거하여 판결이 내려졌다는 사실, 그러한 모든 것이 그 결정의 진지성을 많이 깎아내리는 것 같았다. 그러나 선고가 내려진 순간부터 그 선고의 결과는 내가 몸뚱이를 짓뭉개고 있던 그 벽의 존재와 마찬가지로 확실하고 심각한 것이 된다는 사실을 인정하지 않을 수 없었다.

그럴 때면, 나는 엄마가 아버지에 대해 들려준 어떤 이야기가 생각났다. 나는 아버지를 본 적이 없다. 아버지에 대하여 정확히 아는 것이라고는 아마도 엄마가 그때 이야기해 준 것이 전부였을 것이다. 아버지가 어느 살인범의 사형 집행을 보러 갔었다는 것이다. 그것을 보러 간다는 생각만으로도 아버지는 병이 날 지경이었다. 그래도 아버지는 보러 갔고, 돌아오자 아침나절 한동안 구토를 해 댔다. 그 말을 들었을 때 나는 아버지가 좀 역겨웠다. 그러나 지금은 이해가 됐다. 지극히 당연한 일이었다. 사형 집행보다 더 중대한 일은 없으며, 요컨대 그것이야말로 한 인간에게 참으로 흥미 있는 유일한 일이라는 것을 어째서 그때는 알아차리지 못했을까! 혹시라도 이 감옥에서 나가게 된다면 나는 모든 사형 집행을 빠짐없이 다 보러 가겠다. 그러나 그러한 가능성을 생각하는 것은 잘못이었다고 생각한다. 왜냐하면, 어느 이른 아침에 경찰의 비상선 밖에, 말하자면 저쪽 편에 가 있는 나를 생각만 해도, 사형 집행 장면을 구경하러 왔다가 나중에 토할 수도 있는 구경꾼이 된 나를 생각만 해도, 독약 같은 기쁨의 물결이 가슴으로 차올랐기 때문이다. 그러나 그것은 분별없는 생각이었다. 그런 가정(假定)에 빠져드는 것은 잘못이었다. 왜냐하면 잠시 후 나는 매우 지독한 오한 때문에 담요를 뒤집어쓰고 몸을 웅크리지 않으면 안 되었으니 말이다. 걷잡을 수 없을 정도로 이가 덜덜 떨렸다.

그러나 물론 언제나 분별 있는 생각만 할 수는 없다. 예를 들어서, 또 어떤 때 나는 법률안을 만들어 보기도 했다. 형법 체제를 개혁해 보기도 했다. 제일 중요한 것은 사형수에게 한 번의 기회를 주는 것임을 나는 알아차렸다. 천 번에 단 한 번, 그것이면 수많은 일을 해결할 수 있었다. 그리하여 나는 환자(나는 환자라는 말을 생각했다.)가 먹으면

열 번에 아홉 번만 죽는 그런 화학 약품의 배합을 고안해 낼 수도 있을 것이라고 생각했다. 환자가 그 사실을 알고 있어야 한다는 것이 조건이었다. 왜냐하면 침착하게 이것저것 자세히 따져 본 결과 나는 단두대 칼날의 경우, 결함은 그것이 그 어떤 기회도, 절대적으로 그 어떤 기회도 허용하지 않는다는 데 있다는 것을 알 수 있었으니 말이다. 요컨대 단 한 번에 그 환자의 죽음이 결정되어 버리는 것이었다. 그것은 이미 결정된 일이며 확정된 배합이며 성립된 합의여서 재론의 여지가 없었다. 만에 하나 실패할 경우 다시 해야 했다. 그렇다 보니 난처한 것은, 사형수로서는 기계가 순조롭게 작동해 주기만 바라야 한다는 점이었다. 내 말은, 바로 그것이 불완전한 면이라는 것이다. 어떤 의미에선 그렇다. 그러나 또 다른 의미에서는 그 훌륭한 조직의 모든 비결이 거기에 있다는 것을 인정하지 않을 수 없었다. 요컨대 수형자는 정신적으로 협력을 하지 않으면 안 되었다. 모든 것이 탈 없이 진행되는 것이 그에게 이로운 것이다.

나는 또한, 그러한 문제에 관해서 내가 여태까지 옳지 못한 생각을 하고 있었다는 것을 인정하지 않을 수 없었다. 오랫동안 나는 — 왜 그랬는지는 모르지만 — 단두대로 가기 위해서는 그것이 설치된 대 위로 올라가야 한다고, 계단을 올라가야 한다고 믿고 있었다. 그것은 1789년의 대혁명, 다시 말해서, 그러한 문제에 관해서 사람들이 내게 가르쳐 주거나 보여 준 모든 것들 때문일 것이다. 그런데 어느 날 아침, 소문이 자자했던 어떤 사형 집행을 계기로 신문에 실렸던 사진 한 장이 생각났다. 사실인즉 기계는 그냥 땅바닥에 지극히 간단하게 놓여 있었다. 그리고 생각했던 것보다 훨씬 좁았다. 좀 더 일찍 그런 생각을 하지 못한 것이 정말 이상한 일이었다. 사진에서 본 그 기계는, 무엇보다도 정밀한 제품답게 완벽하고 번쩍이는 모습이 퍽 인상적이었다. 사람은 자신이 알지 못하는 것에 관해서는 항상 과장된 생각을 품는 법이다. 그런데 그와 반대로 모든 것은 단순하다는 사실을 나는 인정하지 않을 수 없었다. 기계는 그것을 향해 걸어가는 사람과 같은 높이에 설치되어 있었다. 그래서 마치 어떤 사람을 만나러 가듯이 가다가 그 기계를 만나게 되는 것이다. 이 역시 따분한 점이었다. 단두대를 향해 올라간다면, 하늘 높이 올라가는 것이라면, 그 방향으로 상상력이 뻗어 갈 수가 있었다. 그런데 여기서도 그 기계 장치가 모든 것을 압도해 버리는 것이었다. 약간 수치스럽게, 대단히 정확하게, 슬며시 목숨이 끊어지는 것이었다.

줄곧 나의 머리를 떠나지 않는 것이 두 가지 더 있었다. 새벽녘과 상고(上告)가 그것이었다. 그러나 나는 이성적이 되어서 그러한 생각을 하지 않으려고 애썼다. 나는 누워서 하늘을 바라보며 거기에 정신을 쏟으려고 노력했다. 하늘이 초록빛으로 변해 갔다. 저녁이었다. 나는 생각의 방향을 돌리려고 더욱 애썼다. 심장이 뛰는 소리에 귀를 기울였다. 그토록 오래전부터 나를 따라다니던 그 소리가 멎어 버릴 수 있다는 것을 상상할 수가 없었다. 나는 제대로 상상력을 발휘해 본 적이 한 번도 없다. 그래도 이 심장의 고동 소리가 더 이상 계속되지 않는 그 어떤 순간을 머릿속에 그려 보려고 애썼다. 그러나 헛수고였다. 새벽 또는 상고라는 것이 있었던 것이다. 나는 결국 마음을 억지로 돌리려 하지 않는 것이 가장 현명한 일이라고 생각하기에 이르렀다.

그들이 오는 것은 새벽이다. 나는 그걸 알고 있었다. 결국 나는 매일 그 새벽을 기다리며 밤을 지새운 셈이다. 언제나 나는 불시에 당하는 것을 싫어했다. 내게 무슨 일이 생길 때 나는 그 현장에 있고 싶다. 그래서 결국 나는 낮에만 조금 잤을 뿐 밤에는 하늘로 난 창에 새벽빛이 떠오를 때까지 꾹 참고 기다렸다. 가장 힘이 드는 때는, 통상 그들이 그 일을 실행하는 시간으로 알고 있는 그 의심쩍은 시각이었다. 자정이 지나면 나는 기다리며 망을 보았다. 나의 귀가 일찍이 그처럼 많은 소리들을 감지하고, 그렇게 가느다란 소리들을 분간해 본 적은 없었다. 사실 어떻게 보면 그 기간 동안 줄곧 나는 운이 좋았다고 할 수 있다. 발소리가 한 번도 들리지 않았으니 말이다. 엄마는, 사람이 전적으로 불행하기만 할 수는 없는 법이라고 자주 말했다. 감옥에서, 하늘이 빛으로 물들고 새로운 하루의 빛이 감방으로 새어 들 때면, 나는 엄마의 말이 맞다는 생각을 하곤 했다. 왜냐하면 발소리가 들려오고 내 심장이 터져 버릴 수도 있는 일이었기 때문이다. 나는 심지어 아주 작은 소리만 나도 문으로 달려가 판자에 귀를 대고 정신없이 기다리다가 결국은 나 자신의 숨소리를 듣게 되고, 그 소리가 헉헉거린다거나 개가 헐떡이는 소리와 너무나 닮았다는 것을 깨달으며 깜짝 놀라기도 했지만, 결국 내 심장은 터지지 않았고, 나는 또다시 스물네 시간을 벌게 되는 것이었다.

낮 동안에는 진종일 상고 생각을 했다. 나는 이 상고에 대한 생각에서 최선의 방책을 얻어 냈다고 본다. 나는 효과를 면밀히 따져 보고, 그러한 숙고를 통해서 최대의 결실을 얻어 내는 것이었다. 나는 늘 최악의 경우를 가정하곤 했다. 상고의 기각이 바로 그것이었다. "그래, 그러면 나는 죽는 거지 뭐." 다른 사람들보다 먼저. 그건 명백했다. 그러나 인생이 살 만한 가치가 없다는 것은 누구나 다 알고 있다. 따지고 보면 서른 살에 죽느냐 예순 살에 죽느냐는 별로 중요하지 않다는 것을 나도 모르는 바 아니었다. 둘 중 어떤 경우가 됐든 당연히 다른 남자들과 다른 여자들은 살아갈 것이고, 수천 년 동안 그럴 것이다. 요컨대 이보다 더 명백한 것은 없다. 지금이건 이십 년 후건 언제나 죽는 것은 바로 나다. 그 순간의 추론에서 좀 난처한 점은, 앞으로 이십 년을 더 살 수도 있다는 데 생각이 미치면 돌연 마음속에서 끔찍한 그 무엇이 치솟는 게 느껴진다는 것이었다. 그러나 그것도, 이십 년 후 내가 어쨌든 그런 입장이 되어야 한다면 그때 내 생각은 어떠할까를 상상함으로써 눌러 버리면 그만이었다. 어차피 죽는 바에야 어떻게 죽든, 언제 죽든 그런 건 당연히 문제가 아니다. 그러므로,(그리고 어려운 것은 추론에서 이 '그러므로'라는 말이 의미하는 바를 간과하지 않는 것이었다.) 그러므로, 나는 내 상고의 기각을 받아들여야 했다.

그때, 오직 그때에야 비로소 나는 이를테면 두 번째 가정을 해 볼 권리를 얻을 수가, 말하자면 나 자신에게 그렇게 할 것을 허용할 수가 있는 것이었다. 즉 내가 사면받는다는 가정 말이다. 난처한 것은, 엄청난 기쁨으로 내 눈을 찌르며 튀어 오르는 그 피와 육신의 격정을 진정시키지 않으면 안 되었다는 점이다. 나는 열심히 그 부르짖음을 억누르고 통제해야 했다. 첫 번째 가정에서의 나의 단념이 더욱 그럴듯한 것이 되려면 이 두 번째 가정에서도 나는 태연해야만 했다. 그것이 가능해지면 나는 한 시간 동안 평온한 마음을 유지할 수 있었다.

이것만 해도 대단한 일이었다.

내가 한 번 더 부속 사제의 방문을 거절한 것은 바로 그런 때였다. 나는 누워 있었고, 하늘이 황금빛으로 물드는 것을 보고 여름 저녁이 가까워 오는 것을 느꼈다. 상고를 하지 않기로 한 직후였기에 나는 몸속에서 혈류가 규칙적으로 순환하는 것을 느낄 수 있었다. 나는 사제를 만날 필요가 없었다. 아주 오래간만에 처음으로 나는 마리를 생각했다. 그녀가 더 이상 편지를 보내오지 않은 지 퍽 오래되었다. 그날 저녁 나는 곰곰이 생각한 끝에, 아마 그녀가 사형수의 애인 놀음에 그만 지쳐 버린 것이리라고 혼자 짐작을 했다. 어쩌면 병이 났거나 죽었을지 모른다는 생각도 들었다. 충분히 있을 수 있는 일이었다. 이제는 서로 떨어져 있는 우리의 두 몸 이외에는 우리를 이어 주고 우리에게 서로를 생각나게 해 주는 것이 없었으니, 내가 어찌 그녀의 사정을 알 수 있겠는가? 사실 그때부터 나는 마리와의 추억에 무관심해졌을 것이다. 죽은 마리는 더 이상 내 관심의 대상이 되지 못했다. 그것은 당연한 일이라고 생각되었다. 내가 죽은 뒤엔 사람들이 나를 잊게 된다는 것을 아주 잘 이해하고 있었듯이 말이다. 사람들은 나와 아무 상관이 없어지는 것이다. 심지어 그런 생각을 하는 것이 괴로웠다고 말할 수도 없었다.

부속 사제가 들어온 것은 바로 그때였다. 그를 보자,

나는 몸이 약간 떨렸다. 사제는 그걸 알아차리고 겁내지 말라고 했다. 나는 그에게 보통은 다른 시간에 오지 않았느냐고 말했다. 그는, 이번 면회는 나의 상고와는 아무 관계가 없는 순전히 친구로서의 면회이며, 자기는 상고에 관해서 아무것도 모른다고 대답했다. 그는 내 침상 위에 앉더니 나더러 가까이 와 앉으라고 권했다. 나는 거절했다. 그래도 그는 매우 부드러운 표정을 짓고 있었다.

그는 잠시 동안 두 팔을 무릎 위에 올려놓고 머리를 숙인 채, 자기 손을 물끄러미 바라보며 앉아 있었다. 그 손은 가냘프면서도 근육이 드러나 보여서 날렵한 벌레를 연상시켰다. 사제는 천천히 그 두 손을 비볐다. 그러고는 여전히 머리를 숙이고 우두커니 앉아 있었다. 너무나 오랫동안 그러고 있어서, 나는 잠시 그를 잊어버린 것 같은 느낌이 들었다.

그러나 그가 갑자기 고개를 들고 나를 빤히 바라보았다. "왜 나의 면회를 거절하지요?" 그가 말했다. 나는 신을 믿지 않는다고 대답했다. 그 점에 대해 확신할 수 있느냐고 묻기에 나는, 그러한 것을 자문해 볼 필요는 없다고 말했다. 내게는 중요하지 않은 문제라고 생각되었기 때문이다. 그러자 그는 몸을 뒤로 젖히고 두 손을 펴 넓적다리 위에 얹은 채 벽에다 등을 기댔다. 그는 거의 나를 향해 말하는 것 같지도 않게, 사람은 때때로 자신이 확신한다고 생각하지만, 사실은 그렇지 않다고 지적했다. 나는 아무 말도 하지 않았다. 그는 나를 쳐다보더니 물었다. "어떻게 생각하나요?" 그럴 수도 있을 것이라고 나는 대답했다. 어쨌든 나는 내가 정말로 무엇에 관심이 있는지는 확신할 수 없을지 몰라도, 무엇에 관심이 없는지는 절대적으로 확신할 수 있다고 말했다. 그런데 그가 내게 말하는 내용이 바로 나로서는 관심이 없는 것이었다.

그는 눈을 돌렸다. 그리고 여전히 그 자세를 바꾸지 않은 채, 너무나 절망해서 그렇게 말하는 것이 아니냐고 물었다. 나는 절망한 것이 아니라고 설명했다. 다만 나는 두려울 뿐이었고 그것은 아주 자연스러운 일이었다. "그렇다면 하느님께서 도와주실 겁니다." 그가 말했다. "내가 만났던 당신과 같은 경우의 사람들은 모두 하느님께로 돌아왔어요." 그건 그 사람들의 권리라고 나는 인정했다. 그것은 또한 그들에게 그럴 시간이 있었음을 말해 주는 것이기도 했다. 그런데 나로 말하면 남에게 도움받는 것을 원치도 않고, 아무 흥미가 없는 것에 관심을 기울일 시간도 없었다.

그 순간 그는 짜증스러워하는 손짓을 했지만, 곧 자세를 바로 하고 사제복의 주름을 바로잡았다. 손질을 마치고 나서 그는 나를 '친구'라고 부르면서 말했다.

내가 사형수라서 그렇게 부르는 것은 아니라고 했다. 그가 생각할 때 우리는 모두가 다 사형수라는 것이었다. 그러나 나는 그의 이야기를 가로막고, 그건 같은 경우가 아니라고, 더군다나 어떤 경우에도 그것이 무슨 위안이 될 수는 없다고 말했다. "그야 그렇지요." 그는 동의했다. "그렇지만 오늘 당장 죽지 않는다 하더라도 당신은 장차 언젠가는 죽어요. 그때 가서도 같은 문제가 제기될 거예요. 그 무서운 시험을 어떻게 감당할 건가요?" 나는, 내가 지금 감당하고 있는 것과 꼭 같은 방식으로 그 시련을 감당할 거라고 대답했다.

그 말을 듣자 그는 자리에서 일어나더니 내 눈을 똑바로 쳐다보았다. 그것은 내가 잘 아는 놀이였다. 나는 흔히 에마뉘엘이나 셀레스트와 그 놀이를 했는데, 대개는 그들이 먼저 눈을 돌려 버렸다. 사제도 그 놀이를 잘 알고 있다는 것을 나는 금방 눈치챌 수 있었다. 그의 시선이 떨리지 않았으니 말이다. 그리고 역시 떨리지 않는 목소리로 그가 물었다. "당신은 그럼 아무 희망도 갖지 않나요? 죽으면 완전히 죽어 없어진다고 생각하며 살고 있는 건가요?" 나는 "네." 하고 대답했다.

그러자 그는 고개를 숙이고 다시 자리에 앉았다. 그는 내가 가엾게 느껴진다고 말했다. 인간으로서는 도저히 견딜 수 없는 일이라는 것이었다. 나는 그저 그가 귀찮아지기 시작한다는 느낌밖에 없었다. 이번에는 내가 돌아서서 하늘로 난 창 밑으로 갔다. 나는 어깨를 벽에 기대고 있었다. 귀담아듣지는 않았으나, 그가 나에게 또 뭐라고 묻기 시작하는 소리가 들렸다. 그는 걱정 섞인 절박한 목소리로 말하고 있었다. 그가 흥분한 상태라는 것을 깨닫고 나는 좀 귀를 기울였다.

그는, 나의 상고가 수락될 것이라고 확신하지만, 내가 죄의 짐을 지고 있으므로 그것을 벗어야 한다고 말했다. 그의 말에 따르면, 인간들의 심판은 아무것도 아니며 하느님의 심판이 전부였다. 나에게 사형을 선고한 것은 인간들의 심판이라고 내가 지적했다. 그는 그렇지만 인간들의 심판이 나의 죄를 씻어 준 것은 아니라고 대답했다. 나는 죄가 무엇인지 모른다고 말했다. 내가 죄인이라는 것을 남들이 나에게 가르쳐 주었을 뿐이었다. 나는 죄인이었고, 죄의 대가를 치르고 있었고, 나에게 그 이상을 요구할 수는 없었다. 그 순간 사제가 다시 자리에서 일어섰다. 나는 너무나 좁은 감방이라 그가 움직이고 싶어도 달리 선택의 여지가 없다는 생각을 했다. 앉든지 일어서든지 둘 중 하나밖에 할 수 없을 터였다.

나는 땅바닥에 눈을 박고 있었다. 그가 한 걸음 나에게로 다가서더니, 더 앞으로 나설 엄두가 안 난다는 듯이 멈춰 섰다. 그러고는 창살 너머로 하늘을 바라보았다.

그가 말했다. “당신은 잘못 생각하고 있어요, 몽 피스. 그 이상을 요구할 수도 있는 거예요. 아마 그 이상을 요구할 겁니다.” “아니, 대체 뭘요?” “똑똑히 보라고 당신에게 요구할 겁니다.” “뭘 봐요?”

신부는 주위를 한 바퀴 둘러보더니, 갑자기 매우 지친 것같이 들리는 목소리로 말했다. “이 모든 돌들은 고통의 땀을 흘리고 있어요. 나는 그걸 알아요. 이 돌들을 바라볼 때마다 나는 고통을 느껴요. 그렇지만 나는 마음속 깊이 알고 있어요. 당신들 가운데서 가장 비참한 사람들은 이 돌들의 어둠으로부터 하느님의 얼굴이 솟아나는 것을 보았다는 걸 말입니다. 당신에게 보라고 요구하는 건 바로 그 얼굴이지요.”

나는 약간 기운이 살아났다. 나는 이 벽들을 들여다보고 지낸 지 여러 달째라고 말했다. 내가 이보다 더 잘 아는 것은 이 세상에 아무것도 없었고 아무도 없었다. 아마도 아주 오래전에, 나는 거기에서 어떤 얼굴을 찾아보려고 했던 것 같다. 그러나 그 얼굴은 태양의 색깔과 욕정의 불꽃을 지닌 것이었다. 바로 마리의 얼굴이었다. 나는 그것을 찾아내려고 했지만 헛일이었다. 이제는 그것도 지나간 일이었다. 어쨌든 나는 그 돌의 땀에서 솟아오르는 것은 아무것도 보지 못했다고 말했다.

부속 사제는 어딘지 슬픔이 어린 눈으로 나를

바라보았다. 이제 나는 등을 완전히 벽에 기대고 있었고, 햇빛이 내 이마 위로 흘러내렸다. 그가 뭐라고 말을 했으나 나는 듣지 못했다. 이어서 그가 매우 빠른 어조로 나를 껴안아도 되겠냐고 물었다. 나는 "아뇨." 하고 대답했다. 그는 돌아서서 벽 쪽으로 걸어가더니 천천히 그 벽을 한 손으로 쓸었다. "그래, 그렇게도 이 땅을 사랑하나요?" 그가 중얼거렸다. 나는 아무 대답도 하지 않았다.

그는 상당히 오랫동안 돌아서 있었다. 그의 존재가 내게 짐스럽고 성가셨다. 그에게 그만 가 달라고, 혼자 있고 싶다고 말하려는데, 그때 그가 다시 나를 향해 돌아서면서 갑자기 큰 소리로 외쳤다. "아니, 난 당신 말을 믿을 수가 없어요. 장담하지만, 당신도 다른 삶을 원했던 적이 있어요." 물론이라고, 그러나 그것은 부자가 되거나 헤엄을 빨리 치거나 혹은 더 잘생긴 입을 가지는 것 따위를 원하는 것보다 더 중요할 게 없다고 나는 대답했다. 그것은 같은 종류의 일이었다. 그러나 그가 나의 말을 가로막고 그 다른 삶이라는 것을 어떻게 상상하느냐고 물었다. 그러자 나는 그에게 소리쳤다. "지금의 이 삶을 회상할 수 있는 그런 삶이죠." 그러고는 곧이어, 이제 좀 그만하라고 말했다. 그는 또다시 하느님에 대한 얘기를 하려고 했지만 나는 그에게로 다가서며, 나에게는 남은 시간이 별로 없다는 것을 마지막으로 한 번 더 설명하려 했다. 나는 하느님 이야기로 그 시간을 허비하고 싶지 않았다. 그는 화제를 바꾸려고, 왜 자기를 '아버지'[6]라고 부르지 않고 '선생님'이라고 부르느냐고 물었다. 그 말에 나는 짜증이 나서, 당신은 나의 아버지가 아니고 다른 사람들 편이라고 대답했다.

"아니지요, 몽 피스!" 그는 나의 어깨 위에 손을 올려놓으며 말했다. "나는 당신 편이에요. 그러나 당신은 마음의 눈이 멀어서 그것을 모르는 겁니다. 당신을 위해서 기도드리겠어요."

그때, 왜 그랬는지 모르지만, 내 속에서 뭔가가 폭발해 버렸다. 나는 목이 터져라 고함을 치기 시작했고 그에게 욕설을 퍼부었고 기도하지 말라고 말했다. 나는 그의 사제복 깃을 움켜잡았다. 기쁨과 분노가 뒤섞여 솟구쳐 오르는 가운데 나는 그에게 마음속을 송두리째 쏟아부었다. 그는 어지간히도 자신만만한 태도로군, 안 그래? 그러나 그의 신념이란 건 죄다 여자의 머리카락 한 올만도 못해. 그는 죽은 사람처럼 살고 있으니, 살아 있다는 것에 대한 확신조차 없는 셈이지. 나를 보면 맨주먹뿐인 것 같겠지. 그러나 내겐 나 자신에 대한,

6 몽 페레(mon père)는 본래는 '아버지'라는 뜻이지만 가톨릭 신자가 신부를 부를 때 쓰는 표현이다.

모든 것에 대한 확신이 있어. 신부 이상의 확신이 있어. 나의 삶에 대한, 닥쳐올 그 죽음에 대한 확신이 있어. 그래, 내겐 이것밖에 없어. 그러나 적어도 나는 이 진리를 굳세게 붙들고 있어. 그 진리가 나를 붙들고 놓지 않는 것만큼이나. 내 생각은 옳았고, 지금도 옳고, 또 언제나 옳아. 나는 이런 식으로 살았고, 다른 식으로 살 수도 있었어. 나는 이건 했고 저건 하지 않았어. 나는 어떤 일은 하지 않았는데 다른 일은 했어. 그러니 어떻다는 거야? 나는 마치 저 순간을, 나의 정당성이 증명될 저 신새벽을 여태껏 기다리고 있었던 것만 같아. 아무것도, 아무것도 중요하지 않아. 난 그 까닭을 알아. 신부인 그 역시 그 까닭을 알아. 내가 살아온 이 부조리한 전 생애 동안, 내 미래의 저 깊숙한 곳으로부터 한 줄기 어두운 바람이, 아직 오지 않은 세월을 거슬러 내게로 불어 올라오고 있었어. 내가 살고 있는, 더 실감 난달 것도 없는 세월 속에서 나에게 주어지는 것은 모두 다, 그 바람이 지나가면서 서로 아무 차이가 없는 것으로 만들어 버리는 거야. 다른 사람들의 죽음, 어머니의 사랑, 그런 것이 내게 무슨 중요성이 있다는 거야? 그의 그 하느님, 사람들이 선택하는 삶들, 사람들이 선택하는 운명들, 그런 것이 내게 무슨 중요성이 있다는 거야? 오직 하나의 운명만이 나 자신을 택하도록 되어 있고, 나와 더불어 그처럼 나의 형제라고 자처하는 수십억의 특권 가진 사람들을 택하도록 되어 있는데 말이야. 이해하겠어? 이해하겠냐고? 사람은 누구나 다 특권을 가진 존재야. 세상엔 특권 가진 사람들밖에 없어. 다른 사람들도 역시 장차 사형 선고를 받을 거야. 신부인 그 역시 사형을 선고받을 거야. 만약에 그가 살인범으로 고발당하고 자기 어머니 장례식 때 눈물을 흘리지 않았다는 이유로 처형당하게 된다 한들 그게 무슨 상관이야? 살라마노의 개나 그의 마누라나 그 가치를 따지면 매한가지야. 자동인형 같은 그 키 작은 여자도, 마송과 결혼한 그 파리 여자나, 또 내가 결혼해 주기를 바랐던 마리나 다 마찬가지로 죄인이야. 셀레스트는 레몽보다 낫지만, 레몽이 셀레스트 못지않은 내 친구라는 게 무슨 상관이야? 마리가 오늘 또 다른 뫼르소에게 입술을 내바치고 있다 한들 그게 무슨 상관이야? 도대체 이해하기나 하는 거야? 이 사형수를, 그리고 미래의 저 깊숙한 곳으로부터……. 이런 모든 걸 외쳐 대느라 나는 숨이 막혔다. 그러나 벌써 사람들이 사제를 내 손아귀에서 떼어 내고 있었고 간수들이 나를 위협하고 있었다. 그러나 사제는 그들을 진정시켰고, 한동안 말없이 나를 바라보았다. 그의 눈에는 눈물이 가득 괴어 있었다. 그는 마침내 돌아서더니 사라졌다.

그가 나가고 나자 나는 평정을 되찾았다. 나는

기진맥진해서 침상에 몸을 던졌다. 그러고는 잠이 들었던 모양이다. 왜냐하면 눈을 뜨자 얼굴 위로 별들이 쏟아지고 있었으니 말이다. 들판의 소리들이 나에게까지 올라오고 있었다. 밤 냄새, 흙냄새, 소금 냄새가 내 관자놀이를 시원하게 식혀 주었다. 잠든 그 여름의 그 신기로운 평화가 밀물처럼 내 속으로 흘러들었다. 그때 밤의 저 끝에서 뱃고동 소리가 크게 울렸다. 그것은 이제 나와는 영원히 관계가 없게 된 한 세계로의 출발을 알리고 있었다. 참으로 오래간만에 처음으로 나는 엄마를 생각했다. 엄마가 왜 한 생애가 다 끝나 갈 때 '약혼자'를 만들어 가졌는지, 왜 다시 시작해 보는 놀음을 했는지 이해할 수 있을 것 같았다. 거기, 뭇 생명들이 꺼져 가는 그 양로원 근처 거기에서도, 저녁은 우수가 깃든 휴식 시간 같았다. 그토록 죽음이 가까운 시간에 그곳에서 엄마는 마침내 해방되어 모든 것을 다시 살아 볼 준비가 되었다고 느꼈던 것 같다. 아무도, 아무도 엄마의 죽음을 슬퍼할 권리는 없는 것이다. 그리고 나 또한 모든 것을 다시 살아 볼 수 있을 것 같은 생각이 들었다. 마치 그 커다란 분노가 나의 고뇌를 씻어 주고 희망을 비워 버리기라도 했다는 듯, 신호들과 별들이 가득한 이 밤을 앞에 두고, 나는 처음으로 세계의 정다운 무관심에 마음을 열고 있었던 것이다. 세계가 그토록 나와 닮아서 마침내 그토록 형제 같다는 것을 깨닫자, 나는 전에도 행복했고, 지금도 여전히 행복하다고 느꼈다. 모든 것이 완성되도록, 내가 외로움을 덜 느낄 수 있도록, 내게 남은 소원은 다만, 내가 처형되는 날 많은 구경꾼들이 모여들어 증오의 함성으로 나를 맞아 주었으면 하는 것뿐이었다.

에세이

안과 겉

결혼

여름

알베르 카뮈의 '스웨덴 연설'

안과 겉

「안과 겉」은 카뮈의 생전에 출판된 그의 작품들 중에서 사실상 최초로 발표된 것이니 가히 첫 작품이라 할 만하다. 이 책의 중요성과 한계는 작가 자신의 그 유명한 서문과 로제 키요의 해설로써 충분히 헤아려진다고 믿는다. 항상 투명하고 단순한, 그러나 정열에 찬 카뮈의 문체에 비하여 이 젊은 시절의 글은 서투르고 불분명한 구석이 많다. 그러한 한계가 때로는 우리에게 유별난 감동의 원천이 되기도 한다. 그 서투름 속에서 번민하는 젊음의 진동이 아직도 가라앉지 않은 채 우리의 영혼 속으로 직접 전달되어 오기 때문이다. 빛과 어둠, 프라하와 비첸체, 죽음과 태양 등으로 끊임없이 변주를 거듭하는 삶의 '안'과 '겉' — 이 두 가지의 뗄 수 없는 상관관계는 알베르 카뮈가 다루는 필생의 주제다. 그래서 작품 「안과 겉」은 그의 모든 작품의 출발이요 원천이다. 이 작품을 이해하지 못하고 카뮈를 이해하는 것은 불가능하다. "이 극단한 의식의 극한점에서 모든 것이 하나로 융합되면서 나의 생은 송두리째 버리든가 받아들이든가 해야 할 하나의 덩어리처럼 생각되는 것이었다." 이것이 카뮈의 해답이다. 안과 겉은 '하나'의 덩어리인 것이다. 안과 겉 중에서 어느 하나를 선택한다는 것은 삶에 대한 배반이다. 흔히 '표리(表裏)'라고 번역해 온 표제 'L'envers et l'endroit'를 나는 좀 더 쉽게 '안과 겉'으로 옮겨 보았다. 텍스트로는 플레이아드판 카뮈 전집 제2권 『ESSAIS』에 실린 것을 선택했다. 1935~1936년 작, 1937년 출간.(김화영)

안과 겉

장 그르니에에게

책머리에

이 책에 수록된 에세이들은 1935년과 1936년 사이에 (그때 내 나이 스물두 살이었다.) 쓴 것으로, 그 일 년 후 알제리에서 매우 적은 부수로 출간되었다. 초판은 오래전부터 절판되어 구할 수 없는 상태였지만 나는 늘 『안과 겉』을 다시 찍어 내는 것을 거절해 왔다.

나의 고집에 무슨 불가사의한 까닭이 있는 것은 아니다. 이 글들 속에 표현된 내용 중 어느 것 하나 부인하는 바 아니지만, 그것들의 표현 형식이 나에게는 늘 미숙하다고 여겨졌었다. 예술에 대하여 나도 모르는 사이에 품게 된 선입관들 때문에(이에 관해서는 뒤에 설명하겠다.) 나는 오랫동안 이 책의 재판을 찍어 낼 엄두를 내지 못했던 것이다. 이 말은, 얼핏 생각하면 대단한 자존심의 발로 같아 보여서, 만일 그렇다면 내가 나의 다른 글들은 나무랄 데 없이 만족스럽다고 여기는 듯한 인상을 줄지도 모른다. 전혀 그런 뜻이 아니라는 것을 구태여 밝힐 필요가 있을까? 다만 다른 글들의 미숙함을 모르는 것이 아니지만 『안과 겉』의 서투른 면이 나에게는 유독 마음에 걸리는 것이다. 나의 마음에 가장 깊숙이 닿아 있는 주제를 다루는 터에 그 표현의 미숙함 때문에 그 주제가 다소 잘못 표현되고 있음을 인정하는 수밖에 그 까닭을 달리 설명할 길이 없다. 이 글의 문학적 가치의 문제를 일단 지적해 두었으니, 이제 나는 이 조그만 책이 지닌 증언으로서의 가치가 나에게는 말할 수 없이 크다는 것을 숨김없이 말할 수 있다. 나는 분명 '나에게는'이라고 했다. 왜냐하면 이 책은 내 앞에서 증언하고 있고, 나만이 그 깊이와 어려움을 알고 있는 터인 어떤 성실성을 다름 아닌 나에게 요구하기 때문이다. 왜 그러한가를 나는 여기서 말해 보려 한다.

브리스 파랭[1]은 자주 이 소책자에는 내가 쓴 것들 중에서 가장 훌륭한 글이 실려 있다고 주장하지만 그의 판단은 옳지 않다. 내가 이렇게 말하는 것은 — 파랭의 공정함을 아는 만큼 — 남들이 어이없게도 지금의 나보다 과거의 내가 더 낫다고 할 때면 어느 예술가나 다 느끼게

1 Brice Parain(1897-1971). 프랑스의 철학자. 갈리마르 출판사에서 『언어의 본질과 기능에 관한 연구』, 『플라톤의 고로수 시론』 등 다수의 저서를 펴냈다.

마련인 안타까움 때문이 아니다. 그렇지 않다. 그는 잘못 생각한 것이다. 천재가 아닌 한, 스물두 살에는 글을 어떻게 써야 하는지 겨우 알까 말까 하는 법이니 말이다. 그러나 기교를 싫어하는 슬기로운 사람이요 연민의 철인인 파랭의 말이 무엇을 의미하는지 나는 잘 안다. 그가 말하고자 하는 바인, — 그리고 그의 말은 옳다 — 서투르게 쓴 이 책 속에는, 그 뒤에 나온 다른 모든 책들보다 더 진정한 사랑이 담겨 있다.

예술가는 그처럼 저마다 일생을 두고 그의 됨됨이와 그가 말하는 것에 자양을 공급해 주는 단 하나뿐인 샘을 내면 깊은 곳에 지니고 있다. 그 샘이 고갈되면 작품은 말라비틀어지고 쪼개져 버리는 것을 목격하게 된다. 그것은 눈에 보이지 않는 지하수가 더 이상 적셔 주지 못하게 된 예술의 메마른 땅의 모습이다. 머리털이 빠지고 메말라서, 그루터기만 남은 밀밭같이 변하면 예술가는 침묵, 아니면 살롱 출입에나 — 결국 둘 다 마찬가지지만 — 어울리는 처지가 된다. 나의 경우, 나의 샘은 『안과 겉』 속에, 내가 오랫동안 몸담아 살아온 그 가난과 빛의 세계 속에 있다는 것을 알고 있다. 그 세계의 추억이 지금도, 모든 예술가들을 위협하는 두 가지 상반되는 위험, 즉 원한과 자기만족으로부터 나를 지켜 주고 있는 것이다.

우선 가난이 나에게 불행이었던 적은 한 번도 없다.

빛이 그 부(富)를 그 위에 뿌려 주는 것이었다. 심지어 나의 반항들까지도 그 빛으로 환하게 밝아졌었다. 나의 반항은 언제나 모든 사람을 위한, 모든 사람의 삶이 빛 속에서 향상되도록 하기 위한 반항이었다는 것을 나는 거짓 없이 말할 수 있다. 그러나 나의 마음이 자연스럽게 그러한 종류의 사랑에 기울어져 있었는지는 확실하지 않다. 때와 장소가 나를 도왔다. 나의 타고난 무관심을 고칠 수 있도록 나는 빈곤과 태양의 중간에 놓인 것이다. 빈곤은 나로 하여금 태양 아래서라면, 그리고 역사 속에서라면 모든 것이 다 좋다고 믿지 못하도록 만들었다. 태양은 나에게 역사가 전부가 아니라는 것을 가르쳐 주었다. 삶을 변화시키는 것은 좋다. 그러나 내게는 신과도 같은 세계를 변화시키는 것은 안 된다. 아마도 그렇기 때문에 나는 지금 몸담고 있는 이 편치 못한 직업 세계로 들어섰고, 멋모르고 곡예사처럼 줄 위에 올라탄 채, 목표에 이를 수 있다는 확신도 없이, 힘겹게 앞으로 나아가고 있는 것이리라. 다시 말해서 나는 예술가가 된 것이다. 거부가 없이는, 그리고 동의가 없이는 예술이란 있을 수 없다는 것이 사실이라면 말이다.

아무튼 나의 어린 시절 위로 내리쬐던 그 아름답고 후끈한 햇볕 덕분에 나는 원한이란 감정을 품지 않게 되었다. 나는 빈곤 속에서 살고 있었으나 또한 일종의 즐거움 속에서 살고 있었다. 나는 무한한 힘을 나 자신 속에서 느끼고 있었다. 다만 그 힘을 쏟을 곳을 찾아내기만 하면 될 것이었다. 그러한 나의 힘들을 가로막는 장애는 가난이 아니었다. 아프리카에서 바다와 태양은 돈 안 들이고 얻을 수 있는 공짜다. 장애가 되는 것은 오히려 편견과 어리석음이었다. 그리하여 나로서는 '카스티야 기질'을 발휘할 기회가 얼마든지 있었고, 그 기질이 끼친 해독이 여간 많은 게 아니었다. 나의 벗이요 스승인 장 그르니에도 그 점을 꼬집곤 하는데, 그의 생각이 옳은지라 그 점을 고쳐 보려고 노력하였으나, 타고난 천성은 곧 숙명임을 깨닫고는 단념해 버렸다. 그렇다면 샹포르[2]가 말했듯이, 자신의 성격상 감당하지 못할 원칙들을 스스로에게 강요하려 들기보다는 차라리 스스로의 교만함을 인정하고 그것이 보람되게 쓰이도록 애써 보는 편이 나을 것 같았다. 그러나 마음속으로 자문해 본 결과, 내게도 많은 약점들이 있지만 우리 사이에서 가장 흔히 발견되는 결점, 뭇 사회와 뭇 주의(主義)의 진정한 암적 존재, 즉 시기심만은 한 번도 그 속에 모습을 드러낸 적이 없었다는 것을 나는 증언할 수

2 니콜라스 샹포르(Nicolas Chamfort, 1741-1794). 프랑스의 작가로 비극적 위트를 구사하는 것으로 유명하다.

있다.

그러한 다행스러운 면역(免疫)의 공적은 나의 몫이 아니다. 그것은 무엇보다도, 거의 모든 면에서 궁핍하기 짝이 없었지만 거의 아무것도 부러워하지 않았던 나의 집안 식구들 덕택이다. 글도 읽을 줄 모르던 그 가족은, 오직 그 침묵과 신중함과 천부의 질박한 자존심만을 통해서 나에게 가장 드높은 가르침을 주었으며, 그 가르침은 지금껏 지속되고 있다. 그리고 나 자신은 너무나 눈앞의 감각에 열중해 있어서 미처 다른 것을 꿈꿀 틈이 없었다. 지금도 나는 파리에서 엄청나게 부유한 삶을 목도할 때면, 거기서 내가 느끼게 되는 격원감에는 일말의 동정심이 깃들어 있다. 세상에는 불공평한 일이 많이 있지만 아무도 언급하지 않는 것이 하나 있는데 그것은 바로 기후의 불공평이다. 나는 자신도 모르게 오랫동안 그러한 불공평의 수혜자였다. 열혈 박애주의자가 이 글을 읽고 퍼부어 대는 비난의 소리가 들리는 것만 같다. 내가 노동자들은 부유하고 부르주아는 가난하다는 식으로 생각하게 함으로써 더 오랫동안 노동자들을 노예 상태로 붙잡아 둔 채 부르주아의 권세를 보존하게 하려는 저의를 갖고 있다고 말이다. 아니다, 그런 말이 아니다. 그와 반대로, 성년에 이르러서야 비로소 내가 우리네 도시들의 저 살벌한 변두리 동네에서 처음으로 발견한 바이지만,

가난에 더하여 하늘도 희망도 없는 생활이 거기에 겹쳐질 때, 그때야말로 결정적인, 차마 눈뜨고 볼 수 없는 불공평이 완성되는 것이다. 정말이지 그러한 사람들이 궁핍과 추악함이라는 이중의 굴욕으로부터 벗어나도록 모든 노력을 아끼지 말아야 한다. 나는 노동자들이 사는 거리에서 가난하게 태어났지만, 그 써늘한 변두리 지역들을 목도하기 전까지는 진정으로 불행이 어떤 것인지 알지 못했다. 아랍 사람들의 극빈조차도, 머리 위에 이고 있는 하늘이 다르고 보니 그것에 비교할 것이 못 된다. 그러나 변두리 공장 지대들을 눈으로 보고 나면, 우리는 자신이 영원히 오염된 느낌을 지울 수 없고, 자신이 그들의 삶에 책임이 있음을 느끼게 된다.

내가 앞서 말한 것은 그래도 여전히 변함없는 사실이다. 나는 이따금, 나로서는 상상조차 할 수 없이 큰 재산 속에 파묻혀 사는 사람들을 만난다. 그러나 그런 큰 재산을 부러워할 수 있다는 사실을 이해하려면 노력이 필요하다. 오래전 일이지만, 일주일 동안 나는 이 세상의 행복을 마음껏 누리며 살아 본 적이 있다. 우리는 바닷가에서 지붕도 없이 잠을 잤고, 나는 과일로 양식을 삼으면서 매일같이 반나절은 인적이 없는 바다에서 지냈다. 그때 나는 하나의 진리를 배웠는데, 그 진리는 안락이나 안정의 징후들이 나타나기만 하면 그런 것들을 빈정거림과 불쾌감, 때로는 분노로써 맞이하도록 강요하는 것이었다. 지금 나는 내일에 대한 걱정 없이, 그러니까 다시 말하면 특혜받은 자로서 살고 있기는 하지만, 나는 소유할 줄을 모른다. 내가 가진 것, 내가 애써 가지려고 하지 않았지만 나에게 주어진 것 중 어느 것도 나는 간직할 줄을 모른다. 그것은 낭비벽 때문이라기보다는 다른 어떤 종류의 인색함 때문인 것 같다. 재물이 지나치게 많아지기 시작하면 즉시 사라져 버리고 마는 자유에 나는 인색한 것이다. 가장 큰 사치들 중에서 최대의 사치는 나의 경우 언제나 일종의 헐벗음과 일치하는 것이었다. 나는 아랍 사람들, 또는 스페인 사람들의 저 아무 꾸밈없는 헐벗은 집을 좋아한다. 내가 몸담아 살고 일하기를 좋아하는 곳(더 드문 일이겠지만, 나로서는 거기서 죽어도 괜찮다고 여겨지는 곳)은 호텔 객실이다. 나는 한 번도 집안 생활이라고 불리는 것(그것은 내면 생활과는 오히려 정반대의 것이지만)에 빠져들 수가 없었다. 이른바 부르주아적이라고 하는 행복은 나에게는 따분하고 두렵기까지 하다. 하기야 그러한 적응 능력 결핍은 전혀 뽐낼 것이 못 된다. 그것은 나의 좋지 못한 결점들을 길러 주는 데 적지 않은 몫을 했다. 아무것도 부러워하지 않는다는 것, 그것은 나의 권리다. 그러나 나는 다른 사람들의 부러워하는 심정에 생각이 미치지 못할 때가 있어서, 그것이 나에게서 상상력을,

즉 남에 대한 친절을 앗아가 버린다. 사실 나는 개인적 용도로 만들어 둔 좌우명이 하나 있다. "큰일에 임해서는 자신의 원칙들을 세워 그에 따를 것이되, 작은 일에는 그저 자비심이면 족하다." 슬픈 일이지만 사람은 타고난 천성의 결함을 메우기 위해서 좌우명을 만든다. 나의 경우, 내가 말하는 자비심이란 차라리 무관심이라 불러 마땅하다. 그 효과는, 짐작이 가겠지만, 별로 신통한 것이 못 된다.

그러나 나는 다만 빈곤하다고 해서 반드시 시기심이 생기는 것은 아니라는 점을 강조하고 싶을 따름이다. 심지어 그 뒤에, 중병에 걸려 잠시 동안 살아갈 힘을 잃고, 그로 인하여 내 속의 모든 것이 온통 변해 버렸을 때에도, 그 때문에 맛보았던 눈에 보이지 않는 장애와 전에 없던 허약함에도 불구하고, 나는 공포감과 낙담은 경험했어도 한 번도 원망이란 것은 알지 못하고 지냈다. 그 병은 틀림없이 내가 이미 받고 있던 속박들에다가 또 다른 속박을, 그것도 가장 가혹한 구속을 덧보태 주었다. 그러나 그 병은 결국 저 마음의 자유를, 인간적인 이해관계들에 대한 저 홀가분한 거리 두기를 조장했고, 그것은 항상 내가 원한의 마음을 품지 않도록 막아 주었다. 파리에서 살게 된 뒤로 나는 이 특전이 아주 대단한 것임을 알게 되었다. 그런데도 나는 이 특전을 무제한으로, 유감없이 누릴 수 있었고, 적어도 지금까지는 그것이 나의 삶 전체를 환히 비춰 주었다. 예컨대 예술가로서의 나의 삶은 찬미 속에서 시작되었다. 이것은 어떤 의미에서는 지상 천국이라고도 할 만하다.(다들 알다시피, 그와는 반대로, 오늘날 프랑스에서 문단에 데뷔하기 위해서는, 심지어 거기서 퇴장하기 위해서도, 어떤 한 예술가를 골라서 야유를 퍼붓는 것이 관례로 되어 있다.) 그와 마찬가지로 한 인간으로서의 나의 열렬한 감정도 무엇에 '적대적'으로 발휘된 적은 한 번도 없었다. 내가 좋아한 사람들은 언제나 나보다 더 낫고 더 훌륭했다. 그러므로 내가 겪었던 빈곤은 나에게 원한을 가르쳐 준 것이 아니라 반대로 어떤 변함없는 충직함, 그리고 말없는 끈기를 가르쳐 주었던 것이다. 내가 그것을 잊어버리는 일이 있었다면 그 책임은 오로지 나에게, 또는 나의 결점들에 있는 것이지, 내가 태어난 그 세계에 있는 것이 아니다.

내 직업을 수행하는 데 있어서 내가 결코 자기만족에 빠지지 않도록 해 준 것 역시 그 시절의 추억이다. 여기서 나는, 작가들이 보통은 이야기하지 않고 지내는 것을 가능한 한 솔직하게 말해 보려 한다. 어떤 이는 성공작이다 싶은 한 권의 책이나 한 페이지의 글을 앞에 놓고 만족감을 느끼기도 하는 것 같지만, 내가 이야기하려는 것은 그것조차도 아니다. 많은 예술가들이 그런 만족감을 맛보는지 어떤지 나는 알지 못한다. 나로서는 다 쓴 글 한 페이지를 다시 읽어 보면서 한 번이라도 기쁨을 느껴 본 적이 있었던 것 같지 않다. 심지어 — 내 말이 곧이곧대로 받아들여지지 않을 것을 각오하고 하는 말이지만 — 내 책들 중 어떤 것들이 호평을 받을 때면 나는 항상 뜻밖이어서 놀라곤 했음을 고백하는 바이다. 물론 우리는 그러한 성공에 익숙해져 버린다. 그것도 상당히 추하게. 그러나 오늘날까지도, 내가 그 진가를 인정하는 몇몇 생존 작가들에 견주어 보면 나 자신은 아직 풋내기에 지나지 않는다고 느껴진다. 그런 가장 으뜸가는 작가들 중 한 사람은 벌써 이십 년 전에 내가 이 에세이를 헌정한 바 있는 바로 그분[3]이다. 물론 작가에게는 삶의 보람으로 삼는 기쁨들이 있고 그 기쁨만으로 더 없는 충족감을 얻을 수 있다. 그러나 나의 경우, 그러한 기쁨과 마주치게 되는 것은 착상이 떠오르는 때, 주제가 모습을 드러내고, 돌연 눈이 밝아진 감수성 앞에서 작품의 윤곽이 그려지는 순간, 상상력과 지성이 완전한 하나로 융합되는 저 감미로운 순간이다. 그러한 순간들은 홀연히 나타났다가는 또 홀연히 사라져 버린다. 그러고 나면 뒤에 남는 것은 실제의 글쓰기, 다시 말해서 길고 긴 고역이다.

또 다른 면으로 보면 예술가에게는 허영심에서 맛보는 즐거움도 있다. 작가의 직업은, 특히 프랑스 사회에서는,

3 장 그르니에(원주).

대부분 허영심의 직업이다. 사실 이건 경멸적인 의미로 하는 말이 아니고, 그 점을 별로 유감스럽게 여기지도 않는다. 이 점에 있어서 나도 다른 사람들과 다를 바 없다. 어느 누가 과연 이 우스꽝스러운 결함으로부터 자유롭다고 할 수 있겠는가? 따지고 보면, 시기와 조롱을 피할 수 없는 사회이고 보면, 우리 작가들은 언젠가 반드시 비웃음을 받는 가운데 그런 한심한 즐거움의 대가를 참혹하게 치르기 마련이다. 그런데 이십 년의 문학 생활을 통해서 나의 직업이 그런 즐거움을 맛보게 해 준 적은 별로 없었고, 그것도 시간이 지날수록 점점 줄어들기만 했다.

내 직업의 공적인 수행에 있어서 언제나 나를 안이한 자기만족에 빠지지 못하게 하고, 그토록 영합을 거절하게 만든 것도 — 그런 거절 덕분에 내게 언제나 친구만 생긴 건 아니었다 — 바로 『안과 겉』에서 엿볼 수 있는 진실들의 기억들이 아닌가? 치하나 찬사를 모른 채 무심히 지나치면 치하하는 사람들 쪽에서는 자기를 우습게 여긴다고 넘겨짚는다. 이쪽은 단지 스스로에 대하여 자신이 없을 뿐인데. 마찬가지로 만약 내가 문단 생활을 통해서 흔히 보았듯 신랄함과 영합적인 태도를 적당히 섞어서 보여 주었더라면, 그리고 다른 많은 사람들처럼 과시욕을 한껏 드러내기라도 했더라면 나는 좀 더 많은 공감을 얻을 수 있었을 것이다. 요컨대 나도 남들처럼 놀이의 규칙을 지킨 것이 되니 말이다. 그러나 어쩌랴, 내겐 그런 놀이가 통 재미가 없으니! 뤼방프레나 쥘리앵 소렐[4]의 야망이 내 눈에는 너무 소박하고 겸손해 보여서 어리둥절해질 때가 많다. 니체, 톨스토이, 또는 멜빌의 야망은 그들의 실패 그 자체 때문에 내 가슴을 뒤흔든다. 내심 깊은 곳에서 나는 결국, 가장 가난한 이들의 삶이나 정신의 위대한 모험들을 대할 때에야 비로소 머리가 숙여질 따름이다. 그 두 가지 삶들 사이에 오늘날에는 웃음거리일 뿐인 하나의 사회가 자리 잡고 있다.

오만하게도 "파리 장안의 명사"라고 불리는 이들을 빠짐없이 다 마주치게 되는 유일한 장소인 연극의 '개막 공연'에 이따금 찾아가 앉아 있노라면, 내게는 극장의 객석이 홀연히 사라져 버리고, 눈앞에 보이는 모습 그대로의 세계가 존재하지 않는 것 같은 인상을 받을 때가 있다. 내게 실제 현실로 보이는 것은 오히려 다른 사람들, 무대 위에서 절규하고 있는 저 위대한 모습들이다. 그럴 때 놀라 달아나 버리지 않으려면, 그 관객들 역시 저마다 자기 자신과 만나기로 약속되어 있다는 사실을, 그들도

4 대혁명 이후 근대적 인물의 전형들로, 발자크의 소설 『잃어버린 환상』과 스탕달의 『적과 흑』에 등장하는 야망과 출세 지상주의적 주인공이다.

그 점을 잘 알고 있으며 아마도 잠시 후면 그 만남이 이루어지게 된다는 사실을 상기할 필요가 있다. 그렇게 생각하자, 관객들 하나하나가 다시금 형제처럼 친근하게 느껴진다. 사회가 갈라 놓는 사람들을 고독이 하나로 결합시켜 주는 것이다. 그렇다는 것을 알면서 어떻게 세상 사람들의 비위를 맞추고, 하잘것없는 특권을 얻으려고 안달하고, 모든 책의 모든 저자들에게 찬사를 바치기에 급급하며, 호의적인 비평가에게 대놓고 감사를 표한단 말인가? 무엇 때문에 적수의 호감을 사려고 애쓰고, 더욱이 프랑스 사회가 페르노[5]나 연애 잡지[6]만큼이나 즐겨 쏟아 놓는 (적어도 저자 앞에서는 말이다. 일단 저자가 자리를 뜨고 나면…….) 그 치하와 찬탄의 말들을 무슨 낯으로 받아들인단 말인가? 나로서는 결코 못할 노릇이다. 어쩔 수 없는 사실이다. 아마도 거기에는 그 좋지 못한 자존심이 상당 부분 작용하고 있을 것이다. 그 자존심이 내 속에서 차지하는 정도와 영향력이 어떤지 나는 잘 알고 있다. 그러나 만약 문제가 그것뿐이라면, 오직 내

5 페르노(Pernod)는 아니스를 주 원료로 하는, 프랑스 사람들이 즐겨 소비하는 증류주다.

6 연애 잡지(la presse du coeur)는 프랑스에서 1948-1955년 사이에 인기를 끌었던 잡지, 신문들로 주로 그림, 사진 소설, 실화, 경험담, 연애 에피소드를 실었다.

허영심에 걸린 문제라면, 칭찬의 말을 들을 때마다 매번 거북한 느낌을 받는 대신 그 반대로, 피상적일망정 그 말을 즐길 수 있을 것 같다. 그런데 그게 아니다. 내가 나와 같은 입장의 사람들과 공통적으로 갖는 허영심, 그것은 많은 부분 진실을 담고 있는 어떤 종류의 비평들에 특히 반응을 나타내는 것 같다. 칭찬하는 말을 들을 때면, 나 자신이 익히 알고 있는 터인 그 멍청하고 탐탁지 않은 표정을 짓게 되는 것은 내가 도도해서가 아니라, (일종의 선천적 결함인 양 내 속에 깊이 뿌리내린 저 무심함과 동시에) 그럴 때 찾아드는 어떤 기이한 감정, 즉 '그게 아닌데…….' 하는 느낌 때문이다. 아니다, 그게 아니다. 그렇기 때문에 이른바 명성이라고 하는 것은 때로 어찌나 받아들이기가 어려운지, 그 명성을 잃어버리는 행동을 하면서 짓궂은 쾌감 같은 것을 느낄 정도다. 그와 반대로, 그토록 여러 해가 지난 뒤에 이번 재판을 펴내기 위하여 『안과 겉』을 다시 읽어 보노라니, 어떤 페이지들에서는 그 서투른 글솜씨에도 불구하고, 나는 본능적으로 그래, 바로 이거야 하고 알게 된다. 이것, 즉 그 노파, 어떤 말없는 어머니, 가난, 이탈리아의 올리브나무들 위로 쏟아지는 빛, 고독하지만 사람다운 사랑, 나 자신의 눈에 진실을 말해 주고 있다고 믿어지는 그 모든 것 말이다.

이 책의 글들을 썼던 시절 이래 나는 나이를 먹고

많은 일들을 경험했다. 나 자신에 대해 깨달은 바가 있어서 나의 한계들, 그리고 모든 약점들을 거의 다 알게 되었다. 사람들에 대하여 깨달은 바는 별로 많지 않다. 그것은 나의 호기심이 그들의 반응보다는 그들의 운명 쪽에 더 쏠리고, 운명들은 흔히 되풀이되기 때문이다. 그러나 나는 적어도 그들이 존재한다는 것을 깨달았고, 이기주의는 아예 부인될 수 있는 것은 아니지만 그것이 통찰력 있는 이기주의가 되도록 노력해야 한다는 것을 알게 되었다. 자기 자신을 즐긴다는 것은 불가능한 일이다. 그럴 수 있는 소질을 다분히 타고났음에도 불구하고 나는 그것이 불가능하다는 것을 안다. 나로서는 잘 모르는 일이긴 하지만 만약 고독이라는 것이 존재한다면, 우리는 가끔 무슨 낙원인 양 그것을 꿈꿀 권리가 있을지도 모른다. 누구나 그러하듯 나도 때로 고독을 꿈꾼다. 그러나 우두커니 지키고 있는 두 천사가 내가 그 안으로 들어가는 것을 언제나 막았다. 한 천사는 친구의 얼굴을 하고 있고, 또 한 천사는 적의 모습을 하고 있다. 그렇다. 나는 그 모든 것을 안다. 또 대체로 사랑의 대가가 어떤 것인지도 알게 되었다. 그러나 인생 자체에 관해서는 지금도 『안과 겉』에서 서투르게 말했던 것보다 더 많이 알지는 못한다.

“삶에 대한 절망 없이는 삶에 대한 사랑은 없다.”

이렇게 나는 그 글 속에서 다소 엄숙한 어조로 썼다. 그 당시 나는 내가 얼마나 옳은 말을 하는지 모르고 있었다. 그때만 해도 아직 진정한 절망의 시간들을 경험해 보지 못했던 것이다. 그 뒤 나에게도 그러한 시간들이 닥쳐와 나의 내면에서 모든 것을 파괴할 수는 있었으나, 그래도 그 걷잡을 수 없는 삶의 의욕만은 파괴하지 못했다. 『안과 겉』의 가장 어두운 페이지들에서까지도 터져 나오는 풍요롭고도 동시에 파괴적인 그 열정을 나는 아직도 주체하지 못한 채 괴로워한다. 전 생애를 통해서 우리가 진실로 사는 것은 몇 시간에 불과하다고 말한 사람도 있다. 그 말은 어떤 의미에서는 맞고 또 어떤 의미에서는 틀리다. 왜냐하면 이 책에 수록된 에세이들 속에서 독자들이 느끼게 될 그 굶주린 열정은 그 뒤에도 나를 떠난 일이 없었고, 결국 그것은 최상의 면에서나 최악의 면에서나 인생 바로 그 자체이기 때문이다. 물론 나는 그 열정이 내 마음속에 자아내는 최악의 것을 고쳐 보고 싶었다. 누구나 그렇게 하듯 나 역시 도덕의 힘을 빌려 내 천성을 이럭저럭 고쳐 보려고 노력했다. 유감스럽게도 그것은 나에게 가장 비싼 대가를 요구했다. 사람이란 의욕만 가지면 — 나에게도 의욕은 없지 않다 — 가끔 도덕에 입각하여 처신할 수 있지만 진정으로 도덕적 존재가 되지는 못한다. 실제로는 정열의 인간이면서 도덕을 꿈꾼다는 것은,

정의를 부르짖는 바로 그 순간, 불의에 빠져드는 것이 된다. 내 눈에는 이따금 인간이란 살아 움직이는 불의 같아 보인다— 내가 바로 그렇다는 말이다. 그럴 때 내가 이따금 쓰는 글 속에서 생각이 잘못되었거나 거짓말을 한 것 같다고 느끼게 되는 것은 어떻게 하면 나의 불의를 정직하게 알릴 수 있는지 그 방법을 모르기 때문이다. 물론 나는 한 번도 내가 정의롭다고 말한 적은 없다. 다만 그렇게 되려고 노력해야 한다는 것, 또한 그것은 고통이요 불행이라는 것을 말한 적이 있을 뿐이다. 그러나 거기에 그리 큰 차이가 있을까? 스스로의 삶에서 정의에 입각하여 살아갈 능력도 없는 사람이 진정으로 정의를 설파할 수 있는가? 하다못해 정의롭지 못한 사람들의 미덕인 명예에 입각하여 살 수만이라도 있다면! 그러나 우리가 사는 세계는 이 명예란 말을 외설스럽다고 여긴다. 귀족적이란 말은 문학에서나 철학에서나 욕설에 속하는 것이 되었다. 나는 귀족이 아니다. 나의 대답은 이 책 속에 있다. 나의 가족, 나의 스승들, 나의 혈통은 거기 드러난 그대로다. 그리고 그들을 통해서 나를 모든 사람들과 맺어 주는 것도 그 속에 나타나 있다. 그렇지만, 그렇다, 나는 명예가 필요하다. 그것 없이 지낼 수 있을 만큼 나는 위대하지 못하기 때문이다.

아무래도 좋다! 다만 이 책을 쓴 뒤로 나는 많이

걸었으나 그다지 많이 발전하진 못했다는 것을 말하고 싶었을 따름이다. 앞으로 나아가는 줄 알았는데 기실 뒤로 물러나고 있을 때가 흔히 있었다. 그러나 결국은 나의 결점, 나의 무지, 나의 의지는 내가 『안과 겉』과 함께 열기 시작했던 옛날의 그 길로 언제나 되돌아오게 만들었다. 그 뒤 내가 행한 모든 것에는 그 옛길의 자취가 보이는가 하면 지금도 나는, 가령 알제의 어떤 아침이면, 그때와 똑같은 가벼운 도취감을 맛보며 그 길을 걸어간다.

사정이 그렇다면 대체 왜 오랫동안 이 빈약한 증언의 재판을 내는 것을 거부했던가? 첫째, 다시 말하거니와, 다른 사람들에게 도덕적이거나 종교적인 거부감이 있는 것과 마찬가지로 나의 마음속에는 예술적 거부감이 있기 때문이다. '그러는 게 아니다'라는 생각, 그러한 금기가, 자유로운 천성을 타고난 아들인 나에게는 아주 인연이 먼 것이지만, 어떤 준엄한 예술적 전통에 감탄을 금하지 못하는 노예로서의 내 마음속에 굳게 자리 잡고 있는 것이다. 아마도 그 경계심은 또한 나의 뿌리 깊은 무절제를 겨냥하고 있어서 그런 점에서 유익한 것이기도 하다. 내 마음속의 무질서, 어떤 격렬한 본능들, 자칫 내가 빠져들 수도 있는 분별없는 무절제를 나는 익히 잘 알고 있다. 예술 작품이 제대로 만들어지려면 우선 영혼의 저 알 수 없는 힘들을 이용해야 한다. 그러나 그

분류와 같은 힘들의 물높이가 더욱 높아지도록 주위에 둑을 쌓아 물길을 유도하는 일도 해야 한다. 내가 쌓아 올린 둑들이 오늘날까지도 아직은 너무 높은지 모른다. 그래서 이따금 그런 경직된 면도 드러나고……. 다만 내 실제 됨됨이와 내가 하는 말 사이에 균형이 이루어지게 되는 날, 그날에는 아마도 — 이런 말을 감히 쓸 용기가 나지 않지만 — 내가 꿈꾸는 작품을 이룰 수 있을 것이다. 여기서 내가 말하고 싶었던 것은, 그 작품이 어느 모로 보든 『안과 겉』과 흡사하리라는 것, 그리고 그 작품은 어떤 형태의 사랑에 대하여 말하리라는 것이다. 따라서 독자들은 이 젊은 시절의 에세이를 내가 나 혼자만의 것으로 간직해 두었던 두 번째 이유를 이해할 수 있을 것이다. 우리에게 가장 귀중한 비밀들, 그걸 우리는 너무나 서투른 솜씨로, 그리고 뒤죽박죽인 채로 내보이는 것이다. 또 우리는 그것들을 너무나 부자연스럽게 꾸민 모습으로 드러내기도 한다. 그러니 그것들에 모종의 형식을 부여할 능력을 갖춘 전문가가 되어, 끊임없이 그 비밀의 목소리를 들려주는 가운데 자연스러움과 기교를 대략 같은 분량으로 배합할 수 있을 때까지, 즉 존재할 수 있게 될 때까지 기다리는 편이 낫다. 왜냐하면 모든 것을 동시에 할 수 있다는 것이야말로 참으로 존재하는 것이기 때문이다. 예술에 있어서는 모든 것이 동시에 오거나 그렇지 않으면 아무것도 오지 않거나 할 뿐이다. 불꽃이 없이는 빛도 없다. 어느 날 스탕달은 외쳤다. "진정으로 나 나의 영혼은 타오르지 않으면 견디지 못하고 괴로워하는 불이다." 그 점에서 스탕달과 닮은 사람들은 오로지 그 불꽃 속에서만 창조해야 마땅할 것이다. 불꽃의 정점에서 절규가 곧바로 솟아올라 그의 말들을 창조하고, 이번에는 그 말들이 다시 절규를 되받아 반향하는 것이다. 나는 지금, 우리 모두가, 스스로 예술가라고 확신을 가질 수는 없지만 그래도 다른 것일 수는 없다고 굳게 믿는 우리 모두가, 마침내 진실로 살게 되기 위해서 하루하루 기다리고 있는 것이 무엇인지에 대해서 얘기하고 있는 것이다.

아마도 부질없어 보이지만, 아무튼 그렇게 기다려야 하는 문제라면, 이제 와서 이 책을 다시 펴내도 좋다고 승낙하는 이유는 무엇인가? 첫째로, 독자들이 찾아낸 이유가 나를 설득할 수 있었기 때문이다.[7] 다음으로, 예술가의 생애에는, 상황을 점검하여 자신의 중심으로 다가가서 마침내 그 중심에서 스스로를 가눌 수 있도록 노력해야 하는 때가 반드시 오기 때문이다. 오늘이야말로 바로 그럴 때이며 그 점에 대해서 나는 더 이상 말할

7 그 이유는 간단하다. "이 책은 이미 존재하지만 극히 적은 부수뿐이어서 서점에서 비싼 값에 팔렸다. 왜 오직 부유한 독자들만이 그 책을 읽을 권리가 있단 말인가?" 사실 왜?(원주)

필요가 없다. 하나의 언어를 구축하고 신화들에 생명을 불어넣으려는 그토록 많은 노력에도 불구하고 만약 내가 어느 날엔가 『안과 겉』을 다시 쓰는 데 성공하지 못한다면, 나는 결국 아무것에도 성공하지 못한 것이나 마찬가지다. 이것이 나의 막연한 믿음이다. 하여튼 내가 그 일을 이루고 말 것이라고 꿈꾸어 보고, 한 어머니의 저 탄복할 만한 침묵, 그리고 그 침묵과 균형을 이루는 정의, 혹은 사랑을 찾으려는 한 인간의 노력을 다시 한번 더 그 작품의 중심에 두겠다고 상상해 보는 것을 방해할 것은 아무것도 없다. 삶이라는 꿈속에, 여기 한 인간이 있어, 죽음의 땅 위에서 자신의 진리들을 발견했다가 다 잃고 나서 숱한 전쟁들과 아우성들, 정의와 사랑의 광란, 또 고통을 거쳐, 죽음 그 자체가 행복한 침묵인 저 평온한 조국으로 마침내 돌아온다. 그리고 또 여기…… 그렇다, 적어도 나의 그것만은 근거도 확실하게 알고 있나니, 바로 이 추방의 시간에도, 인간이 이룩하는 작품은, 예술이라는 우회의 길들을 거쳐서, 처음으로 가슴을 열어 보였던 두세 개의 단순하고도 위대한 이미지들을 다시 찾기 위한 기나긴 행로에 다름 아니라고 꿈꾸어 보지 못하게 방해할 것은 아무것도 없다. 그렇기 때문에 아마도 나는 노력과 창작 생활의 이십 년을 거치고 나서도, 여전히 나의 작품은 아직 시작조차 하지 않았다고 생각하며 살아가고 있는 것이리라. 이 책의 재판을 내는 기회에 내가 쓴 글의 처음 페이지들로 되돌아가는 순간부터 여기에 적어 두고 싶었던 것은 무엇보다도 바로 그것이다.

아이러니

이 년 전에 나는 어떤 노파를 알게 되었다. 그 노파는 병에 걸려 고생하고 있었는데, 그걸로 꼭 죽는 줄 알았었다. 오른쪽 반신이 완전히 마비되어 버린 것이었다. 이 세상에 가진 것은 몸의 반쪽뿐이었고 다른 반쪽은 이미 그녀의 것이 아니었다. 가만히 있질 못하고 수다스러운 그 자그마한 노파가 별수 없이 침묵과 무위를 강요당했던 것이다. 길고 긴 나날을 홀로 지내고 문맹에다가 감각도 온전치 못하고 보니 그녀의 삶은 온통 신(神)에게만 쏠려 있었다. 노파는 신을 믿었다. 그 증거로 그녀는 묵주와 납으로 된 그리스도 상(像), 그리고 아기 예수를 안고 있는 성(聖) 요셉 석고상을 지니고 있었다. 자기의 병이 불치병인지는 확실히 알 수 없었지만 그녀는 사람들이 그녀에게 관심을 기울이게 하려고 그렇다고 단언했고, 그 나머지 일에 대해서는 그녀가 그토록 형편없게 사랑하는 터인 신에게 맡기고 있었다.

그날, 어떤 사람이 그녀에게 관심을 보였다. 어떤 젊은 남자였다.(그는 거기에 어떤 진실이 있다고 생각했고, 게다가 그녀가 머지않아 죽는다는 것을 알고 있었지만, 그렇다고 그런 모순을 해결해 볼 생각은 하지 않았다.) 그는 노파의 권태에 대하여 진심으로 관심을 보였다. 그걸 노파는 분명히 느꼈다. 병든 여자에게 그 관심은 기대밖의 횡재였다. 노파는 그에게 자기가 겪는 온갖 괴로움들을 열을 올리며 늘어놓았다. 이젠 기력이 바닥났으니, 젊은 사람들에게 자리를 비켜 주는 게 도리라는 것이었다. 심심하냐고? 그야 물론이었다. 말을 걸어 주는 사람이 없었다. 강아지처럼 제 구석에 처박혀 지내고 있었다. 이젠 끝장을 내는 게 낫겠다고 했다. 다른 사람의 짐이 되느니 차라리 죽어 없어지고 싶다는 것이었다.

노파의 목소리는 시비조로 변했다. 물건값을 흥정하는, 시장 바닥의 목소리였다. 그렇지만 젊은 남자는 이해했다. 그렇지만 죽는 것보다는 차라리 다른 사람의 짐이 되는 편이 낫다는 생각이었다. 그러나 그 생각은, 아마도 그가 한 번도 남의 짐이 되어 본 적이 없었다는 딱 한 가지 증거에 지나지 않았다. 때마침 묵주가 눈에 띄었기 때문에 그는 노파에게 "그래도 부인께는 하느님이 계시잖아요." 하고 말했다. 맞는 말이었다.

그러나 그 문제를 가지고도 그녀는 야속한 일을 당하곤 했다. 어쩌다가 오랫동안 기도에 몰두한 채 양탄자 무늬에 멍하니 눈길을 던지고 있노라면 그녀의 딸이 이러는 것이었다. "또 기도를 하시네." "그게 너하고 무슨 상관이기에 그래?" 하고 병자가 말할라치면, "상관이야 없지만, 이젠 정말 지겹다니까요." 하는 것이다. 그러면 노파는 할 말을 잃고 원망이 가득한 눈초리로 오랫동안 딸을 쏘아보았다.

젊은이는 그 모든 이야기에 귀를 기울이면서 일찍이 느끼지 못했던 큰 고통에 가슴이 답답해지는 것을 느꼈다. 노파는 또 말했다. "저도 늙으면 똑똑히 알게 될걸. 저 역시 기도가 필요해질 테니까!"

그 노파가 이제 모든 것에서 다 해방되었으나 신만은 예외라는 것을 느낄 수 있었다. 하는 수 없이 정숙한 여자가 되어, 그 마지막 남은 고통에 온통 몰두해 있는 노파는 자기에게 남은 것이야말로 사랑을 바칠 만한 유일한 대상이라고 너무 손쉽게 믿은 나머지, 마침내 신을 믿는 인간의 비참 속으로 돌이킬 수 없이 빠져든 것이다. 그러나 삶의 희망이 되살아나면 신은 인간의 관심사에 대적할 만한 힘이 부족하다.

모두들 식탁에 자리를 잡았다. 젊은이가 저녁 초대를 받은 날이었다. 노파는 저녁에는 음식이 잘 내려가지 않아서 식사를 하지 않았다. 그녀는 여태껏 자기 이야기에 귀를 기울여 주었던 사람 등 뒤의 한구석에 혼자 남아 있었다. 그래서 젊은이는 자신을 지켜보는 등 뒤의 시선에 신경이 쓰여서 제대로 먹지 못했다. 그러는 동안에도 저녁 식사는 이어졌다. 그날 모임을 더 연장시켜 모두 영화 구경을 가기로 의견을 모았다. 마침 재미난 오락 영화가 상영되고 있었다. 젊은 남자는 자기 등 뒤에 여전히 버티고 있는 사람 생각은 하지도 못한 채 엉겁결에 승낙해 버렸다.

회식자들은 외출하기 전에 손을 씻으려고 자리에서 일어났다. 노파가 함께 간다는 것은 물론 생각도 못 할 일이었다. 반신불수가 아니라 하더라도 본래 아는 것이 없는 탓에 영화의 내용을 이해하지 못할 것이었다. 말로야 자기는 영화를 좋아하지 않는다고 했지만 사실은 이해하지 못하는 것이다. 그래서 노파는 늘 가 앉는 자신의 구석 자리에서 손에 쥔 묵주 알에 속없이 깊은 관심을 기울이고 있었다. 그녀는 자신의 믿음을 송두리째 묵주에 쏟았다. 그녀가 간직하고 있는 세 개의 물건이 그녀에게는 신의 세계가 시작되는 물질적 출발점의 표시였다. 묵주와 그리스도 상, 혹은 성 요셉 상에서 시작하여 그것들 뒤로 크고 깊은 어둠의 세계가 열리니 노파는 거기에 모든 희망을 걸고 있었다.

모두 채비를 마쳤다. 노파에게 다가가 뺨에 입을

맞추고 안녕히 주무시라는 인사를 하려는 참이었다. 노파는 벌써 알아차리고 묵주를 힘껏 그러쥐었다. 그러나 그 몸짓은 열성의 표현인 동시에 그에 못지않게 절망의 표현 같았다. 모두 노파에게 키스를 했다. 남은 것은 젊은이뿐이었다. 그는 노파의 손을 다정스럽게 잡아 악수를 하고는 이내 돌아서려고 했다. 그러나 노파가 보기에는 자기에게 관심을 가져 주었던 사람이 떠나는 것이었다. 그녀는 혼자 남아 있고 싶지 않았다. 그녀의 머리에는 벌써부터 그녀의 지긋지긋한 고독, 시간이 흘러도 도무지 오지 않는 잠, 허무하기만 한 신과의 대면이 떠올랐다. 노파는 무서운 생각이 들었고, 이제는 그 남자에게서밖에는 안식을 얻을 수 없기에, 그녀에게 관심을 나타낸 유일한 존재에게 매달려 그의 손을 놓지 않으려고 꼭 그러쥔 채, 그렇게 매달리는 행동이 그럴싸하게 보이도록 서투른 감사의 말을 늘어놓고 있었다. 젊은이는 난처했다. 다른 사람들은 어서 나오라고 그를 재촉하며 뒤돌아보았다. 상영 시작이 9시였으므로, 매표소에서 줄을 서서 기다리지 않으려면 조금 일찍 도착해야 한다는 것이었다.

젊은이는, 자신이 여태껏 목도했던 것 중에서 가장 참담한 불행 — 영화 구경을 가려고 혼자 버려둔 불구 노파의 불행 — 을 눈앞에 두고 있음을 느꼈다.

그는 그곳에서 자리를 뜨고 싶었고 빠져나가고 싶었다. 아무것도 알고 싶지 않아서 손을 빼내려고 했다. 한순간 그는 노파에 대한 사나운 증오심이 솟구쳐 그녀의 뺨을 후려 갈겨 주고 싶은 생각이 들었다.

마침내 그는 그 자리에서 물러나 그곳을 떠날 수 있었다. 그동안 병든 여인은 안락의자에서 절반쯤 몸을 일으키고, 그녀가 마음을 의탁할 수 있었던 유일한 확실성이 사라지는 것을 몸서리치며 바라보고 있었다. 이제 그녀를 보호해 주는 것은 아무것도 없었다. 그리하여 온통 자신의 죽음에 대한 생각에만 몰두한 채, 그녀는 자기를 두렵게 하는 것이 정확하게 무엇인지는 알 수 없었지만, 혼자 남아 있기는 싫다는 것을 느낄 수 있었다. 신은 아무런 도움이 되지 못했고 기껏 그녀를 사람들로부터 떼어 놓고 고독하게 만드는 게 고작이었다. 그녀는 사람들에게서 떨어져 있고 싶지 않았다. 그래서 그녀는 울기 시작했다.

다른 사람들은 벌써 길에 나가 있었다. 끈질긴 회한이 젊은이의 마음을 괴롭혔다. 그는 눈을 들어 불이 켜진 창문을 쳐다보았다. 침묵에 잠긴 집에 뚫려 있는 커다란 죽은 눈알. 그 눈알이 감겼다. 병든 노파의 딸이 젊은이에게 말했다. “어머닌 혼자 있을 때면 늘 불을 꺼요. 어둠 속에 있는 걸 좋아해요.”

그 노인은 의기양양 미간을 찌푸리며 인상을 써 댔고, 거만하게 검지를 흔들며 말했다. "나는 말이야, 아버지한테서 일주일 용돈으로 5프랑씩 받았어. 그걸로 다음 토요일까지 노는 데 쓰라는 거지. 그런데 말씀이야, 거기서도 난 몇 푼씩 따로 떼어서 모아 둘 수 있었거든. 우선 약혼자를 만나러 갈 때만 하더라도 난 가는 데 4킬로미터, 돌아오는 데 4킬로미터나 되는 길을 글쎄 들판을 가로질러 걸어 다녔단 말씀이야. 정말이지 여보게들, 요즘 젊은이들은 어째 재미있게 놀 줄을 모른다니까, 글쎄." 세 명의 젊은이들과 그 노인, 이렇게 그들은 둥근 탁자에 둘러앉아 있었다. 노인은 자기의 신통할 것 없는 모험담을 늘어놓고 있었다. 아주 대단한 것처럼 내세워 떠벌리는 어리석은 이야기들이며, 승리라도 거둔 것처럼 자랑해 대지만 따분하기 짝이 없는 일들이 고작이었다. 그는 이야기 사이사이에 적절하게 침묵하는 재주도 없었다. 그저 듣는 사람들이 자리를 떠 버리기 전에 모든 걸 다 말해야겠다 싶어서 마음이 급했다. 그는 자신의 과거사에서 듣는 사람들의 흥미를 끌 만한 것을 골라잡았다. 남에게 자기 이야기를 들려주고 싶어 안달인 것이 그의 단 한 가지 악벽이었다. 남이 빈정대는 눈길을 던지거나 비웃어 대도 한사코 못 본 척했다. 젊은이들 눈에 그는, 자기 때는 만사가 잘 돌아갔었다는 식인 한 늙은이에 지나지 않건만, 본인은 경험으로 압도하는 존경받는 선배라고 믿고 있었다. 경험이란 일종의 패배라는 것을, 모든 걸 다 잃고 나서야 겨우 뭔가를 좀 알게 된다는 것을 젊은이들은 모른다. 그는 고생을 많이 했다. 그러나 그런 이야기는 전혀 하지 않았다. 행복한 것처럼 보이는 편이 나으니까. 그리고 설사 그런 생각이 옳지 않다손 치더라도, 반대로 자신의 불행했던 이야기로 듣는 사람을 감동시키려 든다면 그건 더 큰 잘못일 터이다. 자기들 인생에 몰두하여 앞뒤 돌아볼 틈도 없는데 한 늙은이의 괴로움 따위야 아무러면 어떤가? 그는 신나게 이야기를 하고 또 했다. 그래서 흐릿한 자기 목소리의 단조로움 속에서 길을 잃은 듯 횡설수설이었다. 그러나 그것도 무작정 계속될 수는 없었다. 그의 즐거움도 끝에 이르렀고 청중들의 주의력도 산만해졌다. 이제 그의 이야기는 재미있지도 않았다. 그는 늙은이였다. 그런데 젊은이들은 매일매일의 따분한 노동과는 전혀 다른 당구와 카드놀이를 좋아한다.

이야기가 더 매력적으로 들리게 하려고 온갖 노력과 거짓말을 다 했건만 그는 홀로 남았다. 인정사정 보지 않고 젊은이들은 일어나 가 버렸다. 다시 혼자다. 아무도 귀 기울여 줄 사람이 없다는 것, 늙으면 기가 막히는 일이 바로 그것이다. 저들은 그를 침묵과 고독 속에 던져 버렸다. 머지않아 그는 죽는다는 것을 알려 준 것이다. 그리고 머지않아 죽을 노인은 쓸모가 없으며 심지어 귀찮고 엉큼하다. 사라졌으면 좋겠어. 그러지 못하겠거든 입 다물고 가만있기라도 해 주었으면…… 그만한 예의는 지켜야지. 그런데 그는 입 다물고 가만있으면 자기가 늙었다는 생각을 안 할 수 없으니 괴로운 것이다. 그렇지만 그는 일어서서, 주위의 모든 사람들에게 미소 지어 보이며 그 자리를 떴다. 그의 눈이 마주친 것은 무심하거나, 아니면 그로서는 끼어들 권리가 없는 어떤 즐거움이 넘치는 얼굴들뿐이었다. 어떤 사내가 웃어 댔다. "그 여자가 늙었다고 하는 말은 아니지만, 때로는 말이야, 헌 냄비에 끓인 수프가 더 맛이 나는 법이거든." 또 다른 사내가 한결 근엄하게 말한다. "우린 부자는 아니지만 먹는 건 잘 먹어. 내 손자 녀석은 말이야, 제 아비보다도 더 먹는걸. 제 아비는 빵 500그램이면 되는데 그 녀석은 1킬로그램은 있어야 하거든! 그리고 또, 소시지도 좋다, 카망베르 치즈도 좋다, 못 먹는 게 없어. 어떤 때는 다 먹고 난 후에 숨이 차서 헉! 헉! 하면서도 또 먹어 대는 거야." 노인은 자리에서 멀어졌다. 그리고 고되게 일하는 당나귀 같은, 그 느리고 짧은 걸음으로, 사람들이 들끓는 긴 보도들을 따라 걸어갔다. 몸이 편치 않았고 집에 돌아가기 싫었다. 평소에 그는 식탁과 석유램프, 손가락들이 기계적으로 제자리를 찾게 되는 접시들이 놓인 그곳으로 돌아가는 것이 퍽이나 좋았다. 또한 늙은 마누라와 마주 앉아, 오래오래 씹으면서, 머리는 멍한 채, 죽은 것 같은 눈길로 한군데만을 물끄러미 바라보며 말없이 하는 저녁 식사를 좋아했다. 오늘 저녁에는 다른 때보다 귀가가 늦어질 것 같았다. 차려 놓은 저녁 식사는 식어 버렸을 테고, 마누라는 그가 예고 없이 늦어지곤 하는 것을 아는 터라 걱정도 하지 않고 자리에 들었을 것이다. 이럴 때 그녀는 말하곤 했다. "달 속에 빠졌군." 그걸로 할 말은 다 한 것이다.[8]

이제 그는 고집스럽게 나아가는 제 발걸음에 실려 취한 듯이 걸어가고 있었다. 그는 혼자였고 늙었다. 한 생애의 끝에 이르니 노령의 비애가 구역질이 되어 돌아온다. 만사는 결국 아무도 귀 기울여 주지 않는 처지로 귀착된다. 그는 걷는다. 어느 길모퉁이를 돌다가 발부리가 걸려 하마터면 넘어질 뻔한다. 나는 그를 보았다. 우스꽝스럽지만 어쩌겠는가. 그런데도 그는 길거리가 차라리 더 낫다. 집에 들어서면 열이 올라 늙은 마누라는 눈앞에서 지워지고 자신은 방구석에 혼자 처박히는 그

8 제정신이 아니라는 의미의 이 표현은 실제로 카뮈의 어머니가 자주 쓰던 말이라고 한다.(카뮈의 형 뤼시앵 카뮈의 증언)

시간들보다는 차라리 길거리가 더 낫다. 방에 있으면, 가끔 문이 천천히 열리고 한동안 반쯤 열려진 채 그대로 있다. 한 남자가 들어온다. 밝은 빛깔의 옷을 입었다. 노인과 마주 대하고 앉아서 한참 동안 말이 없다. 조금 전에 반쯤 열려 있었던 문처럼 미동도 않고 있다. 이따금 한 번씩 한 손으로 머리를 쓰다듬고는 가만히 한숨을 쉰다. 변함없이 슬픔 어린 무거운 눈길로 오랫동안 노인을 바라보고 나서, 그는 말없이 가 버린다. 그의 등 뒤로 문의 걸쇠 걸리는 메마른 소리가 나고, 노인은 배 속에 시큰하고 쓰라린 공포를 맛보며 가만히 몸서리를 친다. 반면 길거리에 있으면 마주치는 사람이 아무리 드물다 해도 그는 혼자가 아니다. 몸이 뜨거워지는 것이다. 짧은 보폭의 속도가 빨라진다. 내일은 모든 것이 달라질 것이다. 내일은. 갑자기 그는, 내일도 매한가지일 것이고 모레도, 그리고 다른 날들도 매한가지이리라는 사실을 발견한다. 그리고 그 돌이킬 수 없는 발견이 그의 가슴을 짓누른다. 당신을 죽게 만드는 것은 바로 그런 생각들이다. 그런 생각들이 견딜 수 없어지면 사람은 자살을 한다. 혹은, 젊은 사람일 경우, 그럴듯한 말들로 얼버무린다.

늙은이, 미치광이, 주정뱅이, 뭐래도 좋다. 그의 최후는 의연하고, 흐느껴 우는 울음소리에 에워싸인 훌륭한 최후가 될 것이다. 그는 아름답게, 다시 말해 고통스러워하며 죽을 것이다. 그것이 그에게는 위로가 될 것이다. 사실, 갈 데도 없다. 영영 늙어 버린 거였다. 사람들은 장차 다가올 노년 위에다 인생을 건설한다. 이렇게 돌이킬 수 없는 것들에 포위된 그 노년기에 이르면 한가로움을 얻겠다고 기대하지만, 그 한가로움은 노인들을 무방비 상태로 만든다. 사람들은 은퇴하여 조촐한 별장에서 살겠다고 작업 감독이 되고 싶어 한다. 그러나 일단 노년 속에 갇혀 보면 그게 틀린 생각인 것을 알게 된다. 자기 스스로를 보호하기 위해서는 다른 사람들이 필요한 것이다. 그의 경우, 자기가 살아 있다는 것을 실감하기 위해서는 사람들이 그의 이야기에 귀 기울여 주어야 했다. 이제 길거리는 더 어두워졌고 인적도 드물어졌다. 아직은 그래도 더러 말소리가 들렸다. 저녁나절의 야릇하게 가라앉은 분위기 속에서 그 목소리들은 더 엄숙하게 들렸다. 도시를 둘러싼 언덕들 너머로 아직 낮의 잔광이 비껴 있었다. 어디서 온 것인지 한 줄기 연기가 나무들이 무성한 언덕 꼭대기 뒤로 거창하게 나타났다. 천천히 피어오르던 연기는 전나무처럼 층층이 포개졌다. 노인은 눈을 감았다. 도시의 웅얼대는 소음을 싣고 사라져 가는 삶과 하늘의 무심하고도 멍청한 미소 앞에서 혼자, 망연자실한, 벌거벗은 존재인 그는 벌써 죽은 것이나 다름없었다.

이 아름다운 메달의 이면을 묘사할 필요가 있을까? 짐작할 수 있는 바이지만, 누추하고 어두운 방에서 늙은 마누라는 식탁을 차리고 있었다. 저녁상을 차리고 나자 그녀는 자리에 앉아 시계를 보며 좀 더 기다리다가, 맛있게 먹기 시작한다. 그녀는 생각한다. "달 속에 빠졌군." 그걸로 할 말은 다 한 것이다.

그들은 다섯 식구였다. 할머니, 그녀의 작은아들, 맏딸, 그리고 맏딸의 두 아이. 아들은 거의 말을 못하는 반벙어리였다. 딸은 장애자로, 생각하는 것이 온전치 않았다. 두 아이 중 하나는 이미 보험 회사에서 일을 하고 있었고 가장 어린 동생은 학교에 다녔다. 일흔 살인데도 할머니는 아직 그 모든 식구들 위에 군림하고 있었다. 그녀의 침대 위쪽에는 지금보다 다섯 살 더 젊었을 적 할머니의 초상화가 걸려 있는 것을 볼 수 있었다. 목 부근을 장식용 메달로 채워 여민 검은색 옷차림으로, 몸을 꼿꼿이 세운 채 주름살 하나 없는 얼굴에 아주 큰 눈이 맑고 차가운 그녀는 여왕 같은 자세를 하고 있었다. 나이가 많아지면서 그런 자세를 단념할 수밖에 없었지만, 간혹 거리에 나설 때는 그 모습을 되살리려 애쓰곤 했다.[9]

9 어린 시절 카뮈의 가족 구조도 이와 같았다. 외할머니, 어머니, 외

그 맑은 눈과 관련하여, 그녀의 손자에게는 아직도 낯이 붉어지는 한 가지 추억이 있었다. 그 늙은 여자는 집에 손님들이 오면 기다렸다는 듯이 손자를 빤히 쳐다보면서 물었다. "넌 누가 더 좋으냐? 어미냐, 할미냐?" 그때 그 딸 자신이 옆에 있으면 그런 농담이 묘하게 꼬였다. 왜냐하면 아이는 어느 때건 "할머니가 더 좋아요." 하고 대답했지만, 마음속에서는 언제나 말이 없는 그 어머니를 향해 거센 격정이 솟구쳤기 때문이다. 손님들이 그런 대답을 듣고 놀라는 기색을 보일 때면, 어머니는 말하는 것이었다. "할머니가 키우셨거든요."

그것은 또한, 사랑이란 요구해서 받을 수 있는 것이라고 그 늙은 여자가 생각하고 있었기 때문이었다. 자신은 한 집안의 나무랄 데 없는 어머니라고 의식하기 때문에 그녀는 일종의 엄격하고도 용서를 모르는 태도로 일관하는 것이었다. 그녀는 한 번도 남편을 속이고 외도를 한 적 없이 그에게 아홉 남매를 낳아 주었다. 또 남편이 죽은 후 자식들을 억척스럽게 키웠다. 변두리에 있는 그들의 소작지를 떠나 그들은 오래된 빈민가로 옮겨와 자리를 잡았고 거기서 오래전부터 살고 있었다.

물론 그녀에게 장점들이 없지는 않았다. 그러나

판단이 외곬으로 기울어지기 쉬운 나이의 손자들에게 그녀는 한낱 코미디언에 불과했다. 그들은 이모부 한 사람에게서 의미심장한 이야기를 들었다. 그 이모부가 어느 날 장모를 보러 와 보니 그녀는 아무 일도 하지 않고 그냥 창가에 앉아 있었다. 그러나 그가 나타난 것을 보자 장모는 걸레를 손에 들고, 집안을 돌보자니 눈코 뜰 사이가 없어서 하던 일을 계속해야 한다고 변명하더라는 것이다. 사실 모든 것이 그런 식이었다. 가족끼리 언쟁이라도 벌어지고 나면 그녀는 너무나 쉽게 쓰러져 까무러쳤다. 그녀는 또한 간이 좋지 않아서 심한 구토로 고생하고 있었다. 그러나 병자 행세를 하기로 들면 조금도 거리낌이 없었다. 눈에 띄지 않게 구석으로 물러나기는커녕 부엌의 쓰레기통에다 요란스럽게 토해 대는 것이었다. 그러고는 얼굴이 창백해지고, 기를 쓰느라 눈에 눈물이 가득해져서 가족 곁으로 돌아온 그녀에게 누가 좀 가서 누우라고 권하기라도 하면, 부엌에 할 일이 많다는 둥, 집안 건사하는 데 자기 없이 되는 일이 어디 있느냐는 둥 떠벌렸다. "이 집의 일은 모두 다 내가 해야 되는걸." 또 이런 말도 했다. "내가 없어지면 너희는 어떻게 되려는지!"

아이들은 할머니의 구토, 그녀가 말하는 이른바 '발작'이라는 것, 그리고 잔소리들에는 신경을 쓰지 않게끔 습관이 되어 있었다. 그 여자는 어느 날 자리에 눕더니

의사를 불러 달라고 했다. 소원대로 해 주려고 식구들이 의사를 불러왔다. 첫날, 의사는 단순한 몸살이라고 말했다. 다음 날은 간암이라고 하더니 사흘째는 위중한 황달이라고 했다. 그러나 두 손자 중에서 나이 어린 쪽 아이는 아무리 생각해도 그것이 새로운 또 하나의 코미디, 더 교묘하게 꾸민 쇼일 뿐이라고 여겼다. 그 애는 조금도 걱정이 되지 않았다. 그동안 할머니한테 너무나 심하게 당해 왔기 때문에 그가 처음 본 것들이 비관적인 것일 리가 없었다. 그리고 정신 똑똑히 차리고 보아야겠다며 사랑하기를 거부하는 그 태도에는 일종의 절망적인 용기가 담겨 있었다. 그러나 꾀병도 지나치면 실제로 병이 되는 수가 있는 법이다. 할머니는 꾀병을 죽음에까지 밀어붙인 것이다. 마지막 날, 아이들이 지켜보는 가운데 그녀는 창자 속에 고인 가스를 발산했다. 그리고 태연히 손자에게, "아니 이거 내가 돼지 새끼처럼 방귀를 뀌었네." 하고 말했다. 한 시간 뒤에 할머니는 죽었다.

손자는 그 당시에는 사정을 전혀 이해하지 못했지만, 이제는 똑똑히 느낄 수 있었다. 그때 그는 할머니가 꾸민 연극들 중 최후의, 그리고 가장 흉악한 쇼가 연출된 것이라는 생각을 떨쳐 버릴 수가 없었다. 그리고 자기가 그때 슬픔을 느꼈던가를 자문해 보았지만 전혀 그런 기미는 찾아볼 수 없었다. 다만 장례식 날, 모두 울음을 터뜨리는 바람에 그도 울었지만, 울면서도 고인 앞에서 솔직하지 않은 가식적인 행동을 하고 있다는 두려움을 느꼈다. 그때는 햇살이 환한 맑은 겨울날이었다. 하늘의 푸른빛 속에서 온통 노랗게 반짝이는 추위가 느껴졌다. 묘지는 시가지를 굽어보고 있었고 마치 젖은 입술처럼 빛을 받아 진동하는 항만 위로 아름다운 햇빛이 투명하게 내리비치고 있었다.

이 모든 것은 서로 양립할 수 없는 것일까? 기막힌 진실. 영화 구경을 가느라 내버려 둔 여자, 아무도 귀 기울여 들어 주는 이 없어진 노인, 아무런 속죄도 되지 못하는 죽음이 있는가 하면, 다른 한편에는 이 세상 가득한 저 모든 빛. 이 모든 것을 다 함께 받아들인다면 어떻게 되는 것일까? 이것은 비슷하면서도 서로 다른 세 가지 운명에 관한 이야기다. 누구에게나 찾아오는 죽음, 그러나 각자에게는 저마다인 죽음. 하여간 그렇기는 해도 태양은 우리의 뼈마디들을 따뜻하게 덥혀 준다.

긍정과 부정의 사이

유일한 낙원은 바로 잃어버린 낙원이라는 말이 사실이라면,[10] 오늘 내 마음속에 깃드는 감미로우면서도 비인간적인 그 무엇인가에다 어떤 이름을 붙여야 할지 나는 알고 있다. 어떤 이민(移民)이 그의 고국으로 돌아온다. 그리고 나는 기억한다, 아이러니, 경직된 마음, 그런 모든 것이 다 잠잠해지고, 마침내 나는 내 고향으로 돌아왔다. 행복을 반추하고 싶지는 않다. 아니 이건 그보다 훨씬 더 간단하고 훨씬 더 쉬운 것이다. 왜냐하면 망각의 밑바닥으로부터 내가 건져 올리는 이 시간들 속에는 무엇보다도 어떤 순수한 감동의, 영원 속에 정지한 한순간의 추억이 고스란히 간직되어 있으니 말이다. 나의

10 "진정한 낙원들은 잃어버린 낙원들이다."(마르셀 프루스트, 『잃어버린 시간을 찾아서』 중 「되찾은 시간」(Gallimard Pléiade, t. IV, p.449). 카뮈는 프루스트의 애독자였다.

마음속에서 오직 그것만이 진실한 것인데도 나는 언제나 그것을 너무 뒤늦게야 알아차린다. 유연하게 구부리는 어떤 몸놀림, 풍경 속에 꼭 알맞게 서 있는 한 그루 나무를 우리는 사랑한다. 그리고 그 사랑을 생생하게 되살려 보고 싶을 때 머릿속에 떠오르는 것은 기껏 어떤 디테일 — 너무 오랫동안 닫아 두었던 방의 냄새, 길 위에 울리는 야릇한 발걸음 소리 같은 — 뿐이지만 그것이면 충분하다. 나의 경우가 그렇다. 그때 나는 나 자신을 내맡김으로써 사랑할 수 있었으니, 마침내 나는 나 자신이 된 것이다. 왜냐하면 우리를 우리 자신으로 돌아오게 해 주는 것은 사랑뿐이기 때문이다.

천천히, 고즈넉하게, 그리고 엄숙하게 그 시간들이 그때와 다름없이 벅차고 그때와 다름없이 감동적인 모습으로 다시 돌아온다 — 왜냐하면 지금은 저녁이고, 때는 쓸쓸하고 빛이 사라진 하늘에는 어떤 막연한 욕망 같은 것이 서려 있기 때문이다. 되찾은 몸짓 하나하나가 나의 모습을 나 자신에게 드러내 준다. 누군가 어느 날 내게 말했다. “산다는 게 너무나 힘들어요.” 그 어조가 기억난다. 또 한 번은 어떤 사람이 나에게 속삭였다. “가장 못된 짓은 남을 괴롭게 하는 거예요.”라고. 모든 것이 다 끝나 버리면 생의 목마름도 잦아든다. 그것이 바로 사람들이 행복이라고 부르는 것일까? 이런 추억들을 더듬으며 우리는 모든 것에 눈에 띄지 않는 똑같은 옷을 입히니, 우리의 눈에 죽음은 낡아 버린 색조의 배경 화면 같아 보인다. 우리는 다시 우리 자신으로 돌아온다. 우리는 우리의 비탄을 느끼며, 그로 인하여 더 많이 사랑한다. 그렇다, 그것이 아마 행복인지도 모른다. 즉 우리의 불행을 측은히 여기는 감정 말이다.

오늘 저녁이 바로 그렇다. 아랍 도시의 맨 끝에 있는 이 무어인(人)의 카페에서 내가 추억하는 것은 지난날의 행복이 아니라 어떤 이상한 감정이다. 벌써 밤이다. 벽에는, 가지가 다섯 개씩인 종려나무들 사이로 노란 카나리아 색의 사자들이 초록색 옷을 입은 아랍 족장들 뒤를 따라가는 그림. 카페 한구석에서는 아세틸렌 램프가 가물거리며 불빛을 던지고 있다. 사실상의 조명은 초록색과 노란색 타일을 입힌 자그만 화덕의 저 안쪽 아궁이에서 나오는 것이었다. 불꽃이 방 한가운데를 훤하게 비추고, 그 빛이 내 얼굴에 반사되어 너울거리는 것이 느껴진다. 나는 문과 항만 쪽을 마주 보고 앉아 있다. 한쪽 구석에 쭈그리고 앉아 있는 카페 주인은, 바닥에 박하 잎이 한 장 가라앉은 나의 빈 컵을 바라보고 있는 것 같다. 카페 안에는 아무도 없고, 저 아래 도심 쪽에서 들려오는 소음과 더 멀리 항만 위의 불빛뿐이다. 아랍인의 거친 숨소리가 들리고, 그의 눈이 침침한 어둠 속에서 반짝인다. 좀 더 멀리서 들리는 것은 바다의 소리일까? 세계가 긴 리듬으로 나를 향하여 숨을 내쉬며 죽지 않는 것 특유의 무관심과 평온을 내게 보낸다. 크게 반사되는 붉은빛에 벽 위의 사자들이 꿈틀거린다. 공기가 서늘해진다. 바다에서는 뱃고동 소리. 등대의 불빛들이 돌기 시작한다 — 초록빛, 붉은빛, 흰빛. 그리고 여전히 되살아나는 세계의 이 거대한 숨결. 일종의 은밀한 노래 같은 것이 이 무관심으로부터 생겨난다. 그리고 이제 나는 내 고국에 돌아왔다. 나는 빈민가에서 살던 어떤 어린아이를 생각한다. 그 동네, 그 집! 일층과 이층이 전부였고, 계단에는 불이 없어 어두웠다. 오랜 세월이 지난 지금 여전히 그는 캄캄한 밤중에도 그곳을 찾아갈 수 있을 것이다. 한 번도 발을 헛디디지 않고 그 층계를 단숨에 뛰어 올라갈 수 있을 것임을 그는 알고 있다. 그의 몸속에 그 집이 배어들어 찍혀 있는 것이다. 그의 두 다리가 계단 하나하나의 정확한 높이를 제 속에 간직하고 있다. 그의 손에는 층계 난간에 대한 끝내 극복하지 못한 본능적 공포감이 남아 있다. 바퀴벌레 때문이었다.

여름날 저녁이면 노동자들은 발코니에 나가 앉는다. 그의 집에는 아주 작은 창문이 하나 나 있을 뿐이었다. 그래서 의자들을 집 앞 길가로 들고 내려와 앉아서 저녁 공기를 음미했다. 길이 앞에 있고, 옆에는 아이스크림 장수들, 맞은편에는 카페들, 그리고 이 집 저 집 문 앞으로 뛰어다니는 어린애들의 떠드는 소리. 그러나 특히 커다란 무화과나무들 사이로 보이는 하늘이 있었다. 가난 속에는 어떤 고독이, 하나하나의 사물에 그 나름의 가치를 부여하는 고독이 있다. 어느 정도 부유한 사람들에게는 하늘 그 자체와 별들이 가득한 밤도 그저 자연의 재화라고 여겨진다. 그러나 밑바닥 계층에서는 하늘이 본래의 모든 의미를 되찾게 되어 값을 따질 수 없을 만큼 귀중한 은총이다. 여름의 밤들, 별들이 반짝이는 신비의 세계! 어린아이의 등 뒤에는 악취가 풍기는 복도가 있고 쿠션이 터진 작은 의자는 그의 몸 아래로 약간 내려앉으려고 한다. 그러나 그는 눈을 들고 맑은 밤을 곧장 그대로 들이마시는 것이었다. 간혹 커다란 전차가 빠른 속도로 지나가곤 했다. 그러면 길모퉁이에서 어떤 주정뱅이가 콧노래를 흥얼거렸지만 그것 때문에 침묵이 깨지는 것은 아니었다.

아이의 어머니 역시 아무 말이 없었다. 어떤 때, “무슨 생각 해?” 하고 물으면, 그녀는 “아무 생각도 안 해.” 하고 대답했다. 그게 사실이었다. 모든 것이 거기에 있다. 그러니 아무 생각도 안 하는 것이다. 그녀의 삶, 관심사, 그녀의 자식들이 너무도 자연스러워 굳이 느끼고 말고 할 것도 없이 그저 거기에 있는 것이다. 그녀는 장애자여서 생각을 온전하게 하지 못했다. 그녀에게는 거칠고 독선적인 어머니가 있었다. 어머니는 만사에 과민한 동물 같은 자존심만 앞세워 설쳐 대며 정신박약인 딸 위에 오랫동안 군림했다. 딸은 결혼으로 후견이 해제되어 나갔다가, 남편이 사망하자 순순히 되돌아왔다. 남편은 소위 영예로운 싸움터에서 전사했다. 눈에 잘 띄는 곳에 금칠한 액자를 씌운 십자무공훈장과 전공 메달이 놓여 있었다. 병원에서는 또한 몸 안에서 뽑아낸 탄환의 작은 파편도 미망인에게 보내왔다. 미망인은 그것을 간직해 두었다. 더 이상 슬픔을 느끼지 않게 된 지는 이미 오래였다. 남편은 잊었어도 여전히 아이들 아버지 이야기는 한다. 아이들을 키우기 위해 그 여자는 일을 하고, 벌어온 돈을 자기 어머니에게 준다. 할머니는 회초리로 아이들을 교육한다. 어머니가 아이들을 너무 세게 때릴 때면 딸은, "머리는 때리지 마세요." 하고 말한다. 자기 아이들이고 또 그 아이들을 사랑하니까. 그녀는 한결같은 사랑으로 아이들을 대하지만 그 사랑을 한 번도 자식들에게 드러내 보인 적은 없었다. 가끔 그가 아직도 생생하게 기억하고 있는 그런 저녁들처럼, 그녀가 일터에서 (그 여자는 남의 집 가정부였다.) 지칠 대로 지쳐 돌아와 보면, 집은 텅 비어 있다. 늙은이는 장 보러 나갔고 아이들은 아직 학교에서 돌아오지 않았다. 그럴 때면 그녀는 의자에 주저앉아 멍한 눈길로 마룻바닥의 긁힌 자국만 넋을 놓고 들여다본다.

그녀의 주위에 어둠이 짙어 가고 어둠 속에서 그 침묵은 치유할 길 없는 비탄 같다. 그때 마침 집으로 돌아온 아이는 어깨뼈가 앙상하게 드러난 메마른 옆모습을 보고 그만 멈칫한다. 무서운 것이다. 그는 요즈음 많은 것들을 느끼기 시작한다. 이제 겨우 자신의 존재를 어렴풋이 의식하게 된 것이다. 그러나 그는 이 동물적인 침묵 앞에서 우는 것조차 거북하다. 어머니가 가엾다는 생각이 든다. 그것이 곧 어머니에 대한 사랑일까? 어머니는 한 번도 그를 쓰다듬어 준 적이 없다. 그럴 줄을 모르기 때문이다. 그래서 그는 오랫동안 우두커니 서서 어머니를 바라보고만 있는 것이다. 자신이 남이라고 느끼고 보니 스스로의 아픈 마음이 의식된다. 그 여자는 아들이 들어오는 소리를 듣지 못한다. 귀가 먹었기 때문이다. 조금 있으면 할머니가 돌아올 것이고 생활이 되살아날 것이다. 석유 램프의 둥근 불빛, 방수포를 씌운 식탁, 떠들썩한 소리, 욕지거리…… 그러나 지금 이 침묵은 잠시 동안의 소강상태, 정상을 벗어난 한순간을 뜻한다. 그런 것을 어렴풋이 감지하면서 아이는 자신의 내면에 깃들어 있는 충동 속에서 그의 어머니에 대한 사랑 같은 것이 느껴지는 기분이다. 당연히 그럴 것이, 어쨌든 그녀는 그의 어머니인 것이다.

어머니는 아무 생각도 하지 않는다. 밖에는 불빛과 소음. 여기는 어둠 속에 묻힌 침묵. 아이는 자라고 배울 것이다. 사람들은 그를 키워 주고 있으니, 마치 그에게 고통을 덜어 주기라도 했다는 듯, 감사할 줄 알라고 요구할 것이다. 그의 어머니는 언제나 저렇게 침묵만 지킬 것이다. 아이는 고통 속에서 자랄 것이다. 어른이 된다는 것, 중요한 것은 그것이다. 할머니는 죽을 것이다. 다음엔 어머니, 그다음엔 그가.

어머니가 소스라쳐 놀란다. 겁이 났던 것이다. 그렇게 어머니를 쳐다보고 있는 그는 얼이 빠진 것 같다. 어서 가서 숙제나 하지 않고. 아이는 이미 숙제를 다 했다. 그는 오늘 어느 허접한 카페에 와 앉아 있다. 그는 이제 어른이다. 중요한 건 바로 그것 아닌가? 아무래도 그렇지는 않은 모양이다. 왜냐하면 숙제를 다 하고 또 어른이 되기로 해 본들 그것은 단지 늙어 가는 길로 인도할 뿐이기 때문이다.

여전히 한구석에 쭈그리고 있는 아랍인은 두 손으로 자기 발을 붙잡고 있다. 테라스에서는 왁자지껄하게 주고받는 젊은 목소리들과 더불어 볶은 커피 냄새가 풍겨 올라온다. 예인선 한 척이 아직도 그 나직하고 부드러운 소리를 내고 있다. 여느 날과 다름없이 세계는 여기에 와서 저물고 그 모든 헤아릴 길 없는 고뇌로부터 이제 남은 것이라고는 오직 이 평화의 약속뿐이다. 그 기이한 어머니의 무심! 나로 하여금 이 세상의 깊이를 헤아릴 수 있게 해 주는 것은 오직 이 광대한 고독밖에 없다. 어느 날 저녁, 기별을 받고 아들은 ― 이미 훌쩍 자란 아들은 ― 어머니에게 달려갔다. 어머니가 뭔가 무서운 일을 당해서 심각한 뇌진탕을 일으켰던 것이다. 어머니는 하루해가 저물 무렵이면 발코니로 나가 앉는 습관이 있었다. 의자를 하나 내다 놓고 앉아서 발코니의 차갑고 찝찔한 쇠에다 입을 댄다. 그러고는 지나가는 사람들을 바라보는 것이다. 등 뒤에서는 차츰차츰 어둠이 쌓여 갔다. 그녀의 앞에서는 갑자기 상점들의 불이 켜졌다. 거리가 사람들과 불빛으로 부풀어 올랐다. 어머니는 거기서 하염없이 허공을 바라보며 정신을 놓고 있었다. 그런데 문제의 그날 저녁, 어떤 사내가 불쑥 등 뒤에 나타나서 그 여자를 끌어당겨 난폭한 짓을 하다가, 인기척이 들리자 도망쳐 버렸다. 그 여자는 아무것도 보지 못한 채 기절했었다. 아들이 왔을 때 어머니는 누워 있었다. 아들은 의사의 소견에 따라 어머니 곁에서 밤을 지내기로 했다. 그는 침대에서 어머니와 나란히 그냥 이불 위에 누웠다. 여름이었다. 조금 전에 있었던 소동의 공포가 남아 무더운 방 안에 감돌고 있었다. 어렴풋한 발소리들이 들리고 문들이 삐걱거렸다. 무거운 공기 속엔 환자의 이마를 식히려고 뿌렸던 식초 냄새가 떠돌고 있었다. 한편 그의 옆에서 어머니는 몸을 뒤틀며 신음하다가 이따금 갑작스럽게 소스라쳐 놀라기도 했다. 그럴 때면, 잠시

들락 말락 하던 잠에서 깬 아들은 이미 위험을 감지하고 땀에 젖은 몸을 벌떡 일으켰다가 — 서너 번 되풀이하여 야등(夜燈)의 불꽃이 일렁이는 손목시계에 눈길을 던져 보고는 무거운 몸을 눕히고 다시 잠이 들었다. 그날 밤에 그들 두 사람이 얼마나 외톨이었던가를 그가 느끼게 된 것은 세월이 훨씬 지난 다음의 일이었다. 세상 모두와 등진 채 오직 둘뿐. 둘뿐인 그들이 열병에 헐떡이던 바로 그 시각에 '남들'은 자고 있었다. 그때 그 낡은 집에서는 모든 것이 다 텅 빈 것 같았다. 자정의 전차들은 멀어져 가면서, 인간들로부터 우리에게 오는 모든 희망, 도시의 소음이 우리에게 주는 모든 확신을 배출시켜 버리는 것이었다. 집 안은 지나가는 전차 소리에 아직 한동안 진동하더니 차츰 모든 것이 꺼져 버렸다. 남은 것은 오직 앓아누운 여인의 겁에 질린 신음소리만 가끔씩 솟아오르는, 어떤 거대한 침묵의 섬뿐이었다. 그는 여태껏 그처럼 낯선 곳에 온 것 같은 느낌을 가져 본 적이 없었다. 세계가 완전히 해체되어 버렸고, 그와 더불어 삶이 매일매일 다시 시작된다는 환상도 무너졌다. 공부나 야망, 어느 식당이 더 좋고 어느 색깔이 더 마음에 들고 하는 선호의 느낌도…… 이제는 아무것도 존재하지 않는다. 오직 지금 자신이 푹 빠져 있는 것 같은 병과 죽음뿐이었다. 그렇지만 세상이 무너지고 있는 바로 그 시각에도 그는 살아가고 있었다. 그리고 심지어 그는 결국 잠이 들고 말았던 것이다. 하지만 둘뿐이라는 고독의 절망적이고도 정다운 영상이 따라오지 않는 것은 아니었다. 훗날, 아주 훗날, 그는 땀과 식초가 섞인 그 냄새를, 그리고 어머니에게 그를 비끄러매는 유대를 느꼈던 그때를 기억하게 될 것이었다. 마치 그 냄새가 그의 마음속에 깃든 저 엄청난 연민 바로 그것이기라도 한 듯이. 그 연민은 육체적인 것이 되어 그의 주위로 퍼지면서 가슴을 흔드는 운명을 타고난 한 가난하고 늙은 여인의 역할을 그 어떤 속임수도 쓰는 일 없이 착실하게 해내고 있는 것이었다.

이제 아궁이 속의 불은 재로 덮인다. 그리고 여전히 한결같은 대지의 내쉬는 숨결. 어디선가 아랍 다르부카 북의 구르는 듯한 소리가 들려온다. 여자의 웃음 섞인 목소리가 거기에 겹쳐진다. 항만 위로 불빛들이 다가온다. 아마도 선창으로 돌아오는 어선들일 것이다. 내 자리에서 삼각형으로 보이는 하늘에는 낮에 끼어 있던 구름들이 씻겨 나가고 없다. 별들이 총총한 하늘은 맑은 바람결에 바르르 떨고, 내 주위에서 부드러운 밤의 날개가 천천히 깃을 치고 있다. 이제 내가 내 것이 아닌 이 밤은 어디까지 가려는 것인가? 단순함이라는 말 속에는 어떤 위험한 힘이 있다. 그래서 오늘 밤 나는 사람이 죽고 싶어 할 수 있다는 것을 이해한다. 왜냐하면 삶이 어느 정도로 투명하게 보일 때의 시선으로 보면, 더 이상 아무것도 중요하지 않기 때문이다. 어떤 사내가 고통을 당하고 거듭되는 불행들을 겪고 또 겪는다. 그는 그 불행들을 견디며 자신의 운명 속에 자리 잡는다. 사람들로부터 존경을 받는다. 그러다가 어느 날 저녁에 아무것도 아닌 일이 생긴다. 그가 몹시 좋아했던 한 친구를 만난다. 그 친구가 그에게 아주 무신경하게 건성으로 말을 한다. 집으로 돌아오자 사내는 자살한다. 그러자 사람들은 무슨 말 못할 슬픔이나 남모를 고민 때문이라고 이야기한다. 아니다. 만약 원인이라는 게 꼭 있어야 한다면, 어떤 친구가 그에게 무심하게 건성으로 말을 했기 때문에 그가 자살한 것이다. 이처럼 세계의 깊은 의미를 깨닫는 것 같다는 생각이 들 때마다 내 마음을 흔들어 놓는 것은 바로 이 세계의 단순함이다. 오늘 저녁 나의 어머니, 그리고 어머니의 그 기이한 무관심. 전에 언젠가 나는 교외의 단독주택에서 개 한 마리와 고양이 한 쌍, 그리고 거기서 태어난 까만 새끼 고양이들과 같이 혼자 살고 있었다. 암고양이는 새끼들에게 젖을 먹여 키울 수 없었다. 하나씩 하나씩 새끼들은 모조리 죽어 갔다. 죽어서 방안을 오물로 가득 채웠다. 저녁마다 내가 집으로 돌아오면, 새끼 고양이가 한 마리씩 입술이 뒤집힌 채 뻣뻣하게 몸이 굳어 있었다. 어느 날 저녁, 나는 마지막 남은 고양이 새끼가 어미에게 반쯤 뜯어

먹힌 채 남은 것을 발견했다. 벌써 악취가 나고 있었다. 시체 냄새가 오줌 냄새와 뒤섞여 풍겼다. 나는 그 비참한 광경 한가운데에 앉아서 오물을 손에 쥔 채 그 썩은 냄새를 맡으며, 한구석에서 꼼짝도 않고 있는 암고양이의 초록빛 두 눈 속에서 번뜩이는 광기의 불꽃을 오랫동안 바라보았다. 그렇다, 오늘 저녁이 바로 그렇다. 헐벗음이 어느 정도에 이르면 더 이상 이것도 저것도 아무런 의미가 없어진다. 희망도 절망도 다 근거가 없어 보이고, 그리하여 삶 전체가 어떤 하나의 이미지 속에 요약된다. 그러나 왜 거기서 그친단 말인가? 단순하다, 모두가 단순하다. 초록빛, 붉은빛, 흰빛의 등대 불빛들 속에서는. 밤의 서늘한 바람, 나에게까지 풍겨 올라오는 도시와 빈민가의 냄새 속에서는. 오늘 저녁 나에게로 되살아오는 것이 바로 어떤 유년 시절의 이미지라면, 내가 그것으로부터 얻어 낼 수 있는 사랑과 가난의 교훈을 어찌 받아들이지 않을 수 있겠는가? 지금 이 시간은 긍정과 부정 사이의 빈 공간과도 같은 것이기에 삶의 희망이나 환멸 같은 것은 다른 시간에 생각하기로 하고 미뤄 둔다. 그렇다, 오직 잃어버린 낙원의 투명함과 단순함만을 맞아들일 일이다. 하나의 이미지 속에. 그리하여 얼마 전에 어느 오래된 동네에 있는 집으로 아들이 그의 어머니를 보러 갔다. 그들은 말없이 마주 앉아 있었다. 그러나 두 사람의 눈길이 마주친다.

“그래서, 엄마?”

“그냥 그렇지, 뭐.”

“심심하세요? 제가 너무 말이 적지요?”

“아이고, 너야 언제나 말이 적었잖아.”

그리고 입술 없는 흐뭇한 미소가 그녀의 얼굴에 번진다. 정말 그렇다, 그는 어머니에게 도무지 말을 건넨 적이 없었다. 그러나 사실 말이 왜 필요하겠는가? 말을 하지 않아도 사정은 뻔하다. 그는 그녀의 아들이고, 그녀는 그의 어머니인 것이다. 그녀가 그에게, “너 알지?” 하면 그만이다.

어머니는 두 발을 모으고, 무릎 위에 두 손을 맞잡은 채 장의자의 발치에 앉아 있다. 그는 의자에 앉아서 어머니를 보는 둥 마는 둥 줄곧 담배만 피운다. 침묵.

“너 그렇게 담배를 많이 피우면 안 좋아.”

“그러게요.”

거리의 온갖 냄새들이 다 창문으로 올라온다. 이웃 카페에서 들려오는 아코디언 소리, 저녁이 되어 혼잡해지는 통행, 말랑말랑한 작은 빵조각 사이에 넣어서 먹는 구운 꼬치고기 냄새, 길에서 우는 어린아이. 어머니는 일어서서 뜨개질거리를 집어 든다. 관절염 때문에 변형된 그녀의 손가락은 감각이 없다. 그녀는 일을 빨리 하지 못한다. 같은 코를 세 번이나 다시 꿰기도 하고, 스르륵 소리를 내며 한 줄을 모조리 풀어 버리기도 한다.

"조그만 조끼란다. 흰 칼라를 달아 입으려고. 이것하고 내 검정색 외투면 이번 철에 옷 걱정은 없겠지."

어머니는 불을 켜려고 일어났다.

"이젠 일찍 어두워지는구나."

정말 그랬다. 여름이 지났으나 아직 가을은 아니었다. 부드러운 빛깔의 하늘에서는 아직도 명매기가 지저귀고 있었다.

"너, 곧 또 오겠지?"

"아니 전 아직 떠나지도 않았잖아요. 왜 그런 말씀을 하세요?"

"아니, 그저 무슨 말이든 하고 싶어서."

전차가 한 대 지나간다. 자동차도 한 대.

"정말 제가 아버지를 닮았나요?"

"암, 너희 아버지를 쏙 빼닮았지. 하긴 넌 아버지를 본 적이 없지. 네가 여섯 살이 됐을 때 죽었으니까. 하지만 네가 조그마한 콧수염만 기른다면!"

그는 아버지 이야기를 했지만 아무런 실감이 없었다. 아무 추억도 아무 감동도 없었다. 아마도 수다한 다른 사람들과 다름없는 한 남자였겠지. 사실 그는 아주 열의에 차서 전쟁에 나갔다. 그리고 마른 지방 전투에서 두개골이 터졌다. 일주일 동안 앞을 못 본 채 신음하다가, 마을의 전몰장병 위령탑에 이름이 새겨졌다.

"따지고 보면 그편이 차라리 나았지. 장님 아니면 미친 사람이 되어 돌아왔을 테니. 그랬더라면 그 가엾은 사람은……."

"하긴 그렇네요."

사실, 언제 건 차라리 그편이 낫다는 확신, 세계의 부조리한 단순성이 이 방안에 피난해 와 있다는 감정 말고 대체 이 방안에 그를 붙잡아 두는 것이 또 무엇이 있겠는가?

"또 올 거지? 바쁜 것은 잘 알지만, 그래도 이따금……."

그러나 지금 나는 어디에 있는 것인가? 아무도 없는 이 카페를 어떻게 과거의 그 방과 떼어 생각할 수 있을 것인가? 내가 지금 살고 있는 것인지 회상하고 있는 것인지 더 이상 알 수가 없다. 등대의 불빛들이 저기 있다. 그리고 내 앞에 다가와 선 아랍인은 이제 문을 닫겠다고 말한다. 밖으로 나가야 한다. 나는 저 위험한 비탈길을 이제 더는 내려가고 싶지 않다. 사실 나는 마지막으로 항만과 그 불빛들을 바라보는 것이다. 이 순간 내게로 올라오는 것은 보다 나은 날들에 대한 희망이 아니라 모든 것, 그리고 나 자신에 대한 어떤 차분하고 원초적인 무관심이다. 그러나 이 너무나 맥없고 너무나 안이하게 되어 가는 마음의 흐름을 깨뜨려야 한다. 그리고 나는 명철해져야 할 필요가 있다. 그렇다, 모든 것은 단순하다. 만사를 복잡하게 만드는 것은 인간들이다. 우리에게 어설픈 수작은 하지 말라. 사형수를 가리켜 "그는 사회에 대하여 죗값을 치르게 된다."라고 말할 것이 아니라, "이제 그의 목이 잘리게 될 것이다."라고 말해야 한다. 보기엔 별 차이가 없는 것 같다. 그러나 약간의 차이가 있다. 그리고 세상에는 자기의 운명을 똑바로 마주 바라보기를 더 좋아하는 사람들이 있는 것이다.

영혼 속의 죽음[11]

나는 저녁 6시에 프라하에 도착했다.[12] 즉시 짐을 역의 수화물 보관소에 맡겼다. 아직 호텔을 찾을 만한 두 시간의 여유가 있었다. 무거운 두 개의 트렁크가 더 이상 팔에 매달리지 않아서 기이한 해방감에 몸이 붕 뜨는 느낌이었다. 정거장에서 나와 공원들을 따라 걷다 보니 문득 웬체슬라스 대로의 한복판이었다. 그 시간에는 사람들이 들끓는 거리였다. 내 주위에는 그때까지 살아온 수많은 사람들이 우글거렸지만 그들의 삶에서 내게 힌트가 될 만한 것이라곤 아무것도 새어 나오지 않았다.

11 la mort dans l'ame는 '비탄에 잠긴 상태'를 의미하지만 글의 제목임을 고려해 직역하였다.

12 1936년 8월, 카뮈는 프라하에서 혼자 나흘을 보냈다. 친구 이브 부르주아, 그리고 아내 시몬과 함께 떠난 유럽 여행이었지만 잘츠부르크에서 부부는 파경을 맞게 되고 카뮈는 그 후 혼자 이탈리아를 거쳐 알제로 돌아갔다.

그들은 살고 있었다. 나는 낯익은 고장으로부터 수천 킬로미터나 떨어진 곳에 와 있었다. 나는 그들의 말을 몰랐다. 모두 빨리 걸어가고 있었다. 나를 앞질러 가면서 모두 내게서 멀리 떨어져 나갔다. 나는 당황스러워 어찌할 바를 몰랐다.

내게는 가진 돈이 별로 없었다. 엿새 정도 지탱할 수 있는 액수였다. 그렇지만 그 후에는 내게 사람이 오기로 되어 있었다. 하지만 그 문제와 관련해서도 걱정이 되었다. 그래서 나는 수수한 호텔을 찾아 나섰다. 나는 마침 신시가지에 와 있어서, 눈에 띄는 호텔들은 모두가 불빛과 웃음과 여자들로 번쩍거리고 있었다. 나는 더 빨리 걸었다. 서두르는 내 걸음걸이에는 벌써부터 어딘지 도망치는 것 같은 데가 있었다. 그러나 8시가 가까워서 나는 피로한 몸으로 구(舊)시가지에 이르렀다. 거기에서 수수하게 보이고 출입문이 조그마한 호텔 하나가 나의 마음을 끌었다. 나는 안으로 들어간다. 숙박계를 적고 내 방 열쇠를 받는다. 방은 4층의 34호실이다. 문을 열고 보니 매우 호화로운 방안이다. 요금표를 찾아보니 내가 생각했던 것보다 두 배나 더 비싸다. 돈 문제가 까다롭게 되었다. 나는 이 대도시에서 이제 아주 줄여 가며 지낼 수밖에 없게 된 것이다. 조금 전까지만 해도 막연했던 불안이 뚜렷해진다. 마음이 편치 않다. 헛헛한 공허감을 느낀다. 그렇지만 머리가 맑아지는 순간이기도 하다. 옳은 평인지 아닌지는 모르지만 사람들은 항상 날 보고 금전 문제에 대해 어지간히도 무관심하다고들 말했던 것이다. 그런데 지금 이 어리석은 걱정이 웬 말인가? 그러나 벌써 머릿속은 돌아간다. 먹어야 한다. 다시 걸어가서 수수한 식당을 찾아야 한다. 나는 끼니마다 10크로네 이상을 소비해서는 안 될 형편이다. 눈에 띄는 모든 식당 중에서 가장 저렴한 집은 또한 가장 불친절하다. 나는 그 앞을 지나가고 또 지나간다. 식당 안에서 사람들이 결국 나의 거동을 주목하기 시작한다. 들어갈 수밖에 없다. 그 식당은 상당히 침침한 지하실로, 선멋 부린 벽화들이 그려져 있다. 여러 종류의 사람들이 섞여 있다. 한구석에 몇 명의 여자들이 담배를 피우며 심각하게 이야기를 나누고 있다. 남자들은 식사 중인데 대다수가 연령과 피부색을 구별할 수가 없다. 기름이 번질거리는 제복을 입은 거인 같은 남자 종업원이 무표정한 큰 얼굴을 내게로 쑥 내민다. 나는 뭐가 뭔지 알지 못할 메뉴 중에서 무턱대고 아무 요리나 하나 얼른 가리켜 보인다. 그러나 그게 또 무슨 설명을 필요로 하는 모양이다. 그래서 종업원이 체코 말로 내게 묻는다. 나는 내가 아는 얼마 안 되는 독일어로 대답을 한다. 그는 독일어를 모른다. 나는 짜증이 난다. 그가 여자들 중 하나를 부른다. 여자는 왼손을 허리에 얹고 오른손엔 담배를 든 채 축축한 웃음을 띠며 예의 상습적인 포즈로 다가온다. 여자가 내 테이블에 와 앉더니 독일어로 내게 묻는다. 내 독일어만큼이나 형편없어 보인다. 모든 것이 알 만해진다. 종업원은 나에게 오늘의 메뉴를 자랑하고 싶었던 것이다. 선선히 나는 오늘의 메뉴를 시킨다. 여자가 나에게 말을 하지만 나는 더 이상 알아듣지 못한다. 물론 나는 더할 수 없을 만큼 확신에 찬 표정으로 그렇다고 한다. 그러나 마음은 딴 데 가 있다. 모든 것이 짜증스럽고 마음이 흔들리고 배도 고프지 않다. 그리고 그 뾰족한 못 같은 것이 여전히 속을 아프게 찌르고 배는 오그라든다. 나는 그녀에게 맥주 한 잔을 낸다. 내 딴에는 예절을 안다는 표시다. 오늘의 메뉴가 나오고 나는 먹는다. 녹말가루에 쇠고기를 섞은 것인데, 커민 소스를 어떻게나 많이 쳤는지 구역질이 난다. 그러나 마주 앉은 여자의 웃음 띤, 그 끈적한 입을 빤히 쳐다보며 나는 딴생각을 한다. 아니 아무 생각도 하지 않는다. 여자는 그게 무슨 유혹이라고 여긴 것일까? 벌써 내 곁으로 와서 찰싹 달라붙는다. 나는 반사적 몸짓으로 여자를 제지한다.(그 여자는 못생겼다. 만약 그 여자가 예뻤더라면, 그 뒤에 일어난 모든 것을 피할 수 있었을 거라는 생각을 나는 가끔씩 하곤 했다.) 거기, 금방이라도 웃음을 터뜨릴 것만 같은 사람들 한가운데서 나는 병이 날까 봐 겁이 났다. 하지만 그보다도 더, 돈도 없고 의욕도 없는 상태로 나 자신과 나의 한심한 생각밖에 대면할 것이 없는 호텔 방에 혼자 남게 될까 봐 더 겁이 났다. 지금도 나는 얼빠지고 무기력하던 그때의 내가 어떻게 나 자신으로부터 벗어날 수 있었는지 스스로 묻기만 해도 당혹스러워진다. 나는 밖으로 나왔다. 구시가지를 걸었다. 그러나 더 이상 나 자신을 마주 대면하고 있을 수가 없어서 호텔까지 달려가서 침대에 누워 잠들기를 기다렸다. 곧 잠이 들었다.

내가 권태를 느끼지 않는 고장은 나에게 아무것도 가르쳐 주지 않는 고장이다. 나는 그런 말들로 자신을 타이르며 기운을 내려고 했다. 그러나 그 뒤 며칠 동안의 일을 이야기해야 할까? 나는 예의 내 식당으로 다시 찾아갔다. 아침저녁으로 속을 메슥거리게 하는, 커민을 친 그 끔찍한 음식을 참고 먹었다. 그러다 보니 나는 온종일 가라앉을 줄 모르는 구토감을 안고 다녔다. 그러나 나는 먹어야 한다는 것을 알고 있었기 때문에 꾹 참아 넘겼다. 게다가 다른 새로운 식당을 시도해 보려다가 치러야 할 대가에 비하면 그쯤이야 뭐 그리 대수롭겠는가. 적어도 거기 가면 나는 '아는 사람'이었다. 사람들이 나에게 말을 걸지는 않았지만 웃어 보이기는 했다. 다른 한편 불안감은 점점 커졌다. 나는 머릿속에 박힌 그 뾰족한 바늘 끝에 너무 신경을 쓰고 있었던 것이다. 나는 일과를 짜서 정신을 쏟을 수 있는 거점들을 여러 군데로 분산시켜 놓기로 했다. 되도록 늦게까지 침대에 머물렀고 그리하여 낮 시간은 그만큼 줄어들었다. 세수를 하고 나면 조직적으로 시내를 답사했다. 바로크식의 화려한 교회당들에 빠져들어 가 거기에서 내 마음의 고향을 찾아보려고 해 보았지만 실망스러운 나 자신과의 대면에 더 헛헛해지고 더 낙담한 채 밖으로 나왔다. 나는 군데군데 둑들로 막아 물살이 소용돌이치는 블타바강[13]을 따라 방황했다. 인기척 없고 고요한 흐라드신의 넓은 구역에서 기나긴 시간을 보내기도 했다. 해가 기우는 시간이면, 그 구역의 대사원과 궁전들의 그늘에서 나의 고독한 발걸음 소리가 골목길에 울렸다. 그러다가 그 소리의 울림을 자각하게 되면 나는 다시 심한 불안감에 사로잡히곤 했다. 나는 일찍 식사를 마치고 8시 반이면 자리에 눕곤 했다. 해가 떠 있는 동안에는 자신으로부터 딴 데로 생각을 돌릴 수 있었다. 교회, 궁전, 박물관 같은 모든 예술 작품 속에서 나는 나의 불안감을 진정시켜 보려고 했다. 그런 상투적인 수단으로 나의 반항을 우수로 녹여 없애 보려 했던 것이다. 그러나 헛수고였다. 밖으로 나서자마자 나는 이방인이었다. 그러나 한번은 시가지 맨 끝에 있는 어느 바로크식의 수도원

13 체코에서 가장 긴 강이다.

안에서 그 시간의 다사로운 분위기, 느리게 울리는 종소리, 오래된 탑에서 흩어져 날아오르는 한 떼의 비둘기들, 그리고 풀과 허무의 향기와도 같은 그 무엇이 마음속에 눈물 가득한 침묵을 만들어 내면서 나는 거의 해방감에 가까운 느낌을 맛볼 수 있었다. 그래서 저녁에 돌아와 긴 글을 단숨에 적었는데, 여기에 그것을 그대로 옮긴다. 왜냐하면 바로 그 표현의 과장됨 그 자체에서 그때 내가 느꼈던 감정의 복잡함을 다시 찾아볼 수 있기 때문이다.

"그런데 여행에서 그 어떤 다른 이득을 얻는단 말인가? 여기 아무런 꾸밈없는 벌거숭이의 내가 있다. 내가 간판도 읽을 수 없는 도시, 친근한 그 어떤 것도 다가들지 않는 이상한 문자들. 이야기를 나눌 친구도 없고 오락거리도 없다. 이국 도시의 소음이 밀려드는 이 방에서 나를 불러내어 어떤 가정이나 좋아하는 장소의 좀 더 은은한 불빛 쪽으로 데려가 줄 수 있는 것은 아무것도 없음을 나는 잘 알고 있다. 사람을 부를까? 소리를 지를까? 그래 봐야 낯선 얼굴들만 내다볼 것이다. 교회들, 황금빛의 제단과 성향(聖香), 그 모든 것이 나를 밀쳐 내던지는 일상생활 속에서는 모든 사물 하나하나가 다 내 불안감을 실감하게 한다. 그리고 이제 습관들의 장막, 졸고 있는 마음을 감싸 주는 몸짓들과 말들로 짠 보자기가 서서히 걷히고 마침내 불안의 창백한 얼굴이 노출된다. 인간은 자기 자신과 정대면한다 — 나는 묻고 싶다, 그가 과연 행복한 것인지…… 그러나 바로 그런 점에서 여행은 인간에게 깨우침의 빛을 던진다. 하나의 커다란 부조화가 그와 사물들 사이에 생겨난다.[14] 전보다 덜 단단해진 그 마음속으로 세계의 음악이 더 쉽게 흘러든다. 마침내 그 거대한 헐벗음 속에서는, 덩그러니 서 있는 그냥 한 그루의 나무까지도 가장 정답고 가장 연약한 이미지가 된다. 예술 작품들과 여인들의 미소, 그들의 땅속에 뿌리박은 인종들, 수세기의 과거가 요약되어 있는 고적들, 그것은 여행이 구성하는 감동적이고도 생생한 풍경이다. 그러고 나서 하루가 끝나면 다시금 내 마음속에 영혼의 굶주림처럼 무언가 깊은 공허가 느껴지는 호텔 방."

그러나 이 모든 것이, 잠을 청하기 위한 이야기들에 불과했다는 것을 털어놓을 필요가 있을 것인가? 그리고 이제 와서 똑똑히 말할 수 있지만, 프라하로부터 내게 남은 것이라고는 길모퉁이마다 사람들이 손가락으로 집어 들고 먹을 수 있게 벌여 놓고 파는, 식초에 담근 그 오이 냄새다. 그 시고 매운 향기는 내가 호텔의 문턱을 넘어서는 즉시 내 불안을 되살아나게 하고 더욱 부풀어 오르게 했다.

14 『시지프 신화』에서 명료하게 분석 설명하게 될 '부조리의 감정'이 구체적으로 체험되는 순간인 동시에 그 감정이 실감나게 묘사되는 대목이다.

그것도 그것이지만 어떤 아코디언 곡조 또한 거들었다. 내 방 창문 밑에서는 어떤 외팔이 장님이 깔고 앉은 악기를 한쪽 엉덩이로 눌러 고정시키고 성한 손으로는 연주를 했다. 언제나 유치하고 감미로운 한 가지 곡뿐이었는데 그것이 아침이면 내 잠을 깨워서 갑작스럽게 나를 장식 없이 벌거벗은 현실 속으로 밀어 넣었고 나는 그 속에서 몸부림을 치게 되었다.

또 한 가지 생각나는 것은, 블타바 강가에서 갑자기 발길을 멈추고, 그 냄새나 그 멜로디에 사로잡힌 내가 자신의 한계 저 끝으로 내던져진 나머지 혼자 낮은 소리로, "이게 대체 뭐지? 이게 대체 뭐지?" 하고 중얼거리곤 했던 기억이다. 그러나 아마도 나는 아직 극한점에까지는 이르지 않았던 것 같다. 나흘째 되던 날 아침 10시경, 내가 막 외출 채비를 하고 있을 때였다. 그 전날 찾으러 갔다가 찾지 못하고 온 어떤 유대인 묘지를 찾아가 볼 참이었다. 누가 옆방 문을 두드리는 소리가 들렸다. 잠시 조용하더니 다시 노크 소리가 들렸다. 이번에는 오래 계속되는 노크였으나 아무 대답이 없는 모양이었다. 무거운 발소리가 층계를 내려갔다. 나는 그것에는 주의를 기울이지 않은 채 텅 빈 머리로, 한 달 전부터 사용해 오던 면도용 크림의 사용법을 읽느라 한동안 골몰하고 있었다. 무더운 날씨였다. 흐린 하늘로부터 구릿빛의 광선이 프라하 구시가의 첨탑과 돔들 위에 내리고 있었다. 신문 장수들이, 아침마다 그렇듯이 《나로드니 폴리티카》를 사라고 외쳐 댔다. 나는 나를 사로잡는 무기력 상태에서 가까스로 벗어났다. 그러나 밖으로 나가려던 순간 열쇠 꾸러미를 손에 든 우리 층 담당 종업원과 마주쳤다. 나는 멈춰 섰다. 그는 다시 오랫동안 옆방 문을 노크했다. 문을 열어 보려고 했다. 아무 소용이 없었다. 아마 안쪽 빗장이 걸려 있는 것 같았다. 다시 노크 소리. 방안이 텅 빈 것같이 울리는 그 소리가 어찌나 음산하게 들리는지 숨이 답답해진 나는 아무것도 물어보고 싶지 않아 자리를 떴다. 그러나 프라하의 거리에서 나는 어떤 고통스러운 예감에 쫓기고 있었다. 그 종업원의 멍청한 얼굴, 괴상하게 휜 그의 에나멜 구두며 저고리의 떨어진 단추 자국을 어떻게 잊을 수 있겠는가? 결국 점심 식사를 하긴 했지만 구토증이 점점 더 심해졌다. 2시경에 나는 호텔로 돌아왔다.

홀에서 종업원들이 수군거리고 있었다. 나는 내가 예감했던 것과 더 빨리 대면해 보려고 층과 층을 빠르게 올라갔다. 아니나 다를까, 방문이 반쯤 열려 있어서 푸른색으로 칠한 커다란 벽만이 보였다. 앞서 말한 침침한 광선이 그 스크린 위에다 침대에 누워 있는 어떤 죽은 사람의 그림자와 시신 앞에 보초를 서고 있는 경찰관의 그림자를 비추고 있었다. 두 그림자는 직각으로 교차하고 있었다. 그 빛이 내 마음을 뒤흔들어 놓았다. 그 빛이야말로 진정한 빛, 삶의 진실한 빛, 삶의 오후의 진실한 빛, 우리가 살아 있다는 것을 깨닫게 해 주는 빛이었다. 그런데 그는 죽어 있었다. 자신의 방에서 홀로. 나는 그것이 자살이 아니라는 것을 알고 있었다. 나는 급히 내 방으로 들어가서 침대에 누웠다. 그림자로 미루어 보아 키가 작고 뚱뚱한, 여느 사람들이나 다름없는 어떤 사람이었다. 아마도 그는 오래전에 죽어 있었을 것이다. 그런데 종업원이 그를 찾아가 볼 생각을 할 때까지 호텔 안에서는 삶이 계속되어 온 것이다. 그는 아무런 의심도 없이 그곳에 왔다가 홀로 죽었다. 그동안 나는 면도용 크림의 광고를 읽고 있었다. 나는 그날 오후 내내 글로 표현하기 어려운 상태 속에서 지냈다. 머리는 텅 비고, 가슴은 이상하게 조여드는 것을 느끼며 나는 자리에 누워 있었다. 손톱을 다듬기도 하고 마루의 홈을 세어 보기도 했다. '천까지 셀 수만 있다면…….' 그러나 50이나 60에 이르면 그만 끝이었다. 더 이상 계속할 수가 없었다. 밖에서 나는 소리는 전혀 들리지 않았다. 그러나 한 번, 복도에서 나직한 목소리가, 어떤 여자의 목소리가 독일어로, "참 좋은 사람이었는데……." 하고 말했다. 그때 나는 필사적으로 나의 도시를, 지중해의 기슭을, 그리고 초록빛 속에 잠긴 채 젊고 아름다운 여자들이 가득한, 내가 그토록 좋아하는 부드러운 여름 저녁들을 생각했다. 여러 날 동안 나는 말이라곤 한마디도 입 밖에 내지 않았다. 그래서 내 마음은 억제된 부르짖음과 반항으로 터질 것만 같았다. 만일 누가 나에게 두 팔을 벌려 주었더라면 나는 그 품속에 달려들어 어린애처럼 울었을 것이다. 오후가 다 끝나갈 무렵 지칠 대로 지친 나는 아코디언의 유행가 곡조만 되풀이되는 텅 빈 머리로 방문의 자물쇠를 정신없이 바라보고 있었다. 그 순간에는 그 이상 더 어떻게 할 수가 없었다. 이제 나라도 도시도 방도 이름도 없었다. 광기냐 정복이냐, 굴욕이냐 영감(靈感)이냐, 나는 깨닫게 될 것인가 아니면 소멸되고 말 것인가? 문에서 노크 소리가 났고 내 친구들이 들어왔다. 나는 비록 낙담한 상태였지만 구원되었다. "너희들을 다시 만나니 반갑구나." 나는 이렇게 말한 것 같다. 그러나 나의 고백은 그 한마디가 전부였고 그들의 눈에는 내가 그들과 헤어졌던 때와 다름없는 그대로였다고 나는 확신한다.

얼마 지나지 않아 나는 프라하를 떠났다. 그리고 물론 그 후 내 눈에 보이는 것에 관심을 기울였다. 바우첸[15]의 조그만 고딕식 공동묘지에서 보낸 어떤 시간, 그곳에서

15 독일 동부의 작은 도시다.

본 제라늄의 눈부신 붉은 빛깔이며 푸른 아침에 대해서 나는 적을 수도 있을 것이다. 비정하고 메마른 슐레지엔[16] 지방의 길게 뻗은 벌판들에 대해서도 이야기할 수 있을 것이다. 나는 그 벌판들을 새벽에 통과했다. 끈적거리는 땅들 저 위로, 안개가 짙게 낀 아침에 새들이 무겁게 떠서 지나가고 있었다. 나는 또 그 정답고도 엄숙한 모습의 모라비아,[17] 그 맑은 원경들이며 양옆에 새콤한 열매가 열린 자두나무들이 줄지어선 그 길들이 좋았다. 그러나 바닥이 보이지 않는 크레바스 속을 너무 오래 들여다본 사람들이 느끼는 어지러움이 내 속 깊은 곳에서 떠나지 않고 있었다. 나는 빈에 도착했고 일주일 만에 다시 떠났다. 그런데도 여전히 나는 자신에게 사로잡힌 포로와도 같았다.

그러나 빈에서 베네치아로 나를 싣고 가는 기차 속에서 나는 그 무엇인가를 기다리고 있었다. 나는 마치 미음만 먹고 지내다가 이제 처음으로 먹게 될 바삭한 빵 껍질의 맛을 생각하는 회복기 환자와도 같았다. 한 줄기 광명이 솟아나고 있었다. 이제야 알겠다. 그때 나는 행복을 맞아들일 준비가 된 것이었다. 나는 다만

16 폴란드 남부 지역의 이름이다.

17 체코 동부의 옛 지역 이름이다. 동서쪽은 슬로바키아와 보헤미아, 북쪽은 폴란드의 슐레지엔, 남쪽은 오스트리아와 접한다.

비첸차[18] 근방의 어느 언덕 위에서 지낸 엿새 동안에 관해서만 이야기하겠다. 아니, 아직도 나는 거기에 있다. 지금도 가끔 거기로 돌아가 있는 나를 발견한다. 그리하여 모든 것이 로즈메리 향기에 젖어 내게로 되돌아와 있다.

나는 이탈리아로 들어선다. 나의 영혼에 꼭 들어맞는 그 땅이 가까워지고 있다는 신호를 하나하나 알아차린다. 처음 마주치게 되는 비늘 모양의 기와를 인 집들, 유화작용으로 푸른색을 띤 벽을 타고 기어오르는 첫 번째 포도나무들이 그것이다. 그것은 또한 마당에 널어 놓은 첫 번째 빨래들이며 어수선하게 흩어진 물건들이며 사람들의 내키는 대로 걸친 옷차림이다. 그리고 첫 번째 사이프러스 나무들(그토록 가냘프고 그토록 곧은)이며 첫 번째 올리브나무, 먼지가 뽀얗게 앉은 무화과나무다. 이탈리아의 작은 도시들의 아늑하게 그늘진 광장들, 비둘기들이 쉴 곳을 찾아드는 정오의 시간들, 완만함과 게으름, 거기서 영혼 속의 반항들은 무디어진다. 정열은 차츰차츰 눈물 쪽으로 길을 낸다. 그리고 마침내 당도한 비첸차. 여기서는, 암탉의 울음소리에 부풀어 오른 날빛의 깨어남으로부터 달콤하고 부드러운 저녁, 사이프러스 나무들 뒤의 비단처럼 보드랍고 이따금 매미 울음소리가

18 이탈리아 북동부 파도바, 베네치아에 가까운 도시다.

길게 추임새를 넣는 저 비길 데 없는 저녁에 이르기까지, 하루하루는 제자리에서 빙글 돈다. 나를 따라다니는 이 내면의 침묵은 하루를 다른 하루로 인도하는 느린 시간의 흐름에서 생겨난다. 오래된 가구들과 손으로 뜬 레이스 덮개가 갖추어져 있고 벌판으로 문이 열린 이 방 이외에 또 무엇을 더 바라겠는가? 얼굴 위로는 온통 하늘뿐. 하루하루 나날들의 회전, 나는 움직이지 않은 채 나날과 함께 빙글 돌며 그 회전을 따라갈 수 있을 것 같다. 나는 내 능력으로 누릴 수 있는 유일한 행복 — 주의 깊고 우정 어린 어떤 의식(意識)을 호흡한다. 나는 하루 종일 산책한다. 언덕에서 비첸차 쪽으로 내려가거나 아니면 들판 쪽으로 더 멀리 나간다. 만나는 사람마다, 그 거리의 냄새마다 나에게는 한없이 사랑할 구실이 된다. 여름철 학교 어린이들을 보살피는 젊은 여성들, 빙과 장수들의 나팔 소리(그들의 수레는 손잡이를 달아 바퀴 위에 올려 놓은 곤돌라다.), 과일을 늘어놓은 진열대들, 까만 씨가 박힌 붉은 수박들이며 투명하고 끈적한 즙이 가득한 포도들, 더 이상 고독하게 지낼 수 없게 된 사람[19]에게는 그 모든 것들이 다 의지할 버팀점들이다. 그러나 매미들의 찌르는 듯하면서도 부드러운 피리 소리, 9월의 밤에

19　다시 말해 모든 사람들.(원주)

마주치는 물과 별들의 향기, 유향나무와 갈대숲 사이로 난 향기 그윽한 길들, 그런 모든 것 하나하나가 다 고독을 강요당하는 사람[20]에게는 사랑의 신호인 것이다. 이렇게 날들은 지나간다. 태양이 가득한 시간들의 눈부심이 지나간 뒤에는 서쪽에 비끼는 황금빛과 사이프러스 나무들의 검은색이 만드는 찬란한 배경 속에 저녁이 온다. 그러면 나는 울음소리 저 멀리 들리는 매미들 쪽으로 길을 걸어간다. 내가 앞으로 발걸음을 옮기노라면 매미들은 하나하나 노랫소리를 낮추다가 마침내는 아예 울기를 그친다. 그토록 벅찬 아름다움에 압도된 나는 느린 발걸음으로 나아간다. 하나하나 매미들이 다시금 내 뒤에서 목청을 부풀리다가 이윽고 노래하기 시작한다. 무관심과 아름다움이 쏟아져 내리는 하늘 속에 깃드는 신비. 그리하여 마지막 남은 저녁 빛 속에서 나는 어느 별장 정면에 새겨진 다음과 같은 글귀를 읽는다. “자연의 찬란함 속에 심령이 다시 나타난다.(In magnificentia naturae, resurgit spiritus.)” 바로 여기서 발걸음을 멈추어야 한다. 벌써 첫 별이 뜨고, 맞은쪽 언덕 위로 세 개의 불빛. 아무 예고도 없이, 돌연 내려오는 밤, 내 등 뒤의 덤불 숲속에 이는 수런거림과 미풍, 이 하루는 나에게 저의

20 다시 말해 모든 사람들.(원주)

다사로움을 남긴 채 사라져 버렸다.

물론 나는 변하지 않았다. 다만 이제는 더 이상 고독하지 않게 되었을 뿐이다. 프라하에서 나는 벽 사이에 갇혀 숨이 막혔다. 여기서는 세계가 내 눈앞에 펼쳐져 있었다. 내 주위로 투사된 나는 나를 닮은 형상들로 이 우주 전체를 가득 채워 놓고 있었다. 나는 아직 태양에 대한 이야기를 하지 않았다. 내가 어린 시절을 보낸 그 빈곤의 세계에 대한 나의 애착과 사랑을 이해하기까지 오랜 시간이 필요했던 것처럼, 나는 이제야 비로소 태양과 내가 태어난 고장이 주는 교훈을 조금이나마 깨달을 수 있게 된 것이다. 정오가 되기 조금 전이면 나는 밖으로 나가서 비첸차의 광대한 벌판이 내려다보이는, 내가 잘 아는 어느 지점으로 가곤 했다. 해는 거의 중천에 떠올라 있었고 하늘은 짙고 서늘한 푸른빛을 띠고 있었다. 하늘에서 내려오는 빛은 구릉들의 경사면을 따라 내달리다가 사이프러스와 올리브나무들, 하얀 집들과 붉은 지붕들에 옷 중에서도 가장 뜨거운 옷을 입혀 준 다음, 햇빛에 겨워 아지랑이를 피워 올리는 벌판 속으로 빨려 들어가 버렸다. 그럴 때면 똑같은 헐벗음이 남았다. 그리고 내 마음속에는 뚱뚱하고 키 작은 사내의 가로누운 그림자. 그리고 햇빛을 받아 소용돌이치는 그 들판 속에서, 먼지 속에서, 나무들을 베어 버린 후 햇볕에

탄 풀들만이 부스럼 딱지처럼 남은 그 구릉들 속에서, 내 손끝에 만져지는 것, 그것은 내가 나의 내면에 지니고 있는 그 허무의 맛의 헐벗고 멋없는 어떤 모습이었다. 이 고장은 나를 나 자신의 중심으로 회귀시켜 숨겨 온 나의 불안과 대면하게 만들었다. 그러나 그것은 프라하의 불안이었고 동시에 그것이 아니었다. 그것을 어떻게 설명할 수 있을까? 사실 나무들과 태양과 미소로 가득한 그 이탈리아의 벌판을 눈앞에 두고 나는 한 달 전부터 나를 따라다니고 있는 죽음과 비인간성의 냄새를 다른 그 어느 곳에서보다 더 절실하게 알아차릴 수 있었다. 그렇다. 그 눈물 없는 충만함, 나를 가득히 채워 주던 그 기쁨 없는 평화, 그 모든 것들은 다만 나의 몫이 아닌 것에 대한 매우 뚜렷한 의식, 즉 어떤 체념과 무관심에서 오는 것일 뿐이었다. 죽음을 앞두고 자기가 죽으리라는 것을 알고 있는 사람이 (소설 속에서라면 모르겠지만) 자기 아내의 운명 같은 것에는 관심이 없는 것처럼. 그 사람은 인간의 소명, 즉 에고이스트가 되는, 다시 말해서 절망적이 되는 소명을 실천에 옮긴다. 내가 볼 때 이 고장에는 불멸의 약속이라곤 전혀 없다. 비첸차를 볼 수 있는 두 눈이 없다면, 비첸차의 포도알들을 만져 볼 손이 없다면, 몬테베리코에서 발마라나 별장으로 가는 길 위에서 밤의 애무를 느낄 수 있는 살갗이 없다면 영혼 속에서 부활하여 다시 산다 한들 그것이 내게 무슨 소용이 있었을 것인가?

그렇다, 이 모두가 다 진실이었다. 그러나 동시에 태양과 함께 무어라 형용하기 어려운 그 무엇이 내 마음속으로 들어오고 있었다. 이 극단적 의식의 극한점에서 모든 것이 하나로 합쳐지기에 내게 나의 삶은 송두리째 버리든가 송두리째 받아들이든가 해야 할 하나의 덩어리 같아 보였다. 나에게는 어떤 위대함이 필요했다. 나는 나의 깊은 절망과, 세상에서 가장 아름다운 풍경들 중 하나가 지닌 저 은밀한 무관심의 대조 속에서 그 위대함을 발견할 수 있었다. 거기에서 나는 용감해질 수 있는 동시에 의식적일 수 있는 힘을 길어 냈다. 그렇게도 어렵고 그렇게도 역설적인 일만으로도 나로서는 충분했다. 그러나 아마도 나는, 그때 그렇게도 올바르게 느낄 수 있었던 것의 그 무엇인가를 이미 왜곡해 버렸는지도 모른다. 하여튼 나는 프라하로, 내가 그곳에서 겪었던 그 치명적인 날들로 자주 되돌아가 본다. 나는 나의 도시로 돌아왔다. 다만 때때로 오이와 식초의 톡 쏘는 냄새가 나의 불안을 되살아나게 한다. 그럴 때면 나는 비첸차를 생각해야 한다. 그러나 두 도시가 다 내게는 귀중하며, 나는 빛과 삶에 대한 나의 사랑을, 내가 묘사하려 했던 그 절망적인 경험에 대한 나의 숨은 애착과 따로 떼어서 생각하기가 어렵다. 독자들은 이미 깨달았겠지만, 나는 그들 중 어느 한쪽을 택할 생각이 없다. 알제 교외에는 검은 철문들이 달린 작은 공동묘지가 하나 있다. 그 묘지 끝까지 가면 안쪽 깊숙이 바다의 만이 보이는 골짜기를 발견하게 된다. 바다와 함께 숨 쉬고 있는 그 봉헌물 앞에서 사람들은 오랫동안 몽상에 잠길 수도 있으리라. 그러나 갔던 길을 되돌아올 때엔 어떤 버려진 무덤에서 '영원한 회한'이라고 쓰여 있는 팻말을 볼 수 있다. 다행히도 세상에는 이상주의자들이 있어서 만사를 원만히 해결하는 것이다.

삶에 대한 사랑

팔마[21]에 밤이 오면 삶은 시장 뒤쪽 노래하는 카페들 거리 쪽으로 밀물처럼 서서히 밀려든다. 어두컴컴하고 침묵에 잠긴 골목들을 통과하면 불빛과 음악 소리가 새어 나오는 덧창 달린 문들 앞에 이르게 된다. 나는 그런 카페들 중 어느 한 곳에서 거의 하룻밤을 새우다시피 해 본 일이 있다. 그곳은 천장이 아주 낮은 장방형의 작은 홀로 안은 녹색으로 칠을 하고 장밋빛의 꽃장식이 되어 있었다. 그리고 나무 판장으로 덮은 천장은 빨간색 꼬마전구들로 뒤덮여 있었다. 그 좁은 공간 속에 밴드,

21 이베리아 반도 남쪽 지중해의 스페인 자치 지역 발레아레스로 군도 중 하나인 마요르카섬 팔마만의 해변에 자리 잡은 큰 도시로 수많은 관광객이 모여드는 명소다. 카뮈는 첫 번째 아내 시몬과 함께 1935년 여름에 이곳을 찾았다. 그에게 제2의 조국과도 같은 스페인, 특히 발레아레스는 그의 어머니의 고향이다.

여러 가지 빛깔의 술병들이 늘어놓여 있고, 어깨와 어깨를 맞붙인 채 숨 막히도록 조여 앉은 손님들이 기적적이라 싶을 만큼 용케 자리를 틀고 들어차 있다. 순전히 남자들 일색이었다. 그 한가운데 2평방미터쯤 되는 빈 공간. 그곳으로부터 술잔과 술병들이 급사의 손을 통해 사방으로 전달되어 퍼져 나갔다. 여기서는 누구 하나 제정신인 사람이 없었다. 모두가 고함을 질러 댔다. 해군 장교인 듯한 사내가 알은체를 한답시고 내 얼굴에다 알코올 냄새 풍기는 트림을 쏟아부었다. 내가 앉은 테이블에서는 나이를 분간할 수 없는 난쟁이가 자기의 인생담을 털어놓고 있었다. 그러나 너무 긴장된 상태라 나로서는 그 이야기를 귀담아들을 여유가 없었다. 밴드는 쉴 새 없이 여러 곡을 연주하고 있었지만 모두가 발을 굴러 장단을 맞추고 있어서 귀에 들어오는 것은 오직 리듬뿐이었다. 가끔 문이 열리곤 했다. 그러면 떠들썩한 고함 소리 가운데, 사람들은 새로 들어온 손님을 두 개의 의자 사이로 용케도 끼워 넣었다.[22]

별안간 심벌즈 소리가 쾅 하고 울리더니 카바레 한가운데의 협소한 원형 공간 속으로 갑자기 한 여자가

22 세상에는 즐거움 속에서 맛보는 어떤 여유 같은 것이 있는데 그것이 바로 진정한 문명됨을 나타내는 기준이 된다. 그런 점에서 스페인 민족은 유럽에서도 드물게 볼 수 있는 문명된 민족이다.(원주)

뛰어들었다. “스물한 살짜리요.” 하고 장교가 내게 말했다. 나는 깜짝 놀랐다. 얼굴은 젊은 아가씨였지만 그 얼굴은 살의 산더미인 몸통 속에 새겨져 있었다. 여자의 키는 1미터 80센티미터쯤 되어 보였다. 엄청난 몸집의 여자는 무게가 약 300파운드쯤은 나갈 것 같았다. 양손을 허리에 턱 걸친 채, 노란 그물 타이츠를 입고 있어서 그물 구멍마다 허연 살이 바둑판 무늬로 부풀어 삐져나온 여자는 미소를 띠고 있었다. 그러자 양쪽 입가에서 귀 쪽으로 일련의 자잘한 살의 파도가 밀려갔다. 홀 안에서는 흥분이 극도에 달했다. 잘 알려지고, 인기가 있어서 모두가 기다리던 여자라는 것을 알 수 있었다. 여자는 여전히 미소를 짓고 있었다. 그리고 주위에 모인 관중을 쓰윽 훑어보더니 여전히 말없고 미소 띤 얼굴로 그녀는 배를 앞으로 쑥 내밀어 출렁거리게 했다. 장내에는 한동안 함성이 솟구치더니 이윽고 잘 알려진 것인 듯한 무슨 노래를 부르라고 청하는 소리가 들렸다. 그것은 콧소리가 나고, 세 박자마다 타악기가 둔탁한 리듬을 넣는 안달루시아 노래였다. 여자는 노래를 불렀고 목청을 뽑을 때마다 온몸으로 사랑의 몸짓을 해 보였다. 그 단조롭고 정열적인 몸놀림이 이어지는 동안 문자 그대로 살의 파도가 엉덩이에서 솟아올라 두 어깨 위로 거슬러 올라갔다가는 잦아들곤 했다. 카페 안의 관중은 압도되었다. 그러나 후렴에 이르자 여자는 두 손 가득 자기의 젖가슴을 움켜쥐고 제자리에서 빙글빙글 돌았고 축축하게 젖은 붉은 입을 벌려 장내의 모든 사람들과 다 같이 합창으로 다시 노래의 멜로디를 토해내자 마침내 모든 사람들이 소란 속에서 벌떡 일어서고 말았다.

온몸이 땀으로 번들거리고 머리는 흐트러뜨린 채 홀 한가운데를 차지하고 있는 그녀는 노란 그물 속에서 팽팽하게 부풀어 오른 육중한 몸을 일으켜 세웠다. 마치 물속에서 나온 무슨 추잡한 여신(女神)인 양, 멍청한 이마를 수그린 채 눈이 퀭해진 그 여자는 뜀박질을 하고 난 말들이 그러듯 오직 약하게 떨며 경련하는 무릎으로만 살아 있는 것 같았다. 신이 나서 발을 굴러 대는 주위의 환호 속에 서 있는 그 여자는 텅 빈 두 눈의 절망과 배 위에 흐르는 질펀한 땀과 더불어 삶의 역겹고도 열광적인 이미지 같은 것이었다.

카페와 신문이 없다면 여행은 어려울 것이다. 우리말로 인쇄된 한 장의 종이, 저녁때 우리가 사람들과 팔꿈치를 부딪치며 함께 지내 보려 하는 어떤 장소, 그런 것들 덕분에 우리는 제 고장에서 있었을 때의 자기였던 그 사람, 그러나 먼 곳에 갖다 놓으면 그토록 낯설어 보이는 그 사람을 익숙한 몸짓으로 흉내 낼 수 있는 것이다. 왜냐하면 여행의 진정한 가치는 바로 두려움이니까. 여행은 우리 속에 있던 일종의 내면적 무대 장치를 부숴 버린다. 이제 더 이상 속임수를 써 볼 수가 없다. 사무실과 작업장에서 일하며 지내는 시간들 뒤에 숨어서 가면을 쓰고 지내는 짓은 더 이상 할 수 없다.(그렇게 보내는 시간들에 대해 우리는 그토록 심하게 불평을 해 대지만, 실은 고독의 괴로움으로부터 그토록 확실하게 우리를 방어해 주는 것도 그러한 시간들이다.) 그래서 나는 늘 주인공들이 다음과 같은 말을 하는 소설들을 쓰고 싶다. "내가 사무실에 출근해서 보내는 시간들이 없다면 나는 어쩌겠는가?" 혹은 "아내가 죽었다. 그러나 다행히도 내일까지 작성해서 발송해야 할 서류가 잔뜩 쌓여 있다." 여행은 우리에게서 그런 피난처를 빼앗아 간다. 우리의 가족 친지로부터, 우리의 언어로부터 멀리 떨어져, 의지가 되는 것들을 모조리 다 빼앗기고 우리의 가면들도 벗겨져 버린 채 (전차의 요금이 얼마인지도 모른다. 모든 것이 다 그런 식이다.) 우리는 송두리째 우리 자신의 표면으로 노출된다. 그러나 또한 자신의 영혼이 앓고 있음을 느끼게 되면 우리는 모든 사람과 모든 사물 하나하나에 그것의 기적 같은 가치를 회복시켜 주게 된다. 아무 생각 없이 춤추는 여자, 커튼 뒤로 보이는 테이블 위의 술병, 이런 이미지 하나하나가 제각기 어떤 상징이 된다. 그 순간 우리의 삶이 거기에 요약되는 만큼 거기에 삶의 전모가 비춰 보이는 것 같다. 자연이 내려 준 이 모든 선물들이 민감하게 느껴질 때, 우리가 맛볼 수 있는 (명철함의 도취감에 이르기까지) 모순된 도취감들을 어떻게 표현하면 좋을 것인가. 아마 지중해를 제외하고는 여태껏 어느 고장도 나를 이렇게까지 나 스스로에게서 멀리 떨어지게 하는 동시에 이렇게까지 가까이 접근시켜 준 일은 없을 것이다.

아마 팔마의 카페에서 맛본 감동도 바로 거기서 온 것이리라. 그러나 그와 반대로 정오 무렵 대성당 쪽의 인적 없는 거리에서, 곳곳에 서늘한 안뜰을 품고 있는 오래된 궁전들 가운데서, 그늘 냄새가 고여 있는 골목길들에서, 문득 나를 덮치는 것은 어떤 '느림'의 느낌이다. 길거리에는 아무도 없었다. 가옥의 옥상 베란다에 우두커니 앉아 있는 노파들. 집들을 따라 거닐고, 푸른 식물들과 둥근 회색의 기둥들이 가득 찬 뜰에서 발을 멈추기도 하며 그 침묵의 냄새 속으로 녹아들어 가는 나는 자신의 한계를 잃은 채 한낱 나 자신의 발소리, 아니면 아직도 햇빛을 받고 있는 벽들 저 꼭대기에 그림자를 던지며 날아가는 새들의 비상에 지나지 않았다. 또 나는 고딕식의 소규모 성 프란치스코 수도원에서 오랜 시간을 보내기도 했다. 그 섬세하고 정교한 주랑(柱廊)은 스페인의 오래된 고적들 특유의 그 아름다운 금빛의 노란 광채로 빛나고 있었다. 안뜰에는 협죽도, 잡종 후추나무들, 그리고 녹슨 금속의 길쭉한 두레박이 매달려 있는 주철 장식의 우물이 하나. 지나는 사람들이 그곳에서 물을 마셨다. 때때로 그 두레박이 돌로 된 우물 바닥에 떨어지면서 울리던 맑은 소리가 아직도 기억에 새롭다. 그렇지만 이 수도원이 나에게 가르쳐 주는 것은 삶의 감미로움이 아니었다. 푸드득 날아오르는 비둘기들의 날갯짓, 돌연 정원 한가운데 웅크린 침묵 속에서, 우물의 두레박 쇠사슬이 쓸리는 쇳소리 속에서, 나는 새로우면서도 친숙한 어떤 맛을 되찾는 것이었다. 그 같은 겉모습들의 독특한 유희를 바라보면서 나는 정신이 맑아져 미소를 지었다. 어떤 몸짓 하나에도, 세계의 얼굴이 미소 짓고 있는 그 수정(水晶)에 금이 가 버릴 것만 같았다. 무엇인가가 무너져 내리고, 날아오르던 비둘기들은 죽어서 제각기 날개를 펼친 채 천천히 떨어지려는 것만 같았다. 단지 나의 침묵과 나의 부동만이 그렇게까지 어떤 환상에 가까웠던 것을 실제처럼 느껴지게 만들었다. 나도 그 유희에 가담하고 있었다. 헛된 희망에 팔린 것은 아니지만 나는 겉모습들의 편에 서고 있었다. 아름다운 금빛 햇살이 수도원의 노란 돌들을 다사롭게 어루만지고 있었다. 어떤 여자가 우물에서 물을 길어 올리고 있었다. 한 시간 후면, 일 분 후면, 일 초 후면, 아니 어쩌면 지금 당장 모든 것이 무너져 버릴 수도 있었다. 그러나 기적은 계속되었다. 세계는 수줍고, 아이러니컬하고 은밀하게 (여인들 사이의 그 어떤 부드러우면서도 조심스러운 형태의 우정처럼) 지속되고 있었다. 어떤 균형이, 그러나 그 자체의 종말에 대한 두려움에 온통 물들어 있는 어떤 균형이 지탱되고 있었다.

바로 그것이 삶에 대한 나의 모든 사랑이다. 내 손에서 빠져나가 버리려고 하는 것에 대한 말 없는 정열, 불꽃 속에 감추어진 쓰라림 말이다. 매일같이 나는, 이 세상에서 흐르는 시간 속에 짧은 한순간 동안 새겨진 나 자신으로부터 마치 납치당하기라도 하는 느낌으로 그 수도원을 떠나곤 했다. 그리고 나는 왜 그때 내가 도리아식 아폴론 조각상의 시선 없는 눈, 또는 조토[23]의 그림 속의 저 불타는 듯하면서도 정지된 인물들을 생각했는지 알고 있다.[24] 바로 그때 나는 그와 같은 고장들이 나에게 가져다줄 수 있는 것이 무엇인지 진정으로 깨달을 수 있었던 것이다. 나는 지중해 기슭에서 사람들이 삶의 확신과 규범들을 찾아내고 그곳에서 이성을 만족시키며 낙관주의와 사회적 감각을 정당화하고 있다는 것에 감탄을 금할 수 없다. 왜냐하면 요컨대 그 당시 내게 강한

23 Giotto di Bondone(1266?-1337). 이탈리아의 화가이자 건축가다.

24 미소와 시선의 출현과 더불어 그리스 조각의 쇠퇴와 이탈리아 미술의 해체가 시작되었다. 마치 정신이 시작하는 곳에서 아름다움은 끝난다는 듯.(원주)

인상을 준 것은 인간의 척도에 맞추어 만들어진 세계가 아니라 인간의 면전에서 문을 닫아 버리는 세계였기 때문이다. 그렇다. 이 고장들의 언어가 내 속에서 깊이 울리는 그 무엇과 일치되었던 것은, 그것이 나의 질문들에 답을 주기 때문이 아니라 나의 질문들을 무용하게 만들어 버리기 때문이었다. 내 입에 오를 수 있었던 것은 은총의 작용들이 아니라 쏟아지는 햇빛에 짓눌린 풍경 앞에서가 아니고는 생겨날 수 없는 그 '나다(허무)'였던 것이다. 삶에 대한 절망 없이는 삶에 대한 사랑은 없다.

이비사[25]에서 나는 매일같이 항구에 늘어선 카페들로 가서 앉아 있곤 했다. 오후 5시쯤 되면 그 고장의 젊은이들이 방파제를 따라서 두 줄로 열 지어 산책을 한다. 거기서 결혼이라든가 삶의 온갖 일들이 이루어진다. 그처럼 세계를 온통 눈앞에다 두고 인생을 시작하는 것에는 어떤 위대함이 엿보인다고 하지 않을 수 없다. 나는 아직도 진종일 쏟아지는 햇빛으로 어지러움을 느끼며 하얀 교회당들, 석회로 바른 벽들, 메마른 들판과 산발한 올리브나무들로 머릿속이 가득한 채 자리에 앉아 있었다. 나는 달큰한 보리즙을 마셨다. 그리고 내 맞은편에 보이는 언덕의 곡선에 눈길을 던졌다. 언덕들은 바다 쪽을

25 스페인령 발레아레스 군도의 섬들 중 하나다.

향해 완만한 경사를 이루며 내려오고 있었다. 저녁이 초록빛으로 변해 갔다. 가장 높은 구릉 위에서는 하루의 마지막 미풍이 풍차의 날개를 돌리고 있었다. 그러자 그 무슨 자연의 기적인지 모든 사람들이 목소리를 낮추었다. 그리하여 하늘과, 그 하늘을 향하여 떠오르는 노래하는 듯한 말소리들밖에 남은 것이 없는데 그 말소리들도 매우 먼 곳에서 들려오는 것처럼 들렸다. 그 짧은 황혼의 한순간 속에는 덧없고도 우수에 잠긴 그 무엇이, 어떤 한 사람에게만이 아니라 한 고장의 모든 사람들에게 골고루 감지되는 그 무엇이 감돌고 있었다. 이럴 때면 나는 울고 싶어지는 느낌으로 사랑의 충동을 느꼈다. 이제부터 내가 잠을 자는 시간은 한순간 한순간이 다 삶의 시간에서…… 다시 말해 대상 없는 욕망의 시간에서 도둑맞는 시간이라는 느낌이 들었다. 팔마의 카바레와 성 프란치스코 수도원에서의 저 감동적인 시간에서처럼, 나는 내 두 손안에 세계를 움켜잡고 싶었던 저 엄청난 충동 앞에서 어쩔 줄을 모른 채 긴장이 되어 자리에서 움직일 줄을 몰랐다.

내 생각은 옳지 않다는 것을, 스스로에게 부과해야 할 한계들이 있다는 것을 나는 잘 알고 있다. 그런 조건에서만 창조가 가능하다. 그러나 사랑하는 데는 한계가 없다. 그리고 전체를 다 포옹할 수만 있다면 껴안는 방법이 서투른들 어떠랴. 제노바에는 여자들이 있었다. 어느 날 아침나절 줄곧 나는 그 여자들의 미소에 홀려 있었다. 나는 그 여자들을 다시는 만나지 못할 것이다. 이보다 더 당연한 일은 없다. 그러나 무슨 말로도 나의 미련의 불길을 다 표현할 수는 없으리라. 성 프란치스코 수도원의 작은 우물, 나는 그곳에서 비둘기들이 날아오르는 것을 보았고 그것으로 내 목마름을 잊었다. 그러나 반드시 내 목마름이 되살아나는 때가 올 것이었다.

안과 겉

독특하고 외로운 여자였다. 그녀는 혼백들과 친밀하게 소통하고 그들의 다툼에 자기 일인 양 나섰으며, 자기가 몸담고 있는 세계에서 평이 좋지 못한 자기 가족들 중 몇몇은 만나기를 거부하고 있었다.

그녀의 언니에게서 얼마 안 되는 유산이 그녀의 몫으로 떨어졌다. 만년에 굴러든 이 5000프랑은 아주 처치 곤란한 것이었다. 그 돈을 투자할 필요가 있었다. 거의 대부분의 사람들이 거액의 재산은 이용할 줄 알지만 금액이 얼마 안 되는 경우에는 어려움을 느끼는 법이다. 그 여자는 자기 자신에게 끝까지 충실했다. 죽음이 가까웠으므로 그녀는 자기의 늙은 유골을 의탁할 곳을 마련해 두고 싶었다. 절호의 기회가 하나 생겼다. 그녀가 사는 마을 공동묘지에 기한이 다 차서 만기가 된 묘소가 하나 났던 것이다. 그 터에는 주인들이 절제된 생김새의 검은 대리석으로 된 호화로운 지하 매장실을 하나 세워 놓았었는데 그야말로 보물이었다. 저쪽에서는 4000프랑이면 그것을 그 여자에게 넘기겠다고 했다. 그녀는 그 지하 매장실을 샀다. 그것은 주식 파동이나 정치적 사건들에 영향을 받지 않는 확실한 투자였다. 그녀는 묘혈 내부를 정리하고, 언제든지 자기 자신의 육신을 받아들일 준비를 갖추게 했다. 그리고 그 모든 일이 다 끝나자, 금박 대문자로 자기 이름을 새기게 했다.

이 일이 어찌나 만족스러웠는지 그 여자는 자기 무덤에 대한 진짜 사랑에 빠지고 말았다. 처음에는 일의 진척 상태를 보러 갔으나 나중에는 매주 일요일 오후마다 찾아가기에 이르렀다. 그것은 그 여자의 유일한 외출이자 유일한 소일거리였다. 오후 2시경이면 먼 길을 걸어서 묘지가 있는 마을 초입까지 가는 것이었다. 그녀는 그 작은 지하 매장실로 들어가서 조심스레 문을 닫고 기도대 위에 무릎을 꿇었다. 이렇게 자기 자신과 대면하여 그 여자는 현재의 자신과 앞으로의 자신을 서로 만나게 하고, 항상 끊어져 있는 사슬의 고리를 다시 발견하면서 별로 힘들이지 않고 신의 비밀스러운 섭리를 간파했다. 심지어 어떤 기이한 상징을 통해서, 어느 날 그녀는 세상 사람들의 눈에 자기가 이미 죽었다는 것을 깨닫게 되었다. 만성절 날, 여느 때보다 늦게 그곳에 도착한 그 여자는 지하

묘지의 문턱에 오랑캐꽃들이 여기저기 경건하게 뿌려져 있는 것을 발견했다. 그 무슨 갸륵한 마음씨의 발로였던가, 꽃 없이 방치된 그 무덤을 보고 동정심을 느낀 어느 이름 모를 사람들이 자기들의 꽃을 나누어 돌보는 이 없이 버려진 고인의 기억을 추념하려 한 것이다.

이제 나는 다시 여기 있는 것들 쪽으로 돌아온다. 창문 저쪽 편에는 정원이 있는데 내게는 오직 그걸 에워싼 담장들만 보인다. 그리고 햇빛이 흘러내리는 저 나뭇잎들. 그보다 더 위쪽에도 또 나뭇잎들. 또 그 위에는 태양. 그러나 바깥쪽에 느껴지는 대기의 저 모든 기쁨과 세계 위에 퍼져 있는 저 모든 즐거움 중에서 내가 감지할 수 있는 것은 오직 내 방의 흰 커튼들 위에 어른거리는 나뭇가지의 그림자들뿐이다. 그리고 방안으로 마른 풀 냄새를 끈질기게 흘려보내고 있는 다섯 가닥의 햇살. 미풍이 일고 그림자들이 커튼 위에서 살아 생동한다. 구름이 해를 가렸다가 다시 해가 나면 미모사 꽃이 꽂힌 꽃병에서 황홀한 노란빛이 그늘로부터 솟아오른다. 이것만으로도 충분하다. 이제 막 밝아지는 한 줄기 빛만으로도 나는 어느새 몽롱하고 얼떨떨한 기쁨에 휩싸인다. 1월의 어느 오후가 이렇게 나를 세계의 이면과 대면시켜 준다. 그러나 대기 속에는 싸늘한 기운이 남아 있다. 도처에 덮여 있는 태양의 엷은 막은 손톱 끝으로 건드리기만 해도 곧 부서져 버릴 것 같지만 그래도 만물을 영원한 미소로 감싸 주고 있다. 나는 대체 누구인가? 그리고 나뭇잎들과 햇빛의 희롱 속으로 빠져들어 가는 것 말고 내가 무엇을 더 할 수 있겠는가? 내 담배가 타서 빨려 들어가고 있는 이 광선이 되고, 공기 속에 감도는 이 다사로움과 이 은근한 정열이 되는 것 말고 내가 무엇을 또 할 수 있겠는가? 만일 내가 나 자신에게 가 닿으려고 한다면 그것은 바로 이 빛 속에서다. 그리고 세계의 비밀을 전해 주는 이 미묘한 맛을 이해하고 음미하려고 애쓴다면, 그때 내가 우주 저 깊숙한 곳에서 발견하게 되는 것은 바로 나 자신이다. 나 자신, 다시 말해서 나를 무대 장치로부터 해방시켜 주는 이 극도의 감동 말이다.

잠시 전에는 다른 것들, 인간들과 그들이 사들이는 무덤 같은 이야기였다. 그러나 나는 시간의 옷감에서 이 한순간을 오려내 보았으면 싶다. 다른 사람들은 책갈피 속에 한 송이 꽃을 접어 넣어 사랑이 그들을 스쳐 지나가던 어느 산책의 기억을 그 속에 간직한다. 나 역시 산책을 하지만 나를 쓰다듬는 것은 어떤 신(神)이다. 인생은 짧은 것이기에 자신의 시간을 허비한다는 것은 죄악이다. 내가 활동적이라고 사람들은 말한다. 그러나 활동적이라는 것도, 너무나 일에 골몰하여 정신을 못 차리는 것이고 보면 그 또한 시간을 허비하는 것이다.

오늘은 잠시 동안의 정지 상태라 나의 마음은 나 자신을 만나러 간다. 아직도 불안으로 내 가슴이 조여드는 것은 잡히지 않은 이 순간이 내 손가락 사이로 마치 수은 방울처럼 미끄러져 나가는 것을 내가 느끼기 때문이다. 그러니 세계에 등을 돌리고자 하는 이들은 그러도록 내버려 두자. 나는 내가 태어나는 것을 바라보고 있기에 불만스러울 것이 없다. 지금 이 시각, 나의 왕국은 송두리째 이 세계의 것이다.[26] 이 태양과 이 그늘들, 이 열기와 대기 속에서 느껴지는 이 싸늘함…… 하늘이 나의 연민에 화답하여 그 충만함을 쏟아부어 주는 이 창문에 모든 것이 다 쓰여 있는데, 무엇인가가 죽어 가고 있는지 어떤지, 그리고 사람들이 괴로움에 시달리고 있는지 어떤지 마음속으로 물어볼 것인가? 중요한 것은 인간적이 되고 단순해지는 것이라고 나는 말할 수 있고 또 잠시 후에는 실제로 그렇게 말할 것이다. 아니다, 중요한 것은 진실해지는 것이다. 그러면 모든 것, 즉 인간적인 것도 단순함도 거기에 다 새겨지는 것이다. 그런데 내가 곧 세계일 때보다 더 진실해지는 때가 과연 언제이겠는가? 나는 갈망하기도 전에 만족되었다. 영원이 눈앞에 있는데,

26 카뮈의 무신론적 신념을 대표하는 이 유명한 말은 「요한복음」 18장 36절 예수가 빌라도에게 한 말을 뒤집은 표현이다.("내 나라는 이 세상에 속한 것이 아니오.")

나는 그것을 바라고 있었던 것이다. 이 순간 내가 바라는 것은 행복해지는 것이 아니라 오직 또렷한 의식 상태를 유지하는 것이다.

한 사람은 관조하고 또 한 사람은 자기의 무덤을 판다. 어떻게 그들을 서로 분리시켜 생각하겠는가? 인간들과 그들의 부조리를 어떻게 분리하여 생각하겠는가? 그러나 여기 미소 짓는 하늘이 있다. 햇빛이 부풀어 오른다. 곧 여름이 되려는가? 그러나 사랑해야 할 사람들의 눈과 목소리가 여기 있다. 나는 나의 모든 몸짓으로 세계를 붙잡고 있으며 나의 모든 연민과 감사를 통해 인간들을 붙잡고 있다. 세계의 이 안[裏面]과 저 겉[表面] 중에서 나는 어느 한쪽을 택하고 싶지도 않고 또 남이 택하는 것을 좋아하지도 않는다. 사람들은 우리가 명철한 동시에 아이러니컬해지는 것을 원하지 않는다. "그건 당신이 착하지 않다는 것을 드러내는 것이오."라고 그들은 말한다. 그 두 가지 사이에 무슨 관련이 있다는 것인지 나는 알 수가 없다. 어떤 이를 가리켜 그는 배덕자라고 말하는 소리를 들으면 그가 어떤 윤리관을 세워 가질 필요가 있다는 뜻으로 새겨듣고, 또 어떤 사람을 가리켜 지성을 도외시하는 사람이라고 하는 소리를 들으면 나는 그가 자기 마음속의 의혹을 견디지 못하는 사람이라는 뜻으로 해석한다. 나는 사람들이 속임수를 쓰는 것을 좋아하지 않기 때문이다. 큰 용기란 빛을 향해서나 죽음을 향해서나 다름없이 두 눈을 똑바로 뜨고 직시하는 일이다. 그런데 삶에 대한 이 감당 못 할 사랑으로부터 이 은밀한 절망으로 인도하는 접속점을 어떻게 표현하면 좋을까? 사물들의 밑바닥에 깔려 있는 아이러니[27]에 가만히 귀를 기울여 보노라면 그것은 서서히 모습을 드러낸다. 작고 맑은 눈을 깜박이며 그 아이러니는 "마치 그런 것처럼…… 살도록 하시오." 하고 말하는 것이다. 많은 탐구에도 불구하고 나의 모든 앎은 이 정도다.

따지고 보면 내가 옳다고 확신할 수는 없다. 그러나 사람들이 내게 그 내력을 이야기해 준 그 여자를 생각하면 그것은 중요한 일이 아니다. 그 여자는 죽을 것이므로, 그녀의 딸은 그 여자가 아직 살아 있는 동안에 그 여자에게 수의를 입혔다. 사실 사지가 굳어지기 전에 그렇게 하는 것이 더 쉽다고 한다. 그러나 그렇다 해도 우리가 이토록 성급한 사람들 사이에서 살아가고 있다는 것은 매우 기이한 일이다.

27 바레스(Barres)가 말하는 저 '자유의 보증.'(원주) "아이러니 감각은 자유의 강력한 보증이다."(Barres, 『야만인들의 눈 아래』(Paris, A. L.emerre, 1888))

결혼

알제리에서 이탈리아로, 유적의 땅에서 지중해를 다니며 카뮈는 몽상에 젖는다. 신들이 내려와 사는 티파사에서의 결혼은 태양과 압생트 향기, 푸른 하늘, 돌무더기, 그리고 향초들의 육감적인 냄새로 뒤덮여 있다. 제밀라 언덕에 부는 바람, 하늘에서 무겁게 나는 커다란 새들을 바라보며 카뮈는 이 땅 위에서 본다는 것이 무엇인지, 카뮈 자신이 얻으려는 것이 이 수동적인 정열 속에서 온전히 자기 자신이 되는 것임을 느낀다. 하루가 밤 속으로 기우는 이 짧은 순간들에 그 무슨 비밀스러운 신호들과 부름들이 깃들어 있기에 그의 마음속에서 알제는 그 순간들과 그토록 깊숙이 이어져 있는 것일까? '사람이 가슴으로 확신할 수 있는 진실은 그리 많지 않다. 피렌체 들판의 포도나무와 올리브나무들을 엄청나게 말 없는 슬픔으로 뒤덮어 가는 어떤 저녁, 어둠을 가르며 달리는 기차 안에서 나는 내 속에서 무엇인가 맺힌 매듭이 풀리는 것을 느낀다. 슬픔의 얼굴을 한 이것이 행복이라고 불리는 것임을.' 카뮈가 바라는 삶과 진리는 썩어 없어지는 진리이며, 자신의 목마름에서 기인하여 행복의 물을 찾아 나서는 여정이다. "인류의 온갖 악들이 우글거리는 판도라의 상자에서 그리스인들은 다른 모든 악들을 쏟아 놓고 난 뒤에 맨 끝으로 가장 끔찍한 악인 희망을 꺼냈다. 이보다 더 감동적인 상징을 나는 알지 못한다. 왜냐하면 흔히들 생각하는 것과는 반대로 희망은 체념과 마찬가지이기 때문이다. 산다는 것은 스스로 체념하지 않는 것을 의미한다." 「이방인」의 중심 주제가 되는 카뮈 철학이 드러나는 여행 에세이.
1936~1937년 작. 1938년 출간.

결혼

편집자의 말*

오늘 재판을 새로 찍어 펴내는 이 초기 에세이들은 1936년과 1937년 사이에 쓴 것으로 적은 부수의 한정판이 1938년 알제에서 출판된 바 있다. 필자는 늘 이 글들을 그 정확하고 제한된 의미의 에세이, 즉 습작이라고 여기고 있음에도 불구하고 이번 새로운 에디션에서는 아무런 수정도 하지 않고 원래 그대로 펴낸다.

* 『결혼·여름(Noces suivi de L'Ete)』(갈리마르판, 1959) 출간 당시 편집자의 말.

사형집행인이 비단으로 엮은 밧줄로
카라파 추기경의 목을 매달자 밧줄이 툭 끊어졌다.
그래서 다시 매달아야 했다.
추기경은 차마 말 한마디 입 밖에 내지 못한 채
사형집행인을 바라보았다.

– 스탕달, 『팔리아노 공작부인』[1]

1 「La Duchesse de Palliano」. 스탕달 사후에 발표된 짧은 이야기. 자신의 아내를 살해한 죄목으로 재판을 받은 16세기 공작 조반니 카라파의 이야기를 소재로 삼은 픽션. 사형수의 높은 신분을 고려하여 형 집행 시 비단 밧줄을 사용했지만 오히려 그 밧줄이 약해 끊어지면서 더 오래, 더 천천히 대면하게 된 '죽음'을 강조한 카뮈 특유의 제사(題詞)다.

티파사에서의 결혼

봄에 티파사에는 신(神)들이 내려와 산다. 신들은 태양과 압생트 향기 속에서, 은빛으로 철갑을 두른 바다, 야생의 푸른 하늘, 꽃들로 뒤덮인 폐허, 돌무더기에 굵은 거품으로 부글부글 끓는 빛 속에서 말을 한다. 어떤 시간에는 들판이 햇빛 때문에 캄캄해진다. 두 눈으로 그 무엇이든 다른 것을 붙잡아 보려고 애를 쓰지만 눈에 잡히는 것은 속눈썹가에 매달려 떨리는 빛과 색깔들의 작은 입자들뿐이다. 향초(香草)들의 육감적인 냄새가 목을 긁고 엄청난 열기 속에서 숨이 컥컥 막힌다. 풍경 깊숙이, 마을 주변의 언덕들에 뿌리를 박은 슈누아의 시커먼 덩치가 보이는가 싶더니 이윽고 확고하고 육중한 리듬으로 털고 일어나 바다로 가서 웅크려 엎드린다.

우리가 도착해 지나는 마을은 벌써부터 바다를 향해 가슴을 연다. 노랗고 푸른 세계로 들어서면 알제리 여름의 대지가 향기 자욱하게 톡 쏘는 숨결로 우리를 맞이한다. 도처에 장미향 부겐빌레아꽃이 빌라들의 담을 넘는다. 뜰 안에는 아직 희미한 붉은빛의 부용화, 크림처럼 두툼한 차향(茶香) 장미와 길고 테두리가 섬세한 길고 푸른 붓꽃들이 흐드러지게 피었다. 돌들은 모두 뜨겁게 달았다. 우리가 미나리아재비꽃빛 버스에서 내릴 즈음 푸줏간 고기 장수들은 빨간 자동차를 타고 와서 아침 행상을 도느라 요란한 나팔을 불어 대며 마을 사람들을 부른다.

항구의 왼쪽으로는 돌계단이 유향나무와 금작화들 사이의 폐허로 인도한다. 길을 따라 조그만 등대 앞을 지나고 나면 이내 벌판 한가운데로 빠져든다. 벌써부터 그 등대 발밑에서는 통통하게 살이 찐 덩치 큰 식물들이 보라, 노랑, 빨강색 꽃들을 매단 채 첫 번째 바위들 쪽으로 달려 내려가고 바다는 요란한 입맞춤 소리를 내면서 바위들을 핥아 댄다. 부드러운 바람 속에서, 얼굴의 한쪽 뺨만을 덥혀 주는 햇빛을 받으며 서서 우리는 하늘에서 내려오는 빛과 주름살 하나 없는 바다를, 그리고 바다의 빛나는 치열(齒列)이 짓는 미소를 물끄러미 바라본다. 폐허의 왕국 속으로 아주 들어가기 전에 우리가 관객이 되는 것은 이것이 마지막이다.

몇 걸음을 옮기면 압생트가 목구멍을 할퀸다. 그것들의 회색빛 솜털이 폐허를 끝없이 뒤덮고 있다.

압생트의 향유(香油)가 열기 속에서 발효하면서 하늘도 취하여 휘청거리게 할 알코올이 땅에서 태양까지 이 세상 온 누리에 솟아오른다. 우리는 사랑과 욕망을 만나러 걸어 나간다. 우리는 교훈도, 위대해지려면 필요한 쓰디쓴 철학도 찾으려 들지 않는다. 태양과 입맞춤과 야성의 향기들을 벗어나면 우리에겐 모든 것이 하찮아 보인다. 나는 굳이 이곳에 혼자 있으려고 애쓰지 않는다. 나는 흔히 내가 사랑하는 사람들과 함께 이곳을 찾았고 그들의 표정 속에서 사랑의 얼굴이 지어 보이는 밝은 미소를 읽곤 했다. 이곳에 오면 나는 질서와 절도는 다른 사람들에게 맡긴다. 나를 온통 사로잡는 것은 자연과 바다의 저 엄청난 방종이다. 폐허와 봄의 이 결혼 속에서 폐허는 다시금 돌들이 되어, 인간의 손길이 가했던 저 반드러움을 잃어버리고 자연의 품으로 되돌아왔다. 집 떠났던 이 탕아들의 귀환을 위하여 대자연은 꽃들을 아낌없이 피워 놓았다. 고대(古代) 로마 적 광장의 포석들 틈으로 향일성(向日性) 식물이 붉고 흰 머리통을 내밀고, 붉은 제라늄들은 옛적에 가옥, 사원, 공공 광장이었던 자리에 그들의 붉은 피를 쏟아 놓는다. 많은 지식을 쌓은 끝에 신에게로 귀의하게 된 저 사람들처럼 기나긴 세월은 이 폐허를 그의 어머니 집으로 돌아오게 한다. 오늘 마침내 과거가 폐허를 떠나니, 폐허는 이제 오직 무너지는 만물의 중심으로 환원시키는 저 심원한 힘에 순종할 뿐이다.

압생트들을 짓뭉개며, 폐허를 애무하며, 나의 숨결을 세계의 저 소용돌이치는 입김과 맞추려 애쓰며 보낸 시간이 얼마인가! 야생의 향기와 조는 것 같은 풀벌레들의 합창 속에 파묻힌 채 나는 열기 가득한 저 하늘의 지탱하기 어려운 거대함을 향하여 두 눈과 가슴을 활짝 연다. 본연의 자신으로 되돌아가는 것, 자신의 심오한 척도를 되찾는 것은 그리 쉬운 일이 아니다. 그러나 슈누아의 저 단단한 등줄기를 바라보고 있으면 내 마음은 어떤 기이한 확신으로 차분히 가라앉았다. 나는 숨 쉬기를 배우고 정신을 가다듬어 나 자신을 완성해 갔다. 내가 비탈진 언덕을 하나씩 기어오를 때마다 언덕은 나를 위해 새로운 보상을 마련해 주었다. 저 사원에 오르면 그 원주들이 태양의 운행을 가늠해 주고, 그 높은 곳에서는 마을 전체가 그 희고 발그레한 벽들과 초록빛 베란다들과 더불어 훤히 내려다보이니 말이다. 동쪽 언덕 위에 있는 저 교회당도 마찬가지였다. 교회당은 아직 벽들이 그대로 남아 있고 그 주위에는 발굴된 석관(石棺)들이 커다란 원을 그리면서 늘어 놓여 있는데 대부분 아주 약간만 밖으로 드러나 있을 뿐 여전히 땅속에 묻혀 있다. 옛날엔 그 석관들 속에 죽은 이들의 시신이 담겨 있었지만 지금은 샐비어와 향 꽃무가 자욱이 돋아나 있다. 생트 살자 교회당은 기독교 사원이지만 터진 공간을 통해 내다보면 정작 우리에게 밀려드는 것은 소나무와 사이프러스 나무가 서 있는 언덕들이나 약 20미터 저쪽에 하얀 강아지들이 뒹굴고 있는 바다와 같은 이 세계의 멜로디뿐이다.[2] 생트 살자 교회당이 서 있는 언덕은 그 등성이가 평평해서 돌기둥들 사이로 바람이 더욱 드넓게 불어온다. 아침 햇빛을 받으며 어떤 거대한 행복감이 공간 속에 밀려와 가만히 정박한다.

구태여 신화를 필요로 하는 이들은 딱한 사람들이다. 여기서는 신들이 자리를 펴 주거나 하루해의 흐름을 가리키는 눈금 구실을 한다. "여기에 붉은 것이, 푸른 것이, 녹색의 것이 있다. 이것은 바다, 산, 꽃들이다."라고 나는 묘사하고 말한다. 코밑에다 유향나무 열매들을 으깨어 냄새 맡으니 좋다고 말하면 될 것을 구태여 디오니소스 이야기를 할 필요가 있을까? "땅 위에 살아 이 사물들을 본 이는 행복하여라." 나도 나중에 자연스럽게 이 해묵은 찬가를 마음속에 떠올리게 되겠지만 그것이 과연 데메테르신에 대한 생각일까? 본다는 것, 이 땅 위에서

2 "하얀 강아지"는 바닷가에 하얗게 밀려드는 파도의 메타포다.

본다는 것, 이 교훈을 어찌 잊겠는가? 엘레우시스의 성제(聖祭)에서는 오직 바라보는 것으로 충분했다. 여기서조차 나는 흡족할 만큼 이 세계에 가까이 가지 못할 것임을 알고 있다. 나는 이제 벌거벗은 몸이 되어, 대지의 정수들이 뿜어내는 향기에 아직도 흠씬 젖어 있는 몸을 바닷물 속에 던져 땅의 정수를 바다에 씻으며, 그토록 오래전부터 땅과 바다가 입술과 입술을 맞대고 열망하던 포옹을 나의 피부 위에서 맺어 주어야 한다. 물속으로 들어가면 돌연한 전율, 차갑고 아뜩한 무슨 끈끈이 같은 것의 용솟음, 그리고 귀가 윙윙거리는 울림 속으로 빠져든다. 콧물이 흐르고 입안엔 쓴맛 ― 헤엄을 치면 물이 번질거리는 두 팔이 바닷물 밖으로 나와 햇빛에 금빛으로 번뜩이는가 하면 전신의 근육을 뒤틀며 다시 수면을 내려친다. 내 몸 위에 물이 재빨리 미끄러지며 내 두 다리가 물결을 격렬하게 소유하는 순간 ― 문득 눈앞이 아뜩해진다. 불 밖으로 나와 모래 위로 나가떨어지면 세계에 떠맡겨진 몸, 살과 뼈의 무거움 속으로 되돌아온다. 햇빛에 어리둥절해진 채 이따금 내 두 팔에 눈길을 던지면 물이 미끄러지면서 드러나는 금빛의 솜털과 소금 가루.

여기서 나는 사람들이 영광이라고 하는 것이 무엇인지 깨닫는다. 그것은 바로 거리낌 없이 사랑할 권리다. 이 세상에 사랑은 오직 한 가지뿐. 여자의 몸을 껴안는 것은 곧 하늘에서 바다로 내려오는 저 신기한 기쁨의 빛을 자신의 몸으로 끌어당기는 포옹이다. 잠시 후 내가 압생트 위에 몸을 던져 내 몸속으로 그 향기가 흘러들게 할 때면 나는 모든 선입견들과 맞서서 하나의 진실을 성취하고 있음을 의식하게 될 것이다. 그것은 다름 아닌 태양의 진실이지만 동시에 나의 죽음이라는 진실이기도 할 것이다. 어떤 의미에서는, 내가 지금 도박하고 있는 것은 분명 나의 삶이다. 뜨거운 돌의 맛이 나는 삶, 바다의 숨결과, 이제 막 울기 시작하는 매미 소리로 가득한 삶. 미풍은 서늘하고 하늘은 푸르다. 나는 이 삶을 마음 놓고 사랑하며 이 삶에 대하여 자유롭게 말하고 싶다. 이 삶은 나의 인간 조건에 대한 긍지를 갖게 해 준다. 하지만 사람들은 흔히 내게 말했다. "자랑스러워할 게 뭐가 있담." 아니, 분명 자랑스러워할 만한 것이 있다. 이 태양, 이 바다, 젊음이 용솟음치는 내 가슴, 소금 맛이 나는 나의 몸, 그리고 부드러움과 영광이 노란색과 푸른색 속에서 서로 만나는 장대한 무대 장치가 바로 그것이다. 바로 이것을 정복하기 위하여 나의 힘과 능력을 모두 바쳐야 한다. 여기서는 그 무엇도 내 본연의 모습을 건드리지 않는다. 나는 나 자신의 그 어느 부분도 버리지 않는다. 나는 아무런 가면도 쓰지 않는다. 나는 그저 저들의 모든 처세술 못지않은, 어려운 삶의 기술을 참을성 있게 배우면 되는 것이다.

정오가 조금 못 되어 우리는 폐허를 지나 항만가의 조그만 카페로 돌아오곤 했다. 심벌즈처럼 두드리는 햇빛과 온갖 색깔들로 머릿속이 요란스레 울릴 때 그늘이 짙게 깔린 홀과 커다란 한 잔의 얼음같이 찬 초록빛 박하 냉차의 환영이란 얼마나 신선한 영접인가! 밖에는 바다, 그리고 불타는 듯 뜨거운 먼지 덮인 길. 테이블 앞에 앉아서 나는 깜박거리는 속눈썹 사이로 뜨겁게 백열하는 하늘의 갖가지 색깔로 아롱거리는 빛들을 붙잡아 보려 애쓴다. 얼굴은 땀에 젖었어도 얇은 천의 옷을 입고 있어서 몸은 서늘한 우리는 이 세계와 결혼하는 어느 하루의 나른한 행복을 한껏 펼쳐 놓는다.

이 카페에는 먹을 것이 신통치 않지만 과일들이 많다. 특히 턱에 과즙이 흐르도록 이로 깨물어 먹는 복숭아가 많다. 복숭아의 과육에 이를 깊숙이 박고 나는 내 몸속의 피가 두 귀에까지 쿵쿵 울리며 올라오는 소리에 귀를 기울인다. 나는 두 눈을 크게 뜨고 바라본다. 바다 위에는 정오의 엄청난 침묵. 아름다운 존재들은 저마다 제 아름다움에 대한 타고난 긍지를 지니고 있다. 오늘 세계는 온 사방에서 저의 긍지가 새어 나오도록 버려둔다. 이 세계 앞에서 내가 왜 삶의 기쁨을 부정하겠는가? 그렇다고 삶의 기쁨만이 능사라고 여기는 것도 아닌 바에야. 행복한 것이 부끄러운 것은 아니다. 그러나 오늘날은 바보들이 왕이다. 즐기는 것을 두려워하는 자를 나는 바보라고 부른다. 우리는 오만에 대해서 귀가 아프도록 들었다. "아시겠지만. 그건 사탄이 시키는 죄악이랍니다. 조심해야 돼요. 자칫 탈선을 하게 되고 정력을 낭비하게 된답니다." 사람들은 이렇게 떠들어 댔다. 그 후 과연 나도 배웠다. 어떤 종류의 오만은…… 그러나 또 다른 때에는 이 세계가 한마음으로 내게 주려고 드는 삶의 긍지를 강력하게 주장하지 않을 수가 없다. 티파사에서 '나는 본다'는 것은 '나는 믿는다'는 것과 마찬가지다. 그러므로 나는 내 손이 만질 수 있고 내 입술이 애무할 수 있는 것을 부정하려고 고집하지 않는다. 나는 그것으로 무슨 예술 작품을 만들어 보고 싶은 욕심은 없고 다만 그것에 대하여 그냥 이야기해 보고 싶을 뿐이다. 그 두 가지는 서로 다른 것이다. 나에게 티파사는 이 세계에 대한 어떤 관점을 간접적으로 암시하기 위하여 사람들이 그려 내는 극중 인물들 같아 보인다. 그 인물들처럼 티파사는 증언한다. 그것도 씩씩하게. 티파사는 오늘 나의 인물이다. 그 인물을 쓰다듬고 묘사하노라면 나의 도취감은 끝이 없을 것 같다. 사는 시간이 따로 있고 삶을 증언하는 시간이 따로 있다. 그리고 좀 덜 자연스러운 것이긴 하지만 창조하는 시간도 따로 있다. 나로서는 오직 내 몸 전체로 살고 내 마음 전체로 증언하면 그것으로 충분하다. 티파사를 살고 그것을 증언할 일이다. 그리고 예술 작품은 그 뒤에 올 것이다. 거기에 바로 자유가 있는 것이다.

내가 한나절 이상 티파사에 머무는 일은 절대로 없었다. 어떤 것을 흡족하게 보기 위해서는 오랜 시간이 필요하듯 언제나 어떤 풍경을 너무 봐서 그만 물려 버리는 때가 오기 마련이다. 어떤 얼굴들을 그냥 보지 않고 너무 뚫어지게 들여다본 끝에 마침내 그 무미건조함이나 찬란함을 발견하게 되듯이, 산, 하늘, 바다도 마찬가지다. 그래서 얼굴이 저마다 웅변적이 되기 위해서는 어떤 새로운 기운의 변모를 겪을 필요가 있다. 단지 한동안 잊어버리고 있었기 때문에 다시 보면 세계가 새롭게 보이는 것을 신통하게 여겨야 할 터인데 사람들은 너무 빨리 싫증이 난다고 불평한다.

저녁 무렵이면 나는 국도변에 보다 더 가지런하게 정돈해 놓은 공원 한쪽으로 되돌아 나오곤 했다. 온갖 향내들과 태양의 소용돌이에서 빠져나와 이제는 저녁 기운으로 서늘해진 대기 속에서 정신은 차분히 가라앉고 긴장이 풀린 몸은 만족된 사랑에서 오는 내면의 침묵을 음미하고 있었다. 나는 어느 벤치에 가 앉았다. 해가 저물어 감에 따라 점점 둥글어지는 들판을 고즈넉이 바라보고 있었다. 나는 흡족했다. 내 머리 위로 한 그루의 석류나무가 봄의 모든 희망을 꼭 움켜쥔 주먹들처럼 꼭 오므린 줄무늬의 꽃봉오리들을 늘어뜨리고 있었다. 내 뒤에는 로즈메리가 있는지 나는 오직 그것들의 알코올 같은 향기만을 느낄 수 있었다. 야산들이 사진틀에 낀 것처럼 나무들 사이로 보였고 더 멀리는 바다의 가장자리 선, 그 위로 하늘이 마치 고장 난 돛배처럼 그 모든 정다움을 드리워 놓고 있었다. 내 마음속에는 기이한 기쁨이, 고요한 의식에서 생기는 바로 그 기이한 기쁨이 일었다. 배우들이 자기 역을 잘 해냈다고 의식할 때 맛보는 감정이 있다. 더 정확하게 말해서 자기의 몸짓과, 자기가 분한 이상적인 인물의 몸짓을 일치시켰다고 의식할 때, 이를테면 사전에 그려 놓은 그림 속으로 들어가서 자신의 심장으로 그 그림에 생명을 불어넣고 살아 움직이게 만들었다고 의식할 때 배우들이 느끼는 감정 말이다. 그때 내가 느꼈던 것은 바로 그 감정, 나는 내 역을 잘 해냈다는 그것이었다. 나는 인간으로서의 일을 완수했다. 내가 종일토록 기쁨을 맛보았다는 사실이 유별난 성취로 여겨지지는 않았지만, 그것은 어떤 상황에서 우리로 하여금 행복을 하나의 의무로 삼도록 만드는 어떤 조건의 감격적인 완수라고 여겨졌다. 그때 우리는 어떤 고독을 되찾게 된다. 그러나 이번은 만족감 속에서 맛보는 고독이다.

이제 나무들에는 새들이 깃들었다. 대지는 어둠 속으로 잠겨 들기 전에 천천히 숨을 내쉰다. 잠시 후 첫 별이 뜨면 밤의 장막이 이 세계의 무대 위로 내릴 것이다. 대낮의 찬란한 제신(諸神)은 날마다의 죽음으로 돌아가리라. 그러나 또 다른 신들이 찾아올 것이다. 더 많은 어둠을 위하여 그들의 황폐한 얼굴들이 그 사이에 대지의 심장에서 태어날 것이다.

적어도 지금 당장은 모래 위에 끊임없이 와서 부서지는 파도가 황금빛 꽃가루가 넘실대는 저 공간을 거쳐 내게로 밀려오고 있었다. 바다, 들판, 침묵, 이 대지의 온갖 향기들, 이 모든 향기로운 생명이 내 몸에 차오르니, 나는 벌써 금빛으로 익은 이 세계의 과일을 깨물며, 그 달고도 강렬한 과즙이 내 입술을 따라 흘러내리는 느낌에 격한 감동을 맛보았다. 아니다. 중요한 것은 나 자신도, 이 세계도 아니고 다만 세계로부터 나에게로 사랑이 태어나게 하는 일치와 침묵이었다. 나는 사랑을 나 혼자서만 누리겠다고 요구할 만큼 약하지는 않았다.

나는 태양과 바다로부터 태어나서 그의 단순함 속에서 위대함을 길어 내는 저 활력에 차고 멋을 아는 한 종족, 바닷가 모래밭에 우뚝 서서 하늘의 눈부신 미소에 공모의 미소를 던지는 그 종족 전체와 사랑을 나누겠다는 의식과 자부심을 지니고 있으므로.

제밀라의 바람

세상에는 정신 그 자체의 부정인 진리가 태어나도록 하기 위하여 정신이 소멸하는 장소들이 있다. 내가 제밀라에 갔을 때 그곳에는 바람과 태양이 있었다. 그러나 그건 또 다른 얘기다. 우선 말해 두어야 할 것은, 그곳에는 무겁고 빈틈없는 엄청난 침묵이 — 저울의 균형과도 같은 그 무엇이 지배하고 있었다는 점이다. 새들이 우짖는 소리, 구멍이 세 개 뚫린 피리의 고즈넉한 소리, 염소들이 바스락거리며 발을 옮겨 놓는 소리, 하늘에서 울려오는 어렴풋한 웅얼거림, 그 하나하나가 다 그 장소의 침묵과 황폐함을 만들어 내는 소리들이었다. 이따금씩 무언가 메마르게 탁 부딪는 소리, 날카로운 비명이 솟는데 그것은 바로 돌들 사이에 가만히 엎드려 있던 어떤 새 한 마리가 문득 날아오르는 기척이었다. 밟아가는 길 하나하나, 허물어진 집터의 잔해들 가운데로 난 오솔길들,

번들거리는 돌기둥 밑으로 포석이 깔린 대로, 언덕배기 위 개선문과 사원 사이의 널찍한 고대 광장, 이 모든 것이 사방으로 제밀라를 경계 짓는 협곡들로 인도한다. 이리하여 제밀라는 무한의 하늘을 향해 숨김없이 펼쳐 보이는 카드놀이의 패나 다름없다. 어느덧 하루해가 저물어 가고 산들이 보라색으로 변하면서 우람한 덩치를 드러냄에 따라 우리는 그곳에서 정신을 한곳에 모은 채 돌들과 침묵과 대면한다. 그러나 제밀라의 언덕에는 바람이 분다. 바람과 햇빛이 한데 엉켜 폐허에 빛을 뒤섞는 그 엄청난 혼잡 속에서 무엇인가가 만들어지면서 그것이 인간에게 죽은 도시의 고독과 침묵으로 인간의 정체성을 가늠할 척도를 부여한다.

제밀라에 가려면 많은 시간이 걸린다. 그곳은 그저 잠시 멈추었다가 거쳐 지나가는 도시가 아니다. 그것은 다른 어느 곳으로도 인도하지 않으며 그 어느 고장을 향해 열려 있지도 않다. 그곳은 다만 갔다가 되돌아오는 곳이다. 그 죽은 도시는 길고 꼬불꼬불한 어떤 길의 끝에 있다. 모퉁이를 돌 때마다 도시가 곧 나타날 것만 같기에 그 길은 더욱 멀어 보인다. 마침내 드높은 산들 사이에 푹 파묻힌 빛바랜 어느 언덕배기에 마치 백골들의 숲과도 같은 누르스름한 그 도시의 잔해가 불쑥 모습을 드러낼 때, 그 순간 제밀라는 우리를 세계의 고동치는 심장부로 인도해 줄 수 있는 저 사랑과 인내의 유일한 교훈의 상징이 된다. 거기 몇 그루 나무들과 마른 풀잎 가운데서 제밀라는 천박한 찬미와 볼 만한 구경거리에 대한 호기심 혹은 희망의 유희와 맞서서 그 모든 산들과 그곳의 모든 돌들로 스스로를 지켜 내고 있다.

그 삭막한 찬란함 속에서 우리는 하루 종일 헤매고 다녔다. 오후가 시작될 때는 거의 느껴질까 말까 하던 바람이 시간이 흐름에 따라 점차 거세어지면서 풍경 전체를 가득 채우는 것 같았다. 바람은 멀리 동쪽의 산들 사이로 뚫린 협곡에서 일어나 지평선 저 안쪽에서 달려와서는 돌들과 햇빛 사이에서 폭포처럼 쏟아졌다가 튀어 올랐다. 쉴 사이도 없이 바람은 폐허 전체에 걸쳐 세차게 불었고 돌과 흙으로 이루어진 원형 경기장 안을 핑핑 도는가 하면, 비바람에 얽은 벽돌 더미들을 뒤덮었고 돌기둥 하나하나를 그 숨결로 안고 돌다가 하늘을 향하여 활짝 열린 광장에 이르자 끊임없는 비명 소리를 내면서 널리 흩어지는 것이었다. 나는 한 폭의 돛처럼 바람에 펄럭이는 느낌이었다. 한가운데가 푹 파인 채, 두 눈은 불에 덴 것 같고 입술은 덜덜 떨리며 살가죽은 바싹 말라 내 것 같지 않게 느껴질 지경이었다. 전에는 바로 이 살가죽으로 세계가 거기에 쓰는 글자들을 판독했더랬다.

세계는 저의 여름 숨결로 살가죽을 따뜻하게 덥혀 주거나 서리의 모진 이빨로 깨물면서 거기에다 저의 애정이나 분노의 기호를 써 놓는 것이었다. 그러나 그토록 오랫동안 바람에 시달리고 한 시간이 넘도록 흔들리며 쓰러지지 않으려고 버틴 끝에 정신이 얼떨떨해진 나머지 나는 그만 내 몸이 그리는 그림을 의식하지 못했다. 바다의 조수에 씻겨 반드러워진 조약돌처럼 나는 영혼 속속들이 바람에 닳아 윤이 나도록 반드러워졌다. 나는 나를 허공에 떠서 흔들리게 만드는 그 힘에, 처음에는 약간, 나중에는 더 많이, 소속되었다가, 마침내 내 피가 펄떡이는 소리와 세상 도처에 존재하는 자연의 심장의 엄청나고 요란한 고동 소리를 혼동하면서 나는 바로 그 힘 자체가 되는 것이었다. 바람은 나를 에워싸고 있는 이 타오르는 벌거벗음[3]의 이미지를 본떠 나를 다듬어 가고 있었다. 덧없이 지나가며 바람의 포옹은 숱한 돌들 중의 한낱 돌이 된 나에게 여름 하늘 속에 서 있는 하나의 돌기둥이나 한 그루 올리브나무의 고독을 안겨 주었다.

3 ardente nudité(타오르는 벌거벗음)는 하느님이 모세에게 모습을 나타낸, 불타도 없어지지 않는 "타오르는 덤불숲(Buisson ardent)"에, 비기독교적 차원에서, 빗댄 암시적 표현이 아닐까? 물론 여기서 "벌거벗음"은 바람에 닳고 닳은 조약돌처럼 본질 그 자체로 돌아간 모습을 의미한다.

이 격렬한 햇빛과 바람의 목욕은 나의 모든 생명력을 완전히 바닥냈다. 내 속에 간신히 남은 것은 이 스치는 날개 치는 소리, 이 신음 소리를 내는 생명, 정신의 이 가냘픈 반항뿐. 이내 세상의 사방 구석구석으로 흩어지고 기억도 흐려지고 나 자신도 망각한 채 나는 이 바람이다, 나는 바람 속에서 이 돌기둥들이며 이 아치며 만지면 따뜻한 이 포석들이며 황량한 도시 주위의 이 빛바랜 산들이다. 나는 지금까지 한 번도 나 자신에게서 거리를 둔 초연함과 동시에 세계 속의 내 현존을 이토록 절실히 느껴 본 적이 없다.

그렇다. 나는 현존한다. 그런데 지금 이 순간 놀라운 것은 내가 여기서 한 걸음 더 나아갈 수가 없다는 점이다. 마치 종신형을 받아 갇힌 사람처럼 — 이리하여 그에게는 모든 것이 현재다. 그러나 동시에 내일 역시 다른 모든 날들과 마찬가지일 것임을 알고 있는 사람 같기도 하다. 왜냐하면 한 인간이 자신의 현재를 의식한다는 것은 곧 더 이상 아무것도 기대하지 않는 것이기 때문이다. 만약 영혼의 상태를 나타내는 풍경들이 있다면 그것은 가장 천박한 풍경들이다. 그리하여 나는 이 고장 전체에 걸쳐서, 나의 것이 아니라 이 고장의 것인 그 무엇, 우리에게 공통된 죽음의 맛과도 같은 그 무엇을 뒤따라가고 있었다. 이제는 벌써 기울어진 그림자를 던지고 있는 돌기둥들 사이로 불안감이 마치 상처받은 새들처럼 대기 속에 서려 있었다. 그리고 그 불안의 자리에 들어앉는 이 건조한 명철함. 불안감은 살아 있는 사람들의 가슴에서 생겨난다. 그러나 고요함이 그 살아 있는 가슴을 덮어 줄 것이다. 이것이 내 통찰의 전부다. 하룻날이 저물어 가고 하늘에서 내려오는 잿가루에 덮여서 소리와 빛이 숨을 죽여 감에 따라, 나 스스로에게 버림받은 나는 내 속에서 '아니다'라고 말하는 완만한 힘들에 대하여 무방비 상태임을 느꼈다.

포기와는 전혀 관계가 없는 거부가 존재할 수 있다는 것을 이해하는 사람은 별로 없다. 여기서 미래라든가 더 잘되고 싶다든가 출세라든가 하는 말들이 무슨 의미가 있는가? 마음의 발전이라는 것이 무슨 의미가 있는가? 내가 이 세상의 모든 '훗날에'를 고집스럽게 거부하는 것은 나의 눈앞에 있는 현재의 풍요를 포기하지 않겠다는 것이기도 하다. 죽음 다음에는 또 다른 삶이 온다고 믿는 것이 내게는 즐겁지 않다. 내게 죽음이란 닫혀 버린 문(門)이다. 죽음이란 그저 내디뎌야 할 한 발짝이 아니라 끔찍하고 추악한 모험이라고 말하고 싶다. 남들이 내게 해 주겠다는 것은 모두 인간에게서 그 자신의 생명의 무게를 덜어 주려고 애쓴다. 그런데 제밀라의 하늘에 무겁게 나는 커다란 새들을 바라보며 내가 요구하고 내가 얻어 내는 것은 바로 다름 아닌 어떤 생명의 무게다. 이 수동적인 정열 속에서 온전히 자신이 되는 것. 그 밖의 나머지는 이제 더 이상 나와 상관이 없다. 죽음을 이야기하기에는 내 속에 너무나 많은 젊음이 있다. 그러나 꼭 죽음 이야기를 해야 한다면, 저 끔찍한 공포와 침묵 사이에서 어떤 희망 없는 죽음을 의식하는 확신을 말해 줄 정확한 단어를 발견할 수 있는 곳은 바로 여기일 것 같다.

사람은 몇 가지 익숙한 생각들을 가지고 살아간다. 두세 가지의 생각들을 가지고. 닥치는 대로 이리저리 떠돌고 이 사람 저 사람을 만나면서 그 생각들을 반드럽게 연마하고 변모시킨다. 한 가지 자기만의 생각을 가지고 그것에 대해 말할 수 있으려면 십 년이 걸린다. 사실 이건 좀 실망스러운 일이다. 그러나 인간은 거기서 세계의 아름다운 얼굴과 어떤 식으로 친밀해지는 이점을 얻는다. 지금까지 그는 세계를 정면으로 바라보았다. 그러니 이제는 한 걸음 옆으로 물러서서 그 얼굴의 프로필을 바라보아야 한다. 젊은 사람은 세계를 정면에다 놓고 바라본다. 그는 비록 죽음이나 무(無)의 끔찍한 맛을 씹어 본 적이 있기는 하지만, 죽음과 무에 대한 생각을 반드럽게 다듬을 시간이 없었다. 젊음이란 바로 그런 것,

죽음과의 저 모진 정대면, 태양을 사랑하는 동물의 저 육체적인 공포, 바로 그것일지도 모른다. 적어도 이런 면에서 본다면, 흔히 하는 말과는 반대로, 젊은이는 환상을 갖지 않는다. 젊은이는 환상을 만들어 가질 시간도 신앙도 없다. 무슨 까닭인지는 알 수 없으나, 이 움푹 팬 골짜기의 풍경 앞에서, 음산하면서도 엄숙한 이 돌의 비명 앞에서, 넘어가는 햇빛 속의 비인간적인 제밀라 앞에서, 이 희망과 색깔들의 죽음 앞에서, 내가 확신할 수 있는 것은 한 일생의 종말에 이르러 인간이라는 이름에 값하는 인간들은 모름지기 그 정대면의 상태로 돌아가서 그때까지 자기의 것으로 지니고 있었던 몇 가지 생각들을 부정하고 자신의 운명과 마주한 고대인들의 눈빛 속에서 빛나고 있는 저 무구(無垢)와 진실을 되찾아야 한다는 것이었다. 고대인들은 그들의 젊음을 회복한다. 그러나 그 젊음은 죽음을 껴안음으로써 되찾는 젊음이다. 이 점에서 볼 때 병(病)보다 더 비참한 것은 없다. 그것은 죽음에 대한 치유책이다. 병은 죽음에 대비시켜 준다. 병은 죽음에 대한 수련인데 그 수련의 첫 단계는 자기 자신에 대한 마음 약한 연민이다. 병은 완전히 죽는다는 확신에서 도망가려고 너무나 애를 쓰는 인간에게 힘을 보탠다. 그러나 제밀라는…… 그리하여 그때 나는 문명의 참다운 단 한 가지 진보, 한 인간이 이따금씩 열중하는 그 진보는 바로 의식적인 죽음들을 창조하는 것임을 분명히 느낀다.

내가 항상 놀랍게 느끼는 것은, 다른 주제들에 대해서는 그토록 신속히 세련된 의견을 내놓는 우리가 죽음에 대해 가지고 있는 생각은 매우 빈약하다는 점이다. 죽음은 그저 좋은 것이거나 나쁜 것이고, 나는 죽음을 두려워하거나 아니면 어서 죽었으면 한다(말은 그렇게 한다.)는 정도다. 그러나 이것은 곧 무엇이건 단순한 것은 우리의 이해 능력을 초월한다는 증거다. 청색이란 무엇일까? 청색을 어떻게 생각할 것인가? 죽음에 대해서도 대답은 마찬가지로 어렵다. 죽음과 색깔들에 대해서 우리는 토론할 줄을 모른다. 그렇지만 여기 내 앞에 흙처럼 무거워진 채, 내 미래를 예고하는 이 사람은 분명 중요하다. 그러나 과연 나는 그에 대하여 참으로 생각할 수 있는가? 나는 혼자 생각한다. 나도 반드시 죽는다고. 그러나 그것은 아무런 의미도 없다. 왜냐하면 나는 그것을 믿을 수가 없고, 내가 가질 수 있는 것은 다만 타자들의 죽음에 대한 경험뿐이기 때문이다. 나는 사람들이 죽는 것을 보았다. 나는 특히 개들이 죽는 것을 보았다. 내가 경악한 것은 그 개들을 손으로 만져 보았을 때였다. 그때 나는 꽃, 미소, 여자에 대한 욕망들을 생각한다. 그러면 죽음에 대한 나의 모든 공포는 삶에 대한 나의 질투에서 온다는 것을 깨닫는다. 나는 내가 죽은 뒤에도 여전히 살아 있을 사람들, 꽃과 여자에 대한 욕망을 온전히 살과 피로 된 의미로 실감할 사람들에게 질투를 느낀다. 삶을 너무나도 사랑하기 때문에 이기주의자가 될 수밖에 없는 나는 부러움을 느낀다. 영원이 무슨 의미가 있겠는가. 어느 날 나는 여기 누운 채 이런 말을 듣게 될 수도 있다. "당신은 강한 사람이니 솔직하게 말하겠소. 당신은 이제 곧 죽게 됩니다." 자신의 모든 생명을 손 안에 움켜쥔 채, 자신의 모든 공포를 오장 속에 담은 채, 바보같이 멍청한 눈으로 여기 누워 있는데 그 밖의 것이 무슨 의미가 있겠는가. 고동치는 피의 물결이 내 관자놀이를 두드린다. 나는 내 주위의 모든 것을 짓이겨 버릴 것만 같은 느낌이다.

그러나 인간은 자신의 의사에 반하여, 그들의 겉치레에도 불구하고 죽는다. 남들은 이렇게 말한다. "네 병이 다 낫거든……." 그런데 죽는다. 나는 그런 것을 원치 않는다. 자연이 거짓말을 하는 날이 있는가 하면 참말을 하는 날도 있다. 오늘 저녁 제밀라는 참말을 한다. 얼마나 큰 슬픔과 끈질긴 아름다움으로 참말을 하는가! 세계 앞에서 나는 거짓말을 하고 싶지 않고 남이 내게 거짓말을 해 주기를 원치 않는다. 나는 끝까지 내 명철한 의식을 유지하고 나의 모든 아낌없는 질투와 공포 속에서 나의 종말을 응시하고 싶다. 내가 세계에서 분리되면 될수록, 그리고 영원히 지속되는 하늘을 응시하는 것이 아니라 살아 있는 사람들의 운명에 집착하면 할수록, 나는 죽음이 두렵다. 의식적인 죽음들을 창조한다는 것, 그것은 곧 나를 세계로부터 떼어 놓는 거리를 좁히는 것이며 영원히 잃어버린 한 세계의 열광적인 이미지들을 의식하면서 기쁨도 없이 완성 속으로 들어가는 것이다. 이리하여 제밀라 언덕들의 쓸쓸한 노래는 그 교훈의 쓰디쓴 맛을 내 영혼의 더욱 깊숙한 곳으로 밀어 넣는다.

저녁 무렵 우리는 마을로 이어지는 비탈길을 올라갔다. 왔던 길을 되돌아오면서 우리는 설명하는 말에 귀를 기울였다. "여기는 이교도의 도시입니다. 대지 위로 돋아나는 저 동네는 기독교도들의 동네고요. 훗날……." 그렇다. 그 말이 맞다. 여러 사람들과 여러 인간 사회들이 여기서 일어났다 스러졌다. 정복자들은 이 고장에 그들의 하사관(下士官)짜리 문명의 자취를 찍어 놓았다. 그들은 위대함에 대한 저급하고 우스꽝스러운 관념을 품고 있었고 정복한 땅의 면적으로 제국의 위대함을 측정했다. 신기한 것은, 그들 문명의 폐허가 곧 그들이 품었던 이상의 부정 자체라는 사실이다. 저물어 가는 저녁, 개선문 주위로 비둘기들이 하얗게 날고 있을 때, 이토록 높은 곳에서 내려다본 이 해골만 남은 도시가 하늘에다 그 정복과 야망의 표시를 새겨 놓고 있는 것은 아니니 말이다. 세계는 언제나 역사를 이기고 마는 법이다. 제밀라가 산들과 하늘과 침묵 사이로 던지는 저 거대한 돌의 비명. 나는 그것이 지닌 시(詩)가 어떤 것인지 잘 안다. 그것은 명철한 의식, 무심(無心), 즉 절망 혹은 아름다움의 진정한 표시. 벌써 우리가 남겨 두고 떠나는 저 위대함 앞에서 가슴이 죄어든다. 저 고인 물처럼 쓸쓸한 하늘, 고원의 반대편에서 들려오는 새소리, 언덕들의 측면에서 염소 떼가 스쳐 지나가며 내는 갑작스럽고 짧은소리, 그리고 느긋하게 풀려 소리가 잘 울리는 황혼 속에서 제밀라는 어떤 제단의 정면 벽에 새겨진 뿔 달린 신의 살아 있는 얼굴로 우리 등 뒤에 머물러 있다.

알제의 여름

자크 외르공[4]에게

우리가 한 도시와 주고받는 사랑은 흔히 은밀한 사랑들이다. 파리, 프라하, 심지어 피렌체 같은 도시들은 속을 감춘 채 웅크리고 돌아앉아서 그들만의 세계를 금 그어 표시한다. 그러나 알제는, 그리고 그 도시와 더불어 바닷가에 자리 잡은 도시들처럼 몇몇 특혜받은 지역들은, 입처럼 혹은 상처처럼 하늘을 향해 벌어져 있다. 우리가 알제에서 좋아할 수 있는 대상은 길모퉁이를 돌 때마다

4 Jacques Heurgon(1903-1995). 파리 고등사범학교 출신. 티파사에 대한 연구를 완료할 무렵인 1931년 알제 대학교의 라틴어문학 교수로 부임했다. 카뮈는 그의 강의를 통해 처음으로 칼리굴라 황제라는 인물을 발견했다. 또한 당시 파리 《NRF》의 주축인 문인들과 교유하는 그를 통하여 지드를 소개받아 작가의 단편 「탕아 돌아오다」의 각색을 허락받았다. 카뮈는 그를 잡지 《Rivages》의 편집위원의 한 사람으로 영입하고 「알제의 여름」을 그에게 헌정하는 한편 첫 소설 「행복한 죽음」의 원고 검토를 부탁했다.

눈에 들어오는 바다, 어떤 햇빛의 무게, 인종(人種)의 아름다움 같은, 거기서 누구나 다 살면서 일용하는 것들이다. 그리고 늘 그렇듯이, 그 숨김없이 내보이는 풍성한 선물 속에는 더욱 은밀한 향기가 담겨 있다. 파리에서는 넓은 공간과 날아가는 새들의 날개 치는 소리가 그리워진다. 여기서는 적어도 인간이 흡족함을 맛볼 수 있고 자기의 욕망을 확실하게 만족시킬 수 있으니 그는 자기가 얼마나 부자인지 헤아릴 수 있다.

아마도 알제에 오랫동안 살아 봐야 자연이 주는 부(富)가 지나친 것일 때 그것이 얼마나 영혼을 메마르게 하는가를 이해할 수 있을 것이다. 무언가를 배우고 단련하고 보다 나은 사람이 되고자 하는 사람이 이곳에서 얻을 것이라고는 아무것도 없다. 이 고장에는 교훈이 없다. 이 고장은 아무것도 약속하지 않는다. 슬며시 엿볼 만한 것도 없다. 이 고장은 주는 것, 그것도 아낌없이 주는 것으로 만족한다. 이 고장은 남의 눈에 통째로 다 보이도록 내맡긴다. 그 주어진 것을 보고 즐기는 순간부터 그렇다는 것을 알게 된다. 이곳이 요구하는 것은 또렷이 볼 줄 아는 영혼, 즉 위안받으려 들지 않는 영혼이다. 이곳은 우리가 신념에 따라 행동하듯 명철한 의식에 따른 행동을 할 것을 요구한다. 제가 먹여 키우는 인간에게 저의 찬란함과 남루함을 동시에 제공하는 이곳은 얼마나 기이한 고장인가! 이곳에 사는 민감한 인간이라면 누구나 누리는 관능적인 부가 극도의 헐벗음과 일치한다는 사실은 놀라울 것이 없다. 진실치고 그 속에 그 나름의 쓰디쓴 맛을 담고 있지 않은 진실은 없는 법이다. 그러니 내가 가장 가난한 사람들 속에 있을 때만큼 이 고장의 얼굴을 사랑하게 되는 때는 없다 한들 무엇이 놀랍겠는가.

여기서 사람들은 젊은 시절 내내 그들의 아름다움에 걸맞은 삶을 산다. 그다음에는 내리막길이요 망각이다. 그들은 내기에 육체를 걸었다. 그러나 그들은 결국 잃게 될 것을 알고 있었다. 알제에서 젊고 활기 넘치는 사람에게는 모든 것이 승리를 위한 핑계요 구실이다. 내포(內浦), 태양, 바다를 향해 뻗어 가면서 붉은색과 흰색이 놀이를 하고 있는 듯한 테라스들, 꽃, 경기장, 싱싱한 다리를 가진 아가씨들, 그 모든 것이 그렇다. 그러나 일단 젊음을 잃은 사람에게는 어디에도 매달릴 곳이 없으며 우수(憂愁)에서 헤어날 수 있는 장소가 없다. 다른 고장, 이탈리아의 테라스들, 유럽의 수도원들, 혹은 프로방스 언덕들의 선명한 윤곽들은 하나같이 자신의 인간적 숙명에서 도피할 수도 있고 자기 자신으로부터 슬며시 헤어날 수도 있는 곳들이다. 그러나 여기서는 모든 것이 젊은 사람들의 고독과 끓는 피를 요구한다. 괴테는 죽어 가면서 빛을 달라고 하는데 그것은 역사적인 말이다. 벨쿠르에서는, 그리고 바벨우에드[5] 에서는 노인들이 카페 깊숙한 구석에 앉아서 머리에 기름을 발라 짝 붙인 젊은이들이 허풍을 떨어 대는 소리에 귀를 기울인다.

알제에서 이 시작과 종말을 우리에게 보여 주는 것은 다름 아닌 여름이다. 그 여러 달 동안 시내의 거리는 인적이 없이 휑하다. 그러나 가난한 사람들과 하늘은 거기에 남아 있다. 우리는 그 가난한 사람들과 더불어 항구 쪽으로, 그리고 미지근한 바닷물, 여인들의 갈색 육체 같은 인간의 보물들을 향하여 내려간다. 저녁이 되면 이 풍요를 만끽한 그들은 방수 식탁보와 석유등이 고작인 일상의 무대 장치 속으로 돌아온다.

알제에서는 '수영을 한다.'라고 말하지 않고 '수영을 한방 때린다.'라고 말한다. 그걸 너무 강조하지는 않기로 하자. 그저 항구에서 수영을 하고 부표 위로 기어 올라가서 쉰다. 부표 곁으로 헤엄치며 지나가다가 벌써 그 위에 올라가 있는 예쁜 아가씨라도 눈에 띌라치면 친구들에게 소리친다. "갈매기라니까." 그건 건강한 즐거움들이다.

5 카뮈가 어린 시절에 살았던 빈민가 벨쿠르는 알제 동쪽, 카스바 지역의 바벨우에드는 서쪽에 위치한, 바다 가까운 동네들이다.

이런 즐거움들은 분명 이 젊은이들이 누릴 수 있는 최선이라고 보아야 한다. 왜냐하면 대부분의 젊은이들이 겨울철에도 이런 생활을 계속하고 매일같이 정오가 되면 벌거벗고 햇볕을 쬐면서 검소한 점심 식사를 하니까 말이다. 그렇다고 그들이 나체주의자들, 즉 그 육체의 청교도들이 역설하는 무슨 따분한 설교에 물들었기 때문이 아니라(정신적 교조주의 못지않게 짜증 나는 육체적 교조주의도 존재하긴 하니까.) 그저 '햇볕을 쬐니 기분 좋아서'인 것이다. 우리 시대에는 이런 풍속의 중요성이 충분할 만큼 높이 평가받지 못하고 있다. 2천 년 인류 역사상 처음으로 육체가 바닷가에서 벌거벗은 알몸을 드러낸 것이다. 20세기 전부터 사람들은 고대 그리스인의 저 불손함과 자유분방함을 성숙해지도록 억누르는 데 여념이 없었고 육체를 위축시키고 의상들을 복잡하게 꾸미는 데 정신이 팔려 있었다. 이제 그 역사를 초월하여 지중해변을 질주하는 저 젊은이들은 델로스의 경기 선수들이 보여 주던 그 멋진 몸짓들로 돌아간다. 그리하여 이처럼 육체의 곁에서, 육체에 의하여 살다 보면 육체도 나름의 뉘앙스와 삶과, 그리고 좀 우스운 표현이 될지 모르겠지만 그 고유한 심리학을 가지고 있음을 알아차릴 수 있다.[6] 정신의 진화와 마찬가지로 육체의 진화도 그 나름의 역사와 회귀, 진보와 부족함이 있는 법이다.

다만 미묘한 차이가 있다면 바로 색깔이다. 여름 동안 해수욕을 다녀 보면 모든 육체의 피부가 동시적으로 흰색에서 금빛으로 변했다가 다시 갈색이 되고 마침내는 육체가 변용을 위하여 바칠 수 있는 노력의 한계라 할 담배 색깔로 변해 버린다는 것을 알아차릴 수 있다. 항구 저 위에서는 카스바[7]의 하얀 입방체 모양의 집들이 무리 지어 굽어보고 있다. 수면과 같은 높이에서 바라보면 아랍 도시의 저 강렬한 백색을 배경으로 하여 육체들이 구릿빛 띠 장식 같은 벽을 펼쳐 놓는다. 8월이 깊어지고 햇볕이 거세져 감에 따라 집들의 흰빛은 더욱 눈부시고 사람들의 피부는 더욱 짙은 색의 열기를 띤다. 그러할진대, 태양과

6 웃긴다고 여길지 모르지만 나는 지드가 육체를 찬미하는 방식이 마음에 들지 않는다고 말하고 싶다. 그는 육체의 욕망을 억제하여 욕망이 더욱 강렬해지게 하라고 한다. 그리하여 그는 사창가에서 쓰는 은어로 까탈쟁이, 먹물이라고 부르는 이들과 비슷해진다. 기독교 역시 욕망을 멈추려 한다. 그러나 더 자연스럽게 기독교는 욕망을 일종의 시련이라고 본다. 그러나 통 제조공이며 평영 종목 주니어부 우승자인 내 친구 뱅상은 그보다 더 분명한 관점을 가지고 있다. 그는 목이 마르면 물을 마시고 어떤 여자가 욕심 나면 데리고 자려고 애쓰고 그 여자를 사랑하면 결혼할 것이다.(아직 거기까지 가지는 않았다.) 그러고 나서는 언제나 말한다. "이제 좀 낫네." 이것이 바로 포만감의 옹호를 힘차게 요약하는 표현이다.(원주)

7 이슬람 도시의 방어를 위해 지은 메디나(시가지의 일부)로 요새, 모스크, 궁전, 주택들이 들어서 있는데, 특히 바다를 내려다보는 알제의 카스바는 지중해 연안에서 가장 아름다운 명물 중 하나다.

계절에 따라 돌과 살이 주고받는 저 대화에 어찌 동화되지 않을 수 있겠는가? 아침나절에는 줄곧 다이빙을 하고, 튀어 오르는 물 다발 속에서 웃음꽃이 피고, 붉은색과 검은색의 화물선 주위로 힘차게 노를 저으며 시간을 보냈다.(화물선들 중 노르웨이에서 온 것은 온갖 목재 향내가 풍기고, 독일에서 온 것은 기름 냄새가 가득하고, 근해를 오가는 것은 포도주와 오래된 술통 냄새가 난다.) 하늘의 사방으로 햇빛이 넘쳐 나는 시간이 되면 갈색의 육체들을 가득 실은 오렌지색 카누가 미친 듯한 속도로 우리를 다시 실어다 준다. 과일색의 날개가 달린 두 쌍의 노가 박자에 맞추어 수면을 치다가 갑자기 멈추고, 우리가 도크 안의 고요한 물속에서 긴 시간 동안 미끄러질 때 나는 지금 이 반드러운 물 위로 제신(諸神)들로 이루어진 갈색 화물을 싣고 가고 있으며, 이 화물이 바로 나의 형제들이라는 사실을 어찌 확신하지 않을 수 있겠는가?

그러나 도시의 다른 한쪽 끝에서는 벌써부터 여름이 우리에게 그와는 대조적인 또 다른 풍요를 드러낸다. 그것은 다름 아닌 도시의 침묵들과 권태다. 그 침묵들은 그것이 그늘에서 생긴 것이냐 햇빛에서 생긴 것이냐에 따라 그 질이 다르다. 우선 정부 광장[8]에 깃들이는 정오의 침묵이 있다. 광장가에 늘어선 나무 그늘에서는 아랍인들이 한 잔에 5수씩 받고 오렌지꽃 향을 첨가한 얼음 레몬 주스를 판다. “시원해요, 시원해.” 하고 그들이 외치는 소리가 인적 없는 광장을 가로지른다. 그 외치는 소리가 그치면 햇빛 아래로 침묵이 다시 내려앉는다. 장사꾼의 항아리 속에서 얼음이 뒤집혀지면서 내는 작은 소리까지 들린다. 그리고 또 낮잠의 침묵이 있다. 마린가(街)의 골목들 안쪽 때가 낀 이발관들 앞으로 가 보면 속이 빈 갈대로 엮은 주렴 뒤에서 구성지게 잉잉대는 파리들의 소리로 그 침묵을 헤아릴 수 있다. 또 다른 곳, 가령 카스바의 모르인(人) 카페들에서 침묵에 잠긴 것은 사람의 몸이다. 그 몸은 이 장소들에서 빠져나갈 수도 없고 찻잔을 벗어나 몸속에 흐르는 그의 피가 펄떡거리는 소리들의 시간으로 돌아갈 수도 없다. 그러나 특히 침묵으로 치자면 여름 저녁의 침묵들이 으뜸이다.

하룻날이 밤 속으로 기우는 이 짧은 순간들에 그 무슨 비밀스러운 신호들과 부름들이 깃들어 있기에 나의 마음속에서 알제는 그 순간들과 그토록 깊숙이 이어져 있는 것일까? 한동안 이 고장에서 멀리 떨어진 곳에 가

8 Place du gouvernement. 알제시 중심지 바닷가에 위치한 광장. 이 글이 쓰인 1930년대 알제리는 프랑스의 식민지로 총독이 통치했다.

있을 때면 나는 이곳의 황혼을 어떤 행복의 약속인 양 상상한다. 도시를 굽어보는 언덕들 위에는 유향나무와 올리브나무들 사이로 길들이 나 있다. 그때 내 마음은 바로 그곳으로 돌아간다. 나는 거기서 초록빛 지평선 위로 한 떼의 검은 새들이 날아오르는 광경을 본다. 돌연히 태양이 자리를 비운 하늘에는 무엇인가가 긴장을 푼다. 붉은 구름들이 작은 무리를 이루어 기지개를 켜다가 마침내는 대기 속으로 사라져 버린다. 그와 거의 동시에 첫 별이 나타나 그 형상을 갖추는가 싶으면 벌써 두터워진 하늘에서 뚜렷해진다. 이윽고 단숨에 만물을 삼켜 버리는 밤. 알제의 덧없는 저녁들은 대체 그 무슨 비길 데 없는 것을 품고 있기에 내 속에서 그토록 많은 것들을 풀어 놓아주는 것일까? 그 저녁들이 내 입술 위에 남기는 이 감미로움은 미처 그것을 실컷 즐길 사이도 없이 어느새 어둠 속으로 사라진다. 그것의 끈질긴 힘의 비밀이 바로 거기에 있는 것인가? 이 고장의 감미로움은 충격적인 동시에 덧없다. 그러나 적어도 그 감미로움이 이곳에 머무는 순간, 나의 마음은 송두리째 거기에 몰입한다. 파도바니 해변[9]에서는 댄스홀이 매일 문을 연다. 그 길이의 끝까지 바다를 향해 열린 그 거대한 직사각형의

9 알제의 중심부 바닷가에 길게 돌출한 넓은 면적의 해변 지역이다.

상자 속에서 동네의 가난한 젊은이들은 해가 저물도록 춤을 춘다. 여러 번 나는 거기로 가서 어떤 기묘한 순간을 기다리곤 했다. 낮 동안에는 나무 차양들을 비스듬히 쳐서 홀을 가려 둔다. 해가 지면 차양을 들어 올린다. 그러면 홀이 하늘과 바다의 이중 조개껍질에서 나오는 기이한 초록빛으로 가득 찬다. 창문들에서 멀리 떨어진 곳에 앉아 있으면 오직 하늘, 그리고 까만 윤곽을 만들며 차례로 지나가는 춤꾼들의 얼굴만 보인다. 때때로 왈츠의 무곡이 연주될 때면 초록색 배경 위로 검은 프로필들이 마치 축음기의 회전판 위에 오려 붙인 실루엣 그림처럼 빙글빙글 돌아간다. 이어서 금방 밤이 오고 그와 함께 불빛이 들어온다. 그러나 그 미묘한 순간 속에서 내가 맛보게 되는 저 열광과 비밀스러운 느낌을 어떻게 표현하면 좋을지 모르겠다. 다만 오후 동안 줄곧 춤을 추던 그 기막히게 멋진 키 큰 처녀는 기억난다. 그 여자는 허리께에서 다리에까지 땀에 젖어 착 달라붙은 푸른빛 의상 위로 재스민 꽃목걸이를 차고 있었다. 그녀는 춤을 추는 동안 깔깔대고 웃으면서 고개를 뒤로 젖히곤 했다. 그 여자가 테이블들 옆으로 지나갈 때면 꽃 냄새와 살냄새가 한데 섞인 냄새가 뒤에 남았다. 저녁이 되자 남자 파트너의 몸에 바싹 붙이고 있는 그녀의 몸은 더 이상 보이지 않았지만 하늘을 배경으로 하얀 재스민과 검은 머리가 교차하는 반점들만이 빙빙 돌고 있었다. 그리고 그 여자가 부풀어 오른 목을 뒤로 젖힐 때면 그녀의 웃음소리가 들렸고 남자 파트너의 프로필이 돌연 앞으로 수그러지는 것이 보였다. 순진무구함에 대하여 내가 품고 있는 생각이 있다면 그것은 이런 저녁들에서 얻은 것이다. 격렬함으로 가득한 이 존재들을 그들의 욕망이 소용돌이치는 저 하늘과 더 이상 떼어 놓고 생각해서는 안 된다는 것을 나는 배운다.

알제의 동네 영화관들에서는 가끔 박하사탕을 파는데 거기에는 사랑이 싹트는 데 필요한 모든 것이 붉은 글자로 적혀 있다.

1) 질문: "언제 저와 결혼해 줄 거죠?", "저를 사랑하시나요?" 2) 대답: "미치도록.", "봄이 오면." 어느 정도 분위기가 무르익었다 싶으면 옆에 앉은 여자에게 그 사탕을 건네준다. 여자는 마찬가지 대답을 하거나 아니면 무슨 영문인지 모르겠다는 듯 시치미를 뗀다. 벨쿠르에서 이런 식으로 여러 쌍의 결혼이 성사되고 여러 사람의 평생 언약이 박하사탕 교환으로 맺어지는 것을 보았다.

젊음의 특징은 아마도 손쉬운 행복을 누릴 수 있는 그 천부의 자질일 것이다. 그러나 젊음이란 무엇보다 먼저 거의 낭비에 가까운 삶의 서두름이다.

바벨우에드에서처럼 벨쿠르에서도 사람들은 어린 나이에 결혼한다. 아주 일찍부터 일을 하고 십 년 동안에 한 사람 일생의 경험을 다 해 버린다. 서른 살 먹은 노동자는 벌써 자기가 가진 패를 다 써 버렸다. 그는 아내와 자식들 사이에서 자기의 종말을 기다린다. 그의 행복들은 갑작스럽고 가차 없는 것이었다. 그의 삶도 마찬가지다. 그때서야 비로소 그는 자기가 모든 것을 다 주었다가 다 빼앗아 가는 고장에서 태어났음을 깨닫는다. 이 넘치는 풍요와 과잉 속에서 삶은 돌연하고 까다로우며 너그러운 그 엄청난 열정의 곡선을 그린다. 인생은 건설해야 할 대상이 아니라 불태워야 할 대상이다. 그러니 중요한 것은 깊이 반성해 보거나 더 훌륭한 사람이 되는 일이 아니다. 예컨대 이곳에서는 지옥의 개념 따위는 한갓 상냥한 농담에 지나지 않는다. 그런 종류의 상상들은 대단한 도덕군자들이나 하는 것이다. 도덕이란 알제리 전체에서 무의미한 말이라고 나는 생각한다. 이곳 사람들에게 원칙이 없어서가 아니다. 이들도 그들 나름의 도덕관을 가지고 있지만 그건 아주 특수한 도덕관이다. 제 어머니에게 '함부로 굴지' 않는다. 밖에 나가면 자기 아내가 남들에게 존중받도록 처신하는 법이다. 임산부를 배려할 줄 알아야 한다. 상대가 한 사람일 때 둘이서 덤비지 않는다. '그건 비겁한 짓'이니까. 이런 계율을 지키지 않는 사람이 있을 때 '그는 사내자식이 아냐.'라고 하면 다 끝난다. 내가 볼 때 이것은 옳고 강력한 것 같다. 아직도 이 시정(市井)의 계율을 무의식적으로 지키고 있는 사람이 많다. 그것은 내가 알기로는 단 하나 사심 없는 계율이다. 그러나 동시에 이곳 사람들은 쩨쩨한 장사치의 윤리 같은 건 알지 못한다. 나는 늘 주변에서 어떤 사내가 경찰관들에게 붙잡혀 끌려가는 것을 보고 가엾다는 표정을 짓는 이들을 보았다. 그 사내가 도둑질을 했는지 아비를 죽였는지 아니면 그저 반골인지 알아보기 전에 사람들은 "불쌍해라."라거나 존경의 뉘앙스가 담긴 어조로 "저 사람, 진짜 해적일세."라고 말한다.

세상에는 긍지와 삶을 위해 태어난 백성이 있다. 그들은 바로 권태에 대한 가장 기이한 적성을 함양하는 사람들이다. 그들이 죽음에 대해 느끼는 감정은 곧 가장 강렬한 혐오감이다. 관능적인 쾌락을 빼고 나면 그 민중의 오락거리는 한심하기 짝이 없다. 쇠공 던지기 모임과 '친목회'의 회식, 3프랑짜리 영화관과 면민(面民) 축제 정도면 여러 해 동안 서른 살 이상 주민들의 여흥으로 충분하다. 알제의 일요일들은 가장 침울한 날들에 속한다. 그러니 정신적인 것과는 무관한 이 국민이 어떻게 자기들의 삶에 대한 깊은 공포감에 신화의 옷을 입힐 줄 알겠는가? 이곳에서는 죽음과 관계된 것이면 무엇이나 다 우스꽝스럽거나 가증스럽다. 종교도 없고 우상도 섬기지 않는 이 사람들은 군중 속에서 살다가 혼자 죽는다. 이 세상에서 가장 아름다운 풍경들 중 하나와 마주보고 있건만 브뤼 대로변의 공동묘지보다 더 살풍경한 장소를 나는 알지 못한다. 시커먼 주변 분위기에 둘러싸인 이 몰취미의 집합 같은 이곳은 죽음의 본색이 그대로 드러나 있는 장소답게 끔찍스러운 슬픔이 솟아오른다. '모든 것은 흘러 지나간다. 남는 것은 오직 추억뿐'이라고 하트 모양의 묘비명은 말하고 있다. 모두가 다 우리를 사랑했던 사람들이 헐값으로 우리에게 제공하는 저 하잘것없는 영원을 강조한다. 모든 절망감을 표현하는 데 늘 똑같은 진부한 문장들이 동원되고 있다. 그 문장들은 죽은 자들을 향하여 이인칭으로 말을 건넨다. '우리의 추억은 그대를 저버리지 않으리라.' 기껏해야 시커멓게 썩은 물에 지나지 않는 것에다가 하나의 육체와 욕망을 부여하는 음산한 취미의 시늉이다. 또 다른 곳에는 지겨울 정도로 대리석 꽃들과 새들을 잔뜩 장식해 놓고 그 옆에 이런 어이없는 맹세의 말을 새겨 넣고 있다. '절대로 그대 무덤에 꽃 없는 날은 없으리라.' 그러나 즉시 안심해도 좋다. 그 묘비명 주변을 금칠한 석고 꽃다발로 장식해 놓았으니 산 사람들의 시간 절약에 이보다 적합한 것은 없다. (아직

운행 중인 전차를 타고 다니는 사람들의 감사 덕분에 그처럼 엄숙한 이름을 갖는 저 불멸의 존재들이 그렇듯이.) 자신의 시대와 발을 맞추어 가야 한다는 듯 때로는 고전적인 꾀꼬리 장식 대신에 기절초풍할 구슬 비행기 장식이 되어 있는 것도 눈에 띈다. 그 비행기는 또 바보 같은 천사가 조종을 하고 있는데, 논리적 일치 따위는 아무래도 좋다는 듯 그 천사는 아주 멋들어진 날개 한 쌍을 달고 있다.

그렇지만 이 죽음의 이미지들도 결코 삶과 따로 떼어 놓고 생각할 수 없다는 것을 어떻게 설명하면 좋을까? 이곳에서는 여러 가지 가치들이 서로 밀접하게 이어져 있다. 알제의 상조업체 사람들이 빈 영구차를 몰고 가면서 즐겨 하는 농담은, 길에 지나가는 예쁜 처녀들을 보고 "아가씨, 태워 줄까?" 하고 소리치는 것이다. 비록 어이없는 농담이긴 하지만 거기서 어떤 상징을 발견하지 못하라는 법은 없다. 누군가의 부고를 받고 왼쪽 눈을 찡긋하면서 "불쌍한 친구, 이제 더 이상 노래도 못 부르게 되었네."라고 응답한다든가 자기 남편을 한 번도 사랑해 본 적이 없는 저 오랑 아낙네처럼 "주님께서 그이를 내게 주셨다가 주님께서 그이를 되찾아 가셨다우."라고 말하는 것을 모독이라고 여길 수 있으리라. 그러나 따지고 보면 나는 죽음의 어떤 점이 신성하다는 것인지 잘 알 수가 없다. 반대로 나는 공포와 존경 사이의 거리를 잘 느낄 수 있다. 삶으로 초대하는 고장에서 죽는다는 것이 얼마나 끔찍한지를 온갖 것들이 은연중에 말해 주고 있다. 그런데 바로 그 묘지의 담장 밑에서는 벨쿠르의 젊은이들이 밀회를 즐기고 처녀들은 키스와 애무에 몸을 맡긴다.

물론 이런 민족을 모든 사람이 다 이해하고 받아들이지는 못한다고 할 수 있다. 여기서는 이탈리아에서와 마찬가지로 지성이 끼어들 자리가 없다. 이 종족은 정신 같은 것에는 관심이 없다. 그들은 육체를 섬기고 찬미한다. 그들은 육체에서 힘과 순진한 냉소주의, 그리고 유치한 허영을 얻어 낸다. 그들이 그 허영 때문에 장차 치르게 될 대가는 혹독하지만 말이다.[10] 사람들은 한결같이 그들의 '사고방식', 즉 사물을 보는 방식, 살아가는 방식을 비판한다. 사실 삶이 어느 정도의 밀도에 이르게 되면 부당함이 따르기 마련이다. 그렇지만 여기 이들은 과거도 없고 전통도 없는 백성들이다. 그렇다고 그들에게 시(詩)가 없는 것은 아니다. 하지만 그것은 내가 잘 아는 터인, 냉혹하고 육체적이며, 다정함과는 거리가 먼 특징을 가진 시, 그들이 머리에 이고 사는 하늘 그

10 50쪽 '노트' 참조.(원주) 이 책에서는 322쪽 참조.

자체의 시, 사실 나를 감동시키고 내 마음을 집중시키는 유일한 시다. 문명된 백성의 반대는 창조적인 백성이다. 바닷가 백사장에 사지를 뻗고 누운 이 야만인들은 어쩌면 지금 자신들도 의식하지 못하는 사이에 인간의 위대함이 마침내 그 참다운 모습을 발견하게 되는 바탕인 어떤 문화의 얼굴을 빚어내고 있는 게 아닐까. 이것이 바로 내가 품는 좀 어처구니없는 희망이다. 오직 자신의 현재 속에 송두리째 던져진 이 백성은 신화도 모르고 위안도 모른다. 그는 전 재산을 모두 땅 위에 두었다. 그러니 그때부터는 죽음에 대해서 전혀 무방비 상태인 것이다. 육체적 아름다움이라면 주체할 수 없을 정도로 타고났다. 그 천혜의 선물과 더불어, 미래를 모르는 그런 풍요에 따르기 마련인 유별난 탐욕도 함께 타고났다. 여기서 그들이 하는 행동에는 어느 것에서나 안정에 대한 혐오와 미래야 알 바 아니라는 무관심이 눈에 띈다. 그들은 서둘러 대면서 산다. 여기서 하나의 예술이 태어난다면 그것은 미래에 걸쳐 오래도록 지속되는 것에 대한 혐오에서 나오는 예술일 것이다. 옛날 도리아 사람들이 그들의 첫 기둥을 다듬을 때 나무를 사용하도록 부추긴 것은 바로 그 혐오였다. 그렇지만 사실, 이 백성의 그 격렬하고 열중한 얼굴에서, 정다움을 비워 버린 그 여름 하늘에서 우리는 어떤 과도함과 동시에 절도를 발견할 수 있다. 그 얼굴과 그 하늘 앞에서라면 모든 진실을 다 말하는 것이 좋다. 그 어떤 기만적인 신도 거기에 희망이나 구원의 표시를 해 놓지 않았다. 이 하늘과 하늘을 쳐다보고 있는 이 얼굴들 가운데 무슨 신화나 문학이나 윤리, 혹은 어떤 종교가 끼어들 여지는 전혀 없다. 있는 것은 돌과 육체와 별들, 그리고 손으로 만질 수 있는 이 진실들이다.

자신이 어떤 땅과 맺고 있는 관계들, 어떤 사람들에게 느끼는 사랑, 자기에게 딱 들어맞다고 마음으로 느끼는 장소가 언제나 있다는 것, 이만하면 한 번 사는 일생에는 벌써 상당히 많은 확신들이다. 아마도 그것으로 충분하지는 못할 것이다. 그러나 어떤 순간들에는 모든 것이 다 이 영혼의 고향을 열망한다. '그렇다. 우리가 돌아가야 할 곳은 거기다.' 플로티노스[11]가 염원했던 그 일체감을 이 땅에서 다시 발견하는 것이 뭐 그리 이상하겠는가? 여기서는 통일이 태양과 바다의 관계로 표현된다. 그 통일은 그것의 씁쓸한 면인 동시에 위대한 면이라고 할 어떤 육체적 맛을 통해서 가슴에 느껴진다. 나는 세상에 인간을 초월하는 행복이란 없다는 것을,

11 Plotinos(205?-270). 이집트 태생의 고대 로마 철학자로 신플라톤 학파를 대표한다.

해가 떴다 지는 나날들의 곡선 밖의 영원이란 없다는 것을 배운다. 이 하찮지만 본질적인 재산, 이 상대적인 진실들이 내 마음을 움직이는 유일한 것들이다. 나는 그 밖의 것들, '이상적'이라는 것들을 이해할 만큼 넉넉한 영혼의 소유자가 못 된다. 바보 같아져야 한다는 말은 아니지만 나는 천사들의 행복이 무슨 의미가 있는지 알 수가 없다. 나는 다만 저 하늘이 나 자신보다 더 오래갈 거라는 사실을 알고 있을 뿐이다. 내가 죽은 후에도 없어지지 않고 지속되는 것 말고 무엇을 영원이라 부를 것인가? 나는 지금 여기서 자기의 조건에 안주하는 피조물의 자기만족을 말하는 것이 아니다. 이건 전혀 다른 이야기다. 한 인간이 되는 것이 늘 쉬운 것은 아니다. 순수한 인간이 되는 것은 더 어렵다. 그러나 순수하다는 것은 피의 고동이 오후 2시의 태양의 강렬한 맥박과 일치되는 곳, 세계와의 혈연 관계가 실감되는 저 영혼의 고향을 다시 찾는 것을 말한다. 널리 알려져 있듯이, 고향을 잃어버리는 순간에야 비로소 알아보는 것이 고향이다. 스스로 고생이 너무 심한 사람들에게 고향이란 그들을 부정하는 곳이다. 나는 과격해지고 싶지도 않고 과장한다는 인상을 주고 싶지도 않다. 어쨌든 이 삶 속에서 나를 부정하는 것은 무엇보다 나를 죽이는 것이다. 삶을 고양시키는 것은 무엇이든 동시에 삶의 부조리를 증가시킨다. 알제의 여름 속에서 내가 배운 것은, 고통보다 더 비극적인 단 한 가지는 행복한 한 인간의 삶이라는 것이다. 그러나 그것은 또한 보다 더 위대한 삶의 길일 수도 있다. 왜냐하면 그것은 더 이상 속이지 않도록 해 주는 것이니까.

과연 많은 사람들이 삶을 사랑하는 체하면서 사랑 그 자체를 회피한다. 사람들은 시험 삼아 즐기고 '경험을 쌓는다.' 그러나 그것은 정신의 관점이다. 쾌락을 즐기는 사람이 되려면 보기 드문 자질을 타고나야 한다. 한 인간의 삶은 정신의 도움 없이 후퇴와 전진을 거듭하며 고독과 동시에 존재감들을 통해서 이루어진다. 대개 불평 한마디 하지 않고 자기 아내와 자식들을 부양하는 저 벨쿠르 사람들을 보면, 아마도 남몰래 부끄럽다고 느낄 수도 있을 거라고 나는 생각한다. 아마 내가 잘못 짐작한 것은 아닐 것이다. 내가 지금 말하는 이런 삶 속에 사랑은 많지 않다. 아니 이제 더 이상 남은 사랑이 별로 많지 않다고 해야 옳을 것이다. 그러나 그 삶은 아무것도 피하지 않았다. 세상에는 내가 한 번도 제대로 이해할 수 없었던 말들이 있는데, 가령 죄라는 말이 그렇다. 그러나 나는 이 사람들이 삶을 거역하는 죄를 짓지는 않았다고 본다. 왜냐하면 삶을 거역하여 짓는 죄가 있다면 그것은 아마도 삶에 절망하는 것이라기보다 어떤 다른 삶을 바라고,

그리하여 이 땅 위의 삶이 지닌 준엄한 위대함을 기피하는 것일 테니 말이다. 이 사람들은 속인 적이 없다. 여름의 신들이라면 바로 삶에 대한 정열에 넘쳤던 스무 살 적의 그들이 그 신들이었고, 모든 희망을 다 잃어버린 지금의 그들 역시 신들이다. 나는 그들 중 두 사람이 죽는 것을 보았다. 그들은 몸서리치는 공포에 가득 차 있었지만 말이 없었다. 그쪽이 더 낫다. 인류의 온갖 악들이 우글거리는 판도라의 상자에서 그리스인들은 다른 모든 악들을 쏟아 놓고 난 뒤에 맨 끝으로 가장 끔찍한 악인 희망을 꺼냈다. 이보다 더 감동적인 상징을 나는 알지 못한다. 왜냐하면 흔히들 생각하는 것과는 반대로 희망은 체념과 마찬가지이기 때문이다. 산다는 것은 스스로 체념하지 않는 것을 의미한다.

이것이 적어도 알제의 여름이 주는 매서운 교훈이다. 그러나 벌써 계절은 휘청거리며 여름이 기운다. 그토록 폭력적이고 강경했던 시간이 지난 뒤 9월에 처음 몇 차례 내린 비는, 마치 며칠 사이 이 고장에 다정한 기운이 스며들고 있다는 듯, 긴장에서 풀려난 대지가 흘리는 첫 눈물과도 같다. 그러나 같은 무렵, 케럽나무들은 알제 전역에 사랑의 냄새를 쏟아 놓는다. 저녁이나 비 그친 뒤면 대지 전체가 씁쓸한 아몬드 향내 나는 정액(精液)으로 배를 적신 채, 여름 동안 줄곧 태양에 바치고 난 몸을 가누며 휴식에 든다. 이제 다시 그 냄새는 인간과 대지의 결혼을 정식으로 축성하며 이 세상에서 유일하고 참으로 씩씩한 사랑, 소멸할 운명이지만 너그러운 사랑을 우리의 마음속에 불러일으킨다.

노트

한 가지 예로, 바벨우에드에서 들은 싸움 이야기를 들은 말 그대로 옮겨 적는 바이다. (서술자가 항상 뮈제트의 작품에 등장하는 작중 인물 카가유[12] 같은 말씨를 쓰는 것은 아니다. 그 점 놀라울 것은 없다. 카가유의 말은 대개 문학적 언어다. 다시 말해서 재구성한 것이다. '건달패들의 세계'라고 해서 언제나 은어로만 말하는 것은 아니다. 그들은 은어의 단어들을 사용하는 것뿐이다. 그 두 가지는 별개의 것이다. 알제 사람은 특유의 어휘들과 특별한 구문을 구사한다. 그러나 그 어휘와 구문이 프랑스말 속에 편입됨으로써 그 창조된 말씨가 맛깔스러워지는 것이다.)

12 실제 이름이 오귀스트 로비네(August Robinet, 1862-1930)인 뮈제트는 바벨우에드의 호감형 불량배에게 카가유(Cagayou)라는 이름을 붙여 그의 모험담을 불멸의 전설로 남겼다. 가브리엘 오디쇼는 1931년에 뮈제트의 이 이야기 모음을 갈리마르 출판사에서 펴냈다.(『Musette. Cagayous, ses meilleures histoires』) 그 책에는 주인공이 즐겨 쓰는 방언 "파타우에트"의 어휘집이 추가되어 있다.

그래서 코코가 나서서 한마디 했것다. “야, 이봐, 이보라니깐.” 저쪽이 받았지. “왜 그래?” 그러니까 코코가 말했어. “널 몇 방 멕일라고 그런다.” “네가 몇 방 멕인다고?” 그러자 손을 뒤로 뺐지만 어림없지. 그러자 코코가 그쪽을 보고 말했어. “손 뒤로 뺄 거 없어. 내가 너한테 6-35를 앵길 테니 아무래도 몇 방 먹는 거거든.”

저쪽은 손을 안 내놓고 버티는 거라. 그래서 코코가 딱 한 방, 맥였거든. — 두 방 아니고 한 방. 저쪽이 땅바닥에 고꾸라져. “우아, 우아.” 하는 거야. 그래서 사람들이 몰려들었지. 쌈이 시작된 거야. 코코한테 한 놈이 대들었어. 둘, 셋. 하지만 내가 말했지. “이봐, 내 동생을 건드릴려고?” “누가, 네 동생이야?” “내 동생은 아니지만 내 동생이나 마찬가지지.” 그래서 내가 한 방 날렸지. 코코가 쳤고 내가 쳤고 뤼시앵이 쳤어. 난 어느 귀퉁이에 한 방 얻어맞고 머리통으로 “붐, 붐.” 했지. 그러자 경찰이 왔어. 우리한테 쇠고랑을 채웠지. 쪽팔리게시리 온 바벨우에드 거리를 가로질러 갔지 뭐야. ‘젠틀맨스 바’ 앞엔 친구들이랑 계집애들이 서 있었걸랑. 쪽팔리게시리. 그렇지만 나중에 뤼시앵네 아버지가 우리한테 그랬어. “잘했다.”

사막

장 그르니에에게

사는 것은 물론 표현하는 것과는 어느 정도 반대되는 것이다. 토스카나 미술의 대가들[13]에 의하면 산다는 것은 침묵 속에서, 불꽃 속에서, 부동(不動) 속에서, 이렇게 세 번 증언하는 것이다.

그 거장들의 그림 속 인물들이 우리가 피렌체나 피사의 길거리에서 일상적으로 마주치는 바로 그 사람들이라는 사실을 알아차리자면 많은 시간이 걸린다. 그러나 마찬가지로, 우리는 더 이상 우리 주위에 있는 사람들의 진정한 얼굴을 바라볼 줄 모르게 되었다. 우리는 이제 우리 동시대 사람들을 바라보지 않은 채 그들에게서 오로지 우리의 대응 방향을 정하는 데 도움이 되고

13 14-15세기 피렌체를 중심으로 활동한 르네상스 화가들. 마사치오, 피에로 델라 프란체스카, 베로키오, 조토, 보티첼리, 만테냐 등을 말한다.

처신상 본보기가 될 것만을 찾는 데 급급하다. 우리는 사람의 얼굴 그 자체보다는 그것의 가장 저속한 시(詩)에 더 관심이 있는 것이다. 그러나 조토나 피에로 델라 프란체스카의 경우를 보면, 그들은 한 인간의 감성 따위란 아무것도 아님을 잘 알고 있다. 그리고 솔직히 말해서, 심정쯤이야 안 가진 사람은 아무도 없다. 그러나 삶에 대한 사랑이 그 구심점으로 삼아 그 주위를 맴도는 터인 단순하고도 영원한 큰 감정들인 증오, 사랑, 눈물, 그리고 기쁨은 인간의 가장 깊은 곳에서 자라나서 그의 운명의 얼굴을 빚어낸다. 조티노[14]가 그린 예수의 매장도(埋葬圖) 속에 저 이를 악물고 있는 마리아의 고통을 보면 알 수 있다. 토스카나 성당들의 거대 제단화에는 사실 모두 비슷비슷한 모습으로 베낀 것 같은 천사들이 그려져 있다. 그러나 나는 말이 없으면서도 열정에 넘치는 그 얼굴들 하나하나에서 어떤 고독을 읽는다.

그림의 의도는 사실 생동감, 에피소드, 뉘앙스, 거기서 느껴지는 감동이다. 의도는 시적(詩的)인 데 있다. 그러나 중요한 것은 진실이다. 그런데 나는 지속되는 모든 것을 진실이라고 부른다. 이런 면에 있어서는 오직

14 Giottino(1324-1369). 피렌체 출신의 초기 이탈리아 화가다.

화가들만이 우리의 허기를 달래 줄 수 있다고 생각해 보면 거기서 어떤 미묘한 교훈을 얻을 수 있다. 왜냐하면 화가들은 스스로 육체의 소설가가 되어 작업하는 특전을 누리기 때문이다. 그들은 현재라고 하는 저 훌륭하고도 덧없는 재료를 가지고 작업한다. 그런데 현재라는 것은 언제나 어떤 몸짓 속에서 그 모습을 드러낸다. 화가들은 미소나 일시적인 수줍음, 후회나 기대를 그리는 것이 아니라 뼈가 튀어나오고 들어간, 뜨거운 피가 펄떡이는 얼굴을 그린다. 영원한 선(線)들 속에 고정되어 버린 그 얼굴들에서 화가들은 정신의 저주를 영원히 추방해 버렸다. 거기에는 희망의 포기라는 대가가 따랐다. 육체는 희망을 알지도 못하니까 말이다. 육체는 오로지 그의 피가 고동치는 소리만 안다. 육체만이 아는 고유한 영원은 무심(無心)으로 이루어져 있다. 피에로 델라 프란체스카가 그린 그림 「태형(笞刑)」이 그렇다. 이제 금방 물청소를 한 듯한 뜰에서 매를 맞고 있는 그리스도나 근육질의 형리는 둘 다 그 태도에서 똑같은 무관심을 드러내 보인다. 그 까닭은 그 태형에 이어지는 다음 순간이 없기 때문이다. 그래서 그림의 교훈은 화폭의 틀 안에 멈춰 있다. 내일의 기대가 없는 사람이 감동을 느낄 일이 어디 있겠는가? 저 무감동, 희망을 모르는 인간의 저 위대함, 저 영원한 현재, 사려 깊은 신학자들이 지옥이라고 불렀던 바로 그것이다.

누구나 다 알다시피 지옥은 고통받는 육체다. 토스카나의 화가들이 주목하는 것은 그 육체이지 육체의 운명이 아니다. 예언적인 회화란 존재하지 않는다. 희망의 이유를 발견하려고 찾아갈 곳은 미술관이 아니다.

사실 영혼의 불멸은 많은 뜻있는 사람들을 사로잡는 관심거리다. 그러나 문제는, 그들이 자기에게 주어진 유일한 진실이 육체인데도 그것의 진액을 남김없이 다 빨아먹기도 전에 육체를 거부한다는 것이다. 육체는 그들에게 아무런 문제도 제기하지 않기 때문에. 아니 적어도 그들은 육체가 제시하는 단 하나의 해답이 무엇인지를 알고 있기 때문에 육체를 거부한다. 그 해답이란 반드시 썩어 없어지게 마련인 하나의 진실, 그렇기 때문에 가혹함과 고귀함을 동시에 지닌 진실인데 그들은 감히 그 진실을 정면으로 바라보지 못한다. 뜻있는 사람들은 그 진실보다 시를 더 선호한다. 시는 영혼의 영역이니까. 여러분은 내가 말장난을 하고 있음을 곧 눈치챈다. 그렇지만 내가 오직 더 높은 의미의 시만을 진실이라고 부르려 한다는 것도 이해한다. 치마부에에서 프란체스카에 이르는 이탈리아 화가들이 이 대지 위에 내던져진 인간의 명철한 항의 표시인 양 토스카나의 풍경들 한가운데에 불붙여 쳐들었던 검은 불꽃이 바로 높은 의미의 시다. 이 대지의 찬란한 아름다움과 빛은 존재하지 않는 어떤 신에 대하여 끊임없이 말하고 있다.

무심과 무감동 상태가 오래 이어지다 보면 사람의 얼굴이 어느 풍경의 광물적인 위대함과 일치되는 일도 있다. 스페인의 어떤 농부들이 그들의 땅의 올리브나무를 닮게 되듯이, 영혼이 깃든 하찮은 그림자들이 아예 싹 지워져 버린 조토의 그림 속 얼굴들은 마침내 토스카나가 아낌없이 주는 유일한 교훈을 통하여 토스카나 그 자체와 하나가 된다. 감동이 배제된 정념의 수련, 금욕과 쾌락의 혼합, 인간도 대지도 비참과 사랑의 중간 지점에서 자체를 규정할 때 따르는, 대지와 인간과 공유하는 어떤 울림, 이것이 바로 그 교훈이다. 우리가 가슴으로 확신할 수 있는 진실이란 그리 많지 않다. 그런데 어둠이 피렌체 들판의 포도밭과 올리브 나무들을 이 광대하고 말없는 슬픔으로 적시기 시작하는 어느 저녁, 나는 이 진실의 명백함을 알고 있었다. 그러나 이 고장에서 슬픔은 아름다움에 대한 한갓 주석에 그치는 것이 결코 아니다. 어둠을 가르며 달리는 기차 안에서 나는 내 속에서 무엇인가 맺혔던 매듭이 풀리는 것을 느꼈다. 슬픔의 얼굴을 한 이것이 그래도 행복이라고 불리는 것임을 오늘 내 어찌 부정할 수 있겠는가?

그렇다, 이탈리아는 그 나라가 낳은 인간들이 구체적으로 보여 주었던 교훈을 그의 풍경을 통해서도 아낌없이 보여 준다. 그러나 행복이란 항상 분에 넘친 것인지라 자칫 그 행복을 놓쳐 버리기 쉽다. 이탈리아도 마찬가지다. 그 나라의 우아함은 갑작스럽게 나타나는 것이긴 하지만 항상 그 당장에 눈에 보이는 것은 아니다. 이탈리아는 어떤 것을 첫눈에 통째로 다 내주는 것 같지만 다른 어느 나라보다 더 그것의 경험을 점진적으로 심화시키도록 유도하는 편이다. 이 나라는 우선 시를 아낌없이 쏟아 내놓는데, 그것은 자신의 진실을 보다 더 꼭꼭 숨기기 위해서다. 이 나라가 처음에 선보이는 요술들은 망각의 의식들이다. 가령 모나코의 유도화들, 꽃과 생선 냄새로 가득 찬 제노바, 그리고 리구리아 해안에 내리는 푸른빛 저녁이 그것이다. 그리고 드디어 피사, 피사와 함께 리비에라 해안의 다소 양아치 같은 매력이 가신 이탈리아가 나타난다. 그러나 아직은 좀 손쉬운 이탈리아다. 하지만 잠시 동안 이 관능적인 아름다움에 몸을 맡기지 말아야 할 까닭은 없지 않은가? 나의 경우, 이곳에 머무는 동안 반드시 해야 할 일이 있는 것은 아니니(할인 승차권을 소지한 나는 '내가 선택한' 도시에서 의무적으로 일정 기간 동안 머물러야 하므로 쫓기듯 이동하는 여행자의 즐거움은 맛보지 못한다.) 피사에서의 이 첫날 저녁,

사랑하고 이해하는 데 필요한 인내심은 무한정인 것 같다. 지치고 허기진 채 피사에 들어서니 역 앞 광장에서는 열 개의 확성기들이 거의가 다 젊은 사람들인 군중을 향해 우레와 같은 큰 소리로 사랑 노래를 쏟아부으며 맞아 준다. 나는 벌써 내가 무엇을 기대하고 있는지 알겠다. 이 생명의 약동 뒤에 오는 것은 저 기묘한 순간일 것이다. 문을 닫은 카페들, 돌연 찾아든 침묵, 그 속에서 나는 짧고 어두운 골목길들을 지나 시내 중심가로 가리라. 검고 금빛 나는 아르노강, 노란색, 초록색의 기념물들, 인적이 없는 도시 ― 밤 10시에 피사가 침묵과 물과 돌의 기이한 무대 장치로 변하는 이 돌연하고 교묘한 요술을 어떻게 묘사하면 좋을까? '그건 이런 어느 밤이지, 제시카!' 비길 데 없는 무대 위로 바야흐로 제신들이 셰익스피어의 연인들의 목소리로 등장하니…… 꿈이 우리에게 스며들 때는 꿈에게 자신을 맡길 줄도 알아야 한다. 사람들이 이곳에서 찾으려 하는 내면의 노래, 나는 벌써부터 이 이탈리아의 밤 속에서 그 노래의 첫 화음을 감지한다. 내일, 단지 내일이 되어서야 비로소 들판은 아침 빛 속에서 둥그렇게 드러날 것이다. 그러나 오늘 저녁에 나는 여기 여러 신들 중의 한 신이 되어 '사랑으로 달뜬 발걸음으로' 달아나는 제시카 앞에서 내 목소리를 로렌초의 목소리에 섞는다. 그러나 제시카는 구실에 지나지 않는다. 그 사랑의 충동은 제시카를 초월한다. 그렇다. 내 생각으로는, 로렌초는 제시카를 사랑한다기보다는 사랑하도록 허락해 준 제시카에게 감사하고 있는 것이다. 그러나 무엇 때문에 오늘 저녁, 베로나를 잊은 채 베네치아의 연인들을 생각하는 것인가? 그것은 또한 이곳에서는 그 어느 것도 불행한 연인들에게 애착을 갖도록 부추기지 않기 때문이기도 하다. 사랑을 위해 죽는 것보다 더 부질없는 것은 없다. 중요한 것은 사는 것이리라. 비록 장미나무와 함께 묻히더라도 땅속의 로미오보다는 살아 있는 로렌초가 더 낫다. 그러할진대 어찌 이 살아 있는 사랑의 축제 속에서 춤추지 않을 수 있으랴 — 그리고 기념물들이야 언제든 찾아가 구경할 시간이 있을 터이니 그것들 한가운데의 피아차 델 두오모의 짧게 깎은 잔디밭에서 오후엔 낮잠을 자고, 물이 약간 미지근하지만 아주 부드럽게 넘어가는 분수의 물을 마시며, 오똑한 콧날에 오만한 입술을 한 저 웃고 있는 여인의 얼굴을 다시 한번 보러 가지 않을 수 있으랴. 다만 이런 통과의례는 더 높은 주술의 계시들의 예비 단계임을 알아두어야 한다. 그것은 디오니소스의 제관(祭官)들을 엘레우시스로 인도해 가는 찬란한 행렬에 지나지 않는다. 인간은 기쁨 속에서 그의 교훈들을 준비하고 도취의 가장 높은 단계에 이르면 육체는 의식이 또렷해지면서 검은 피를 그 상징으로 하는 신성한 신비와의 영적 합일에

든다. 그 첫 대면한 이탈리아의 열광 속에서 획득한 자기 망각은 바야흐로 희망이라는 굴레에서 우리를 해방시키고 우리의 역사로부터 건져내 주는 저 교훈에 대한 준비를 시킨다. 기대했던 유일한 행복이 우리를 기쁘게 하는 동시에 그 자체도 멸망하게 마련이지만 그래도 우리가 그 행복에 매달리듯이, 아름다움의 스펙터클이 보여 주는 육체와 순간이라는 이중의 진실에 어찌 매달리지 않을 수 있겠는가.

가장 강한 혐오스러운 유물론은 흔히들 생각하는 그것이 아니라 우리에게 죽은 관념들을 살아 있는 현실이라고 여기도록 만드는 유물론이다. 그것은 우리 안의 영원히 죽어 없어지게 되어 있는 것에 우리가 기울이는 집요하고 명료한 관심을 무용한 신화들 쪽으로 돌리게 한다. 피렌체에 있는 산티시마 안눈치아타 성당[15]의 사자(死者)들이 안치된 수도원을 찾아갔을 때, 내가 어쩌면 절망감이라고 오해할 뻔했으나 사실은 분노에 지나지 않았던 그 어떤 감정 때문에 흥분했던 기억이 난다. 비가 내리고 있었다. 나는 무덤돌과 봉헌물들 위에

15 피렌체 최초의 르네상스 광장이라고 평가되는 광장에 면한 세 개의 건물 중 1454년 미켈로초가 설계한 중앙의 건물이다. 특히 이 광장은 영화 「냉정과 열정 사이」의 촬영지로 유명해졌다.

새긴 비문들을 읽어 보았다. 이 사람은 다정한 아버지요 성실한 남편이었단다. 저 사람은 가장 좋은 남편인 동시에 빈틈없는 상인이었다. 모든 부덕의 귀감이었던 어느 젊은 여성은 프랑스어를 '마치 모국어처럼' 구사했다. 저기 저 처녀는 온 가족의 희망이었는데 '그러나 이 땅 위에서의 기쁨이요 순례길이었다.(ma la gioia e pellegrina sulla terra.)' 그러나 그 어느 것도 내 가슴에 와닿는 것은 없었다. 비문들에 따르면 거의 모두가 체념하고 죽음을 받아들였다. 아마도 그들의 다른 의무들도 다 받아들였으니까 그랬을 것이다. 오늘은 어린아이들이 수도원 안에 잔뜩 몰려와서 사자들의 덕행을 영원히 기리려던 무덤돌 위에서 개구리뜀 놀이를 하고 있었다. 그때 밤이 내렸다. 나는 어느 기둥에 등을 기댄 채 땅바닥에 앉아 있었다. 한 사제가 지나가면서 내게 미소를 보냈다. 성당 안에서는 풍금 소리가 희미하게 들렸는데 그 풍금 소리의 따뜻한 음색이 어린아이들의 떠드는 소리 저 뒤로 간간이 되살아나곤 했다. 기둥에 등을 기댄 채 혼자 앉아 있는 나는 마치 누구에게 목을 졸리면서도 최후의 진술처럼 자기의 믿음을 외쳐 대는 사람 같았다. 내 속에 있는 모든 것이 그 같은 체념에 맞서 항의하고 있었다. '마땅히 그래야 한다.' 그 묘비명들은 그렇게 말하고 있었다. 그러나 아니다. 내 반항이 옳았다. 땅 위의 순례자처럼 무심하면서도 골똘하게 몰입한 채 가고 있는 그 기쁨을 뒤쫓아 나도 한 걸음 한 걸음 따라가야 했다. 그리고 그 나머지에 대해서 나는 '아니다.'라고 말했다. 나는 있는 힘을 다해서 아니라고 말했다. 무덤돌들은 그래 봐야 아무 소용이 없다고, 인생은 '해와 함께 떠올라 해와 함께 지는 것(col sol levante col sol cadente)'이라고 나에게 일러 주고 있었다. 그러나 오늘도 나는 인생이 무용하다는 것 때문에 내 반항에서 대체 무엇이 줄어든다는 것인지 알 수가 없다. 오히려 삶의 무용함 때문에 반항이 증대된다는 것을 나는 확실히 느낀다.

그런데 사실은 내가 말하고자 했던 것은 이게 아니다. 나는 내 반항의 핵심 그 자체라고 느꼈던 어떤 진실을 좀 더 정확하게 규명해 보려 했던 것인데, 여기서 내가 말한 것은 그 진실의 한 연장에 지나지 않는 것이다. 산타 마리아 노벨라 수도원에 핀 철 늦은 작은 장미꽃들로부터 그 일요일 아침나절 헐렁하고 엷은 옷 속에서 젖가슴이 자유롭게 출렁이고 입술이 촉촉한 피렌체 여인들로 이어지는 하나의 진실 말이다. 그 일요일, 각 성당마다 한 구석에 풍만하고 화사한 꽃들이 이슬 같은 물방울들을 달고 진열대에 늘어 놓여 있었다. 그때 나는 거기서 일종의 '순진함'과 동시에 어떤 보상을 발견했다. 그

꽃들에게서도, 그 여인들에게서도 다 같이 어떤 넉넉한 풍요로움이 느껴졌다. 그 둘 중 어느 한쪽에 대해 느끼는 욕망이 다른 한쪽을 향한 갈망과 크게 다를 것 같지 않았다. 똑같이 순수한 마음이면 충분했다. 한 인간이 스스로 마음이 순수하다고 느끼는 때가 자주 있는 것은 아니다. 그러나 적어도 그런 순간, 그는 이상하게도 자신을 그토록 정화시켜 준 힘을 진실이라고 부를 의무가 있다. 비록 그 진실이 다른 사람의 눈에 신성모독으로 보일지라도 말이다. 그날 내가 생각하고 있었던 것이 그런 경우인데, 나는 월계수꽃 향기 그윽한 피에솔레[16]의 프란체스코 수도원에 가서 아침나절을 보냈다. 나는 붉은 꽃들과 햇빛과 노랗고 검은 벌들로 터질 듯 가득한 작은 뜰에서 오랜 시간 동안 머물렀다. 뜰 한구석에는 녹색 물뿌리개가 하나 놓여 있었다. 그리로 오기 전에 나는 수도사들의 작은 방들을 구경하다가 죽은 사람의 해골이 놓인 작은 탁자들을 보았더랬다. 그런데 지금은 이 뜰이 그들이 받은 계시들을 증언하고 있었다. 그곳의 모든 사이프러스 나무들과 함께 내맡겨진 도시를 향하여 급경사를 이루며 내려가는 언덕을 따라 나는 피렌체로

16 피렌체 북동쪽 8킬로미터 거리의 언덕 위에 있는 작은 마을로 피렌체 시내가 한눈에 내려다보인다. 카뮈는 1937년 9월 15일 자 『작가수첩 I』의 한 페이지에 피에솔레 방문 기록을 남겼다.

돌아왔다. 세계의 그 찬란한 아름다움, 그 여인들, 그리고 그 꽃들이 내 눈에는 저 수도사들의 삶을 정당화해 주고 있는 것 같아 보였다. 그 정당화는, 동시에 어떤 극단적인 헐벗음은 항상 세계의 화려함, 풍요와 만난다는 사실을 알고 있는 모든 사람들의 정당화이기도 하다는 것을 나는 부인하기 어려웠다. 돌기둥들과 꽃들 사이에 갇혀 사는 그 프란체스코 수도사들의 삶과 알제의 파도바니 해변에서 일 년 내내 햇볕을 쬐며 지내는 젊은이들의 삶 속에서 나는 어떤 공통된 울림을 느낄 수 있었다. 그들의 헐벗은 삶은 더 큰 삶을(또 다른 삶, 즉 내세가 아니라) 위한 것이다. 적어도 그것이 "헐벗음"[17]이라는 말의 유일하고 적절한 용법이다. 벌거벗음은 언제나 어떤 육체적 자유의 의미를, 손과 꽃들 사이의 일치를, 인간성에서 해방된 인간과 대지의 저 연인 사이와도 같은 공감을 간직하고 있다. 아! 그 공감이 아직 나의 종교가 아니라면 나는 그 종교로 기꺼이 개종하리라! 아니다. 이것이 신성모독일 수는 없다. 조토가 그린 성 프란체스코 성인들의 저 내면적인 미소가 바로 행복을 추구하는 사람들을 정당화한다고 말하더라도 그것 역시 신성모독이 될 수는 없다. 왜냐하면 종교 쪽에서 본

17 이 "헐벗음(dénuement)"은 수도사의 무소유 고행과 동시에 바닷가에서 벗은 몸을 햇빛에 드러낸 채 수영을 즐기는 알제 젊은이들의 맨몸 상태를 의미한다.

신화는, 진실 쪽에서 본 시와 같은 것으로, 삶의 정열에 덧씌운 우스꽝스러운 가면들이기 때문이다.

한 걸음 더 나아가서 생각해 볼까? 피에솔레에서 빨간 꽃들을 앞에 두고 사는 바로 그 사람들이 그들의 작은 방안에는 해골을 갖다 놓고 명상의 자양분으로 삼는다. 그들의 창문 밖에는 피렌체가, 탁자 위에는 해골이 있다. 절망 속에서 어느 정도 계속 지내다 보면 기쁨이 생겨날 수도 있다. 어떤 삶의 온도에서는 영혼과 피가 한데 섞이면서 의무에도 신앙에도 다 같이 무관심한 채 모순들 가운데서도 편히 살게 된다. 그래서 나는 이제 피사의 어느 담벼락 위에 누군가 겁 없는 손길로 자기의 기이한 명예 관념을 요약하듯 '나 알베르토는 내 누이와 잔다네.(Alberto fa l'amore con la mia sorella.)'라고 써 갈겨 놓은 것을 보고도 놀라지 않는다. 이탈리아가 근친상간의 땅, 아니 더 의미심장한 면이지만, 적어도 내놓고 고백하는 근친상간의 땅이라는 사실에 나는 더는 놀라지 않는다. 왜냐하면 아름다움에서 불멸로 가는 길은 험난하지만 확실한 길이기 때문이다. 지성이 아름다움 속에 빠지면 허무를 양식으로 삼는다. 목을 조이는 것 같은 이 장대한 풍경들 앞에서는 인간의 사념들 하나하나가 인간에 대한 한 번씩의 부정이다. 그래서 이 많은 무거운 확신들에

의하여 거부되고 뒤덮이고 또 뒤덮여 흐려진 나머지 이 세계 앞에는 저 형태를 알 수 없는 반점밖에 남은 것이 없고 그 반점이 아는 진실이라고는 수동적인 진실, 혹은 그 색깔이나 그 태양뿐이다. 이토록 순수한 풍경들은 영혼을 메마르게 하고 그 아름다움은 견딜 수가 없다. 이 돌과 하늘과 물의 복음서들에는 부활하는 것은 아무것도 없다고 쓰여 있다. 찬란함이 가슴에 느껴지는 이 사막 깊숙한 곳에서는 이제부터 이 고장 사람들에게 유혹이 시작된다. 이 고귀함의 대장관을 눈앞에 보며, 아름다움이라는 희박한 공기를 마시며 성장한 정신들이, 위대함과 선(善)의 합일을 잘 믿지 못한다 한들 무엇이 놀랍겠는가? 지성은 그 지성을 완전한 것으로 만들어 줄 신이 없으면 지성을 부정하는 것에서 신을 찾으려 한다. 바티칸의 권좌에 오르자 보르자 교황은 소리친다. "신께서 우리에게 교황의 지위를 주셨으니, 자, 이제 서둘러 그 지위를 누릴 일이로다." 그리고 그는 자기가 말한 그대로 했다. '서둘러'라고 한 말은 실로 적절한 표현이다. 우리는 이미 거기서 포만감에 취한 인간들 특유의 절망을 느낀다.

어쩌면 내가 잘못 생각하는지도 모른다. 요컨대 나는 피렌체에서 행복했고, 나 이전에도 많은 다른 사람들이 그랬으니 말이다. 그러나 행복이란 한 존재와 그가 영위하는 삶 사이의 단순한 일치 바로 그것이 아니고 무엇이겠는가? 또 오래도록 살고자 하는 욕망과 반드시 죽게 마련인 운명에 대한 이중의 의식 말고 인간을 그의 삶에 이어 주는 더 정당한 일치가 또 어디 있겠는가? 여기서 우리는 적어도 그 어떤 것에도 기대를 걸지 않는 것을, 그리하여 현재를 우리에게 '덤으로' 주어진 유일한 진실로 여기는 것을 배운다. 이탈리아와 지중해는 모든 것이 인간의 척도에 맞는 유구한 땅이라는 말을 나는 듣곤 한다. 그러나 거기가 어딘가? 내게 그 길을 가르쳐 달라. 내가 두 눈을 크게 뜨고 나의 척도와 나의 만족을 찾도록 해 달라! 아니 벌써 눈에 보인다. 피에솔레, 제밀라, 그리고 햇빛 쏟아지는 항구들이. 인간의 척도? 침묵과 죽은 돌들. 그 밖의 것은 모두 역사에 속한다.

*

그러나 여기서 그쳐서는 안 된다. 왜냐하면 무슨 일이 있어도 행복은 낙관주의와 불가분의 관계여야 한다고 운명적으로 정해진 것은 아니니까. 행복은 사랑과 이어져 있다. — 낙관주의와 사랑, 이 둘은 전혀 다른 것이다. 어떤 시간, 어떤 장소들에서는 행복이 너무나 쓰디쓴 것이어서 차라리 행복 그 자체보다는 행복의 약속이 더 나아 보인다는 것을 나는 알고 있다. 그러나 그것은 그 시간,

그 장소들에서 내가 사랑할 만한, 즉 단념하지 않을 만한 넉넉한 마음을 가지지 못했기 때문이다. 여기서 말해야 할 것은 인간이 대지와 아름다움의 축제들 속으로 들어가는 순간에 대해서다. 그 순간, 인간은 마치 신입 신도가 그의 마지막 베일을 벗듯이 신 앞에서 자신의 푼돈 같은 자기의 인격을 포기하니까 말이다. 그렇다. 행복이 하찮아 보이는 보다 더 높은 행복이 존재한다. 피렌체에서 나는 보볼리 공원의 가장 높은 꼭대기, 몬테 올리베토 동산과 도시의 고지대가 지평선 저 끝까지 한눈에 들어오는 전망대로 올라가 보았다. 그 언덕들마다 올리브나무들이 작은 연기처럼 뿌옇게 보였고, 그 올리브 숲의 옅은 안개 속에서 뿜어 오르는 듯한 사이프러스 나무들의 더 단단한 윤곽이 두드러졌다. 가까이 있는 것들은 녹색, 먼 데 있는 것들은 검은색이었다. 짙은 푸른색이 눈에 띄는 하늘에는 굵은 구름들이 반점처럼 찍혀 있었다. 오후가 끝나감에 따라 은빛 광선이 떨어지고 모든 것이 잠잠해졌다. 언덕들의 꼭대기가 처음에는 구름 속에 잠겨 있었다. 그러나 미풍이 일면서 내 얼굴에 그 바람결이 느껴졌다. 미풍과 더불어 그 언덕들 뒤쪽에서 구름 떼가 마치 막이 열리듯 갈라졌다. 동시에 꼭대기의 사이프러스 나무들이 갑자기 드러난 푸른빛 속에서 단숨에 분수처럼 솟구치는 것 같았다. 그 나무들과 함께 언덕 전체, 그리고 올리브나무들과 돌들의 풍경이 서서히 솟아올랐다. 다른 구름 떼가 몰려왔다. 무대의 막이 다시 닫혔다. 그러자 언덕은 그곳의 사이프러스 나무들, 집들과 함께 다시 내려앉았다. 이윽고 또다시 — 그리고 더 먼 곳에 점점 더 흐릿해지는 다른 언덕들 위로 — 같은 미풍이 이쪽에서는 가장 촘촘한 주름들을 펴고, 저쪽에서는 주름들을 다시 접었다. 세계의 이 거대한 호흡 운동 속에서 같은 숨결이 몇 초 간격으로 들고 나면서 세계 전체 차원의 어떤 둔주곡을 연주하는 가운데 이따금 돌과 공기의 주제를 되풀이했다. 매번 주제는 한 음계씩 낮아졌다. 그 곡조를 조금 더 멀리까지 따라가면 그때마다 내 마음이 조금씩 더 차분해졌다. 가슴 깊이 닿아 오는 이 전망의 끝에 이르면서 나는 다 함께 호흡하며 먼 곳으로 사라져 가는 언덕들, 그리고 그 언덕들의 사라짐과 더불어 대지 전체의 노래와도 같은 것을 한눈에 껴안았다.

이미 수없이 많은 눈들이 이 풍경을 응시했다는 것을 나는 알고 있었다. 내게는 그것이 마치 하늘의 첫 미소 같았다. 그것은 말의 깊은 의미에서 나를 나의 밖으로 꺼내 놓았다. 그 풍경은 내 사랑과 이 아름다운 돌의 외침이 없다면 모든 것이 다 무용하다는 것을 내게 확신시켜 주었다. 세계는 아름답다. 이 세계를 떠나서 구원은 없다.

그 풍경이 내게 차근차근 가르쳐 주는 위대한 진실은 바로 정신은 아무것도 아니라는 것, 마음 또한 아무것도 아니라는 것이다. 그리고 햇빛에 따뜻해진 돌, 혹은 구름이 걷힌 하늘을 배경으로 솟아오르는 사이프러스 나무, 바로 그것이 '옳다.'라는 말이 어떤 의미를 가지는 유일한 세계, 즉 인간이 없는 자연의 경계선이라는 것이다. 그리고 이 세계는 나를 무화(無化)한다. 그것은 나를 극한까지 밀고 간다. 그것은 성내지 않은 채 나를 부정한다. 피렌체의 들판에 내리는 저녁 빛 속에서 나는 어떤 예지를 향하여 나아가고 있었다. 내 두 눈에 눈물이 고이지 않았더라면, 내 속에 차오르는 시의 복받치는 흐느낌이 세계의 진실을 망각하게 하지 않았더라면, 그 예지의 차원에서는 이미 모든 것이 정복된 상태일 것을.

더 이상 나가지 말고 이 균형점에서 멈추어야 할 것이다. 그 절묘한 순간, 영성(靈性)은 도덕을 부정하고, 행복은 희망의 부재에서 태어나며, 정신은 육체에서 근거를 발견한다. 진실이 어느 것이나 그 안에 쓴맛을 담고 있다고 한다면 부정은 어느 것이나 '긍정'이 꽃 피어남을 품고 있다고 할 것이다. 그렇다면 관조에서 태어나는 저 희망 없는 사랑의 노래 역시 가장 효과적인 행동 규범의 형상화일 수 있다. 피에로 델라 프란체스카의 그림 속에서 부활하여 무덤 밖으로 나오는 그리스도의 시선은 인간의 그것이 아니다. 그의 얼굴에 행복한 빛은 전혀 보이지 않고 완강하면서도 영혼 없는 어떤 위대함이 나타나 있을 뿐인데, 나는 그것이 곧 살려는 결의라고 생각하지 않을 수 없다. 현자는 백치와 마찬가지로 별로 말이 없는 법이니 말이다. 이 같은 순환 현상은 나는 황홀하게 한다.

그러나 이런 교훈을 나는 이탈리아 덕에 얻었을까, 아니면 나 자신의 마음에서 이끌어 냈을까? 그 교훈이 내게 나타난 곳은 분명 거기다. 그러나 그것은 이탈리아가 다른 선택받은 곳들과 마찬가지로, 그래 봤자 결국 인간들은 죽게 마련인 땅의 아름다운 장관을 나에게 보여 주기 때문이다. 여기서도 역시 진리가 썩어서 없어질 수밖에 없다. 이보다 더 흥미로운 것이 또 있을까? 비록 내가 그런 진리를 원한다 한들 결국은 썩어 없어지지 않는 진리를 무엇에 쓰겠는가? 그런 진리는 내 척도에 맞지 않는다. 그런 진리를 사랑한다면 그것은 가식일 것이다. 한 인간이 자기 삶의 내용이었던 것을 포기하는 것은 절대로 절망 때문이 아니라는 점을 우리는 잘 이해하지 못한다. 무모한 결심과 절망으로 해서 다른 삶들에 끌린다지만 그것은 이 땅의 교훈에 대한 끓어오르는 애착을 표시할 뿐이다. 그러나 명철한 정신이 어느 정도에 이르러 자신의 가슴이 꽉 막히는 것을 느낀 한 인간이 반항의 의지도 딱히 바라는 것도 없이 지금껏 바로 자기의 삶이라고 여겼던 것, 즉 그의 몸부림에 등을 돌려 버릴 수 있다. 랭보가 단 한 줄의 시도 쓰지 않은 채 결국 아비시니아로 가고 만 것은 모험 취미나 절필 결심 때문이 아니다. 그저 '사정상 그렇게 되었기 때문'이고, 의식의 어느 한계점에 이르면 우리는 각자의 소명에 따라, 지금까지는 절대로 이해하지 않으려고 애썼던 것을 달게 받아들이고 말기 때문이다. 이쯤 하면 여기서 우리의 주된 관심이 어떤 사막의 지리학에 착수해 보려는 데 있다는 것을 독자들은 눈치챌 것이다. 그러나 그 이상한 사막은 자신의 목마름을 기만하지 않고 사막 속에서 살아갈 수 있는 사람들만이 느끼는 사막이다. 그때서야, 오직 그때서야 비로소 사막에 시원한 행복의 물이 가득히 차오를 것이다.

보볼리 공원에는 내 손이 닿을 듯 가까이 금빛의 굵은 감들이 달려 있었는데 껍질이 터진 과육에서 진한 단물이 흘러나오고 있었다. 이 가벼운 언덕으로부터 단물이 잔뜩 괸 저 과일들에까지, 나를 세계와 하나가 되게 해 주는 이 은밀한 우정으로부터 내 손 위로 늘어진 저 오렌지빛 과육 쪽으로 나를 밀어 올리는 시장기에까지, 나는 어떤 사람들을 금욕에서 쾌락으로, 헐벗음에서 관능의 범람으로 인도해 가는 그 흔들림 속의 균형을 깨닫는다. 나는 인간을 세계와 하나로 맺어 주는 저 연결 매듭과 저 이중의 반영 현상에 경탄을 금치 못했고, 지금도 그렇다. 그 이중의 반영 속에서는 세계가 나의 행복을 완성할 수도 있고 파괴할 수도 있는, 분명한 한계점까지, 내 마음이 개입하여 그 행복을 규정할 수 있다. 피렌체! 내 반항의 한가운데에 어떤 동의가 잠재하고 있음을 깨닫게 해 준 유럽의 몇 안 되는 고장들 중 하나다. 눈물과 태양이 한데 섞인 이곳 하늘에서 나는 이 땅에 동의하며 그 땅의 축제의 어두운 불꽃 속에 타오르는 법을 배웠다. 내가 실감한 것은…… 그러나 무슨 말을? 무슨 무분별을? 사랑과 반항의 합일을 어떻게 엄숙히 선언한단 말인가? 대지여! 정신들이 비우고 떠난 이 거대한 사원 속에서 내 모든 우상들은 진흙으로 빚은 발[18]을 지녔다.

18 여기서 "진흙"은 신 없는 세계, 흙으로 빚은 인간만의 세계, 나아가 젊은 카뮈의 무신론적 세계를 암시한다.

여름

카뮈는 「여름」에 붙인 서평 의뢰서에 이렇게 썼다. “이 책은 1939년에서 1953년에 걸쳐 쓴 산문들을 모은 것이다. 이 글들의 공통된 뿌리는 명확하다. 이 글들은, 비록 서로 다른 시각에서 바라보고 있지만, 모두가 ‘홀로(solitaire)’라는 개별성의 주제를 다루고 있다. 이 주제는 저자의 초기작들 가운데 하나인, 1938년 출간한 「결혼」의 주제이기도 하다. 이십 년의 세월이 지나 「결혼」에 실린 글들은 그러므로 그것들 나름대로 어떤 길고 변함없는 추구의 길을 증언하고 있는 셈이다.” 그는 또한 자신에 대한 최초의 중요한 연구서를 발표한 로제 키요에게 1956년 1월 21일 편지를 보내며 다음과 같이 명시했다. “당신의 연구가 「여름」에서, 그리고 나의 마흔 살에서 멈춘 것은 충분한 이유가 있습니다. 왜냐하면 비록 순전히 우연이긴 하지만 이 해는 나의 창작 작업과 삶에 있어서 일종의 전환점이기 때문입니다.” 1953년 이후 카뮈는 앞서의 ‘부조리’와 ‘반항’의 사이클에서 ‘사랑’과 ‘절도’의 사이클로 진입하며 그의 마지막 미완성 유작인 『최초의 인간』의 집필 준비를 시작한다. 카뮈의 치열한 ‘여름’을 느낄 수 있는 에세이. 1939~1953년 작, 1953년 출간.(김화영)

여름

그러나 너는 청명한 날을 위하여 태어났으니……

— 횔덜린

이 에세이는 1939년에 쓴 것이다. 오늘날 오랑이 어떤 모습일지 판단하려면 독자는 이 점을 염두에 두어야 할 것이다. 이 아름다운 도시에서 터져 나오는 격렬한 항의들로 보아 사실 나는 모든 미흡한 점들이 개선되었다는 — 아니면 될 예정이라는 — 것을 굳게 믿는다. 반면 이 에세이가 예찬하는 아름다움들은 소중하게 보존되었다. 행복하고 현실주의적인 도시 오랑은 이제 더 이상 작가들을 필요로 하지 않는다. 이 도시는 관광객들을 기다린다.(1953)

미노타우로스 또는 오랑에서 잠시[1]

피에르 갈랭도에게[2]

이제 더 이상 사막은 없다. 섬들도 더는 없다. 그렇지만 그것들에 대한 아쉬움은 느껴진다. 세계를 알려면 가끔 딴 데로 고개를 돌려야 한다. 사람들을 더 잘 모시려면 한동안 그들과 떨어져 있어야 한다. 그러나 그러한 힘을 얻는 데 필요한 고독을, 정신이 집중되고 용기가 가늠되는

1 이 글의 세 가지 판본(타이프 친 원고와 1946년 2월호 《라르슈》에 실린 첫 인쇄본, 그리고 1950년 샤를로 출판사에서 발행한 책)의 머리에는 앙드레 지드의 「선입견 없는 정신」에서 따온 한 대목을 제사로 달아 놓았다. "나는 미노스 왕의 궁정에 있는 그를 상상해 보며 미노타우로스가 대체 어떤 종류의 가까이 하지 못할 괴물인지 몹시 궁금하다. 그가 그토록 끔찍한 자일까, 아니면 오히려 매력 있는 존재는 아닐까?"

2 피에르 갈랭도는 카뮈의 초기 원고들을 타이프쳐 준 여성 크리스티안 갈랭도의 오빠로, 카뮈가 1939년 가을 오랑에 머물고 있을 때 어울려 지낸 단짝 친구들 중 한 사람이다. 「이방인」의 주인공 뫼르소의 모델이었다는 설이 있고, 파리가 해방되었을 때 카뮈와 함께 《콩바》에서 일했다.

긴 호흡을 어디서 찾아낼 것인가? 남은 것은 대도시들이다. 다만 거기에도 조건들이 필요하다.

유럽이 우리에게 보여 주는 도시들은 지나치게 과거의 소음들로 가득 차 있다. 숙련된 귀라면 거기서 날갯짓 소리와 영혼들의 움직임을 감지할 수 있다. 거기서는 혁명들과 영광으로 점철된 여러 세기의 현기증이 느껴진다. 거기서는 서양이 아우성 속에서 단련되었다는 사실을 기억하게 된다. 그러다 보니 도무지 조용하지 않다.

파리는 흔히 가슴에는 사막으로 느껴지지만, 어떤 시간, 페르 라셰즈 언덕 꼭대기[3]에서 혁명의 바람이 일어 그 사막을 갑자기 깃발들과 실패한 영광들로 가득 채운다. 스페인의 어떤 도시들이나 피렌체나 프라하도 마찬가지다. 잘츠부르크는 모차르트가 없으면 조용할 것이다. 그러나 이따금 잘차흐 강물[4]에는 지옥에 빠지는 돈 조반니의 요란하고 거만한 비명이 떠다닌다. 빈은 더 조용해 보이는지라 도시들 중에서는 아가씨격이다. 그곳의 돌들은 3세기를 넘지 않았고 그곳의 젊음은 우울을 모른다. 그러나 빈은 역사의 교차로에 있다. 그 둘레에서는 제국(帝國)들이 충돌하는 소리가 진동한다. 하늘이 피로

3 파리 북쪽 고지대에 위치한 거대한 공동묘지로 파리 코뮌 때 많은 혁명적 시민들이 희생된 자취를 간직하고 있다.

4 잘츠부르크 시내를 가로질러 흐르는 강이다.

물드는 어떤 저녁들이면, 링의 기념 건물들 위에 돌로 조각한 말들이 날아 오를 것 같다. 모든 것이 권세와 역사를 말하는 이 덧없는 한순간 속에서 쇄도하는 폴란드 기병대의 말발굽 아래 오스만 제국이 요란스레 무너지는 소리를 뚜렷이 들을 수 있다. 그래서 이곳 역시 그다지 조용하지 않다.[5]

물론 사람들이 유럽의 도시들에 와서 찾는 것은 바로 이 속이 꽉 찬 고독이다. 적어도 자신이 무엇을 해야 할지 아는 사람들이라면 말이다. 그들은 거기서 길동무들을 골라잡아 취하거나 버릴 수가 있다. 얼마나 숱한 사람들이 그들의 호텔 방과 생루이섬[6]의 해묵은 돌들 사이를 오가며 시간 가는 줄 모르고 지냈던가! 또 다른 사람들은 거기서 외톨이가 되어 죽을 지경인 것도 사실이다. 전자들은 어쨌든 거기서 성장하고 자신감을 가질 이유들을 발견했다. 그들은 혼자면서도 혼자가 아니었다. 수 세기에 걸친 역사와 아름다움, 지나간 숱한 삶들의 뜨거운 증거가 센강을 따라 그들을 동반하며 긴 전통과 무수한 정복의 이야기를 한꺼번에 들려주었다. 그러나 그들의 젊음이

5 카뮈는 1936년 여름에 프라하, 잘츠부르크, 빈, 그리고 1937년 9월 피렌체로 여행했다.

6 파리 센강 가운데 있는 두 개의 자연 섬 중의 하나로 17~18세기 귀족들이 살던 저택들이 많이 있어 관광객들이 즐겨 찾는다.

그들을 부추겨 그 길동무들을 부르게 한 것이다. 그 길동무가 성가시게 느껴지는 때와 시대들이 있다. "우리 둘이서!" 파리라는 도시의 거대한 부패상을 앞에 두고 라스티냐크는 외친다.[7] 둘, 그렇다, 하지만 둘도 너무 많다!

사막 자체는 어떤 뜻을 지니고 있었는데 사람들이 거기에 시(詩)를 과도하게 덧씌웠다. 사막은 세상의 온갖 고통에 아주 딱 들어맞는 적소다. 어떤 순간들에 사람의 마음이 찾는 것은 그와는 반대로 바로 시가 없는 곳들이다. 데카르트는 조용히 명상에 잠길 필요가 있게 되자 자기 나름의 사막을 택한다. 당시 상업적이었던 도시를 말이다. 그는 그곳에서 그의 고독과, 우리의 씩씩한 시들 중에서도 가장 위대한 시를 쓸 기회를 찾아낸다. "첫째(원칙)는 내가 명백히 진실이라고 알 수 있는 것이 아니면 결코 아무것도 진실로 받아들이지 않는 것이었다."[8]라는 시 말이다. 야심은 그만 못해도

7 오노레 드 발자크의 소설 『고리오 영감』의 주인공 라스티냐크는 마지막 장면에서, 시골로부터 상경한 후 19세기 전반기 부패한 파리의 혼란스러운 삶을 온몸으로 체험한 젊은이답게, 고리오 영감을 페르 라셰즈 묘지에 매장하고 나서, 파리 시내를 내려다보며 "이제 우리 둘이다!"라고 외치고 그 대도시와의 대결과 정복을 다짐한다.

8 데카르트 『방법론 서설』 제2부. 데카르트는 "당시의 가장 상업적인 도시" 암스테르담에 머물며 이 유명한 책을 집필했다. 카뮈는 1954년 10월에 암스테르담을 처음 방문했다.

그에 못지않은 향수는 지닐 수 있다. 그러나 암스테르담은 3세기 전부터 미술관들로 뒤덮이게 되었다. 시를 피해 돌의 평화를 다시 찾아내려면 다른 사막들, 영혼도 의지할 곳도 없는 딴 장소들이 있어야 한다. 오랑은 그런 곳들 중 하나다.

거리

나는 오랑 시민들이 자기네 도시에 대해 불평하는 소리를 자주 들었다. "여긴 재미있는 모임들이 없어." 아니! 무슨 말씀, 그런 것을 바랄 리가 없을 텐데! 몇몇 뜻있는 인사들이 이 사막에 다른 세계의 풍습을 도입해 보려고 시도해 본 적이 있다. 여럿이 모이지 않고서는 예술이나 사상을 제대로 받들어 모실 수 없다는 원칙에 충실해야겠다는 뜻이었다.[9] 그 결과 유익한 모임이랍시고 남은 것이 포커꾼들이나 복싱 팬들, 쇠공 굴리는 놀이 애호가들, 지방 사교 모임들이다. 그런 곳에는 그래도 자연스러운 분위기가 있다. 어쨌든 고상함의 추구와는

9 오랑에서는 고골의 희곡 『검찰관』의 등장인물 흘레스타코프와 마주치게 된다. 그는 하품을 하고 나서 말한다. "뭔가 좀 고상한 일을 추진해 봐야 할 텐데."(원주)

무관한 어떤 위대함이 존재한다. 위대함은 본래 비생산적이다. 그래서 그것을 찾는 이들은 그러한 '모임'을 외면하고 거리로 나간다.

오랑의 골목길들은 먼지와 자갈과 더위에 내맡겨져 있다. 거기에 비가 오면 홍수요 진흙 바다다. 그러나 비가 오건 볕이 나건 상점들은 변함없이 괴상하고 황당한 모습 그대로다. 유럽과 중동의 모든 저질 취향들이 한데 모였다. 거기에는 대리석으로 깎은 토끼 사냥개들, 백조의 깃털을 두른 무희들, 초록색 셀룰로이드제 사냥의 여신 디아나들, 원반 던지기 선수들이며 추수하는 사람들 등 생일이나 결혼 선물용의 모든 것, 상술과 익살의 천재가 우리네 벽난로 위로 끊임없이 쓸어다 놓게 하는 저 모든 서글픈 군상들이 뒤죽박죽으로 널려 있다. 그러나 저질 취향에 기울인 이 열정이 여기서는 바로크적 겉모습을 띠고 있어서 그 모든 것이 다 용서가 된다. 먼지투성이 작은 상자에 담겨 어느 쇼윈도에 전시된 물건들은 다음과 같다. 뒤틀린 발을 빚은 끔찍한 석고상, '한 장에 150프랑 헐값'에 내놓은 렘브란트의 데생 묶음, '요술상자'들, 삼색 지갑들, 18세기 파스텔화, 플러시 천으로 만든 자동 당나귀, 녹색 올리브 저장용 프로방스 물병들, 외설스런 미소가 역겨운 목각 동정녀(못 알아보는 사람이 없도록 '주인 측'이 그 발치에 안내 표시를 붙여 두었다. '목각 동정녀').

오랑에서 볼 만한 것들.

1 때가 묻어서 반들반들해진 카운터에 파리 발과 날개가 흩뿌려진 카페들, 홀은 늘 텅 비었어도 언제나 미소 짓는 주인장. '작은 블랙커피' 한 잔에 12수, 큰 잔은 18수.

2 감광지 발명 이후 기술 진보가 멈춘 사진관들. 그곳에는 까치발 다리 탁자에 팔꿈치를 괴고 있는 가짜 뱃사람에서부터 숲을 배경 삼아 흉한 차림새로 두 팔을 건들거리는 결혼 적령기의 아가씨에 이르기까지, 길거리에서는 볼 수 없는 괴상한 족속들을 전시해 놓고 있다. 실물 사진이 아니라 창작일 거라고 짐작할 수 있다.

3 의미심장하다 싶을 만큼 수가 많은 장의사들, 오랑이 다른 곳보다 사망자가 더 많아서가 아니라 단지 죽음을 놓고 더 야단법석이어서 그럴 것으로 짐작된다.

이 장사꾼들의 악의 없는 순진함은 광고에까지 드러난다. 오랑의 어느 영화관 광고 전단지는 어떤 삼류 영화의 개봉 예정 소식을 전한다. '호화판', '멋들어진', '예외적인', '화려한', '놀라 자빠질', 그리고 '기막힌' 따위의 형용사들이 눈에 띈다. 끝으로 영화관 측은 이 놀라운 '작품'을 관객들에게 제공하기 위해 막대한 희생을 감당해야 했음을 알린다. 그러나 관람료 인상은 없을 것이다.

단지 남프랑스 특유의 허풍 떠는 버릇이 여기까지 미친 것뿐이라고 여긴다면 오산일 것이다. 정확히 말해서 이런 기막힌 전단을 만든 사람들은 그들의 심리학적 센스를 입증하고 있다. 문제는, 두 가지 구경거리나 두 가지 직업 중에서, 더 흔하게는, 심지어 두 여자 중에서 어느 한쪽을 선택해야 할 때면, 이곳 사람들은 이내 심드렁하고 극도로 무감각한 태도를 보이는데 이걸 이겨 내야 한다는 것이다. 이곳 사람들은 강요당해야 비로소 마음을 정한다. 광고는 그 점을 잘 알고 있다. 광고는 미국풍으로 변해 갈 것이다. 여기서나 거기서나 마찬가지로 극성을 부려야 일이 되기 때문이다.

끝으로, 오랑의 길거리는 이곳 청년들이 가장 중요하게 여기는 즐거움 두 가지에 대해 알려 주는데 그건 바로 구두를 닦는 일과 그 구두를 신고 대로를 활보하는 일이다. 그중 첫 번째 즐거움이 뭔지 정확히 알려면 일요일 아침 10시, 갈리에니 대로의 구두닦이들에게 구두를 맡겨 봐야 한다. 높은 팔걸이의자에 올라앉아 내려다보면, 오랑의 구두닦이들에게서 분명히 볼 수 있는, 문외한이라도 실감하는, 자기 직업을 사랑하는 사람들의 실연(實演) 특유의 각별한 만족감을 음미할 수 있을 것이다. 세세한 것까지 전부 공들여 갖춘 것들이다. 여러 개의 솔, 세 가지의 서로 다른 헝겊 쪽, 휘발유를 묻힌 구두약. 부드러운 솔질 끝에 생겨나는 완벽한 광택을 보고 작업이 끝났다고 여기기 쉽다. 그러나 필사적인 같은 손이 광이 나는 구두 표면에 또 구두약을 발라 문질러 광을 죽인 뒤 가죽 속에까지 크림이 배어들도록 하면 그때 비로소 같은 솔질로 가죽 저 깊숙한 곳으로부터 진짜 결정적인 이중의 광택이 솟아나게 된다.

이렇게 얻어 낸 경이로운 효과들이 이번에는 전문가들 눈앞에 전시된다. 대로에서 얻는 이런 즐거움들을 음미하려면, 저녁마다 이 도시의 간선 도로에서 열리는 젊은이들의 가장무도회에 나가 보는 것이 좋다. 과연 열여섯 살에서 스무 살 사이의 오랑 '사교계' 젊은이들은 미국 영화를 흉내 내어 나름 멋을 부린 복장으로 만찬에 가기 전에 변장을 한다. 왼쪽 귀 위에서 삐딱하게 기울여 오른쪽 눈 위로 꺾어 쓴 펠트 모자, 그 밑으로 삐져나온 포마드 바른 웨이브 머리, 머리카락에 닿을 만큼 큼지막한 칼라에 꽉 조여진 목, 핀을 꽂아 똑바로 고정한, 극도로 작은 넥타이 매듭, 웨이스트가 엉덩이까지 내려오는 마이크로 미니 재킷, 밝은색의 짧은 바지, 세 겹 밑창 위에서 번쩍이는 구두, 이런 젊은이들이 저녁마다 태연하고 의젓하게 인도를 지나며 징 박은 구두 끝을 울려 댄다. 그들은 매사 클라크 게이블[10]의 거동과 솔직함과

10 Clark Gable(1901~1960). 게리 쿠퍼와 함께 고전 할리우드를 대표하는 미남 배우. 1930년대에 엄청난 인기와 스타성을 자랑하며 '할리우드의 제왕'으로 군림했다. 특히 카뮈가 이 글을 쓰던 해인

우월감을 흉내 내려고 열을 올린다. 그래서 이 도시의 비판적인 인사들은 이런 청년들을, 발음이야 아무러면 어떠냐면서, '클라르크'족이라 별명 붙여 부른다.

어쨌든, 오후가 저물어 갈 무렵, 오랑의 대로들은 불량소년처럼 보이려고 한껏 안달인 호감형 청소년 군단에게 점령당한다. 오랑 아가씨들은 자기들이 언제나 이런 다정한 강도들에게 약속된 몸이라고 느끼는지라 그들 역시 미국 유명 여배우들의 화장과 우아함을 표방한다. 따라서 앞서 말한 심술궂은 인사들은 그녀들을 '마를렌'[11]족이라고 부른다. 그래서 저녁때 대로들 위에서 새들의 우짖는 소리가 야자나무에서 하늘로 솟아오를 무렵이면, 한 시간 동안 완벽한 삶의 현기증에 몸을 내맡긴 채, 살아서 행복하고 남의 눈에 보여서 행복한 수십 명의 클라르크와 마를렌이 만나 서로 재 보고 서로 저울질해 본다. 이건 그야말로 미국 위원회 모임에 참석하는 격이라고, 질투하는 이들은 말한다. 하지만 그 말에는 이와 같은 놀이에 끼지 못하게 된 서른 살 넘은 꼰대들의 씁쓸한

1939년에 제작된 「바람과 함께 사라지다」로 명성을 떨쳤다.

11 마를렌 디트리히(Marlene Dietrich, 1901-1992). 미국의 할리우드에서 활동한 독일 출신의 전설적인 여배우. 1930년 영화 「푸른 천사」, 「타버린 가슴」의 팜파탈 주인공으로 알려졌고 1937년 미국으로 망명하여 배우 및 가수로 활약했다.

뒷맛이 느껴진다. 그들은 젊음과 낭만이 날마다 모여 개최하는 이 회의들이 뭔지 모른다. 이건 사실 힌두 문학에 나오는 새들의 의회다. 그러나 오랑의 대로 위에서는 존재의 문제는 들먹거리지 않으며, 완전에 이르는 길을 찾아 애를 태우지도 않는다. 있는 것은 오직 날개 치는 소리, 깃털 장식을 한 둥근 바퀴들, 아양 떨거나 으스대는 우아함, 어둠과 더불어 사라지는 천진난만한 노래의 광채뿐이다.

여기서 내 귀에는 흘레스타코프의 말이 들리는 것 같다. "뭔가 좀 고상한 것에 몰두해야 할 텐데." 맙소사! 그는 충분히 그럴 수 있는 위인이다. 그를 부추겨 보라, 그러면 몇 해 안에 이 사막을 사람으로 가득 채울 테니. 그러나 지금으로서는 다소 은밀한 영혼의 소유자라면 이 평온한 도시에서 해방감을 맛보아야 한다. 얼굴엔 분을 발랐어도 감정을 분장할 줄 모르고 교태가 너무 서툴러서 속셈이 금방 들통나는 아가씨들이 떼 지어 지나가는 이 도시에서 말이다. 고상한 그 무엇에 몰두한다고! 차라리 바라보라. 바위로 깎은 산타크루스[12]를, 산들을, 잔잔한

12 오랑시와 그 앞 바다를 굽어보는 뒷산. 카뮈는 『작가수첩 I』에서 1941년 3월 18일 자로 이렇게 적는다. "산타크루스와 소나무 숲을 거쳐 등산. 무심함. 나 역시 나 나름의 순례를 했다." 예수 승천절 때면 많은 순례객들이 이 산 위에 있는 산타크루스 성당을 찾아

바다를, 사나운 바람과 태양을, 부두의 대형 기중기들을, 기차들을, 창고들을, 부두와 도시의 암벽을 기어오르는 어마어마한 비탈들을, 그리고 시내 길거리 자체에서는 이 놀이들과 권태를, 이 법석과 고독을. 하기야 이런 모든 것은 그다지 고상하지 못하다. 그러나 이 인구 과잉의 섬들이 지닌 엄청난 가치는 그곳에서 마음이 벌거벗는다는 점이다. 이제 침묵은 오로지 시끄러운 도시들에서밖에는 가능하지가 않다. 데카르트는 암스테르담에서 옛 귀에 드 발자크에게 편지를 보낸다. "나는 날마다 엄청난 무리의 인파가 뒤섞인 혼잡 속으로, 그대가 그대의 오솔길에서 누리는 것 못지않은 자유와 휴식을 맛보러 산책을 나섭니다."[13]

산을 오른다. 장 그르니에는 1937년 샤를로 출판사에서 에세이 『산타크루스와 기타 아프리카 풍경』을 발표했다.(장 그르니에, 김화영 옮김, 『지중해의 영감』(이른비, 2018), 23-31쪽 참조)

13 아마도 이 뜻깊은 말을 기억했는지, 강연 및 토론을 주선하기 위하여 조직된 오랑의 한 협회는 '코기토 클럽'이라는 간판을 달았다.(원주) 드 발자크 제후인 장루이 귀에에게 데카르트가 1611년 5월 5일에 보낸 편지. 당시 서른여섯 살이었던 이 인물을 19세기 소설가와 구별하기 위하여 카뮈는 여기서 "옛 귀에 드 발자크"라고 지칭한다.

오랑의 사막

놀라운 절경을 눈앞에 두고 살아가도록 강요받은 나머지 오랑 시민들은 그 시련을 이겨 내기 위하여 보기 흉한 건축물들로 그들의 도시를 뒤덮어 버렸다. 사람들은 바다를 향해 활짝 열려 있고 저녁의 미풍에 씻기는 시원한 도시를 기대한다. 그런데 정작 만나게 되는 것은 스페인 사람들의 동네를 제외하고는, 바다에 등을 돌린 채 달팽이 껍질처럼 길을 따라 빙빙 돌아가도록 된 시가지다. 오랑은 단단한 하늘이 뚜껑처럼 덮고 있는 누런 원형의 거대한 담장이다. 처음에 사람들은 미로 속을 헤매며 아리아드네[14]의 신호인 양 바다를 찾아다닌다. 그러나 억압적인 느낌을 주는 황갈색의 골목골목들을 빙빙 돌기만 한다. 결국 오랑 시민들은 미노타우로스에게 잡아먹히고 만다. 그것은 다름 아닌 권태다. 오래전부터

14 그리스 신화에 따르면 크레타섬의 왕 미노스의 딸인 아리아드네 공주는 이 섬의 미궁 속에 살고 있는 반인반수의 미노타우로스(미노스 왕의 왕비와 황소 사이에서 태어난 괴물)를 물리치기 위하여 섬으로 들어온 아테네의 왕자 테세우스에게 반한 나머지 그가 미궁에서 길을 찾아 다시 나갈 수 있도록 실타래를 준다. 왕자는 그 실을 풀어 가며 미궁 속으로 들어왔다가 아리아드네와 함께 그 실을 따라 다시 미궁을 탈출할 수 있게 된다. 이리하여 '아리아드네의 실'은 미궁에서 벗어나는 길잡이 신호의 상징이 되었다.

오랑 시민들은 더 이상 헤매지 않게 되었다. 잡아먹히기로 한 것이다.

오랑에 와 보지 않고서는 돌이 무엇인지 알지 못한다. 유난히 먼지가 많은 이 도시에서는 조약돌이 왕이다. 돌을 어찌나 좋아하는지 상인들은 진열창에 돌을 전시할 정도다. 돌로 종이를 눌러 두거나 아니면 아예 돌을 보여 주기 위해서다. 길을 따라가며 돌을 쌓아 무더기들을 만들어 놓는데, 일 년이 지나도 여전히 그냥 있는 것으로 보아 이는 아마 눈요깃감으로 삼기 위해서인 것 같다. 다른 곳에서는 식물적인 것에서 시(詩)를 뽑아내는 것이 여기서는 돌의 얼굴을 지녔다. 이곳 사람들은 상업 도시에서 볼 수 있는 100여 그루의 나무들을 정성스럽게 먼지로 뒤덮어 놓았다. 돌처럼 굳어진 이 식물들은 가지에서 매캐한 먼지 냄새를 풀풀 떨군다. 알제에서는 아랍인 공동묘지가 누구나 다 아는 터인 온화함을 간직하고 있다. 오랑에서는 라스-엘-아인 골짜기 저 위에 위치한 그것이 이번에는 바다를 앞에 두고 있지만 푸른 하늘에 그대로 딱 붙어 있다 보니, 그야말로 해가 불을 질러 눈이 멀 지경의 화재 현장이 된 백악질의 푸석푸석한 자갈밭이다. 이 대지의 해골 밭 한가운데에 이따금 주홍빛 제라늄이 그의 생명과 신선한 피를 풍경에 건네준다. 도시 전체가 돌로 된 피질(皮質)에 싸인 채 굳어져 있다. 플랑퇴르 지역에서 바라보면 도시를 껴안고 있는 절벽들이 어찌나 두꺼운지 풍경은 광물적인 정도를 넘어 비현실적으로 변한다. 거기서 인간은 추방된다. 그토록 무거운 아름다움은 딴 세상에서 오는 것 같다.

만약 사막이란 하늘만이 내려다보고 있는, 영혼 없는 곳이라고 정의할 수 있다면, 그때 오랑은 그의 예언자들을 기다린다. 도시의 머리 위와 그 주위에서 아프리카의 사나운 자연은 과연 그 뜨거운 마력을 과시하고 있다. 도시는 사람들이 덧씌워 놓은 어색한 장식을 깨뜨려 버리고, 집과 집 사이와 모든 지붕들 위에서 사나운 비명을 내지른다. 산타크루스 산허리로 난 길들 중 하나를 골라 걸어 올라가면 제일 먼저 눈에 들어오는 것은 오랑의 여기저기에 흩어져 있는 색색의 입방체들이다. 그러나 조금만 더 올라가면 벌써 고원을 에워싼 들쭉날쭉한 절벽들이 뻘건 짐승들처럼 바다에 몸을 박고 웅크린다. 또 좀 더 올라가면 해와 바람의 거대한 소용돌이가 바위투성이 풍경의 곳곳에 제멋대로 흩뿌려져 있는 무질서한 도시를 뒤덮고 환기시키고 뒤섞는다. 여기서 서로 대립하는 것은 인간의 기막힌 무질서와 언제나 한결같은 바다의 영구불변함이다. 그것만으로도 압도하는 생명의 냄새가 산허리로 난 길 쪽으로 밀고 올라오기에 충분하다.

사막은 무자비한 그 무엇을 지니고 있다. 오랑의 광물질 하늘, 그 먼지를 뒤집어쓴 길들이며 나무들 모두가 이 두껍고 무감동한 세계를 만들어 내는 데 기여하고 있다. 거기서는 가슴과 머리가 그들 자체나 그들의 유일한 대상인 인간으로부터 잠시도 한눈을 파는 법이 없다. 나는 지금 은둔의 어려움을 말하고 있는 것이다. 사람들은 피렌체나 아테네에 관한 책들을 쓴다. 그 도시들은 그토록 많은 유럽 정신들을 길러 낸 만큼 분명 어떤 의미를 지니고 있을 것이다. 감동시키거나 열광시킬 그 무언가를 가지고 있는 것이다. 그 도시들은 추억을 먹고 사는 영혼의 허기를 달래 준다. 그러나 그 무엇 하나 정신을 자극하는 법이 없고, 추악함마저도 특징이 없고 과거가 무(無)에 가까운 도시에서 얻을 수 있는 감동은 어떤 것일까? 공허, 권태, 무관심한 하늘, 이런 곳들이 주는 매력은 어떤 것일까? 그것은 아마도 고독, 또 어쩌면 여자들일 것이다. 어떤 부류의 남자들에게 여자들은, 그네들이 아름다운 곳이면 어디든, 하나의 씁쓸한 모국이다. 오랑은 그 나라의 숱한 수도들 가운데 하나다.

놀이

오랑의 퐁두크가에 있는 센트럴 스포팅 클럽은 진짜 애호가들이라면 알아줄 것으로 자신하는 야간 권투 시합을 개최한다. 분명하게 말해서 그것은 곧 포스터에서 소개하는 복서들이 스타와는 거리가 멀다는 것, 그중의 몇은 링에 처음 선다는 것, 따라서 맞붙는 선수들의 기량은 몰라도 열의에 기대를 건다는 것을 의미한다. 오랑 사람 하나가 '피를 보게 될 것'이라고 장담하는 바람에 나도 그만 흥분이 되어 오늘 저녁 진정한 애호가들 틈에 끼어 있게 되었다.

분명히 이 애호가들은 편한 시설 같은 것은 바라지 않는 모양이다. 실제로 링은, 벽에 회칠을 하여 골함석 지붕을 덮고 세차게 불을 밝힌 차고 비슷한 건물 안쪽에 설치되었다. 접는 의자들이 로프 둘레에 네모꼴로 정렬되어 있다. 이것은 '링 사이드 특등석'이다. 다른 좌석들이 세로로 배치되어 있고, 홀 안쪽에는 입석이라는 이름의 널찍한 빈 공간이 트여 있다. 그곳을 가득 채울 500여 명 중에서 어느 한 사람이 주머니에서 손수건이라도 꺼내려 했다가는 큰 사고를 촉발하고 말 것임을 감안해서 붙인 이름이다. 이 직사각형 상자 속에서 1000여 명의 남자들과 두세 명의 여자들(내 옆 사람 말에 의하면 늘 '남의 눈에 띄려고' 안달인 여자들)이 숨 쉬고 있다. 모두가 지독하게 땀을 흘린다. '유망주들'의 시합을 기다리는 동안 대형 스피커가 티노 로시[15]의 노래를 깨진 목소리로 쏟아낸다. 살인 직전의 사랑 노래다.

진짜 애호가들의 인내심은 무한하다. 9시로 예고된 모임이 9시 30분이 되어도 시작되지 않는데, 아무도 항의하는 사람이 없다. 봄 날씨는 덥고 셔츠 바람인 사람들의 체취는 자극적이다. 레모네이드 병마개 따는 소리가 주기적으로 터지고 코르시카 출신 가수의 탄식은 지칠 줄 모르는데, 사이사이 격렬한 토론이 벌어진다. 새로 온 입장객들이 관중석에 박혀 자리를 잡자 서치라이트가 눈부신 조명을 링 위로 퍼붓는다. 유망주들의 대결이 시작된다.

유망주들이건 풋내기 선수들이건 다 재미로 하는 시합인데 테크닉은 완전히 무시한 채 대뜸 살육전을 벌이면서 그 재미를 입증해 보겠다고 열을 올린다. 3라운드 이상을 버텨 본 적이 없다. 이런 면에서 보면 오늘 저녁의 주인공은 '비행기 키드'다. 평소에는 여러 카페들의 테라스를 돌아다니며 복권을 파는 젊은이다. 과연 그의

15 Tino Rossi(1907-1983). 프랑스 코르시카 출신의 가수 겸 배우. 1936년 '카지노 드 파리' 공연에서부터 널리 알려지기 시작하여 그 음반 산업 초기에 예외적인 판매고를 기록했다.

적수는 2라운드 초에 프로펠러처럼 휘두른 주먹을 맞고 운수 사납게도 링 밖으로 나가떨어졌다.

군중은 약간 활기를 띠었지만 이건 아직 예의상 인사다. 그들은 거룩한 물파스 냄새를 점잖게 맡고 있다. 그리고 선수들의 싸우는 그림자가 하얀 벽에 던지는 속죄의 그림들 때문에 사뭇 더 그럴듯해진 이 느린 의식과 마구잡이 희생이 이어지는 모습을 바라본다. 그것은 야만적이면서도 계산된 어떤 종교의 엄숙한 프롤로그다. 신들린 듯한 광란은 나중에야 등장할 것이다.

바로 이때 확성기가 '결코 물러선 적이 없는 오랑의 왕고집' 아마르와 '알제의 철권' 페레스[16]의 대전을 알린다. 문외한은 링 위에서 소개되는 양쪽 선수들을 맞아 내지르는 관중의 고함 소리를 잘못 해석할지도 모른다. 누구나 다 아는 터인, 어떤 개인적인 다툼의 끝장을 보자고 벌리는 자극적인 시합이라고 상상할지도 모른다. 하기야 이건 분명 그들이 끝장을 보려는 하나의 다툼이다. 그러나 문제의 초점은 백년 전부터 알제와 오랑을 치명적으로 갈라 놓고 있는 다툼이다. 몇 세기 전 같았으면 북아프리카의 그 두 도시는, 더 행복하던 시대에

16 스페인어로 아버지를 의미하는 이 이름의 인물은 「이방인」에서 어머니의 장의 행렬을 힘겹게 따라오다가 지쳐 쓰러지는 어머니의 '친구'로 다시 등장한다.

피사와 피렌체가 그랬듯, 이미 치열하게 피를 쏟았을지도 모른다. 그 적대감은 아무리 봐도 전혀 근거가 없기에 그만큼 더 강렬하다. 서로 사랑할 이유들이 수없이 많아 그에 비례하여 서로를 미워하는 것이다. 오랑 사람들은 알제 사람들이 '잘난 체한다'고 욕한다. 알제 사람들은 오랑 사람들이 예의범절을 모른다고 넌지시 내비친다. 이야말로 형이상학적인 것이기 때문에 보기보다는 더 피 튀기는 중상모략들이다. 그렇다고 서로 포위 공격할 수도 없기에 오랑과 알제는 스포츠나 통계나 대형 토목 공사의 분야에서 다시 맞붙어 싸우고 욕설을 주고받는다.

그러니까 이것은 링 위에 펼쳐지는 역사의 한 페이지다. 1000여 명의 고함 소리에 힘을 얻은 오랑의 왕고집은 페레스에 대항하여 향토의 생활 방식과 자존심을 방어한다. 사실대로 말하자면 아마르가 시합을 제대로 끌고 가지 못한다고 할 수 있다. 그의 방어에는 형식상의 결함이 있다. 리치가 모자라는 것이다. 반면 알제의 철권 쪽 방어는 충분한 리치를 갖추었다. 상대편 눈썹 위에 유효타를 안긴다. 오랑 선수가 흥분된 관중의 노호 속에서 보기 좋게 코피를 쏟는다. 객석의 관중과 내 옆 사람의 반복되는 응원에도 불구하고, 과감한 "죽여 버려!", "해치워!"라든가 엉큼한 "아래를 쳐!", "야! 심판, 뭐 하는 거야?"라거나 낙천적인 "재, 힘 빠졌군.", "더는 못 버텨.”라는 말에도 불구하고 알제 선수가 그치지 않는 야유 속에서 판정승을 거둔다. 툭하면 스포츠 정신을 들먹이는 내 옆 사람이 보란 듯이 박수를 보내면서 요란한 고함 소리에 파묻히는 목소리로 내게 건넨다. “이 정도면, ‘저쪽’에서도 오랑 사람들보고 야만인이라고 하진 못할 테죠.”

그러나 홀에서는 프로그램에 들어 있지 않았던 전투들이 이미 벌어졌다. 의자를 쳐들어 흔들어 대고, 경찰이 길을 트며 진입하는 가운데 흥분은 극에 달한다. 이 선량한 관중을 진정시키고 장내 정숙을 회복해 보기 위해 ‘주최 측’에서는 지체 없이 전축을 틀어 ‘상브르-에-뫼즈’ 군가[17]를 토해 내게 한다. 몇 분 동안 장내는 그야말로 가관이다. 싸우는 사람들과 자원하고 나선 심판들의 서로 뒤얽힌 무리가 경관들의 손아귀에 붙들려 흔들리고, 객석은 환호하고 무질서한 고함, 익살맞은 닭, 고양이 울음 소리를 내질러 대며 계속하라고 재촉하는데 그 모든 소리들은 감당 못 할 군가의 물결에 파묻혀 버린다.

17 「Le Régiment de Sambre-et-Meuse」. 1870년 로베르 플랑케트가 작곡하고, 폴 세자토가 작사한 애국적 내용의 프랑스 군가다. 1794년 플뢰뤼스에서 프랑스군이 오스트리아군을 무찌르고 승리한 뒤 창설된 상브르에뫼즈 연대를 상기시키는 군가로 ‘라마르세예즈’ 다음으로 가장 많이 연주되었다.

그러나 평정 상태가 회복되는 데는 큰 시합을 알리는 방송이면 충분하다. 마치 연극이 끝나면 배우들이 무대에서 퇴장하듯이 평정은 아무런 수식도 없이 갑작스럽게 이루어진다. 더할 수 없이 자연스럽게 모자에 묻은 먼지를 털고 의자들을 정돈한다. 모든 얼굴은 가족 음악회의 입장권을 구입한 선량한 청중 같은 호감 어린 표정을 단번에 되찾는다.

마지막 시합은 프랑스 해군 챔피언과 오랑 복서의 대전이다. 이번에 리치의 차이는 후자에 유리하다. 그러나 그의 우세가 처음 몇 라운드 동안은 관중을 흔들지는 못한다. 관중은 흥분을 가라앉히고 다시 조용해진다. 그들의 숨소리가 아직은 나직하다. 박수는 치지만 열정이 없다. 휘파람을 불어 대도 적대감이 부족하다. 장내는 두 진영으로 갈라진다. 그래야 원칙에 맞는다. 그러나 각자의 선택은 심한 피로 뒤에 오는 그 무관심에 의한 것이다. 만일 프랑스 선수가 '클린치'를 하거나 오랑 선수가 머리로 공격해서는 안 된다는 사실을 잊거나 하면, 복서는 일제히 퍼붓는 야유의 휘파람에 놀라 몸을 구부리지만, 이내 축포처럼 쏟아지는 박수에 다시 몸을 일으킨다. 경기가 7라운드 정도는 되어야 스포츠가 제 모습을 다시 찾고 그와 동시에 진짜 애호가들이 피곤에서 벗어나기 시작한다. 과연 프랑스 선수가 다운당했다가 포인트를 만회하려고 상대에게 달려들었다. “그렇지, 이제 투우가 시작되는 거야.” 하고 내 옆 사람이 말했다. 과연, 투우다. 가차 없는 조명 아래 땀이 흥건한 두 복서는 가드를 풀고, 눈을 감은 채 치고, 어깨와 무릎으로 밀고, 유혈을 교환하며 분노를 마신다. 동시에 홀 안의 관중이 한꺼번에 벌떡 일어나 두 영웅의 전력투구에 장단을 맞춘다. 관중이 펀치를 맞고, 맞받아치고, 오가는 펀치들은 둔탁하게 헐떡이는 그 무수한 목소리가 되어 반향한다. 응원할 선수를 별 생각 없이 정했던 바로 그 사람들이 이젠 자신의 선택에 악착같이 매달려 극성이다. 십 초마다 내 옆 사람의 고함이 내 오른쪽 귀를 파고든다. “힘내라, 블루 칼라, 자, 우리 해군!” 한편 우리 앞줄의 한 관객이 오랑 선수에게 고함친다. “안다! 옴브레!”[18] 사내와 블루 칼라는 힘을 내고, 이 석회와 함석과 시멘트로 지은 신전 속에서 고개 숙인 신(神)들에게 내맡겨진 관중 전체도 그들과 함께 힘을 낸다. 땀으로 번들거리는 가슴팍에서 무딘 소리로 울리는 각각의 펀치는 복서들과 더불어 마지막 남은 힘을 뽑아내는 군중의 몸속에서 거대한 진동이 되어 메아리친다.

18 “잘한다, 그렇지!”, 혹은 “잘한다, 이 친구!”의 의미. 스페인어의 감탄사다.

이런 분위기에서 무승부는 환영받지 못한다. 그것은 사실 관중의 순전히 흑백논리 편향인 감성을 거스른다. 분명 선과 악이 있고 승자와 패자가 있는 것이다. 틀리지 않으면 마땅히 옳아야 한다. 이 완전무결한 논리의 결론은 심판들이 매수되었다고 규탄하는 2000개의 단호한 허파들이 즉석에서 제시한 것이다. 그러나 링 위에서는 블루 칼라가 적수에게 다가가 껴안으며 형제애의 땀을 마신다. 그것만으로도 관중이 당장에 생각을 바꾸어 박수를 보내기에 충분하다. 내 옆 사람 말이 맞다. 이들은 야만인이 아니다.

침묵과 별들로 찬 하늘 아래, 밖으로 쏟아져 나오는 군중은 이제 막 가장 힘든 전투를 치르고 난 참이다. 그들은 관전평을 늘어놓을 힘도 없는지 입을 다문 채 슬그머니 사라진다. 선이 있고 악이 있다는 이 종교는 자비를 모른다. 이 신도들의 집단은 이제 어둠 속으로 사라져 가는 흑과 백의 그림자 떼에 불과하다. 힘과 폭력은 두 고독한 신들이어서 그렇다. 이 신들은 추억 쪽에는 아무것도 건네주지 않는다. 반대로 현재 속에는 그들의 기적들을 듬뿍 나누어 준다. 그 기적들은 링 둘레에서 그들의 성체배령 미사를 올리는 과거 없는 이 민중의 척도에 걸맞은 것이다. 이것은 좀 힘들기는 하지만 모든 것을 단순화하는 의식이다. 선과 악, 승자와 패자,

코린토스에서는 이렇게 폭력의 신전과 필연의 신전 둘이 나란히 이웃하고 있었다.

기념물들

형이상학 못지않게 경제학과도 관련이 있는 여러 가지 이유 때문에, 오랑 양식은(만약 그런 게 있다면) 식민관(植民館)[19]이라 불리는 기이한 건물에 확실하고 분명하게 드러나 있다고 말할 수 있다. 오랑에도 기념물은 부족하지 않다. 이 도시는 제정 때의 장군들, 대신들, 지역 자선가들을 나름대로 가지고 있다. 햇빛과 비에 방치되고, 돌과 권태 쪽으로 전향한 그들을 먼지투성이의 작은 광장들에서 마주치게 된다. 하지만 그들은 외부에서 들여온 것들을 대표한다. 이 행복한 야성의 땅에서 그들은 반갑잖은 문명의 흔적들이다.

반면 오랑은 그 자신에게 바치는 제단과 연단을 쌓아 올렸다. 이 상업 도시 한복판에 나라를 먹여 살리는 무수한 농업 단체들을 위한 하나의 공동 회관을 지을

19 maison du Colon. 일명 농업관(Maison de l'Agriculture)으로도 불리는 이 건물은 1930년 프랑스 식민지 100주년을 기념해 지었다.

필요가 있었던 오랑 시민들은 그들이 지닌 미덕들의 유력한 표상을 거기에 모래와 양회를 사용하여 세우기로 궁리해 냈다. 그것이 바로 식민관이다. 건물 모습을 보고 판단한다면 그것의 미덕은 세 가지다. 취향의 대담성, 난폭함에 대한 사랑, 그리고 역사를 종합하는 감각, 바로 그것이다. 이집트와 비잔티움과 뮌헨의 양식이 다 같이 협력해서 거대한 술잔을 엎어 놓은 것 같은 기묘한 케이크 덩어리를 건축해 놓았다. 다채로운 색깔의 돌들로 지붕의 테두리를 장식해 놓아 더할 수 없이 힘찬 효과를 낸다. 이 모자이크는 생동감이 너무나 강렬해서 형상을 가늠할 수 없는 눈부심밖에는 눈에 들어오는 것이 없다. 그러나 더 가까이 가서 찬찬히 뜯어보면 모자이크에 담긴 의미를 알 수 있다. 나비넥타이를 매고 흰 코르크 헬멧을 쓴 점잖은 식민자가 거기서 고대풍 옷차림을 한 노예들의 행렬로부터 정중한 인사를 받고 있는 것이다.[20] 건물과 그 채색 그림들이 마침내 교차로 한복판, 그 불결한 몰골이 이 도시의 매력들 중 한 가지가 된 그 광주리 모양의 꼬마 전차들이 오가는 곳에 자리를 잡았다.

20 알제리 종족이 지닌 또 다른 자질은 여기 보다시피 솔직함이다. (원주)

오랑은 다른 한편 아름 광장에 있는 사자 두 마리에 대단한 애착을 보인다. 이 사자들은 1888년 이래 시청 계단 양쪽에 군림하고 있다. 그걸 제작한 사람의 이름은 카인이었다. 사자는 위엄이 있고 몸통이 작달막하다. 밤이면 사자들은 차례로 받침대에서 내려와 어두운 광장 주변을 소리 없이 돌며, 때로는 먼지투성이인 큰 무화과나무 밑에서 오줌을 눈다고 사람들은 이야기한다. 이것은 물론 소문에 지나지 않는다. 오랑 사람들은 재미있다는 듯 이 소문에 귀를 기울이지만 믿을 만한 이야기는 못 된다.

약간 조사해 보기는 했지만 나는 카인에 대해 큰 관심을 기울일 수는 없었다. 나는 다만 그가 솜씨 있는 동물 조각가로 유명했다는 사실을 알 수 있었을 뿐이다. 그런데도 나는 자주 그를 생각한다. 이는 오랑에서 찾아드는 어떤 정신적 경향이다. 여기에 대수롭지 않은 작품을 남긴 한 유난스러운 이름의 예술가가 있다.[21] 선멋 부린 시청 건물 앞에 그가 설치한 그 유순한 야수들에

21 카뮈는 오귀스트 카인(August Cain, 1821-1894)에 대하여 “아름 광장의 대수롭지 않은 사자들을 조각한 대수롭지 않은 미지인”이라고 그의 『작가수첩 I』에 기록하고 있다. 소설 『페스트』에서 타루 역시 오랑 시청을 장식하는 이 청동 사자상에 대하여 언급한다. 파리의 로보가 쪽으로 면한 시청 후문 앞에도 이와 거의 동일한 청동 사자상이 장식되어 있다.

수십만 명의 사람들이 친숙해졌다. 이것도 다른 방식과 마찬가지로 예술에서 성공을 거두는 방식의 하나다. 이 두 마리 사자도 아마 같은 종류의 수천 점 작품들처럼, 재능과는 무관한 그 무엇을 증언하고 있을 것이다. 「야간 순찰」, 「성흔(聖痕)을 받는 프란체스코 성자」, 「다비드」, 「꽃의 찬양」 같은 작품을 창조할 수 있었던 거장들도 있다. 그런데 카인은 바다 건너 식민지 어느 상업 번성한 지방 광장에 만족해하는 낯짝 두 개를 만들어 세웠다. 그런데 다비드 상은 언젠가 피렌체와 함께 무너질 테지만, 사자는 아마 재앙을 면할 수 있을 것이다. 다시 한번 더 이 사자들은 다른 그 무엇을 증언한다.

이 생각을 더 명확하게 표현할 수 있을까? 이 작품 속에는 무의미와 견고함이 담겨 있다. 여기서 정신은 아무런 쓸모가 없지만 물질은 쓸모가 많다. 보잘것없는 작품은 무슨 수단으로든 지속하려 한다. 청동도 그 수단들 중 하나다. 사람들은 작품의 영원해질 권리를 거부하지만 그래도 그것은 날마다 그 권리를 찾아간다. 그것이 바로 영원이 아니겠는가? 어쨌든 이러한 끈질김은 사람을 감동시키는 데가 있고 나름의 교훈을 지니고 있다. 오랑의 모든 모뉴먼트들, 나아가 오랑 자체가 주는 교훈이 바로 그것이다. 그 끈기는 하루에 한 시간, 어쩌다가 한 번씩, 사람들로 하여금 대수롭지 않은 것에 주의를 돌리도록 강요한다. 정신은 이러한 반복들에서 얻는 것이 있다. 그것은 어느 만큼 정신 위생이 되고 또 정신에는 겸허의 순간들이 절대적으로 필요한 만큼, 이렇게 바보가 되는 기회가 어느 기회들보다도 더 귀중해 보인다. 소멸될 운명인 것은 어느 것이나 다 영속을 바란다. 그러니까 모든 것이 다 영속을 바란다고 해 두자. 인간의 모든 작품이 의미하는 것도 이와 다르지 않으니, 이런 측면에서 카인의 사자들은 앙코르의 유적들과 똑같은 기회를 가진다. 사정이 이러하니 우리 모두 겸허해지지 않을 수 없다.

오랑에는 또 다른 기념물들이 있다. 아니 적어도, 그것들에도 기념물이라는 같은 이름을 붙여 주어야 마땅하다. 왜냐하면 그것들 역시 도시를 위해, 어쩌면 더욱 의미심장한 방식으로, 증언하고 있기 때문이다. 현재 약 10킬로미터에 걸친 해안에서 벌어지고 있는 대대적인 토목공사를 두고 하는 말이다. 원칙적으로, 내포(內浦)들 가운데 가장 빛 밝은 부분을 거대한 항구로 탈바꿈하는 작업이다. 사실 이것은 인간이 돌과 정면 대결하는 또 하나의 기회다.

몇몇 플랑드르 거장들의 회화에서는 놀라운 규모의 주제가 줄기차게 반복되는 것을 볼 수 있다. 바벨탑 건설이 그것이다. 그것은 엄청난 풍경들, 하늘로 기어오르는 바위들, 일꾼들과 짐승들과 사닥다리들과 괴상한 기계들과 밧줄들이 뒤엉켜 우글거리는 절벽들이다. 더구나 인간은 공사장의 초인간적인 규모를 가늠케 할 용도로 그곳에 존재할 뿐이다. 오랑시 서쪽 절벽 끝에서 내려다보면서 생각하게 되는 것이 바로 이것이다.

거대한 절벽에 매달린 레일, 광차, 기중기, 꼬마 기차들…… 집어삼킬 듯 달려드는 햇볕 속을 장난감 같은 기관차들이 기적 소리와 먼지와 연기 사이로 거대한 돌산 더미들을 감고 돈다. 밤낮으로 연기를 뿜어내는 산의 해골 같은 공사장에서 개미 같은 인간 군상이 부산하다. 절벽 허리에 드리운 밧줄 하나에 매달린 수십 명의 사람들이 자동 착암기 자루에 배를 밀착한 채 진종일 허공에서 진동하며 바위들의 암벽을 통째로 뜯어내고 암벽은 먼지와 굉음을 일으키며 무너져 내린다. 더 먼 곳에서는 광차들이 비탈 저 위에서 뒤집히고, 느닷없이 바다 쪽으로 쏟아진 바위들이 허공에 붕 떴다가 물속으로 굴러떨어진다. 그 큰 덩어리가 떨어질 때마다 뒤이어 더 가벼운 돌들의 소나기. 일정한 간격을 두고 한밤중과 한낮에 발파 작업이 산 전체를 뒤흔들고 바다 자체를 들어 올린다.

인간은 이 공사장 한복판에서 돌을 정면으로 공격한다. 만약 이런 작업을 가능케 하는 혹독한 노예 노동을 잠시만이라도 잊어버릴 수 있다면, 그것은 감탄해야 마땅할 광경이다. 산에서 뜯어낸 이 돌들은 인간의 기획에 이바지한다. 돌들은 밀려드는 파도 아래 쌓여서 차츰차츰 물 위로 모습을 드러내고 마침내는 방파제 모양으로 다듬어진다. 그 방파제는 매일 난바다 쪽으로 전진하는 인간과 기계들로 이내 뒤덮인다. 거창한 강철 이빨들이 줄기차게 절벽의 복부를 파헤치고 제자리에서 한 바퀴 빙 돌아 입 안에 넘치도록 가득 담긴 자갈을 바다로 토해 낸다. 패여 나간 절벽의 이마가 낮아질수록 해안선 전체는 사정없이 바다를 베어먹으며 전진한다.

물론 돌을 파괴한다는 것은 불가능하다. 단지 돌의 자리를 옮길 따름이다. 어쨌든 돌은 그것을 이용하는 인간보다 더 오래갈 것이다. 지금 당장은 돌이 인간의 행동 의지를 밀어 주고 있다. 이것마저도 어쩌면 무용한 일일 것이다. 그러나 사물들의 자리를 바꾸는 것은 인간들의 일이다. 이 일을 하든지 아무것도 하지 않든지 선택해야 한다.[22] 분명 오랑 사람들은 선택했다. 이 무심한 만 앞에서 향후 몇 년간 더 그들은 해안을 따라 자갈 더미를 쌓아 올릴 것이다. 백 년 후에는, 다시 말해서 내일에는, 또

22 이 에세이는 모종의 유혹을 다룬다. 우리는 그 유혹을 일단 경험해야 한다. 그다음에 경험자로서 알고 있는 상태에서, 행동을 할 수도 있고 하지 않을 수도 있다.(원주)

새로 시작해야 할 것이다. 그러나 오늘은 이 바위 더미들이 먼지와 땀을 마스크처럼 뒤집어쓴 채 그들 사이를 오가는 인간들을 위해 증언한다. 오랑의 진정한 기념물들은 역시 그 돌들이다.

아리아드네의 돌

오랑 사람들은 저 플로베르의 친구[23]를 닮은 것 같다. 임종 때 그 무엇으로도 바꿀 수 없는 이 대지에 마지막 시선을 던지며, “창문을 닫아요, 너무 아름다워요.”라고 외쳤다는 친구 말이다. 오랑 사람들은 창문을 닫았고 둘러싼 벽 속에 갇혔으며, 풍경을 내쫓아 버렸다. 그러나 르 푸아트뱅은 죽었고, 그 후에도 나날은 끊이지 않고 다른 나날들로 이어졌다. 마찬가지로 오랑의 누런 벽들 저 너머에서는 바다와 대지가 무심한 대화를 계속하고 있다. 세계 속의 이러한 영속성이 인간에게는 늘 적대적인 위엄으로 보였다. 영속성은 인간에게 절망과 동시에 열광을 안겨 준다. 세계는 딱 한 가지 말밖에는 하지

23 알프레드 르 푸아트뱅(Alfred Le Poittevin, 1816-1848). 프랑스의 변호사, 작가. 플로베르와 같은 루앙 출신으로 다섯 살 위였지만 최초의 절친이었다. 그는 동시에 작가 기 드 모파상의 외삼촌이었다.

않는다. 흥미를 끌고 나서는 싫증 나게 한다. 그러나 끝내는 집요한 고집으로 이기고 만다. 세계는 언제나 옳다.

오랑의 시문(市門)만 나서면 벌써 자연이 목소리를 높인다. 카나스텔 쪽으로는 향기로운 가시덤불로 뒤덮인 드넓은 황무지다. 태양과 바람이 거기서는 고독 이야기밖엔 하지 않는다. 오랑 저 위쪽은 산타크루스 산이고, 고원과 그리로 가는 숱한 계곡들이다. 전에는 마차가 다니던 길들이 바다를 굽어보는 산허리에 달라붙어 있다. 1월이면 그중 어떤 길들은 꽃들로 뒤덮인다. 수레국화와 미나리아재비가 그런 길들을 노랑과 하양으로 수놓은 화려한 오솔길로 만든다. 산타크루스에 대해서 할 만한 말은 이미 다 들었다. 한데 만일 내가 그 이야기를 또 해야 한다면, 명절날 가파른 언덕을 기어 올라가는 거룩한 행렬들에 대한 것 말고, 딴 순례들을 상기시키겠다.[24] 그들은 붉은 돌 속을 헤치고 나아가 미동도 하지 않고 있는 바다 저 위에까지 올라가서는 빛나고 완벽한 한 시간을 고스란히 헐벗음의 풍경에 바친다.

오랑에는 그 나름의 모래사막들도 있다. 해변 말이다. 시문을 나서면 나타나는 해변은 겨울과 봄에만 호젓하다.

24 산타크루스에 대해서는 위의 각주 12번 참조.

그때가 되면 고원에는 수선화가 만발하고 그곳에 들어찬 밋밋하고 조그만 별장들은 꽃에 묻혀 있다. 저 아래에서는 바다가 나직이 철썩인다. 그러나 벌써 태양과 가벼운 바람, 수선화의 흰빛, 하늘의 강렬한 푸른빛 이런 모든 것이 여름을, 그때 해변 모래밭을 뒤덮는 금빛 젊음을, 모래 위에서의 긴 시간들과 갑작스럽게 찾아오는 저녁의 다사로움을 상상케 한다. 해마다 이 바닷가에서는 꽃 피는 아가씨들을 새롭게 수확한다. 분명 그 꽃들은 한 철밖에는 없다. 이듬해에는, 지난여름만 해도 아직은 꽃눈처럼 몸매가 단단한 소녀에 불과했던 다른 열렬한 꽃들이 그 자리를 대신 차지한다. 아침 11시면 울긋불긋한 천으로 겨우 가린 그 모든 젊은 육체가 언덕에서 내려와 알록달록한 파도처럼 모래 위에 부서진다.

언제나 순결한 풍경을 발견하려면 더 멀리(그러면서도 이상하게 20만 명의 인간들이 제자리에서 빙빙 돌고 있는 그 도시에서 아주 가까이) 가야 한다. 사람들이 다녀간 흔적이라고는 헐어 빠진 오두막 한 채뿐인 인적 없는 긴 모래언덕들이 그것이다. 이따금 아랍인 양치기가 검정색과 베이지색 얼루기 염소 떼를 모래언덕 꼭대기로 몰고 간다. 오랑 지방의 이 해변에서는 여름 아침이 날마다 세상의 첫 아침 같아 보인다. 황혼은 날마다 세상의 마지막 황혼인 양, 해 질 무렵의 모든 색조를 점점 어둡게 만드는 마지막 광선으로 장엄한 임종을 고한다. 바다는 군청 빛, 길은 엉긴 핏빛, 해변은 노란빛이다. 모두가 초록빛 태양과 함께 사라진다. 한 시간 뒤에는 모래언덕에 달빛이 흘러넘친다. 그러면 별들이 비 오듯 쏟아지는 광막한 밤이다. 뇌우가 가끔 밤을 가로지르고, 번개가 모래언덕들을 따라 흘러내리면 하늘이 창백해지고 모래 위와 사람의 눈동자 속에 오렌지빛 미광이 어린다.

그러나 이것은 남과 나누어 가질 수 있는 것이 아니다. 몸소 체험해 봐야 한다. 이토록 유별난 고독과 위대함 덕분에 이 장소들은 잊을 수 없는 얼굴을 가지게 된다. 미지근한 이른 새벽, 아직은 검고 씁쓸한 첫 물결이 지나가고 나면, 너무 무거워 들어 올릴 수도 없는 밤의 물을 가르고 새 생명이 태어난다. 기쁨들의 추억은 그 기쁨들을 후회하게 만들지 않는다. 그래서 나는 그것들이 좋은 것이었음을 알 수 있다. 여러 해가 지난 뒤 아직도 그 기쁨들은 이 마음 어딘가에 살아남아 있다. 언제나 변함없기란 어려운 이 마음속에. 그래서 나는 오늘도 내가 그곳으로 돌아가려고만 한다면, 그 인적 없는 모래언덕 위에는 똑같은 하늘이 여전히 숨결과 별들을 가득 실은 짐을 부리고 있으리라는 것을 알고 있다. 이곳이야말로 때 묻지 않은 순수의 땅이다.

그러나 순수는 모래와 돌들을 필요로 한다. 그런데

인간은 그만 그곳에 사는 법을 잊어버렸다. 적어도 그렇게 생각할 수밖에 없다. 왜냐하면 인간은 권태가 잠든 이 기이한 도시 안에 피신 중이니 말이다. 그런데도 오랑의 가치는 바로 이러한 양자 대결에서 생겨난다. 순수와 아름다움에 포위당한 권태의 수도, 이곳을 둘러싼 군대는 돌들의 수효만큼이나 많은 병력을 보유하고 있다. 그러나 이 도시 안에서 어떤 시간이면 그만 적진으로 넘어가 버리고 싶은 유혹이 얼마나 거센가! 저 돌들과 하나가 되고 싶은 유혹, 인간의 역사와 그 소란을 부정하는 저 뜨겁고 무정한 세계와 한 몸이 되고 싶은 유혹! 이것은 아마도 헛된 생각일 것이다. 그러나 저마다의 인간 속에는 파괴의 본능도 창조의 본능도 아닌 깊은 어떤 본능이 잠재해 있다. 그저 아무것과도 닮지 않고 싶은 본능 말이다. 오랑의 뜨거운 벽 밑에 드리운 그늘에서, 그 먼지투성이 아스팔트 위에서, 우리는 가끔 이런 초대의 목소리를 듣게 된다. 잠시 그 초대에 넘어가는 사람들은 결코 실망하지 않는 것 같다. 그것은 에우리디케의 어둠이요, 이시스의 잠이다. 여기 이 사막에서는 요동치던 가슴 위에 저녁의 서늘한 손이 내려앉고, 이제 생각이 깨어날 것이다. 이 감람산 위에서 밤샘 기도는 아무 소용이 없다. 정신은 잠든 사도들과 하나가 되어 그들에게 동의한다. 그들은 정말로 잘못 생각한 것일까? 어쨌든 그들은 그들 나름의 계시를 받았다.

사막의 석가모니를 생각해 보자. 그는 긴 세월 동안 그곳에서 미동도 하지 않은 채 웅크리고 앉아 하늘을 쳐다보고 있었다. 신들조차 그 지혜와 그 돌의 운명을 부러워했다. 앞으로 내민 채로 굳어 버린 그의 두 손안에 제비들이 둥지를 틀었다. 그런데 어느 날 제비들은 먼 곳의 부름을 받고 날아가 버렸다. 자기 속의 욕망과 의지, 영광과 고뇌를 다 죽일 수 있었던 그이도 눈물을 흘리기 시작했다. 그러자 바위에 꽃들이 돋아났다. 그렇다, 꼭 그래야 할 때에는 돌에 고개를 끄덕여 주자. 우리가 사람의 얼굴들에 요구하는 그 비밀과 그 격정을 돌 또한 우리에게 줄 수 있다. 아마도 그런 것이 영속하지는 못할 것이다. 하지만 대체 무엇이 영속할 수 있는가? 얼굴들의 비밀은 흔적 없이 사라지고 우리는 욕망들의 사슬 속으로 다시 던져진다. 설사 돌이 우리를 위해 인간의 마음 이상을 해 주지는 못해도, 최소한 그와 동등한 만큼은 해 줄 수 있다.

'무(無)가 되고저!' 수천 년 동안 이 크낙한 절규가 수백만 인간들을 욕망과 고뇌에 항거하여 일어서게 만들었다. 그 절규의 메아리들이 여러 세기와 대양을 넘어 세계에서 가장 오래된 바다 위 이곳까지 와서 잦아든다. 그 메아리들은 아직도 오랑의 꽉 들어찬 절벽들에 와서 부딪쳤다가 나직하게 반향하고 있다. 이 고장에서는 모든 사람이 자신도 모르게 그 메아리의 충고를 따른다. 물론 이건 거의 헛된 짓이다. 허무는 절대와 마찬가지로 가닿지 못하는 것이다. 그러나 우리는 장미꽃들이나 인간의 고통이 전해 주는 영원한 신호들을 그만큼의 은총으로 받고 있으므로, 대지가 우리에게 허락하는 잠에의 귀한 유혹들 또한 물리치지 말자. 이쪽에도 저쪽만큼의 진리가 담겨 있다

아마도 이것이 몽유병과 광란에 빠진 이 도시를 건져 줄 아리아드네의 실일 것이다. 여기서 사람들은 어떤 권태가 지닌 극히 잠정적인 미덕들을 배운다. 목숨을 구하려면 미노타우로스에게 '네.'라고 해야 한다. 이것은 오래되고 보람 있는 지혜다. 붉은 절벽들의 발밑에서 고요하게 출렁이는 바다를 내려다보며, 오른쪽과 왼쪽에서 맑은 물에 잠긴 두 개의 웅장한 갑(岬) 중간 지점에서 올바른 균형을 유지하는 것만으로 족하다. 찬란한 빛에 잠겨 먼 바다로 나아가는 해안 경비정의 헐떡임 속에서 그때 비로소 비인간적이고 눈부신 힘들이 숨죽여 부르는 소리가 또렷하게 들린다. 그것은 떠나가는 미노타우로스의 작별 인사다.

지금은 정오, 대낮 자체도 균형 상태다. 의식을 다 치르고 나면, 나그네는 그의 해방을 보상으로 받는다. 그가 절벽 위에서 주워 드는, 수선화처럼 보송보송하고

따뜻한 작은 조약돌 한 개가 그것이다. 깨우침을 얻은 자에게 세계는 이 조약돌보다 더 무겁지 않다. 아틀라스의 임무는 손쉽기도 해라, 그저 자신의 때를 택하기만 하면 된다. 이때 우리는 한 시간, 한 달, 한 해 동안, 이 해변이 자유를 만끽할 수 있음을 깨닫는다. 이 해변은 수도사건, 관리건, 정복자건 가리지 않고 마구잡이로 맞아들인다. 어떤 날, 나는 오랑의 거리에서 데카르트나 체사레 보르자와 마주치기를 기대하기도 했다. 그런 일은 일어나지 않았다. 그러나 어쩌면 다른 어떤 사람은 나보다 더 운이 좋을 수도 있다. 옛날에는 어떤 위대한 행동, 위대한 작품, 대담한 명상을 위해서는 사막이나 수도원의 고독이 필요했다. 사람들은 그런 곳에서 정신을 가다듬는 철야(徹夜) 의식을 갖추었다. 그러나 오늘날에는, 정신을 비워 버린 아름다움 속에 오래도록 눌러앉은 저 대도시의 공허야말로 그런 정신의 의식을 치르기에 가장 알맞은 곳이 아니겠는가?

여기 수선화처럼 따뜻한 작은 돌이 있다. 이 돌은 모든 것의 시작에 놓여 있다. 꽃, 눈물(꼭 있어야 한다면), 출발, 싸움은 나중 일이다. 하루의 한 중간, 하늘이 거대하고 낭랑한 공간 속에 그의 빛의 샘을 열어 놓을 때, 해안의 모든 곶들은 출항 직전의 선단(船團) 같다. 바위와 빛의 그 육중한 갤리선들이 태양의 섬들을 향해 떠날 준비를 하듯

용골 위에서 부르르 떤다. 오, 오랑 지방의 아침들이여![25] 고원 지대의 꼭대기로부터 제비 떼는 대기가 끓어오를 듯 뜨거워진 거대한 물통들 속으로 날아와 꽂힌다. 해안 전체가 출발 준비를 마쳤다. 모험의 전율이 해안을 관통한다. 아마 내일 우리는 함께 출발할 것이다.

(1939)

25 "트루빌. 바다 앞, 수선화가 가득한 고원, 녹색 혹은 흰색의 목책이 둘러쳐진 작은 빌라들, (……) 그러나 태양, 가벼운 바람, 하얀 수선화, 벌써 단단해진 하늘의 푸른 빛……."(1940년 3월의 기록, 『작가수첩 I』(책세상, 1998), 233쪽 참조.)

아몬드 나무들

"내가 이 세상에서 가장 감탄하는 것이 무엇인지 아시오? 그건 바로 힘으로는 그 어떤 토대도 마련하지 못한다는 사실입니다. 세상에 힘 있는 것은 둘밖에 없습니다. 칼과 정신이요. 결국, 칼은 언제나 정신에게 패배합니다." 하고 나폴레옹은 퐁탄[26]에게 말했다.

이처럼 정복자들은 때때로 우울해진다. 그 숱한 헛된 영광의 대가를 약간은 지불해야 하는 것이다. 그러나 백 년 전 칼에 대해 진실이었던 것이 오늘날에 와서 탱크에 대해서도 진실일 수는 없다. 정복자들이 그사이에 승기를

26 루이 장피에르 퐁탄(Louis Jean-Pierre, marquis de Fontanes, 1757-1821). 프랑스의 작가, 시인, 정치가. 나폴레옹 1세 시대 프랑스 대학의 위대한 지도자로 프랑스 현대 교육 제도의 기틀을 마련했다. 마음속으로는 왕당파였으면서도 나폴레옹에게 충성을 다했고 다시 복고 왕정에서도 교육부 장관으로 크게 활약했다. 이것은 1808년 9월 19일 생클루에서 나폴레옹이 퐁탄에게 한 말이다.

잡았고 정신이 부재하는 장소들의 음울한 침묵이 여러 해 동안 갈가리 찢긴 유럽에 자리 잡았다. 저 끔찍한 플랑드르 전쟁 동안에도 네덜란드의 화가들은 닭장 속의 수탉들을 그리며 지낼 수 있었다. 마찬가지로 사람들은 백년전쟁도 잊을 수 있었다. 그렇지만 슐레지아 신비주의자들의 기도는 아직도 몇몇 사람들의 가슴속에 살아 맴돈다. 그러나 오늘날은 사정이 달라졌다. 화가들과 승려들도 징집당한다. 우리는 이 세계와 뗄 수 없는 연대 책임을 진다. 정신은 한 정복자가 인정해 주던 그 당당한 확신을 상실했다. 이제 정신은 힘을 통제할 수 없게 되자 그 힘을 저주하느라 안간힘을 쓴다.

속없는 사람들은 그건 좋지 못하다고 떠들고 다닌다. 우리는 그것이 좋지 못한 일인지 어떤지는 알지 못하지만 그것이 존재한다는 것은 알고 있다. 결론인즉 그걸 인정해야 한다는 것이다. 이제는 우리가 원하는 것이 무엇인지 알기만 하면 되는 것이다. 그런데 우리가 원하는 것은 바로 칼 앞에서 결코 고개 숙이지 않는 것, 정신을 섬기지 않는 힘에 절대로 정당성을 부여하지 않는 것이다.

사실 그것은 끝이 나지 않을 과업이다. 그러나 우리는 그 과업을 계속하기 위해 여기 있는 것이다. 나는 진보나 그 어떤 '역사' 철학에 찬동할 만큼 이성을 신뢰하지는 않는다. 그러나 적어도 인간은 그의 운명의 인식에 있어서는 그치지 않고 발전해 왔음을 나는 믿는다. 우리는 우리의 인간 조건을 극복하지는 못했지만 그것을 보다 잘 인식하게 되었다. 우리는 모순 속에 처해 있지만 그 모순을 거부해야 하며 그것을 줄이기 위해서 마땅히 할 일을 해야 한다는 것을 잘 알고 있다. 우리가 지닌 인간의 책무는 자유로운 인간들의 끝없는 불안을 진정시켜 줄 몇 가지 처방들을 찾아내는 일이다. 우리는 찢어진 것을 다시 꿰매야 하고 이토록 명백하게 부당한 세계 속에서 정의가 상상 가능한 것이 되도록 만들어야 하며, 금세기의 불행에 중독된 민중에게 행복이 의미 있는 것이 되도록 만들어야 한다. 물론 그것은 초인적인 과제다. 그러나 인간들이 오래 걸려서야 비로소 완수할 수 있는 과제를 가리켜 흔히 초인적이라고들 하는 것이다. 그뿐이다.

그러므로 우리가 원하는 바가 무엇인지 알고 있자. 비록 힘이 우리를 유혹하기 위하여 어떤 사상이나 안락의 얼굴로 접근한다 할지라도 정신에 관한 한 확고한 태도를 갖도록 하자. 첫째, 절망하지 말아야 한다. 세계의 종말을 외치는 사람들에게 너무 귀를 기울이지 말자. 문명들은 그렇게 쉽사리 사멸하지 않는다. 설혹 이 세계가 무너지게 되어 있다 할지라도 다른 많은 세계들이 무너지고 난 뒤에야 무너질 것이다. 우리가 비극적인 시대를 살고 있다는 것은 사실이다. 그러나 너무나 많은 사람들이 비극적인 것과 절망을 혼동하고 있다. "비극적인 것이란 불행을 한바탕 크게 걷어차는 발길질 같은 것일 터이다."라고 로렌스는 말했다. 이야말로 건전하고도 당장에 적용할 수 있는 생각이다. 오늘날 이런 발길질을 당해 마땅한 것들이 아주 많다.

알제에 살고 있었을 때 나는 항상 겨울을 잘 참고 지냈다. 어느 날 밤, 2월의 싸늘하고 순결한 하룻밤 사이에, 레 콩쉴 계곡[27]의 아몬드나무들이 하얀 꽃들로 뒤덮이게 되리라는 것을 알고 있었기 때문이다. 그러고 나서 나는 그 연약한 눈(雪)빛 꽃이 하고 많은 비와 바닷바람에 저항하는 것을 보고 황홀함을 금치 못했다. 그런데도 해마다 그 꽃은 열매를 준비하는 데 꼭 필요한 만큼 끈질기게 버텨 냈다.

이것은 무슨 상징이 아니다. 우리는 상징들을 통해서 우리의 행복을 획득할 수 없다. 그보다 더 진지한 것이 필요하다. 내 말은 다만, 불행으로 넘치는 이 유럽에서 때로 삶의 짐이 너무 무거워질 때면, 나는 그토록 많은 힘들이 고스란히 남아 있는 저 빛나는 고장들로 되돌아가

27 La Vallée des Consuls. 영사(領事)들의 계곡이라는 의미의 알제 교외 지역이다. 당시 프랑스, 영국, 미국의 영사들이 그 골짜기에 별장을 가지고 있었기 때문에 생긴 이름이다. 카뮈는 1939년 가을부터 한동안 노트르담 다프리크 성당 가까운 이곳에서 거주했다.

본다는 뜻이다. 나는 그 고장들을 너무나도 잘 알고 있는지라 그 고장들이 명상과 용기가 서로 균형을 이룰 수 있는 선택받은 땅임을 모를 수가 없다. 그 고장이 모범으로 보여 주는 명상은 이리하여 나에게, 우리가 정신을 구하려 한다면 비명을 내지르는 정신일랑 잊어버리고 정신의 힘과 위용을 더욱 고양시키라고 가르쳐 준다. 이 세계는 불행에 중독된 나머지 그 속에서 자족하고 있는 것 같다. 이 세계는 니체가 무거움의 정신[28]이라 불렀던 그 악에 온통 내맡겨져 있다. 그 악에 손을 빌려주지 말자. 정신의 죽음을 슬퍼하며 통곡하는 것은 헛된 일이니 정신을 위하여 일하는 것으로 족하다.

그러나 정신의 자신만만한 덕목들은 어디에 있는가? 앞에서 말한 바로 그 니체는 무거움의 정신의 치명적인 적으로 그 덕목들을 열거했다. 그가 볼 때, 그것은 성격의 힘, 취향, 이 '세계', 고전적 행복, 확고한 자긍, 현인의 냉정한 검박(儉朴)이다. 이런 덕목들은 지금 그 어느 때보다 더 필요하며, 각자는 자신에게 적합한 덕목을 선택할 수 있다. 눈앞에 벌어진 내기 판의 중차대함을 생각할 때, 우리는 어쨌든 성격의 힘을 잊으면 안 된다. 이는 선거

28 "무거움의 정신"은 『차라투스트라는 이렇게 말했다』 3부 한 장의 제목이다.

운동의 연단에서 미간을 찡그리거나 협박을 섞어 가며 보여 주는 그런 성격의 힘이 아니라 흰빛과 수액의 미덕에 의하여 모든 바닷바람에 저항하는 성격의 힘을 두고 하는 말이다. 이 세계의 겨울 속에서 열매를 준비하는 것은 다름 아닌 그 힘인 것이다.

(1940)

명부의 프로메테우스

내가 보기에, 신(神)에 맞설 만한 것이 아무것도
존재하지 않는 한 신성에 뭔가 결함이 있는 것 같다.
— 루키아노스, 『캅카스의 프로메테우스』

오늘날 인간에게 프로메테우스는 무엇을 의미하는 것일까? 아마도 제신들에 맞서 일어선 그 반항아는 우리 시대 인간들의 모델이며, 지금부터 수천 년 전 스키타이 사막에서 일어났던 그 항의의 목소리는 오늘에 와서 이 유례가 없는 역사적 경련 속에서 완성되고 있다고 말할 수 있으리라. 그러나 동시에 무엇인가가 우리에게 말해 준다. 그 박해받은 자가 우리 가운데서 계속 박해받고 있으며, 우리는 여전히 그가 고독한 신호를 보내고 있는 인간적 반항의 저 엄청난 절규에 귀를 막고 있다는 사실을 말이다.

오늘날의 인간은 과연 이 좁은 지표면에서 집단적으로 신음하는 인간이며, 불도 없고 양식도 없는 인간으로 그에게 자유란 기다렸다가 나중에 누려도 되는 한갓 사치에 지나지 않는다. 그리하여 여전히 그 인간의 당면한 문제는 좀 더 많은 고통을 당하는 것, 또 마찬가지로, 자유와 그 자유의 마지막 증인들의 당면한 문제는 기껏해야 좀 더 많이 사라져 버리는 것일 뿐이다. 프로메테우스는 인간들을 너무나 사랑했기에 그들에게 불과 동시에 자유를, 기술과 동시에 예술을 가져다주었던 바로 그 영웅이다. 그런데 오늘날의 인류는 오로지 기술만을 필요로 하고 오로지 기술에만 관심을 보이고 있다. 인류는 그의 기계들 속에서 반항하며 예술과 그 예술이 전제로 하는 것을 한갓 장애물로, 속박의 표시로 여긴다. 그와 반대로 프로메테우스가 지닌 특별한 점은 그가 기계와 예술을 따로 떼어서 생각하지 않는다는 것이다. 그는 육체와 영혼을 동시에 해방할 수 있다고 믿는다. 오늘의 인간은 정신이 잠정적으로 죽는 한이 있더라도 우선 육체부터 해방해야 한다고 믿는다. 그러나 정신이란 것이 과연 잠정적으로 죽을 수 있는 것일까? 실제로 프로메테우스가 살아서 돌아온다면 오늘의 인간들은 당시 제신들이 했던 짓을 되풀이할 것이다. 그들은 프로메테우스가 제일 먼저 상징했던 바로 그 휴머니즘의 이름으로 그를 바위에 못 박을 것이다. 그래서 그 패자를 모욕하는 적대적 목소리는 아이스킬로스 비극의 문턱에서 메아리치던 바로 그 목소리, 즉 '힘'과 '폭력'의 목소리일 것이다.

나는 지금 이 인색한 시대에, 헐벗은 나무들에, 이

세계의 겨울에 굴복하는 것일까? 그러나 빛을 향한 이 향수는 내가 맞다고 인정해 준다. 그 향수는 또 다른 세계를, 내 진정한 고향을 말해 주고 있는 것이다. 몇몇 인간들에게는 그 향수가 여전히 의미를 지닐까? 전쟁이 나던 해, 나는 오디세우스의 순항 길을 다시 한번 더듬기 위하여 배를 탈 예정이었다. 그 시절에는 가난한 젊은이도 빛을 찾아서 바다를 건너가는 사치스러운 계획을 세울 수 있었다. 그러나 나는 그때 남들이 하는 것처럼 했다. 나는 배를 타지 않았다. 나는 열린 지옥문 앞에서 서성이며 줄을 선 행렬 틈에 끼었다. 조금씩 조금씩 우리는 지옥으로 들어갔다. 무고한 학살의 첫 비명 소리와 함께 우리 등 뒤로 철커덕 문이 닫혔다. 우리는 지옥 속에서 지냈고 그 후 다시는 밖으로 나오지 못했다! 육 년의 긴 세월 동안 우리는 그 속에서 어떻게 좀 해보려고 발버둥치고 있다. 행운의 섬들[29]의 저 뜨거운 환영들은 이제 앞으로 다가올 불도 태양도 없는 긴긴 세월 저 아득한 밑바닥에서나 어른거릴 뿐이다.[30]

29 Les iles fortunees. 장 그르니에, 『섬』의 한 장의 제목이다.(장 그르니에, 김화영 옮김, 민음사, 2019, 90쪽.)

30 “열흘 뒤에 그리스로 떠나려고 합니다.” 카뮈는 1939년 8월 스승 장 그르니에게 이런 편지를 보냈으나 그 직후 2차 세계 대전의 발발로 그 계획을 취소해야 했다.(알베르 카뮈, 장 그르니에, 김화영 옮김, 『카뮈-그르니에 서한집 1932-1960』(책세상, 2012), 59쪽.)

그러할진대 이 습기 차고 어두운 유럽에서, 늙은 샤토브리앙이 그리스로 떠나는 앙페르에게 비명처럼 던진 말을 어찌 회한과 씁쓸한 공감의 전율과 함께 받아들이지 않을 수 있으랴. “자네는 내가 아티카에서 보았던 올리브나무 잎사귀 하나, 포도 씨 한 톨 다시 찾지 못할 걸세. 나는 내 시절의 풀 한 포기까지도 그립다네. 내게는 히스 한 포기 살릴 힘도 없었다네.” 그런데 우리 또한 피 끓는 젊음에도 불구하고 이 마지막 세기의 끔찍한 노화 현상에 매몰되어 이따금 모든 시절의 풀을 그리워하고, 그것 하나만 보겠다고 찾아가지는 않을 올리브나무 잎을, 그리고 자유의 포도송이들을 그리워한다. 인간은 도처에 있고, 인간의 절규와 고통과 위협 또한 도처에 있다. 이렇게 운집한 피조물들 가운데 이제는 귀뚜라미를 위한 자리는 없다. 역사는 히스가 돋아나지 않는 불모의 땅이다. 그런데도 오늘의 인간은 역사를 선택했고, 그 역사를 외면할 수도 없고 외면해서도 안 된다. 그러나 인간은 역사를 제 뜻대로 부리기는커녕 날이 갈수록 조금씩 더 역사의 노예가 되어 가고 있다. 바로 이 지점에서 그는 ‘생각이 대담하고 마음이 홀가분한’ 저 아들 프로메테우스를 배반한다. 바로 이 지점에서 그는 프로메테우스가 구원하려 했던 인간들의 비참으로 되돌아간다. “그들은 꿈의 형상들처럼, 보되 보지 못하고 귀 기울이되 듣지 못하니…….”

그렇다, 프로방스의 어느 저녁, 윤곽이 완벽한 언덕, 소금 냄새, 이런 것만으로도 만사가 앞으로 남은 할 일임을 깨닫기에 충분하다. 우리는 새로이 불을 발명해야 하고 육체의 허기를 달래기 위해 작업대를 다시 설치해야 한다. 아티카, 자유, 그 포도 수확, 영혼의 빵은 나중 일이다. 우리가 할 수 있는 것이라고는 “그런 것들은 다시는 존재하지 않거나 존재하더라도 다른 사람들을 위한 것이 될 것이다.” 이렇게 스스로에게 소리치는 것밖에, 그리고 적어도 그 다른 사람들이라도 박탈감을 느끼지 않도록, 꼭 필요한 일을 하는 것밖에, 남은 것이 없지 않는가? 고통스러운 마음으로 그렇게 느끼고, 그러면서도 그것을 억울해하지 않으려고 노력하는 우리는 뒤처진 것인가 너무 앞선 것인가, 그리고 우리에게 히스를 다시 살릴 힘이 있는 것일까?

금세기에 제기되는 이 질문에 대하여 프로메테우스의 답이 어떤 것일지 상상해 본다. 사실 나는 그 대답을 이미 입 밖에 냈더랬다. “오, 필사의 생명들아, 내 그대들에게 개혁과 배상을 약속하노라. 그대들이 충분히 능란하고 충분히 덕스럽고 충분히 강해서 그대들 손으로 개혁과 배상을 처리할 수만 있다면.” 구원이 우리 손안에 있다는 것이 사실이라면, 내가 아는 몇몇 사람들에게서 내가 언제나 느낄 수 있는 저 신중한 힘과 용의주도한 용기 때문에, 우리 세기가 제기하는 질문에 대하여 나는 '그렇다.'라고 대답하리라. "오 정의여, 오 내 어머니시여, 내가 당하고 있는 고통이 보이지 않는가." 이렇게 프로메테우스는 외친다. 그러면 헤르메스는 영웅을 조롱한다. "명색이 신이라면서 네가 당할 형벌을 내다보지 못했다니 놀랍도다." 반항아는 대답한다. "나는 그걸 알고 있었다." 내가 지금 언급하는 사람들 또한 정의의 아들들이다. 그들 역시 앞뒤 사정을 환히 알기에 만인의 불행을 아파한다. 맹목의 정의란 없다는 것을, 역사에는 눈이 없다는 것을, 그러므로 역사의 정의는 버리고 가능한 한 인간 정신이 구상할 수 있는 정의를 거기에 대체해야 한다는 것을 그들은 알고 있다. 바로 이런 면에서 프로메테우스는 우리의 세기로 되돌아온다.

신화는 그것 자체로는 생명이 없다. 그것은 우리가 그것에다 피와 살을 부여하여 소생시켜 주기를 기다린다. 이 세상에서 단 한 사람이라도 신화의 부름에 응한다면 신화는 우리에게 그 싱싱한 즙을 고스란히 제공한다. 우리는 그 즙을 보존하여, 신화의 소생이 가능해지도록 잠이 죽음으로 이어지지 않게 해야 한다. 나는 때로 오늘날의 인간에게 과연 구원이 있을지 의문을 갖는다. 그러나 그 인간의 자손들의 몸과 정신을 아울러 구원하는 것은 아직도 가능하다. 그들에게 행복의 기회와 아름다움의 기회를 동시에 제공하는 것이 가능하다. 우리가 아름다움도, 그 아름다움이 의미하는 자유도 다 박탈당한 채 살 수밖에 없다고 체념해야 할 경우, 프로메테우스의 신화는 인간의 그 어떤 훼손도 일시적인 것에 불과하다는 것을, 인간의 온전한 전체에 봉사하지 않는다면 인간에게 전혀 봉사하지 않는 것임을 우리에게 상기시켜 줄 것이다. 인간은 빵과 히스를 갈구하는데 그중에서 빵이 가장 긴요하다 할지라도, 우리는 히스의 추억을 간직하도록 노력하자. 역사의 가장 어두운 중심에서 프로메테우스의 인간들은 그들의 고된 일손을 멈추지 않으면서도 대지에, 그리고 지칠 줄 모르는 히스에 눈길을 던질 것이다. 사슬에 묶인 영웅은 신들이 내린 천둥 번개 속에서도 인간에 대한 그의 태연한 믿음을 버리지 않는다. 이렇게 하여 그는 그의 바위보다도 더 단단하고 그의 독수리보다 더 큰 인내심을 지녔다. 제신들에 대한 반항 이상으로 우리에게 의미 있는 것은 바로 그 오랜 끈기다. 그리고 어느 것 하나 떼어 놓지 않고 배제하지도 않으려는 저 경이로운 의지야말로 고통하는 인간의 마음과 이 세계의 봄을 항상 화해시켜 주었고 또 앞으로도 화해시켜 줄 것이다.

(1946)

과거가 없는 도시들을 위한 간단한 안내

알제의 부드러움은 오히려 이탈리아풍이다. 오랑의 혹독한 광채에는 어딘가 스페인적인 데가 있다. 뤼멜 협곡 저 위의 암석 위에 올라앉은 콩스탕틴은 톨레도를 연상시킨다. 그러나 스페인과 이탈리아는 추억과 예술 작품과 탁월한 유적들이 차고 넘친다. 그러나 톨레도는 그의 엘 그레코,[31] 그의 바레스[32]를 보유했다. 내가 여기서 언급하는 도시들은 그와 반대로 과거가 없다. 따라서 푸근함도 연민도 없는 도시들이다. 권태의 시간, 다시 말해

31 El Greco(1541-1614). 그리스에서 태어나 이탈리아에서 수련하고 스페인에서 활동하며 명성을 얻은 화가. 서른여섯 살 때인 1577년에 마드리드를 거쳐 톨레도에 도착했다. 그의 이름은 스페인어로 '그리스인'이라는 의미의 별명이다.

32 모리스 바레스(Maurice Barrès, 1862-1923). 프랑스의 작가, 정치가. 수많은 저작들, 특히 여행기 가운데 『그레코 혹은 톨레도의 비밀』(1911)이 대표작이다.

낮잠의 시간이면, 그곳의 슬픔은 냉혹하여 멜랑콜리가 끼어들 틈이 없다. 아침나절의 햇빛이나 밤의 자연스러운 호사함 속에서도 기쁨은 반대로 감미로운 구석이 없다. 이 도시들은 성찰을 위해서는 아무것도 제공하지 않지만 열정을 위해서는 모든 것을 다 제공한다. 지혜나 섬세한 취향과는 무관한 도시들이다. 바레스나 그를 닮은 사람들이 그곳에 갔다가는 으깨어져 가루가 될 것이다.

열정(다른 사람들에 대한 열정)이 넘치는 여행자들, 너무 예민한 지성인들, 탐미적인 사람들, 그리고 신혼부부들은 이 알제리 여행에서 얻을 것이 아무것도 없다. 그리고 어떤 절대적인 소명 의식 때문이라면 몰라도, 그 누구에게도 은퇴 후 그곳에 가서 아예 자리 잡고 살라고 권할 수 없을 것이다. 가끔 파리에서, 내가 존중하는 사람들이 알제리에 관해서 내게 물을 때면 나는 "거기는 가지 마세요." 하고 소리치고 싶어진다. 이 농담은 그 나름대로 일리가 있을 것이다. 그들이 무엇을 기대하고 있는지 알기에 그 기대를 만족시키지 못할 것이 뻔하기 때문이다. 그와 동시에, 나는 이 고장의 매력과 엉큼한 위력을, 이곳에 와서 미적거리는 사람들을 붙잡아 가지 못하게 묶어 놓고는 처음에는 아무 질문도 할 수 없게 하다가 결국은 나날의 삶 속에서 잠들어 버리게 만드는 그 의뭉스러운 방식을 잘 알고 있다. 얼마나 눈부신지 마침내는 검은색 흰색으로 변하고 마는 그 햇빛의 폭발이 처음에는 어딘가 숨을 틀어막는 느낌을 준다. 우리는 그 햇빛에 몸을 내맡기고 거기에 묶여 지내다가 이윽고 너무나 오래 계속되는 그 광휘가 영혼에 아무 도움이 되지 않는 과도한 쾌락에 불과함을 깨닫게 된다. 그렇게 되면 좀 정신적인 것 쪽으로 돌아오고 싶어진다. 그러나 이 고장 사람들은, 그게 그들의 힘이지만, 정신보다는 마음 쪽인 것 같다. 그들은 당신들의 친구가(얼마나 기막힌 친구인가!) 될 수는 있겠지만 흉금을 털어놓을 상대는 못 될 것이다. 영혼의 소비가 이토록 엄청나고, 흉금을 터놓은 샘물이 숱한 분수들과 석상들과 정원들 사이로 끝도 없이 졸졸 흐르는 이 파리 같은 도시에서라면 그건 어쩌면 좀 겁나는 면이라고 여겨질지 모른다.

그 땅이 가장 많이 닮은 곳은 스페인이다. 그러나 전통을 뺀다면 스페인은 그저 아름다운 사막에 불과할 것이다. 어쩌다가 그곳에서 태어나서 살게 되었다면 몰라도, 사막 속으로 물러나서 살겠다고 생각할 수 있는 인간들은 어떤 특정한 부류뿐이다. 그 사막에서 태어난 나로서는 어쨌건 방문객처럼 그 고장 이야기를 할 수 없다. 자신이 몹시 사랑하는 여자의 매력을 목록 작성하듯 시시콜콜 꼽는 사람이 있는가. 그러진 않는다. 그녀를 그냥 통째 다 사랑하는 것이다. 굳이 말해 본다면, 뾰루퉁해질 때 흔히 짓는 표정이라든가 혹은 고개를 젓는 모습 같은 한두 가지 특히 마음에 드는 점을 꼽을 수는 있겠다. 나는 바로 그런 식으로 알제리와 오랜 관계를 맺어 왔다. 그 관계는 아마도 끝날 날이 없을 것이고 그 때문에 나는 이 고장에 대하여 아주 명철하게 이야기할 입장이 못 된다. 그저 최선을 다한 끝에, 이를테면 좀 추상적인 방식으로, 자기가 사랑하는 대상 속에서 자기가 좋아하는 면의 어떤 세목을 분간해 낼 수는 있을 것이다. 내가 여기서 알제리에 대하여 한번 해 보려는 것은 바로 학생이 연습 문제 푸는 것과 비슷하다.

그런데 그 고장에서는 무엇보다 젊은이들이 아름답다. 물론 아랍 사람들이 다수이고 그 밖에 다른 종족들도 있다. 알제리의 프랑스인들은 뜻밖의 혼혈로 형성된 잡종들이다. 스페인 사람, 알자스 사람, 이탈리아 사람, 몰타섬 사람, 유태인, 끝으로 그리스 사람이 그곳에서 서로 만났다. 이런 노골적 잡종교배는 아메리카에서처럼 다행스러운 결과를 가져왔다. 알제 시내를 걸어 다니면서 여인들과 젊은 남자들의 팔목을 살펴보고 파리의 지하철에서 만나게 되는 사람들을 한번 생각해 보라.

아직 젊은 축의 여행자들은 그곳의 여자들이 아름답다는 사실 또한 알아차리게 될 것이다. 그 점을 확인해 보기에 가장 적절한 곳은 알제의 미슐레가에 있는 대학 카페의 테라스다. 물론 4월의 어느 일요일 아침에 그곳에 가 앉는다는 조건에서 말이다. 젊은 여자들이 샌들을 신고 눈부신 색깔의 엷게 비치는 옷을 입고 떼를 지어 거리를 오르내린다. 우리는 억지의 수치심 같은 건 버리고 그들의 아름다움을 감탄하며 바라볼 수 있다. 그녀들은 쳐다봐 달라고 온 것이다. 오랑에서는 갈리에니 대로변에 있는 생트라 바 또한 훌륭한 전망대다. 콩스탕틴에서는 언제건 야외 음악당 주변을 산책하면 된다. 그러나 바다가 수백 킬로미터나 떨어져 있으므로 거기서 만나게 되는 사람들에게는 어쩐지 뭔가 좀 아쉬운 면이 있다. 일반적으로, 그리고 그런 지리적인 위치 때문에 콩스탕틴이 매력은 덜하지만 권태의 질은 더 섬세하다.

여행자가 여름철에 도착할 경우 가장 먼저 할 일이란 말할 것도 없이 그 도시들을 에워싸고 있는 해변으로 직행하는 일이다. 그곳에서는 한결같이 똑같은, 아니 옷을 덜 걸쳤기 때문에 더욱 눈부신 젊은이들을 보게 될 것이다. 그때 햇빛 때문에 그들은 덩치 큰 야수들의 졸린 눈빛을 하고 있다. 그 점에서 자연과 여자들이 더 야성적인 오랑의 해변이 제일 아름답다.

특이한 것을 찾는 사람들에게 알제는 아랍의 도시를, 오랑은 흑인촌과 스페인 구역을, 콩스탕틴은 유태인 구역을 보여 준다. 알제에는 긴 목걸이처럼 이어지는 바닷가의 대로들이 있다. 그곳은 밤에 산책해야 좋다. 오랑에는 나무가 거의 없지만 이 세상에서 가장 아름다운 돌들이 있다. 콩스탕틴에는 사람들이 사진 찍기 좋은 구름다리가 있다. 바람이 거세게 부는 날이면 다리가 깊은 뤼멜 협곡 위에서 흔들거려 스릴을 느끼게 한다.

나는 감각이 예민한 여행자에게 알제에 가면 항구의 궁륭 아래로 가서 아니스 술을 마시고 아침에는 '어장' 식당에 가서 막 잡아 숯불 화덕에 구워 주는 생선을 먹어 보라고 권한다. 그리고 지금 그 이름이 생각나지 않는 라리르가의 한 작은 카페에 가서 아랍 음악에 귀를 기울이고 저녁 6시경에는 구베른망 광장에 있는 오를레앙 대공 조각상 밑 땅바닥에 앉아 보고(대공을 보라는 것이 아니라 많은 사람들이 지나다니고 기분이 좋기 때문이다.) 바닷가 물속에 기둥을 박아 세운 일종의 댄스홀인 파도바니 식당에 가서 점심을 먹어 보라. 인생이 언제나 쉽게만 느껴지는 곳이다. 그리고 아랍 사람들의 공동묘지를 찾아가 보라. 우선은 거기서 고즈넉한 평화와 아름다움을 만나기 위해서, 다음으로는 우리가 죽은 자들을 안치하는 저 죽음의 묘역들이 얼마나 끔찍한가를 바로 헤아리기 위하여. 끝으로 카스바의 푸줏간 거리로 가서 비장, 간, 간장막, 피가 뚝뚝 떨어지고 있는 피투성이 허파들 사이에서 담배를 피워 보라.(중세 시대 같은 그곳은 악취 때문에 담배는 필수다.)

그 밖에 오랑에 가면 알제에 대해 험담을 할 줄 알아야 하고(오랑 항구의 상업적 우월성을 강조해 가면서), 알제에 가면 오랑을 조롱할 줄(오랑 사람들은 '제대로 사는 게 뭔지 모른다.'는 생각에 주저 없이 동의해 가면서) 알아야 하며, 어떤 경우에도 프랑스 본토보다 알제리가 우월하다는 것을 겸허하게 인정할 줄 알아야 한다. 이렇게 몇 가지를 양보하고 나면 프랑스 사람들에 비해 알제리 사람들이 지닌 실질적 우월성, 즉 그들의 무한한 너그러움과 타고난 환대를 때맞춰 깨달을 것이다.

그리하여 나 역시 이제는 아이러니를 다 멈추고 말해도 좋을 것 같다. 뭐니 뭐니 해도 자기가 사랑하는 것에 대해서 말하는 가장 좋은 방식은 그것에 대하여 가벼운 어조로 말하는 것이다. 알제리에 관한 한 나는 늘 내 마음속에 그곳과 나를 잇는 내면의 현(絃)을, 거기서 나오는 그 맹목적이고 엄숙한 노래를 익히 잘 알고 있는, 그 현을 건드리지나 않을까 겁이 난다. 그러나 적어도 나는 알제리가 나의 진정한 고향이라고, 이 세상 어디서든 그들 앞에만 서면 저절로 얼굴에 우정의 웃음이 떠오르는 것만 보아도 그들이 알제리의 아들들이며 나의 형제들임을 알아본다고 말할 수 있다. 그렇다. 내가 알제리의 도시들에서 좋아하는 것은 그곳에 사는 사람들과 떼어 놓고 생각할 수 없다. 바로 그런 까닭으로 인해서 사무실들과 집들에서 아직은 어둑한 거리거리로 군중이 왁자지껄 쏟아져 나와 바다가 대로들에까지 흘러가다가 마침내 입을 다물고 잠잠해지고 밤이 다가옴에 따라 하늘의 빛과 해안의 등대들과 도시의 불빛들이 서로 분간할 수 없을 정도로 같은 박동 속으로 차츰 뒤섞이는 저녁 시간이면 나는 그곳에 가 있고 싶어진다. 이리하여 한 민중 전체가 다 같이 이렇게 물가에서 숙연히 명상에 잠기고 무수한 고독이 군중으로부터 뿜어 나온다. 바로 그때 시작된다, 아프리카의 저 거대한 밤들이, 당당한 유적(流謫)이, 고독한 여행자를 기다리는 절망적 열광이…….

아니다. 당신의 심장이 그저 미지근할 뿐이거나 당신의 영혼이 그저 빈약한 짐승에 불과하거든, 정말이지 그곳에 가지 마시오! 그러나 긍정과 부정, 정오와 자정, 반항과 사랑 사이의 가슴을 찢을 것 같은 갈등을 아는 사람들을 위해서라면, 바닷가에 지핀 모닥불을 사랑하는 사람들을 위해서라면, 그곳엔 어떤 불꽃이 그들을 기다리고 있다.

(1947)

헬레네의 추방[33]

지중해는 안개의 비극성과는 다른 태양의 비극성을 지니고 있다. 어떤 저녁이면, 산 아래 바닷가 조그만 해안의 완벽한 곡선 위로 밤이 내리면, 그때 고요한 바닷물에서는 어떤 고뇌에 찬 충일감이 솟아오른다. 이런 곳에 오면 우리는 고대 그리스인들이 절망에 닿았을 때, 그것은 언제나 아름다움을 통해서, 그리고 아름다움에 내장된 억압적인 그 무엇을 통해서였음을 이해할 수 있다. 이 황금빛의 불행 속에서 비극은 그 절정에 달한다. 그와 반대로 우리 시대는 추악함과 경련 속에서 그 절망을 길러

33 그리스 신화에 나오는 여신으로 제우스와 레다 사이에서 태어난 세상에서 가장 아름다운 여성. 그녀를 능가하는 미인은 아프로디테 정도를 꼽을 수 있다. 스파르타의 왕 메넬라오스와 결혼하여 왕비가 되었으나 트로이의 왕자 파리스에게 유괴되면서 그리스와 트로이 사이의 전쟁이 발발한다. 카뮈는 이 여신을 아름다움의 상징으로 보았다.

왔다. 그런 이유로 유럽은 천박해질 수가 있다. 혹시라도 고통이 천박질 수 있다면 말이다.

우리는 아름다움을 추방하여 유배지로 보냈는데 고대 그리스인들은 그 아름다움을 위하여 무기를 들었다. 이것이 으뜸가는 차이이다. 그러나 이 차이의 뿌리는 멀고 깊다. 그리스 사상은 항상 한계의 개념을 방패로 삼았다. 그 사상은 신성(神性)과 인간의 이성 그 어느 쪽도 극단에까지 밀어붙이지 않았다. 왜냐하면 신성도 이성도 부정하지 않았기 때문이다. 빛을 통해서 어둠과 균형을 유지하면서 모든 요소를 골고루 다 고려했다. 반대로 우리의 유럽은 전체성을 정복해 보겠다고 덤벼든 무분별의 자식이다. 유럽은 제가 찬양하지 않는 것이면 무엇이든 다 부정하듯 아름다움을 부정한다. 비록 각양각색의 방식으로이긴 하지만 유럽은 오직 한 가지만을 찬양하는데 그것은 바로 이성이 지배하는 미래의 제국이다. 유럽은 영원한 한계들을 포기해 버리려고 광분한다. 그러자 곧바로 음산한 복수의 여신들인 에리니에스들이 유럽을 갈가리 찢어 놓는다. 복수가 아니라 절도(節度)의 여신인 네메시스[34]가 지켜보고 있다. 한계를 넘는 자들은 모조리

34 카뮈 사상에서 가장 중요한 요소 중 하나가 바로 '한계'의 개념이다. 그의 세계를 상징하는 신화 체계는 시지프(부조리)에서 출발하여 프로메테우스(반항)를 거쳐 네메시스(한계, 절도)에 이른다.

그 여신에게 가차 없이 벌을 받는다.

수 세기에 걸쳐 정의란 무엇인가를 자문해 온 그리스인들은 오늘날 우리의 정의 관념을 전혀 이해하지 못할 것이다. 그들에게 공정함이란 어떤 한계를 전제로 했던 반면 오늘날 우리의 온 대륙이 찾으려고 몸부림치는 정의는 전체적[35]인 정의다. 그리스 사상의 여명기에 헤라클레이토스는 이미 정의가 물질계 그 자체에 테두리를 설정해 준다고 상상했다. "태양은 그 테두리를 넘어서지 않으리라. 그렇지 않으면 정의를 수호하는 에리니에스 여신들이 알아차리고 말 것이다."[36] 우주와 정신을 궤도에서 이탈시킨 우리는 그 경고를 웃어넘긴다. 우리는 취한 하늘에다 우리가 희망하는 태양들을 불붙여 띄운다. 그래도 한계는 역시 존재하며 우리는 그것을 알고 있다. 극단의 착란 상태 속에서 우리는 저 등 뒤에 버려둔 어떤 균형을, 우리가 많은 시행착오 끝에 다시 찾을 수 있을 것으로 순진하게 믿고 있는 그 균형을 꿈꾼다. 어린아이 같은 환상이다. 그것은 바로 우리의 광기를 물려받은 유치한 민중이 오늘날 우리의 역사를 이끌어

35 total. 전체적. 이 말은 19040년 말에서 1950년대를 위협하던 소련의 '전체주의' 역사관과 직결된 표현이다.

36 Y. 바티스티니의 번역(원주). 헤라클레이토스, 『단장(斷章) Fragments』(Ed. des Cahiers d'art, 1948).

가는 것을 정당화하는 환상이다.

역시 같은 헤라클레이토스가 썼다는 『단장(斷章)』은 이렇게 간단히 지적한다. '억측, 진보의 퇴행.' 그 에페수스 사람보다 수 세기 뒤 소크라테스는 사형 선고의 위협을 받자, 자기에게는 오직 스스로 알지 못하는 것은 안다고 생각하지 않는다는 단 한 가지 우월성 외에는 그 어떤 우월성도 인정하지 않았다. 수 세기 동안에 걸쳐 가장 모범적이었던 삶과 사상은 무지의 당당한 고백으로 끝맺었다. 그것을 망각함으로써 우리는 결연한 당당함을 망각했다. 우리는 위대함을 흉내나 내는 권력 쪽을 택했다. 우선 알렉산드로스 대왕을, 다음으로는 비길 데 없이 저속한 영혼으로 교과서를 쓴 저자들이 우리로 하여금 존경하라고 가르치는 로마의 정복자들을 말이다. 그리고 이번에는 우리 스스로 정복자가 되어 한계선을 이동시켰고 하늘과 땅을 마음대로 다스렸다. 우리의 이성이 세상을 빈터로 만들었다. 마침내 홀로 남게 된 우리는 사막에 우리의 제국을 완성한다. 그렇게 되고 보니, 우리는 자연과 역사가, 미(美)와 선(善)의 균형이 서로 조화로운 저 높은 균형, 피 흐르는 비극 속에까지 수(數)의 음악을 도입했던 그 균형을 어떻게 상상인들 할 수 있겠는가? 우리는 자연에 등을 돌리고 있고 아름다움을 수치스럽게 여긴다. 우리의 초라한 비극에는 사무실 냄새가 나고 그 비극에서 흐르는 피는 끈적한 잉크색이다.

그렇기 때문에 오늘날 우리가 그리스의 자식들이라고 내세우는 것은 염치없는 일이다. 아니 어쩌면 우리는 그리스의 변절한 자식들이다. 역사를 신의 옥좌에다 모셔 놓고 우리는 신정론(神政論)을 향하여 나아가고 있다. 그리스인들이 살라미스 해전에서 죽도록 싸워 물리친, 이른바 오랑캐들처럼. 우리가 그리스 사람들과 얼마나 다른지를 알고자 한다면 우리 철학자들 가운데 플라톤의 진짜 적수인 그 사람에게 물어봐야 한다. "오직 현대 도시만이 인간 정신이 스스로를 의식할 수 있는 터전을 제공한다."라고 헤겔은 감히 쓰고 있다. 이리하여 우리는 대도시의 시대를 살고 있다. 곰곰이 생각한 끝에 인간은 이 세계에서 자연, 바다, 산, 저녁의 명상과 같은 항구적인 요소를 잘라내 버렸다. 오직 길거리에만 역사가 있으므로 오직 길거리에만 의식이 있다, 이것이 시행령이다. 그 뒤를 이어 우리의 가장 의미 있는 작품들도 그와 똑같은 편견을 증언하고 있다. 도스토옙스키 이후 유럽의 위대한 문학에서 풍경을 찾아보려야 찾아볼 길이 없다. 역사는 역사보다 먼저 존재한 자연 세계도, 역사를 초월하는 아름다움도 설명하지 못한다. 그래서 역사는 그런 것들을 무시하기로 작정한 것이다. 플라톤은 무의미, 이성, 신화, 이 모든 것을 다 그 안에 담고 있었는데 우리의 철학자들은 무의미 혹은 이성, 그 어느 한쪽만을 담는다. 그 밖의 것에 대해서는 눈을 감아 버렸기 때문이다. 두더지가 명상하는 꼴이다.

이 세계를 응시하는 대신 영혼의 비극을 택하기 시작한 것은 기독교다. 그러나 기독교는 적어도 어떤 영적인 본성을 참고했고 그것을 통해서 일정한 불변성을 유지했다. 신이 죽고 나자 역사와 권력만 남았다.

오래전부터 우리 철학자들은 오로지 인간의 천성이라는 개념을 상황의 개념으로 대치시키고, 고대의 조화를 우연의 무질서한 충동이나 이성의 무자비한 운동으로 대체하는 데 모든 노력을 기울였다. 그리스인들은 의지를 이성의 테두리 속에 한정했는데, 반면에 우리는 결국 이성의 중심에 의지의 충동을 갖다 놓아, 그 때문에 이성은 살인적이 되었다. 그리스인들이 볼 때 가치들은 모든 행동에 선행하고 행동의 한계를 분명하게 정해 주었다. 현대 철학은 가치를 행동의 끝에 위치시킨다. 가치들은 존재하는 것이 아니라 만들어져 간다. 우리는 오직 역사가 완결될 때 비로소 그 가치들의 전모를 알 수 있을 것이다. 가치들과 함께 한계도 사라진다. 미래의 가치들에 대한 관념들이 서로 다르고, 바로 그 가치들이 통제력을 갖지 못하면 투쟁이 무한대로 확장되기 때문에 오늘날에는 메시아 신앙들이 서로 대립하고, 그 아우성이 여러 제국들의 충돌로 이어진다. 헤라클레이토스에 따르면 무절제는 일종의 화재(火災)다. 불은 번져 가고 니체는 추월당했다. 유럽은 망치로 철학하는 것이 아니라 대포를 쏘아 대며 철학한다.[37]

그러나 자연은 여기 그대로 있다. 자연은 그의 고요한 하늘과 이치를 인간의 광기에 대립시킨다. 원자(原子)에 불이 붙고 이성의 승리와 인류의 소멸 속에서 역사가 끝장날 때까지. 그러나 그리스인들은 한계란 넘어설 수 없는 것이라고 말한 적이 없다. 그들은 다만 한계가 존재하며 감히 그 한계를 넘어서는 자에게는 사정없는 징벌이 가해진다고 말했다. 오늘의 역사를 보면 결코 그들의 말을 부정할 수가 없다.

역사적 정신과 예술가는 둘 다 세계를 개조하려 한다. 그러나 예술가는 그의 본성의 책무에 따라 자신의 한계를 알지만 역사적 정신은 그것을 알지 못한다. 그렇기 때문에 후자의 목표는 전제(專制)인 반면 전자의 열망은 자유인 것이다. 오늘날 자유를 위하여 싸우는 모든 사람은 궁극적으로 아름다움을 위하여 투쟁한다. 물론

37 여기서 카뮈는 고대 그리스 철학과 "지중해(정오의) 사상"의 이름으로 헤겔의 역사철학, 그에 이어지는 "존재는 본질에 선행한다."라는 사르트르의 실존철학, 나아가 스탈린식 전체주의(공산주의)에 대한 일련의 비판을 이어 간다.

아름다움 그 자체를 위하여 아름다움을 옹호하자는 것은 아니다. 아름다움은 인간 없이는 존재할 수 없으며, 우리는 우리 시대의 불행을 함께함으로써 비로소 우리 시대가 위대함과 의연함을 갖도록 할 수 있다. 이제 우리는 다시는 고독한 개인들이 될 수 없을 것이다. 그러나 인간은 아름다움 없이는 살 수 없다는 것 또한 사실인데 우리 시대는 그 사실을 잊고 싶어 하는 것 같다. 우리 시대는 절대에, 제국에 도달하려고 안간힘을 쓰고 이 세계를 충분할 만큼 다 즐기기도 전에 세계를 변형시키려 들며 이 세계를 이해하기도 전에 세계를 바로잡으려 한다. 우리 시대는, 뭐라고 떠들건 간에, 이 세계를 저버린다. 오디세우스는 칼립소의 섬에서 불멸과 고향 땅 둘 중 하나를 택할 수 있었다. 그는 땅을, 그리고 그것과 함께 죽음을 택했다. 이토록 단순한 위대함은 오늘의 우리에게 낯설다. 남들은 우리에게 겸손함이 부족하다고 할 것이다. 그러나 그 말은 아무리 생각해도 애매하다. 도스토옙스키의 어릿광대들은 뭐든지 다 할 수 있다고 자랑하고 떠벌리며 별에까지 올라갔다가 결국 공공장소로 내려오는 즉시 창피를 당하는데, 그들처럼 우리에게 없는 것은 단지 인간으로서의 자긍심이다. 그것은 바로 자신의 한계를 충실하게 따르고 자신의 조건을 뚜렷이 의식하면서 그 조건을 사랑하는 것을 말한다.

“나는 나의 시대를 증오한다.” 생텍쥐페리는 죽기 전에 이렇게 썼다.[38] 그렇게 쓴 까닭은 내가 앞서 언급한 것과 크게 다르지 않다. 인간들을 찬미하고 사랑했던 그의 이 절규가 아무리 감동적이라 해도 우리는 그와 생각을 같이하지는 못한다. 그러나 어떤 시간에는 이 음울하고 삭막한 이 세계로부터 등을 돌려 버리고만 싶은 유혹 또한 얼마나 큰가! 그러나 이 시대는 우리의 것이고 우리는 우리 자신을 증오하며 살 수는 없다. 이 시대는 그 결점들의 과다 때문만이 아니라 그 미덕들의 과잉 때문에 이토록 밑바닥으로 추락했다. 우리는 그 미덕들 가운데 역사가 가장 오랜 미덕을 위하여 싸우리라. 어떤 미덕? 트로이 전쟁에서 파트로클로스가 전사하자 그의 말들이 슬피 운다. 모든 것을 다 잃었다. 그러나 이제 막 우정이 살해당한 것을 목도한 친구 아킬레우스가 복수를 다짐하니 전투는 다시 시작되고 결국 승리를 거둔다. 우정은 하나의 미덕이다.

무지의 인정, 광신의 거부, 세계와 인간의 한계, 사랑받는 얼굴, 그리고 끝으로 아름다움, 이런 것이 바로 우리가 그리스인들과 합류하는 진영이다. 어느 면, 미래의

38 “나는 있는 힘을 다해서 나의 시대를 증오한다. 인간은 이 시대에 목이 말라 죽어 간다.” 1943년 6월 중순 생텍쥐페리가 X장군에게 보낸 편지다.

역사의 의미는 흔히들 생각하는 그런 것이 아니다. 그것은 창조와 종교 재판 사이의 투쟁 속에 있다. 맨주먹뿐인 예술가들이 치러야 할 대가가 아무리 크다 할지라도 우리는 그들의 승리를 기대해 볼 수 있다. 다시 한번 더 암흑의 철학은 빛나는 바다 저 위에서 흩어져 사라질 것이다. 오, 정오의 사상이여, 트로이 전쟁은 전장에서 멀리 떨어진 곳에서 벌어진다! 이번에도 또 현대 도시의 끔찍한 성벽들이 무너지며 '바다의 고요함처럼 잔잔한 영혼' 헬레네의 아름다움을 우리에게 넘겨 주리라.

(1948)

수수께끼

하늘 꼭대기에서 쏟아진 햇빛의 물결이 우리 주위의 들판에서 거세게 튀어 오르고 있다. 이런 소란에도 모든 것이 잠잠하고, 저 멀리 뤼베롱 산맥[39]은 내가 끊임없이 귀를 기울여 듣는 엄청난 침묵의 덩어리에 불과하다. 귀를 기울여 들어 보면 멀리서 사람들이 내게로 달려오고 눈에 보이지 않는 친구들이 나를 불러 대니 오래전과 다름없는 나의 기쁨이 점점 커진다. 새삼 어떤 다행스러운 수수께끼 덕분에 나는 모든 것을 이해할 수 있게 된다.

세계의 부조리가 어디 있단 말인가? 이 눈부신 햇빛인가 아니면 햇빛이 없던 때의 추억인가? 기억 속에 이토록 넘치는 햇빛을 간직한 내가 어떻게 무의미[40]를

39 카뮈가 1958년 10월에 매입한 남프랑스 보클뤼즈 지방 작은 마을 루르마랭의 시골집에서 넓은 포도밭 서북쪽 너머로 바라보이는 산줄기다.

걸고 내기를 할 수 있었던가? 내 주위에서는 그래서 놀란다. 나도 때로 놀란다. 바로 그 태양이 그렇게 하는 데 도움이 되었다고, 빛이 너무나 강렬한 나머지 우주와 형상들을 캄캄한 눈부심의 덩어리로 응고시켜 버린다고 남들에게, 그리고 나 자신에게 대답할 수도 있을 것이다. 그러나 그건 달리 말할 수도 있겠는데, 내게는 언제나 진리의 빛이었던 이 희고 검은 빛 앞에서 부조리에 대한 내 생각을 간략하게 밝혀 두고 싶다. 내가 너무나 잘 알고 있기에 남들이 부조리에 대하여 마구잡이로 논하는 것은 견딜 수 없다. 그래도 역시 부조리를 이야기하다 보면 우리는 다시 햇빛으로 돌아오게 될 것이다.

어느 누구도 나는 이런 사람이라고 말할 수 없다. 그렇지만 나는 이런 사람이 아니라고는 말할 수 있다. 아직 찾는 중인 사람에게 사람들은 그가 이미 결론을 내렸기를 바란다. 숱한 목소리들이 벌써부터 당신이 찾아낸 건 이것이라고 일러 주지만, 그는 그게 아니라는 것을 안다. 그냥 찾기를 계속하면서 남들은 떠들게 내버려 두라고? 물론이다. 그러나 때로는 자기 방어도 해야 한다. 나는 내가 무엇을 찾고 있는지 모른다. 나는 조심스럽게 그것에다 이름을 붙여 보았다가 앞서 한 말을 취소하고

40 카뮈가 『시지프 신화』에서 논하고 있는 '부조리'를 두고 하는 말이다.

했던 말을 되풀이하고 전진하다가 후퇴한다. 그런데도 남들은 나보고 결정적인 이름들을, 아니 딱 하나만의 이름을 대라고 오금을 박는다. 그러면 나는 불끈하여 대든다. 이름을 붙인 것은 이미 잃어버린 것이 아닌가? 최소한 내가 말해 볼 수 있는 것은 이런 것이다.

나의 한 친구의 말에 따르면 사람은 언제나 두 가지 성격, 즉 자기의 성격과 자기 아내가 갖다 붙여 주는 성격을 지닌다고 한다. 아내를 사회로 바꾸어 놓아 보라. 그러면 한 작가가 어떤 감수성의 맥락 전체를 지칭하기 위하여 사용한 간결한 표현을 그 표현에 주석을 붙이는 이가 전후 관계를 무시하고 그것만 분리하여, 그 작가가 다른 이야기를 하고 싶어 할 때면 작가의 코앞에 들이미는 것을 이해하게 될 것이다. 말은 행동과 같은 것이다. "이 아이는 당신의 핏줄이요? — 그렇소. — 그럼 당신 아들이군요? — 그렇게 간단하지 않아요. 그렇게 간단하지 않다고요!" 이리하여 네르발은 어느 몹쓸 밤에 두 번 목을 매달았다. 한 번은 불행한 처지의 자신 때문에! 또 한 번은 어떤 사람들의 삶에 도움이 된다는 그의 전설 때문에.[41]

41 시인 제라르 드 네르발(Gérard de Nerval, 1808-1855)은 1855년 1월 26일 파리 비에유 랑테른가(지금은 없어진 길로 오늘날의 샤틀레 극장 근처로 추정된다.)의 하수구를 막는 철책 기둥에 목을 메어 자살한

아무도 진정한 불행, 그리고 어떤 종류의 행복에 대해서 논할 수 없다. 그러니 나라고 여기서 그걸 시도해 볼 생각은 없다. 그러나 전설이라면 한번 묘사해 볼 수는 있는 일이고 잠시나마 그 전설을 씻어 없앴다고 상상할 수는 있다.

작가는 대부분 남에게 읽히기 위해 글을 쓴다. (그렇지 않다고 하는 사람들이 있거든 칭찬해 주자. 그러나 그 말을 믿지는 말자.) 그러나 날이 갈수록 우리나라에서는 작가가 '남에게 읽히지 않는다.'라는 그 최종적 인정을 받으려고 글을 쓴다. 실제로 대량의 발행 부수를 자랑하는 신문에 흥미진진한 기삿거리를 제공할 수 있게 되는 순간 작가는 아주 많은 사람에게 알려질 가능성이 얼마든지 있다. 그 사람들은 작가의 이름을 알고 그에 대한 다른 사람들의 글만 읽으면 그걸로 충분하므로 작품은 결코 읽지 않을 것이다. 그는 실제의 그가 아니라 바쁜 신문기자가 그에게 덧씌운 이미지에 따라 알려질(그리고 잊힐) 것이다. 문단에서 명성을 떨치기 위해서 이제는 여러 권의 책을 쓸 필요가 없다. 그냥 석간 신문이 다뤘고 따라서 그다음부터는 그걸 깔고 자면 되는 어떤 작품을 한 편 쓴

것으로 알려져 있다. 그러나 후세 사람들은 그가 혼자 밤길을 가다가 살해되었다고 주장하기도 한다.

것으로 통하기만 하면 충분하다.

크건 작건 이런 명성은 아마도 부당하게 얻은 것이리라. 그러나 어쩌겠는가? 차라리 그런 불편도 유익할 수가 있다는 것을 인정하자. 어떤 병은 오히려 바람직하다는 것을 의사들은 알고 있다. 그런 병들은 그 병이 없었더라면 더욱 심각한 불균형 상태로 전이될 수도 있는 기능 장애를 그 나름으로 상쇄한다는 것이다. 그래서 이로운 변비도 있고 천우신조의 관절염도 있는 것이다. 성급한 말과 판단의 홍수는 오늘날 모든 공적 활동을 경박함의 대양 속에 빠뜨려 놓고 있다. 이런 현상은 다른 한편 작가라는 직업을 지나치게 중요시하는 이 나라에서는 적어도 작가가 끊임없이 갖춰야 할 겸손을 가르쳐 준다. 잘 알려진 두서너 가지 신문에 자신의 이름이 난 것을 보는 일은 너무나도 혹독한 시련이어서 마땅히 영혼에 약이 되기 마련이다. 사정이 이러하므로 이 나라 사회는 찬양받을지어다. 자기가 찬양하는 위대함이 아무것도 아니라는 사실을 큰 비용 들이지 않고, 바로 그 찬양 자체를 통하여 날마다 우리에게 깨우쳐 주니 말이다. 그런 사회가 내뱉는 평판의 소리는 떠들썩할수록 더 빨리 소멸한다. 그것은 이 세상의 모든 영광은 지나가는 연기와 같은 것임을 잊지 않으려고 교황 알렉산드르 6세[42]가 빈번히 자기 앞에 태우게 하던 삼

부스러기 불을 생각나게 한다.

그러나 빈정거림은 이쯤 해 두자. 우리의 주제와 관련하여, 예술가는 자기가 자격이 못 됨을 잘 아는 터인 어떤 과분한 이미지가 치과나 이발소 대기실에 굴러다녀도 언짢아하지 말고 감내해야 한다고 말하는 것으로 충분할 것이다. 나는 한창 인기를 끄는 한 작가를 알게 되었는데, 그는 밤마다 몸에 걸친 것이라고는 머리카락뿐인 요정들과 손톱이 새까만 목신(牧神)들이 취기에 들떠 야단법석인 잔치를 주관한다고 알려져 있었다. 그렇지만 그가 책장의 선반 여러 칸을 차지하는 그 많은 작품을 쓸 시간을 어떻게 내는지 한번 자문해 보면 좋았을 것이다. 사실은 그 작가도 그의 다른 동료 작가들과 마찬가지로 날마다 책상에 앉아 오랜 시간 동안 작업하기 위해 밤에는 자고, 간을 보호하려고 광천수를 마신다. 그런데도 사하라 사막 같은 검약과 성마른 결벽증으로 소문난 프랑스의 보통 사람들은 우리 작가들 가운데 누군가가 고주망태로 지내고 세수 같은 건 하지도 말라고 떠들어 댄다며

42 Alexander VI(1436-1503). 스페인 대귀족 보르자 가문 출신. 뇌물, 매관 매직 등 역사상 가장 타락한 교황인 동시에 탁월한 정치적 식견과 업적을 남긴 유능한 교황이었다. 카뮈는 1939년 말의 작가수첩에도 이 교황을 언급하고 있다.(『작가수첩I』(책세상, 1998), 221쪽)

격분하는 것이다. 이런 사례는 찾기 어렵지 않다. 나는 남들에게 거만하다는 평판을 손쉽게 얻는 탁월한 요령을 개인적 경험을 통해 제공할 수 있다. 실제로 나는 그런 평판의 짐을 지고 있는데 내 친구들은 그게 어지간히도 우스운 모양이다.(나로서는 오히려 얼굴이 붉어질 판이다. 그만큼 그런 평판은 부당한 것이고 그 점은 나 자신도 잘 알고 있다.) 예를 들어, 그다지 평가하지 않는 터인 신문의 주필과 저녁 식사를 같이하는 영광을 사양하기만 하면 된다. 단순히 삼가는 것일 뿐인데 그걸 무슨 영혼의 비뚤어진 결함으로밖에는 상상하지 못한다. 더군다나 그 주필이 내는 만찬을 거절하는 까닭은 실제로 그 주필을 그다지 평가하지 않아서일 수도 있지만 무엇보다 따분한 식사는 딱 질색이어서라고 — 사실 진짜 파리풍이라는 만찬보다 더 따분한 게 있겠는가? — 까지는 아무도 생각해 주지 않을 것이다.

그러니 체념할 수밖에. 그러나 가끔은 쏘는 과녁을 딴 데로 바꿔 볼 수도 있는 법이라고, 그래서 언제까지나 부조리만 그리는 화가일 수는 없지 않겠냐고, 그 누구도 절망의 문학을 신봉할 수는 없다고 누누이 설명할 수는 있다. 물론 부조리의 개념에 관한 에세이를 쓰거나 이미 써 본 적이 있을 수는 있다. 그러나 사실 불쌍한 자기 누이를 덮치지 않고도 근친상간에 관한 글을 쓸 수 있다. 나는 소포클레스가 일찍이 자기 아버지를 살해하고 어머니를 욕보였다는 기록은 어디서도 본 적이 없다. 작가는 누구나 자신의 책 속에 반드시 자신에 관해 글을 쓰고 자신의 모습을 그린다는 식의 생각은 낭만주의가 우리에게 물려준 유치한 유산들 중 하나다. 그 반대로 예술가가 우선 남들이나 자기 시대, 혹은 친근한 신화들에 관심을 가지는 것은 얼마든지 가능하다. 혹시 자신을 무대에 등장시킨다 해도 자신의 실제 모습을 보여 주는 경우는 예외에 속한다. 한 인간의 작품들은 흔히 자신이 느끼는 향수나 유혹들의 이야기를 되새겨 보는 것일 뿐 자기 자신의 이야기인 경우는 거의 없다. 그 작품이 자서전적인 내용이라고 표방할 경우는 특히 그 반대다. 일찍이 그 누구도 감히 있는 그대로의 자신을 그리겠다고 나선 적은 없다.

오히려 나는 가능한 한 객관적인 작가가 되었으면 좋겠다. 절대로 자기 자신을 객체로 간주하는 일 없이 주제들을 다루는 작가를 나는 객관적이라고 부른다. 그러나 작가 자신과 작가가 다루는 주제를 혼동하는 오늘날의 열병은 작가의 이러한 상대적인 자유를 인정하지 못한다. 이리하여 우리는 부조리의 예언자가 되어 버린다. 하지만 나는 내 시대의 길거리에서 마주친 어떤 생각에 대해서 논해 보았을 뿐이다. 나의 세대의 모든 사람과 함께 나 역시 그 생각을 품어 왔다는 것은 (그리고 또 나 자신의 어느 몫은 지금도 그 생각을 배양하고 있다는 것은) 구태여 말할 필요조차 없다. 다만 나는 그 생각에 대하여 필요한 거리를 유지하면서 그 생각을 다루고 그것의 논리를 규명했을 뿐이다. 그 뒤에 내가 쓴 모든 글은 그 점을 충분히 보여 준다. 그러나 뉘앙스의 차이를 고려하며 이해하는 것보다는 딱 부러진 공식을 들이대는 것이 더 편리한 법이다. 사람들은 공식 쪽을 택했다. 그리하여 나는 당연하다는 듯 부조리의 작가가 되어 버린 것이다.

그러할진대 내가 관심을 가지고 그것에 관하여 글을 쓰기도 했던 경험 속에서 부조리는, 비록 그 기억과 그것에서 느낀 감동이 그 이후의 내 사유 과정을 동반한다 할지라도, 하나의 출발점에 지나지 않는다는 사실을 다시 한번 더 지적해 본들 무슨 소용이 있겠는가. 마찬가지로, 모든 차이점을 신중히 고려하며 할 말이긴 하지만, 방법론적인 회의 때문에 데카르트가 꼭 회의론자가 되는 것은 아니다. 어쨌든 간에, 세상에 어떤 것도 의미 있는 것은 없다든가 만사에 절망해야 한다는 생각만 하고 사는 것이 어떻게 가능하겠는가? 논리의 밑바닥까지 파고 들어가지 않고도 최소한 이런 지적은 할 수 있을 것이다. 즉 절대적인 유물론이란 존재할 수 없다. 왜냐하면 그 말이 성립되기 위해서는 물질 이상의 그 무엇이 존재한다고 말해야 하기 때문이다. 그와 마찬가지로 전적인 허무주의도 존재하지 않는다. 모든 것이 다 무의미하다고 말하는 순간, 우리는 벌써 의미 있는 그 무엇을 표현하는 것이다. 이 세계에 일체의 의미를 부정한다는 것은 결국 모든 가치 판단을 폐지하는 것이 된다. 그러나 산다는 것, 그것의 한 예로 영양을 섭취한다는 것은 그 자체가 하나의 가치 판단이다. 자기가 죽어 가도록 방치하지 않는 그 순간부터 그는 계속해서 사는 쪽을 선택한 것이고, 그리하여 삶의 어떤 가치를, 적어도 상대적인 가치를 인정한 것이다. 절망의 문학이란 결국 무엇을 의미하는가? 절망은 말이 없다. 게다가 두 눈이 말을 하고 있다면 침묵 그 자체가 어떤 의미를 지닌다. 진짜 절망은 임종의 순간, 무덤, 혹은 심연이다. 절망이 말을 하면, 논리적으로 따지면, 특히 글을 쓰면 그 즉시 형제가 손을 내밀고, 한 그루 나무가 정당성을 얻고 사랑이 태어난다. 절망한 문학은 그 말 자체가 이미 모순이다.

물론 어떤 낙관주의는 내 소관이 아니다. 나는 내 또래 모든 사람과 함께 1차 세계 대전의 북소리를 들으며 성장했고, 우리의 역사는 그때 이후 끊임없이 살인, 불의, 폭력의 연속이었다. 그러나 우리가 목도하는 진짜 비관주의는 한술 더 떠서 숱한 잔혹한 짓과 파렴치의 자행에 있다. 나는 이 명예 훼손과 끊임없이 싸웠고 오직 잔인한 인간들밖에는 미워하지 않는다. 우리가 허무주의의 가장 암담한 어둠에 매몰되어 있을 때에도 나는 다만 그 허무주의를 극복할 근거를 찾으려고 애썼을 뿐이다. 그것은 무슨 미덕의 발로나 보기 드물게 고귀한 영혼이 힘을 발휘했기 때문이 아니라 어떤 빛에 본능적으로 충실했기 때문이었다. 나는 그 빛 속에서 태어났고, 그 빛 속에서 수천 년 동안 인간들은 고통에 시달릴 때까지도 삶을 찬양하도록 배웠다. 아이스킬로스는 자주 절망감을 안겨 준다. 그러면서도 그는 빛을 발하고 우리를 따뜻하게 감싼다. 그의 세계의 중심에서 우리가 만나는 것은 빈약한 무의미가 아니라 수수께끼, 다시 말해 그것이 발하는 눈부신 빛 때문에 잘 판독할 수 없는 어떤 의미다. 그와 마찬가지로 이 헐벗은 세기에 아직도 살아남아 있는, 자격 미달이지만 그래도 고집스럽게 그리스에 충실하려고 애쓰는 후손들에게 우리 역사의 화상(火傷)은 견딜 수 없을 것 같지만, 그들이 그것을 이해하려고 하기 때문에 결국은 그것을 견뎌 내게 된다. 비록 캄캄한 어둠뿐일지라도 우리의 작품의 중심에는 저 무궁무진한 태양이 빛을 발하며 오늘 벌판과 구릉들을 가로지르며 고함친다.

그런 다음에 삼 부스러기 불을 태울 수 있다. 우리가

남의 눈에 어떻게 보이건, 부당하게 얻건 그게 무슨 대순가? 우리가 실제로 어떤 존재이며 마땅히 어떤 존재가 되어야 하는가의 문제만으로도 우리의 삶을 가득 채우고 있는 힘을 다 바치기에 충분하다. 파리는 놀라운 동굴이어서 거기 사는 사람들은 제 그림자가 그 안쪽 벽에 비쳐 흔들리는 모습을 보고 그것이 유일한 현실인 줄 안다.[43] 이 도시가 소비하는 이상하고 덧없는 명성도 마찬가지다. 그러나 파리에서 멀리 떨어진 곳에서 우리는, 빛이 우리 등 뒤에 있으니, 그 빛을 정면으로 바라보려면 우리의 인연들을 뿌리치고 돌아서야 한다는 것을, 그리고 우리가 죽기 전에 해야 할 책무는 모든 말들을 동원해서 그 빛을 명명하려고 노력하는 것임을 배웠다. 아마도 예술가는 저마다 자신의 진실을 찾고 있을 것이다. 그가 위대한 예술가라면 각 작품은 그가 진리에 가까워지도록 할 것이다. 아니 적어도, 언젠가는 모든 것이 모여들어 불타오를 그 중심, 즉 파묻힌 태양인 중심에 더욱 가까운 곳을 맴돌 것이다. 그가 보잘것없는 예술가라면 각 작품은 그를 진실에서 멀어지게 할 것이다. 그럴 경우 중심은 도처에 있고 빛은 해체된다. 그러나 예술가의 집요한 탐구를 도와줄 수 있는 쪽은 오로지 그를 사랑하는

43 플라톤의 동굴 신화에 대한 암시다.

사람들, 또 그들 자신을 사랑하고 창조하면서 자신의 정열 속에서 모든 정열의 척도를 찾아내고 그리하여 판단할 수 있는 사람들이다.

그렇다, 이 모든 소음들…… 평화는 침묵 속에서
사랑하고 창조하는 것인데! 그러나 인내할 줄 알아야 한다. 잠시 뒤면 태양이 입들을 봉해 버린다.

(1950)

티파사에 돌아오다

너는 아비의 집에서 멀리 떠나 미쳐 날뛰는 혼이 되어
바다의 무수한 암초들을 넘어 항해하더니
이제는 낯선 땅에 살고 있도다.

—『메데이아』

닷새째 알제에 비가 그치지 않고 내리더니 마침내 바다까지도 적셔 버리고 말았다. 너무나 자욱하다 못해 끈적거리기까지 하며 그칠 줄 모르는 빗줄기가 무궁무진한 하늘 꼭대기에서 내포 위로 덮치고 있었다. 거대한 스펀지처럼 물렁물렁한 회색 바다는 윤곽이 보이지 않는 해안선에서 부풀어 오르고 있었다. 그러나 해수면은 부동의 빗발 아래에서 거의 까딱도 않는 것 같았다. 다만 이따금씩 눈에 보이지 않는 거대한 움직임이 혼탁한 수증기를 바다 저 위로 밀어 올리면 그 수증기가 물에 젖은 허리띠 같은 대로들 아래의 항구로 다가오곤 했다. 도시 그 자체, 물기가 흘러내리는 그 모든 흰 벽들이 그와는 또 다른 김을 내뿜는 바람에 그것이 바다에서 오는 수증기와 다시 만나는 것이었다. 그래서 어느 쪽으로 몸을 돌려도 물을 숨 쉬는 것 같아서 마침내는 공기를 물같이

들이켜게 되는 것이었다.

나에게는 여전히 여름 도시로만 마음에 간직된 그 12월의 알제에서, 물에 젖은 바다를 앞에 두고 나는 거닐었고, 기다렸다. 나는 유럽의 밤을, 얼굴들의 겨울을 피해서 도망쳐 나온 참이었다. 그러나 여름의 도시에조차 웃음이 사라졌고 비에 젖어 번들거리는 구부정한 등들만 보였다. 저녁에 안식처를 찾아 요란하게 불을 밝힌 카페에 들어서면 이름은 몰라도 낯이 익은 얼굴들에서 내 나이를 읽었다. 나는 다만 그 사람들이 나와 함께 젊었더랬고, 이제는 젊지 않다는 것을 알 뿐이었다.

나는 내가 무엇을 기다리고 있는지 알지 못하면서 고집스레 버티고 있었다. 아마 티파사로 돌아가게 될 때를 기다리는 것이었다. 젊은 시절의 고장으로 돌아가서, 자신이 스무 살 적에 사랑했던, 혹은 강렬하게 즐겼던 것을 마흔 살에 다시 살아 보려는 것은 커다란 광기, 언제나 벌을 받게 마련인 광기다. 그러나 전에 나는 이미 그 광기의 경고를 받은 적이 있다. 나는 청춘의 끝을 의미하는 전쟁의 시절이 끝나고 이미 한 차례 티파사에 돌아왔던 적이 있다. 나는 그곳에서 잊을 수 없는 어떤 자유를 다시 찾을 수 있으리라고 기대했던 것 같다. 이십 년도 넘게 지난 그 옛날, 나는 그곳에서 여러 아침나절들을 송두리째 다 보내며 폐허들 가운데로 헤매고 다니며 압생트 냄새를 맡았고, 돌에 기대어 몸을 데웠고, 봄이 지나도록 살아남았다가 금방 꽃잎이 지고 마는 작은 장미꽃들을 찾아다녔다. 매미들도 녹초가 되어 잠잠해지는 시간인 정오에야 비로소 나는 모든 것을 태워 없애는 빛의 탐욕스러운 불길을 피해 도망쳤다. 나는 밤이면 가끔 별들이 넘치도록 돋아난 하늘 아래 뜬눈으로 잠자곤 했다. 그때야말로 나는 살고 있었다. 그로부터 십오 년 후 첫 물결이 지척에 밀려드는 나의 폐허를 다시 찾았고, 씁쓸한 나무들로 뒤덮인 벌판을 가로질러 잊힌 옛 도시의 길들을 따라 걸었고, 해안을 굽어보는 언덕들 위에서 빵 색깔의 돌기둥들을 다시 어루만져 보았다. 그러나 지금은 폐허에 철조망을 둘러쳐 놓아서 허용된 입구를 통해서만 안으로 들어갈 수 있었다. 풍기 단속을 위해선 듯 밤에는 그 안에 들어가 돌아다니는 것도 금지되어 있었다. 낮에는 정식 경비원이 지키고 있었다. 아마 우연이겠지만 그날 아침 폐허 전역에 비가 내리고 있었다.

방향을 잃은 채 호젓하고 젖은 들판을 걸으며 나는 지금까지도 변함없는 그 힘, 내 능력으로는 바꿀 수 없음을 일단 인정하고 나면, 있는 것 그대로 받아들이도록 도와주는 그 힘이나마 되찾으려고 애를 썼다. 사실 나는 시간의 흐름을 거슬러 올라가, 지난날 사랑했지만 단 하루 사이에 사라져 버린 얼굴들을 이 세계에 되찾아 줄 수는 없었다. 1939년 9월 2일, 과연 나는 예정했던 그리스 여행을 떠나지 못했다.[44] 그 대신 전쟁이 우리에게까지 찾아왔고, 이어 그리스 그 자체를 휩쓸어 버렸다. 그날 나는 시커먼 물이 가득 고인 석관 앞에서, 혹은 비에 흠뻑 젖은 타마리스 나무들 아래에서, 햇빛에 달궈진 폐허와 철조망 사이에 가로놓인 그 거리, 그 세월을 또한 내 속에서 다시 찾았다. 애초에 나는 나의 유일한 재산인 아름다움의 장관 속에서 자랐다. 나는 우선 충만함으로 시작했었다. 그다음에 철조망이, 즉 압제, 전쟁, 경찰, 반항의 시대가 왔다. 밤과의 한바탕 결판을 내야 했다. 대낮의 아름다움은 이제 한갓 추억에 불과했다. 그리하여 그 진창의 티파사에서는 추억 그 자체가 희미해졌다. 분명 아름다움, 충만감, 혹은 젊음을 찾아 이곳에 왔건만! 화재의 불빛 속에서 세계가 돌연 묵은 것과 새것 가리지 않고 주름살들과 상처들을 다 드러내 보였다. 세계가 단번에 늙어 버렸고 또 그와 함께 우리도 늙어 버렸다. 내가 이곳에 와서 찾고자 한 그 충동, 그것은 자신이 이제 앞으로 달려 나간다는 것을 의식하지 못하는 사람에게만 유효한 것이어서 그때 비로소 그를 솟아오르게 한다. 나는 그 사실을 잘 알고 있었다. 얼마간의 순수함 없이는 사랑도

44 앞의 글 「명부의 프로메테우스」 각주 30 참조.

없다. 순수함은 어디에 있었던가? 제국들이 무너졌고 민족들과 인간들이 서로 목을 물어뜯었고 우리의 입은 더럽혀졌다. 처음에는 순수한 줄 모르고 순수했던 우리가 이제는 원치 않으면서 죄인이었다. 우리가 아는 것이 많아지면서 신비도 더 커졌다. 그런 까닭에 우리는, 오, 이 무슨 어이없는 일인가, 도덕에 매달린다! 장애자가 되어 미덕을 꿈꾸다니! 순수하던 때의 나는 도덕이 존재하는 줄도 몰랐다. 이제는 그걸 알지만 그 도덕의 높이에서 살 능력이 없었다. 지난날 내가 좋아했던 언덕 위, 허물어진 사원의 비에 젖은 돌기둥들 사이에서, 포석들과 모자이크들 위로 아직도 누군가 걸어가는 발자국 소리가 들렸고 나는 그의 뒤를 따라 걷고 있지만 이제 다시는 그를 따라잡지 못할 것 같았다. 나는 다시 파리로 돌아갔고 몇 해가 더 지나 내 고향으로 다시 돌아온 것이다.

그렇지만 그 모든 세월 동안 내게는 늘 무언가 알 수 없는 결핍이 있었다. 한번 강렬한 사랑을 경험해 보고 나면 남은 인생은 그 격정과 빛을 다시 찾으려다가 다 지나간다. 아름다움, 그 아름다움에 따르는 관능적 행복을 포기하고 불행에만 전적으로 몸 바치자면 내가 갖추지 못한 어떤 위대한 능력이 요구된다. 그러나 결국 배타적 제외를 강요하는 것치고 참다운 것은 없다. 고립된 아름다움은 결국 인상을 찌푸리게 되고 혼자만의 정의는 마침내 억압이 되고 만다. 다른 한쪽을 배제하고 한쪽만을 섬기려는 자는 아무도, 자기 자신도 섬기지 못하며 필경은 갑절로 불의를 섬기게 된다. 지나치게 경직된 나머지 무엇을 보아도 감격할 줄 모르고, 모든 것이 다 뻔해 보이는 날이 오면 인생은 되풀이의 나날이 된다. 그것은 유배의 시간, 메마른 삶의 시간, 죽은 영혼의 시간이다. 다시 살려면 어떤 은총, 자기 망각 혹은 고향이 필요하다. 어떤 아침에, 어느 길모퉁이를 돌 때 감미로운 한 방울의 이슬이 심장 위에 떨어졌다가 증발한다. 그러나 신선함은 여전히 남아 있다. 심장이 요구하는 것은 언제나 그 신선함이다. 나는 다시 떠날 필요가 있었다.

그리하여 두 번째로 찾아온 알제에서, 다시는 돌아올 수 없으리라 여기며 떠난 그날 이후 한 번도 그친 적이 없는 듯한 바로 그 빗줄기 속을 걸으며, 비 냄새, 바다 냄새 풍기는 그 한없는 멜랑콜리 속에서, 그 안개 낀 하늘, 빗줄기를 피해 사라져 가는 사람들의 그 등짝들, 유황 불빛에 사람의 얼굴들이 일그러져 보이는 카페들에도 아랑곳하지 않고 나는 끝끝내 희망을 버리지 않았다. 사실, 알제의 비는, 절대로 그치지 않을 것만 같다가도 어느 한순간에 뚝 그쳐 버린다는 것을 나는 이미 알고 있지 않았던가? 마치 단 두 시간 만에 무섭게 불어나 여러 헥타르의 땅을 휩쓸었다가 돌연 바싹 말라 버리는 내 고향의 그 강물들이 그렇듯. 과연 어느 날 저녁 비가 뚝 그쳤다. 나는 하룻밤을 더 기다렸다. 물기 있는 아침이 순결한 바다 위로 눈부시게 솟아올랐다. 물에 씻기고 또 씻기고, 거듭되는 세탁으로 인하여 가장 미세하고 가장 선명한 씨실이 다 드러난, 눈동자같이 신선한 하늘에서 진동하는 빛이 내려와 각각의 집마다, 나무마다 뚜렷한 윤곽, 경이로운 새로움을 주고 있었다. 세계가 처음 생겨나던 아침에 대지는 이런 빛 속에서 솟아났을 것이다. 나는 다시 티파사 가는 길로 나섰다.

내게는 69킬로미터 거리의 그 길 어느 한 곳 추억과 감동이 깃들지 않은 데가 없다. 거칠었던 어린 시절, 버스의 엔진 소리에 뒤섞이던 청소년 시절의 몽상들, 아침들, 싱그러운 여자애들, 해변의 모래사장들, 언제나 힘을 주어 팽팽하기만 하던 젊은 근육들, 열여섯 살 가슴속에 찾아드는 저녁의 가벼운 불안, 살려는 욕망, 영광, 그리고 오랜 세월 동안 늘 한결같은 하늘, 힘과 빛이 무진장인 그 하늘은 그 자체가 만족을 모르기에 몇 달 동안 계속 저 무시무시한 정오의 시각이면 바닷가 모래밭에 십자가 모양으로 바쳐진 제물들을 하나씩 삼켜 버렸다. 아침 녘에는 거의 감지되지 않는, 그러면서도 또한 늘 같은 바다. 길이 사헬 지역과 청동빛 포도밭 언덕들을 벗어나 해안 쪽으로 내려가자마자 지평선 끝에 다시 보이는 바다.

그러나 나는 바다를 보려고 발걸음을 멈추지는 않았다. 나는 슈누아를 다시 보고 싶었다. 단 한 덩어리로 뚜렷하게 드러나는 육중하고도 단단한 그 산, 서쪽으로 티파사 물굽이를 끼고 돌아 이번에는 저 자신이 바닷물 속으로 들어가는 슈누아. 가까이 가 닿기 훨씬 전부터 아직 하늘과 잘 분간이 되지 않는 푸르고 가벼운 수증기 같은 그 산을 멀리서 알아볼 수 있다. 그러나 우리가 가까이 다가감에 따라 그것은 조금씩 조금씩 압축되면서 주변의 바닷물 색깔을 띠기에 이르는데 마치 그 엄청난 물결의 충동이 단번에 잔잔해진 바다 저 위에서 갑자기 딱 정지한 것 같은 거대한 부동의 파도다. 더 가까워져서 거의 티파사 마을 입구에 이르면 바야흐로 갈색과 녹색의 준엄한 산더미, 그 무엇에도 동요되지 않을 이끼 낀 늙은 신(神), 나를 포함한 그의 아들들에게 피난처요 항구인 그 신이 눈앞에 나타난다.

바로 그 산을 바라보면서 나는 마침내 철조망을 넘어 폐허 속으로 들어선다. 그러자 나는 12월의 영광스러운 빛 아래에서, 내가 찾으러 온 그것을, 시대, 세계와 무관하게, 그 인적 없는 자연 속에서 나에게, 진정으로 나 혼자에게만 주어진 바로 그것을 정확하게 되찾았다. 이는 평생에 오직 한두 번밖에 일어나지 않는 것이어서 그 뒤 더는 여한이 없다고 느끼는 그런 경험이다. 올리브

열매가 흩뿌려진 고대 광장에서 아래쪽으로 마을이 보였다. 거기서는 아무 소리도 들려오지 않았다. 옅은 연기만 투명한 공기 속으로 피어오르고 있었다. 싸늘하게 반짝이는 햇빛이 끊임없이 쏟아붓는 샤워에 숨이 막힌 듯 바다도 잠잠했다. 슈누아산 쪽에서 들려오는 아득한 수탉 울음소리만이 홀로 대낮의 덧없는 영광을 찬양하고 있었다. 폐허 쪽으로는 시선이 닿는 한 수정같이 맑은 대기 속에, 얽은 돌멩이들과 압생트 풀들, 나무들과 완벽한 돌기둥들밖에는 보이는 것이 없었다. 헤아릴 수 없는 한순간에 아침나절이 고정되고 태양이 멈춰 버린 것 같았다. 그 빛과 침묵 속에서 여러 해 동안의 분노와 어둠이 천천히 녹아 가고 있었다. 나는 마치 오래전에 멎은 심장이 가만히 뛰기 시작하듯 거의 잊고 있던 어떤 내면의 소리에 귀를 기울였다. 그러자 드디어 깨어난 나는 침묵의 구성 요소들인 극히 미세한 소리들 하나하나를 가려 낼 수 있었다. 새들의 이어지는 저음, 바위 아래 바다의 가볍고 짧은 한숨, 나무들의 설렘, 돌기둥들의 눈먼 노래, 압생트들이 서로 스치는 소리, 도마뱀들의 순간적인 움직임. 나는 그것을 듣고 있었고 또한 내 속에서 솟구쳐 오르는 행복한 물결에도 귀를 기울였다. 나는 비록 한순간이지만 마침내 항구로 돌아왔고 그 순간이 이제부터는 끝이 없을 것 같았다. 그러나 잠시 후

해가 하늘에서 한 눈금 성큼 올라갔다. 티티새가 한 마리 짤막한 전주곡을 노래하자 이내 온 사방에서 새들의 노랫소리가 힘과 환희와 즐거운 불협화음과 무한한 황홀감과 함께 폭발했다. 한낮이 다시 움직이기 시작했다. 그 행진이 나를 저녁까지 실어다 줄 것이다.

정오가 되자 나는 지난 며칠 동안 미쳐 날뛰던 성난 파도가 물러가면서 남겼음 직한 거품처럼 헬리오트로프꽃들로 뒤덮이고 반은 모래땅인 비탈 위에 서서 그 시각이면 기진한 동작으로 아주 조금씩 부풀어 오를 뿐인 바다를 바라보면서 두 가지의 갈증을 충족시킬 수 있었다. 너무 오랫동안 속임수로 달래려 들면 그만 존재 자체가 말라 오그라들고 말 그 갈증은 다름 아닌 사랑과 찬미라는 갈증이었다. 왜냐하면 사랑받지 못하는 것은 그저 운이 없는 것이지만 사랑하지 못하는 것은 불행이니까 말이다. 오늘날 우리는 모두가 그 불행으로 죽어 가고 있다. 피와 증오가 심장 자체를 말려 죽이기 때문이다. 오랫동안 정의를 요구하다 보면 정의의 원천인 사랑이 바닥나고 만다. 우리가 몸담고 있는 이 아우성 속에서 사랑은 불가능하고 정의는 역부족이다. 그렇기 때문에 유럽은 대낮을 증오하면서 오로지 불의와 맞서는 일만 하는 것이다. 그러나 정의가 말라비틀어져서, 과육이 오직 씁쓸해지고 메말라 허울뿐인 오렌지가 되는 것을 막으려면 자신의 내면에 어떤 신선함을, 어떤 기쁨의 샘을 온전히 간직하고 있어야 하며, 불의를 모면할 수 있는 대낮을 사랑해야 하고, 그렇게 전취한 빛을 지닌 채 투쟁의 자리로 돌아가야 한다는 사실을 나는 티파사에서 다시 발견하는 것이었다. 나는 여기서 오래된 아름다움을, 젊은 하늘을 다시 찾았고 우리가 광기에 사로잡혔던 최악의 세월 속에서도 그 하늘의 기억이 한 번도 내게서 떠난 적이 없었음을 마침내 깨달으면서 나의 행운을 가늠할 수가 있었다. 결국 내가 절망하는 것을 막아 준 것은 바로 그것이었다. 티파사의 폐허가 우리의 공사장들이나 파괴의 잔해들보다 더 젊다는 것을 나는 늘 알고 있었다. 거기서 세계는 날마다 항상 새로운 빛 속에서 다시 시작되고 있었다. 오, 빛이여! 이것은 고대극 속에서 그들의 운명과 마주 선 모든 등장인물들이 내지르는 외침이다. 이 마지막 호소는 또한 우리의 것이기도 하니, 나는 이제 그걸 잘 알고 있었다. 겨울의 한가운데에서 나는 마침내 내 속에 억누를 길 없는 여름이 담겨 있음을 깨달았던 것이다.

나는 다시 티파사를 떠나 유럽과 유럽의 투쟁으로 돌아갔다. 그러나 그 한나절의 기억은 아직도 나를 떠받쳐 주고 있으며 열광하게 하는 것과 억압하는 것을 똑같은 마음으로 맞아들이도록 도와준다. 우리가 처해 있는 이 어려운 시간에 그 어느 것도 배제해서는 안 된다는 것, 그리고 흰 실과 검은 실로 끊어지려 할 만큼 팽팽한 끈을 꼬는 방법을 배우는 일, 그것 말고 내가 무엇을 더 바랄 수 있겠는가? 지금까지 내가 행하거나 말한 모든 것 속에서는 이 두 가지 힘을 엿볼 수 있는 것 같다. 심지어 그 두 가지 힘이 서로 모순될 때까지도 말이다. 나는 내가 그 속에서 태어난 빛을 부정할 수 없었고, 그러면서도 또 이 시대가 강요하는 온갖 억압들을 마다하고 싶지 않았다. 여기서 티파사라는 부드러운 이름에 보다 더 요란스럽고 잔인한 다른 이름들을 대립시켜 보는 것은 쉬운 일이다. 오늘날 인간들에게는, 내가 양쪽 방향으로 다 밟아 보았기에 잘 알고 있는, 정신의 언덕들에서 범죄의 대도시들로 가는 한 가닥 내면의 길이 있다. 물론 우리는 언제나 언덕 위에서 쉬고 잠잘 수도 있고 아니면 범죄 속에 기숙할 수도 있다. 그러나 존재하는 것의 한쪽 몫을 포기한다면 스스로 존재하기를 포기해야 한다. 그러므로 남에게 위임시키는 것과는 다른 방식으로 살고 사랑하거나 사는 것을 포기해야 한다. 그래서 삶의 그 어느 것 하나도 마다하지 않고 살려는 의지가 있으니 이는 바로 내가 이 세상에서 가장 존중하는 미덕이다. 적어도 이따금씩 내가 그 미덕을 실천에 옮겼다고 여기고 싶은 때가 있는 것은 사실이다. 우리 시대만큼 최선과 최악을 똑같이 대하기를 요구하는 시대는 없으므로 나는 바로 아무것도 배제하지 않은 채 이중의 기억을 정확히 간직하고 싶은 것이다. 그렇다. 아름다움이 존재하는가 하면 모멸당하는 사람들도 있다. 해내기가 아무리 어렵다 할지라도 나는 절대로 그 어느 한쪽에도 불충실하고 싶지는 않다.

이것 역시 어떤 도덕을 닮았지만, 우리는 도덕을 넘어서는 그 무엇을 위하여 살고 있다. 그것에다가 이름을 붙일 수만 있다면 얼마나 고요하겠는가! 티파사 동쪽의 생트 살자 언덕 위의 저녁 속엔 무엇인가 깃들어 있다. 사실 아직은 환하지만 빛 속에는 보이지 않는 어떤 쇠락의 기미가 낮의 끝을 알린다. 밤처럼 가벼운 바람이 일고 돌연 물결 잔잔한 바다가 어떤 방향을 향하면서 거대하고 빈약한 강처럼 수평선의 끝에서 끝으로 흐른다. 하늘빛이 어두워진다. 그러자 신비가, 밤의 제신들이, 쾌락의 피안이 시작된다. 그렇지만 그것을 어떻게 옮겨 설명하면 좋을 것인가? 내가 이곳에서 가져가는 작은 동전의 가시적인 한쪽 면은 내가 그 한나절 동안에 배운 모든 것을 내게 복기해 주는 여자의 고운 얼굴, 돌아오는 동안 내 손가락 끝에 만져지는 다른 한쪽 면은 녹이 슬어 패였다. 저 입술 없는 입이 무엇을 말할 수 있으랴. 그것은 다만 날마다 내게 내 무지와 내 행복을 일깨워 주는 또 하나의 신비스러운 목소리가 내 안에서 들려주는 다음과 같은 이야기가 아니겠는가.

“내가 찾는 비밀은 올리브나무들 골짜기 속, 싸늘한 풀과 제비꽃 아래, 포도 넝쿨 냄새 나는 어느 낡은 집 둘레에 깊이 묻혀 있다. 이십 년이 넘도록 나는 그 골짜기를, 그리고 그와 비슷한 다른 골짜기들을 두루 다녔고 언어장애 염소치기들에게 물어봤으며 사람이 살지 않는 폐허의 문을 두드렸다. 때로는 아직 훤한 하늘에 첫 별이 돋을 무렵, 가냘픈 빛의 비를 맞으며 나는 안다고 믿었다. 사실 나는 알고 있었다. 나는 늘 알고 있다, 아마도. 그러나 아무도 그 비밀을 원치 않으며 어쩌면 나 자신 또한 그것을 원치 않으니, 그래서 나는 내 가족과 떨어질 수가 없다. 내 가족 가운데서 나는 살고 있다. 돌과 안개로 지은 부유하고 끔찍한 도시들을 지배한다고 믿는 그 가족은 밤낮으로 목청 높여 지껄이며 그 무엇 앞에서도 굽힐 줄 모르는 그 가족에게 모두가 다 굽실거린다. 그들은 모든 비밀에 귀를 막고 있는 것이다. 나를 떠받쳐 주는 가족의 권력이 내게는 권태롭기만 하고 가족의 고함에 진력이 나기도 한다. 그러나 그들의 불행은 나의 불행, 우리는 한 핏줄인 것이다. 마찬가지로 장애인이고 공범이며 시끄러운 나 또한 돌들 가운데서 고함치지 않았던가? 그래서 나는 잊으려고 애를 쓰고 우리네 쇠와 불의 도시들 속으로 걸어

다니며, 어둠에 씩씩하게 미소를 던지고 소리쳐 뇌우를 부르며 일편단심 변치 않으리라. 사실 나는 잊어버렸다. 이제부터는 능동적이며 청각장애자가 되리니. 그러나 아마도 어느 날 우리가 탈진과 무지로 죽음을 맞게 될 때 나는 떠들썩한 우리의 묘지를 버리고 그 골짜기의 바로 그 빛 아래로 찾아가 누워 내가 알고 있는 것을 마지막 한 번 배울 수 있을지도 모른다."

(1952)

가장 가까운 바다
-항해일지

나는 바다에서 자랐고 가난이 내게는 호사스러웠는데 그 뒤 바다를 잃어버리게 되자 모든 사치는 잿빛이, 가난은 내게 견딜 수 없는 것이 되었다. 그 후부터 나는 기다린다. 귀항하는 선박들, 물의 집들, 청명한 날을 기다린다. 나는 지그시 견디고 있는 힘을 다해 예의 바르다. 사람들이 볼 때 나는 아름답고 교양 있는 거리들을 지나다니고, 경치에 감탄하고 모든 사람처럼 박수를 치고 손을 내밀지만, 말을 하는 것은 내가 아니다. 사람들이 나를 칭찬하면 나는 조금 꿈에 잠기고, 모욕을 받으면 아주 약간 놀란다. 그러고 나서 나는 잊어버리고 나를 모욕하는 이에게 미소 짓고 혹은 내가 좋아하는 사람에게 너무 공손하게 인사한다. 내가 기억하는 것은 단 하나의 이미지뿐이니 어찌하겠는가? 사람들은 마침내 내가 어떤 인물인지 말하라고 다그친다. "아직은 아무것도 아니오, 아직은 아무것도 아니오……."

내가 뛰어난 실력을 발휘하는 것은 장례식에서다. 나는

정말이지 탁월해진다. 나는 고철쓰레기가 꽃 핀 듯 널린 변두리 동네를 천천히 걸어 시멘트 나무들이 늘어선 대로로 접어든다. 대로는 차가운 땅에 파 놓은 구멍들로 인도한다. 거기서 나는 상처를 감싼 붕대가 아주 약간 붉게 물든 하늘 아래에서 대담한 동지들이 내 친구들을 3미터 깊은 땅속에 매장하는 광경을 바라본다. 흙 묻은 어느 손이 내게 내미는 꽃을 받아 던질 때 꽃은 영락없이 구덩이 속에 떨어진다. 내 경건함은 정확하며 감동은 어김이 없고 목은 단정하게 숙여진다. 남들은 내가 하는 말들이 적절하다고 추켜세운다. 그러나 나는 칭찬받을 자격이 못 된다. 나는 그저 기다릴 뿐이다.

나는 오랫동안 기다린다. 때로는 비틀거리고 하는 짓이 서툴러 성공을 놓친다. 아무러면 어떠랴, 그때 나는 혼자인 것을. 그리하여 밤중에 잠이 깨어 선잠결에 파도 소리가, 물이 숨 쉬는 소리가 들린다고 느낀다. 완전히 잠이 깬 나는 나뭇잎들 속에 이는 바람 소리와 인적이 끊긴 도시의 불행한 웅성거림을 알아챈다. 그러고 나면 내 비탄을 감추거나 유행에 맞추어 윤색하기에는 내 재간이 턱없이 부족하다.

또 어떤 때는 반대로 남의 도움을 받는다. 뉴욕에서, 어떤 날에는 수백만의 인간들이 헤매고 다니는 돌과 강철로 판 우물들의 깊은 밑바닥에서 길을 잃고 그 끝을 찾지 못한 채 이 우물에서 저 우물로 쫓아다니다가 지쳐 버린 나는 마침내 몸을 지탱해 주는 것은 출구를 찾는 사람들의 더미뿐임을 깨닫는다.

그때 나는 숨이 막히고 공포에 질려 소리를 지를 판이었다. 그러나 그때마다 예인선이 멀리서 보내는 신호 소리가 나에게 마른 물탱크 같은 그 도시가 어떤 섬이라는 것을, 그리고 배터리 공원[45] 끝 돌출부에서 시커멓게 썩고, 속이 빈 코르크들로 뒤덮인 세례의 물이 나를 기다리고 있음을 상기시켜 주었다.

이리하여 아무것도 가진 것이 없고 재산은 남에게 주고 내 모든 집들 근처에서 야영을 하는 나는 그래도 무엇이든 원하면 만족을 얻고 어느 때고 출항할 준비가 되어 있으니 절망이 내겐 아랑곳없다. 절망한 자에게는 조국이 없는 법, 나는 바다가 앞장서고 뒤를 따른다는 것을 아는 터이니 언제나 준비된 광기가 내 안에 있다. 서로 사랑하면서 헤어져 지내는 이들은 고통 속에 살겠지만 그것은 절망이 아니다. 그들은 사랑이 존재한다는 것을 안다. 내가 눈물 없이 이 귀양살이를 견디고 있는 것은 바로 그 때문이다. 나는 아직도 기다린다. 어느 날이 오면, 마침내…….

뱃사람들의 맨발이 갑판을 가만가만 구른다. 우리는 해가 떠오를 때 출발한다.[46] 항구를 벗어나자 짧고

45 뉴욕 맨해튼 남쪽 끝에 위치한 공원으로 리버티섬으로 가는 페리를 탈 수 있다. 카뮈는 1946년 3월 뉴욕을 방문하여 문명의 위기에 관한 강연을 했다.

46 카뮈는 1949년 6월 30일 마르세유를 출발하여 7월 21일 리우데자네이루에 도착 예정인 여객선 캄파나 호에 승선했다. 그는 일등실 승객이었다.

세찬 바람이 힘차게 솔질하고 바다는 거품이 일지 않는 잔물결들로 변한다. 잠시 후 바람이 싸늘해지며 동백꽃 물을 흩뿌리다가 그것도 곧 사라진다. 이리하여 아침나절 줄곧 우리의 돛들은 유쾌한 활어 수조 위에서 펄럭거린다. 바닷물은 무겁고, 비늘을 드러내며 서늘한 거품으로 뒤덮인다. 이따금 파도가 뱃머리에 와 부딪혀 짖어 댄다. 제신들의 타액인 양 씁쓸하고 미끈거리는 거품이 선체의 나무 벽을 따라 물속까지 흘러가서는 그 속에서 지워졌다가 다시 살아나는 형상들로 흩어진다. 푸른색과 흰색의 암소, 기진맥진한 짐승의 털 같은 그 형상은 우리 배가 지나간 항적 뒤에 오래 남아 표류한다.

출발 이후 갈매기들이 별로 힘들이지 않고 거의 날갯짓도 하지 않은 채 우리 배를 따라온다. 그들의 아름다운 직선 비행은 미풍을 타는 듯 마는 듯하다. 느닷없이 부엌께에서 풍덩 하고 뭔가 요란하게 떨어지는 소리가 갈매기들 사이에 식욕을 자극하는 경보음을 던지자 새들의 아름다운 비상이 그만 뒤죽박죽으로 헝클어지면서 하얀 날개들의 화염 덩어리가 불꽃을 일으킨다. 갈매기 떼는 미친 듯이 사방으로 소용돌이치더니 속도는 전혀 줄이지 않은 채, 뒤섞인 무리에서 한 마리씩 차례로 벗어나 바다 쪽으로 급강하한다. 몇 초 뒤, 갈매기 떼는 바야흐로 물 위에 다시 모여, 우리 등 뒤에 시끄러운 가금장을 만들고 오목한 물이랑에 둥지를 틀고 음식 찌꺼기 진수성찬을 유유히 뜯어 먹는다.

정오에, 귀가 먹먹할 정도로 후려치는 태양 아래에서 바다는 기진맥진, 가까스로 몸을 쳐든다. 다시 그 몸이 주저앉을 때는 침묵이 휘파람 소리를 낸다. 한 시간 동안 끓고 나자 뿌옇게 바랜 물이 하얗게 달군 거대한 함석판처럼 지글거린다. 물은 지글거리고, 연기를 뿜고, 마침내는 타오른다. 잠시 후에는 몸을 뒤집어 지금은 파도와 암흑 속에 잠겨 있는 젖은 쪽 얼굴을 태양에 바칠 것이다.

우리는 헤라클레스의 문들[47]을, 안타이오스가 죽은 땅끝을 지난다. 그 너머는 도처에 대양, 우리는 한 번 잡은 항정(航程)으로 케이프혼과 희망봉을 지나니, 자오선이

47 모로코와 이베리아 반도 사이의 좁은 해협의 남과 북에 솟은 두 개의 바위산을 '헤라클레스의 기둥'이라고 한다. 지구가 평면이라고 믿었던 시절 '세상의 끝'이라고 여겼던 곳이다. 이 문을 지나 그 이상 나아가면 지옥으로 추락한다고 믿었다. 힘이 세기로 유명한 안타이오스도 결국 헤라클레스에게 죽임을 당한다.

위도와 합쳐지고 태평양이 대서양을 마셔 버린다. 곧 뱃머리를 밴쿠버 쪽으로 향한 채 우리는 남쪽 바다를 향해 천천히 파고든다. 어느 정도 떨어진 거리에 이스터섬, 데졸라시옹섬, 헤브리디스 제도가 선단을 이루듯 우리의 앞으로 줄지어 지나간다. 어느 날 아침 갑자기 갈매기 떼가 종적을 감춘다. 우리는 모든 뭍에서 멀리 떨어진 채, 우리의 돛대들과 기계들과 함께 외롭게 남는다.

또 수평선과 함께 외톨이가 된 우리. 파도는 하나하나, 참을성 있게, 눈에 보이지 않는 동쪽에서 온다. 우리 있는 데까지 왔다가는 또 참을성 있게 미지의 서쪽으로 하나하나 다시 떠나간다. 시작도 없고 끝도 없는 기나긴 전진…… 시냇물과 강물은 지나가지만 바다는 지나가고 머문다. 바로 이렇게 일편단심으로, 덧없이, 사랑해야 하리라. 나는 바다와 결혼한다.

가득 찬 물. 해가 내려와 수평선 훨씬 앞에서 안개에 빨려 들어간다. 짧은 한순간 바다가 한쪽은 장밋빛, 다른 쪽은 파란색이다. 이어 물빛이 짙어진다. 조그만 스쿠너 범선 한 척이 두껍고 빛이 바랜 금속의 이 완벽한 원의 표면 위로 미끄러진다. 그리고 가장 크낙한 평정의 시간, 다가오는 석양 속에서 수백 마리의 돌고래가 물에서 솟아올라 우리 주위에서 맴돌더니 사람이 없는 수평선 쪽으로 달아난다. 그것들이 떠나고 나자 원초적 물의 침묵과 불안.

다시 얼마가 더 지나 회귀선상에서 빙산과 조우. 이 따뜻한 물속을 오랫동안 여행하고 나면 아마 눈에는 보이지 않겠지만 효과는 확실하다. 빙산이 우현을 스칠 때는 돛대 밧줄이 잠시 서리 이슬에 덮이는데, 반대로 좌현에서는 메마른 한나절이 저문다.

밤은 바다 위로 내리지 않는다. 이미 물속에 잠긴 해가 빽빽한 재를 뿌려 차츰 어두워지는 물의 밑바닥으로부터 오히려 밤이 아직 희뿌연 하늘 쪽으로 올라온다. 짧은 한순간, 금성이 검은 물결 저 위에 외로이 남아 있다. 눈을 감았다가 다시 뜨는 사이 별들이 액체의 밤 속에 넘치도록 돋아난다.

달이 떴다. 처음에는 수면을 희미하게 밝히더니 더 높이 솟아올라 부드러운 물 위에 글씨를 쓴다. 마침내 하늘 꼭대기에 이르러 풍성한 은하수 같은 바다의 회랑 전체를 비추고 은하수의 강물은 배의 움직임과 더불어 우리 쪽으로, 어두운 대양 속으로 무진장 흘러내린다. 포근한 밤, 신선한 밤, 내가 요란스러운 빛 속에서, 알코올과 욕망의 소용돌이 속에서 애타게 불렀던 밤이다.

하도 드넓어 가도 가도 끝이 없을 것 같은 공간 위에서 우리는 항해한다. 해와 달이 빛과 어둠으로 엮은 같은 실을 타고 교대로 뜨고 진다. 바다에서의 나날은 모두가 다 닮은 꼴이다, 행복처럼.

스티븐슨이 말하듯, 우리의 삶은 망각에도 소질이 없고 추억에도 소질이 없다.

새벽. 우리는 북회귀선을 수직으로 자르며 지나고 물은 신음 소리를 내며 경련한다. 강철 조각들로 뒤덮인 물결 높은 바다 위에 해가 뜬다. 하늘은 안개와 열기로 하얗고, 천구의 전 공간에 걸쳐 태양이 두꺼운 구름들 속에서 녹아 물이 된 것처럼, 보이지는 않지만 견디기 어려운 광채를 발한다. 분해된 바다 위의 병든 하늘. 시간이 갈수록 열기는 납빛의 대기 속에서 더해만 간다. 온종일 뱃머리에서는 구름 떼 같은 비어들과 쇳조각 같은 작은 새들이 파도의 덤불 밖으로 튀어나온다.

오후에 우리는 도시들 쪽으로 거슬러 올라가는 어떤 상선 한 척과 엇갈린다. 우리의 기적이 선사시대 동물이 요란하게 포효하는 것 같은 세 번의 기적 소리로 교환하는 인사, 바다에서 길을 잃었다가 다른 인간들을 만나 정신이 번쩍 든 선객들의 신호, 차츰 늘어나는 두 선박 사이의 거리, 험악한 물 위에서의 작별, 이 모두가 가슴이 미어지게 한다. 널빤지 몇 장에 매달린 채, 떠도는 섬들을 찾아 망망대해의 갈기 위에 던져진 이 막무가내의 광인들, 고독과 바다를 소중히 여기는 사람이라면 그 누군들 그들을 사랑하지 않을 수 있겠는가?

대서양의 정중앙, 우리는 끝에서 끝으로 한정 없이 불어 대는 광풍에 굴복한다. 우리가 내지르는 비명들 하나하나는 가없는 공간 속으로 날아가 사라져 버린다. 그러나 그 비명은 하루, 또 하루, 바람을 타고 마침내 육지의 평탄한 어느 한끝에 가 닿아, 어딘가에서 길을 잃고 눈 덮인 제 조개 껍질 속에 틀어박힌 한 인간이 그 소리를 듣고 솔깃해 미소 짓고 싶어질 때까지. 빙벽을 때리며 오래오래 반향할 것이다.

나는 2시의 태양 아래서 반쯤 잠이 들었다가 끔찍한 소리에 깨어났다. 바다 밑바닥에 해가 보였고 파도는 출렁거리는 하늘을 뒤덮고 있었다. 돌연 바다가 불타오르고 태양이 천천히, 싸늘한 한 모금씩, 내 목구멍으로 흘러들었다. 내 주변에서 뱃사람들이 웃고 울었다. 그들은 서로 사랑했지만 서로를 용서할 수 없었다.

그날, 나는 세계의 실상을 알아차렸다. 나는 세계의 선은 동시에 해로울 수 있으며 큰 죄들이 유익할 수도 있다는 것을 인정하기로 마음먹었다. 그날, 나는 세상에는 두 가지 진실이 있다는 것을, 그중 하나는 절대로 입 밖에 내어서는 안 된다는 것을 깨달았다.

약간 이지러진 야릇한 남반구의 달이 몇 밤이나 우리를 따라오더니 하늘에서 빠르게 물속으로 미끄러져 빨려 들어갔다. 이제 남은 것은 남십자성, 성긴 별들, 잔구멍이 많은 공기. 동시에 바람이 완전히 잦아든다. 하늘은 미동도 않는 돛대 저 위에서 구르며 흔들린다. 엔진을 끄고 돛도 내린 채 우리가 더운 밤의 어둠 속에서 휘파람을 부는 동안 물이 배 옆구리에 와서 다정스럽게 철썩인다. 명령을 내리지 않아도 배의 기관들은 잠잠하다. 사실 무엇 때문에 쫓아가고 무엇 때문에 되돌아오는가? 우리는 더할 나위 없이 만족하고 어떤 말 없는 광기가 막무가내로 우리를 잠재운다. 이리하여 만사형통의 날이 온다. 그러면 기력이 소진될 때까지 헤엄치는 사람들처럼 그저 흘러가도록 내버려 두어야 한다. 무엇을 성취한단 말인가? 오래전부터 나는 스스로에게 그걸 입 다물고 말하지 않았다. 오, 쓰디쓴 침상이여, 왕의 잠자리여, 왕관은 물속 저 밑바닥에 있다!

아침에 우리 배의 스크류가 미지근한 물에 가만가만 거품을 일으킨다. 우리는 다시 속력을 낸다. 정오 무렵, 먼 대륙들에서 온 사슴 떼가 우리 곁을 지나 앞질러 가더니 북쪽을 향해 꾸준히 헤엄쳐 가고 그 뒤로 다양한 색깔의 새들이 따른다. 새들은 가끔 사슴뿔들의 숲에 내려앉아 쉰다. 그 떠들썩한 숲이 차츰 수평선 너머로 사라진다. 잠시 후 바다는 이상한 노란 꽃들로 뒤덮인다. 저녁 무렵, 눈에는 안 보이는 어떤 노랫소리가 오랜 시간 동안 우리를 앞장서 나아간다. 나는 편안해져서 잠이 든다.

깔끔한 미풍에 모든 돛을 내맡긴 채 우리는 투명한 근육질의 바다 위로 내달린다. 속력이 최고조에 이를 때 키의 손잡이를 좌현으로. 그리하여 날이 저물 무렵, 다시 항로를 바로잡아 돛이 수면을 스칠 만큼 배를 우현으로 기울인 채 우리는 전속력으로 남반구 대륙을 끼고 달린다. 전에 나는 야만적인 관이나 마찬가지인 비행기 안에 갇힌 장님이 되어 그 위를 날아 본 적이 있었기에 이 대륙을 알아볼 수 있다. 그때 나는 게으른 왕이었고 내가 탄 수레는 슬슬 기어가고 있었다. 나는 바다를 기다렸지만 도무지 바다에 가 닿을 수가 없었다. 괴물은 울부짖으며 페루의 구아노석 덩어리에서 이륙하여 태평양의 해변들 위로 달려들었고 안데스 산맥의 으깨진 허연 척추뼈들

위를 지나 파리 떼 자욱한 아르헨티나의 광대한 평원 위로 날았다. 그러고는 단 한 번의 날갯짓으로, 우유가 넘치는 우루과이의 목장들을 베네수엘라의 검은 강들에 이어 붙이고는 착륙했고 다시 울부짖으며 또 먹어 치울 새로운 빈 공간들이 눈앞에 보이자 탐욕을 이기지 못해 몸을 부르르 떨었다. 그러면서도 앞으로 나아가지 않기로는 여전히 마찬가지, 아니 적어도 경련하며 집요할 만큼 느리게, 사납고 고정되고 중독된 에너지로만 나아가기로는 마찬가지였다. 그때 나는 금속 감방에 갇혀 죽어 가면서 살육과 한판 통음 난무의 몸부림을 꿈꾸고 있었다. 공간이 없으면 순수도 없고 자유도 없다! 숨 쉴 수 없는 사람에게 감옥은 죽음이거나 광기다. 거기서 죽이거나 소유하는 것 말고 또 무엇을 하겠는가? 오늘은 그와 반대로 목구멍 가득 숨결이 넘치고, 우리의 모든 날개들이 푸른 하늘에서 퍼덕인다. 나는 속력을 내라고 소리치련다. 우리는 육분의(六分儀)도 나침반도 다 물속에 던져 버린다.

억제할 수 없는 바람 아래에서 우리의 돛은 강철이다. 해변이 우리 눈앞에서 전속력으로 표류한다. 도도한 코코넛 나무숲은 에메랄드빛 석호에 발을 적시고 있고 고요한 내포에는 빨간 돛을 단 배들이 가득 들어차 있다. 달빛 같은 모래사장. 큰 빌딩들이 불쑥 나타나지만 뒷마당에서 시작되는 처녀림의 기세에 벌써부터 곳곳이 깨져 보인다. 여기저기, 노란 열대 식물이나 어떤 나무의 보라색 가지들이 창문을 부순다. 마침내 리우데자네이루가 우리 뒤에서 무너진다. 도시가 무너져 새로 생긴 폐허들은 식물들로 뒤덮이고 그 속에서 치주카 원숭이들이 낄낄대며 돌아다닐 것이다. 더욱더 빨리 파도가 모래 다발들이 되어 분출하는 거대한 해안들이 지나간다. 그보다 더 빨리, 우루과이의 양 떼가 바다로 들어가더니 단번에 바다가 누렇게 변한다. 이윽고 아르헨티나 해안에서는 거칠게 쌓아 올린 거대한 장작더미들이 일정한 간격을 두고 하늘로 솟아오르고 그 속에서 반 마리짜리 소고기 구이가 서서히 익는다. 밤에는 티에라델라푸에고에서 떠내려온 빙하 덩어리들이 여러 시간 동안 우리 배의 선체를 두들기지만 배는 거의 속력을 늦추는 법도 없이 방향을 돌린다. 아침이 되자 태평양 유일의 파도가 칠레 해안 수천 킬로미터에 걸쳐 그 초록색 흰색의 차가운 용액을 부글부글 끓이면서 천천히 우리를 밀어 올려 침몰시켜 버릴 듯이 위협한다. 조타수가 그 파도를 피해 케르겔렌 제도를 돌아 지나간다. 감미로운 저녁에 첫 말레이시아 배들이 우리 쪽으로 다가온다.

"바다로! 바다로!" 내가 어렸을 때 읽은 책에서 그

놀라운 소년들은 외치고 있었다. 그 책에 대한 것은 다 잊어버렸다. 그 외침만은 예외다. "바다로!" 그래서 인도양을 거쳐, 불덩어리처럼 달아올랐다가 얼어붙는 사막의 돌들이 적막한 밤에 하나씩 쩍쩍 갈라지며 소리를 내는 홍해의 대로에 이르기까지, 우리는 그 외침들이 잠잠해지는 고대의 바다로 되돌아온다.

어느 날 아침 마침내 우리는 기이한 침묵이 가득하고 고정된 돛들이 항로 표지처럼 늘어선 어느 만에 기항한다. 오직 몇 마리 바닷새들만이 하늘에서 갈대 부스러기들을 놓고 다툰다. 우리는 헤엄을 쳐서 인적 없는 어느 해변으로 돌아온다. 하루 종일 우리는 물에 들어갔다가 다시 모래밭으로 나와 몸을 말린다. 저녁이 되어 초록빛으로 변하며 물러나는 하늘 아래 그렇게도 고요하던 바다가 더욱 고즈넉해진다. 짧은 파도들이 미지근한 모래톱으로 거품 증기를 내뿜는다. 오직 하나의 공간만이 남아 있다. 부동(不動)의 여행에 필요한 공간이다.

부드러움이 오래도록 이어지는 어떤 밤들에는, 그렇다, 우리가 죽은 뒤에도 그런 밤들이 땅과 바다 위로 다시 돌아오리라는 사실을 알고 있으면 죽는 데 도움이 된다. 언제나 파도가 갈아엎는 늘 순결한 큰 바다여, 밤과 함께 나의 종교인 바다여! 바다는 우리를 씻겨 주고, 그 척박한 밭고랑에서 우리를 배불리 먹여 주고 우리를 해방하며 우리를 바로 세워 준다. 하나의 파도마다 하나의 약속. 늘 똑같은 약속. 파도가 뭐라고 말하는가? 만일 내가 추운 신들에게 둘러싸여 세상 모르게, 내 핏줄들에게 버림받은 채, 마침내 기진하여 죽어야 한다면, 그 마지막 순간에 바다가 내 세포를 가득 채우고 나를 넘어서 떠받쳐 원한 없이 죽도록 도울 것이다.

자정에 해변에 홀로. 더 기다릴 것, 그리고 떠나리라. 하늘 자체가 저의 모든 별들과 더불어 멎어 있다. 마치 바로 이 시간, 세상의 모든 항구에서 상선들이 조명등을 가득 달고 어두운 물을 비추며 멈추어 있듯이. 공간과 침묵이 똑같은 무게로 가슴을 누른다. 어떤 갑작스러운 사랑, 위대한 작품, 결정적인 행위, 혁신적 사상은 어떤 순간 거역할 수 없는 매혹과 더불어 바로 이와 같은 견딜 수 없는 불안을 안겨 준다. 존재의 감미로운 고뇌, 그 이름 모를 위험이 가까웠다는 미묘한 느낌, 그렇다면 산다는 것은 스스로의 무덤을 향해 달려가는 것인가? 다시, 쉼 없이, 우리의 무덤을 향해 달려가자.

나는 언제나 난바다에서, 위협받으며, 당당한 행복의

한복판에 살고 있는 느낌이었다.

(1953)

2022년판 역자의 말

1987년 『알베르 카뮈 전집』 번역 계획을 예고하며 처음으로 야심 차게 번역 소개했던 카뮈의 가장 아름다운 초기 산문집 「안과 겉」, 「결혼·여름」을 35년 만에 완전히 새로 옮겼다. 사십 대에 처음 번역한 텍스트를 다시 원문과 하나하나 대조하면서 그 오랜 세월 동안에 변한 우리 말의 쓰임새와 아울러 역자 자신의 변화에 놀랐다.

새 번역은 기존 번역의 잘못된 곳, 부자연스러운 곳을 수정함은 물론 특히 역문에 동원된 단어 수를 최대한 줄여 글의 간결함이 돋보이도록 했다. 그리고 고유명사에 있어 새로운 외래어 표기법에 따르도록 노력했고 독자의 이해를 돕기 위하여 각주를 다수 추가했다. 이로써 역자의 젊은 날의 무모함이 흘러간 시간과 함께 다소 지혜로운 세련을 거친 것으로 이해된다면 더 바랄 것이 없겠다.

2022년 늦가을 김화영

알베르 카뮈의 '스웨덴 연설'

작가로서 카뮈는 시적 산문집인 『안과 겉』(1937)과 『결혼』(1938)을 거쳐 철학적 에세이 『시지프 신화』(1942)와 소설 『이방인』(1942)에 이를 때 문단은 물론 지식인 사회의 주목받는 지성이 된다. 2차 세계 대전 중에는 저항 운동에 참여해 레지스탕스 조직 기관지인 「콩바」 편집장을 맡기도 한 그는 사회 부조리를 묘사한 『페스트』(1947)와 비평집 『반항하는 인간』(1951) 등 연이어 문제작들을 발표한다. 마흔네 살 젊은 나이인 1957년에 카뮈는 노벨 문학상 수상의 주인공이 되었고, 시상식 자리에서 '예술과 작가의 역할'이라는 제목의 연설문을 읽는다. 예술은 고독한 향락이 아니라 인간 공통의 고통과 기쁨의 이미지로 많은 이들을 감동시키는 수단이라는 것, 예술은 겸허하고 보편적인 진실을 따르는 것이며, 진실한 예술가는 판단하기보다 이해하는 존재라고 카뮈는 말한다. 아울러 작가의 역할은 진실과 자유를 섬기는 것임을, 세계의 붕괴를 저지하기 위한 시대적 과업을 짊어진 존재로서 빛의 세계를 향해 나아가고, 삶의 행복과 자유를 포기하지 않아야 함을 강조한다. 우리 시대 영원한 청년 알베르 카뮈가 노벨상 소식을 듣던 그 시기, 카뮈의 현재와 당면한 현실을생생하게 묘사한 김화영 역자의 에세이로 2009년 작.(오르한 파묵 외 노벨 문학상 수상 작가 10인 지음, 이영구 외 옮김, 『아버지의 여행가방—노벨문학상 수상 연설집』(문학동네, 2009), 301~309쪽)

알베르 카뮈의 '스웨덴 연설'

알베르 카뮈의 '스웨덴 연설'

김화영

카뮈는 1957년 10월 16일 파리의 어느 식당에서 점심 식사를 하던 중 갈리마르 출판사에서 보낸 사람에게서 노벨 문학상 수상 소식을 전해 들었다. 알제에 살고 있던 어머니는 파리의 아들한테서 전보를 받았다. 문맹인 그녀는 노벨 문학상 수상자가 된 아들의 작품을 한 번도 읽어 보지 못했다. 아내 프랑신도 전화로 연락을 받았다. 카뮈는 우선 상을 거부할 생각을 했다. 그러나 한 번도 물질적으로 넉넉한 생활을 해 보지 못했던 아내는 제발 그가 수상을 거부하지 않기를 내심 원했다. 카뮈는 이미 1947년, 1949년, 1952년, 1954년에도 노벨 문학상 후보에 올랐었다. 그러나 당시에 그는 너무 젊었다. 사실 1957년에도 그는 여전히 젊은 작가였다. 마흔넷의 카뮈는 마흔두 살에 노벨 문학상을 수상한 러디어드 키플링 이후 최연소 수상자였다. 당시 노벨 위원회는 앙드레 말로,

보리스 파스테르나크, 생 종 페르스, 사뮈엘 베케트 등을 카뮈와 함께 수상 대상으로 고려하고 있었다. 카뮈의 수상 결정으로 프랑스는 쉴리프뤼돔부터 1952년 프랑수아 모리악의 수상 이후 열 번째로 노벨 문학상 수상 작가를 배출하는 국가가 될 참이었다.

자신이 태어난 땅이 알제리 전쟁으로 유린되고 있을 때 찾아온 노벨 문학상은 카뮈에게 용기를 주었다기보다는 또 하나의 견디기 어려운 시련이었다. 그 상은 그에게 '확신보다는 회의를' 더 많이 가져다주었다. 그는 스페인 망명 정부의 십자훈장 외에 다른 어떤 문학적 영예도 거부해 왔다. 더군다나 일생 동안 그를 떠나지 않은 폐렴의 재발로 치료를 받는 중이었던 그는 이 수상 소식을 듣고 일종의 '공황 상태'에 빠졌다. 그래서 처음에는 상을 거절할까 심각하게 고려했다. 그러나 다시 생각해 본 그는 노벨 문학상이 절정에 이른 그의 문학에 대한 인정이라기보다 북아프리카의 젊은 문학에 보내는 격려로 간주하기에 이르렀다. "나는 개인적으로 좀 젊다고 생각한다. 나 같으면 말로에게 표를 던졌을 것이다. 다만 나는 알제리의 프랑스 작가를 평가한 것에 대해 노벨 위원회에 감사한다. 나는 내가 태어난 땅과 멀든 가깝든 관계가 없는 글은 쓴 적이 없다. 나의 모든 생각은 그 땅 그리고 그 불행으로 기운다."라고 그는 한 인터뷰에서 당시의 소회를 피력했다.

10월 27일 목요일, 드디어 스웨덴 언론은 한림원이 카뮈를 수상자로 공식 선정했다고 보도했다. 정오에는 한림원의 종신 서기가 그 소식을 공식 확인하며 "파고드는 듯한 진지한 태도로 오늘날 우리 인간 의식에 제기되는 여러 문제를 조명하는 그의 중요한 문학 작품"을 높이 평가했다는 선정 이유를 밝혔다. 그리고 이렇게 덧붙였다. "그로 하여금 인생의 가장 근원적인 큰 문제들에 대담하게, 전 인격을 다 바쳐 매달리게 만드는 진정한 도덕적 참여가 존재한다." 카뮈의 스승이자 친구인 장 그르니에는 이렇게 논평했다. "그의 위대함은 일탈에서 나오는데, 이 일탈은 그의 위대함의 자연스러운 표현일 뿐이다." 그날 오후 파리 주재 스웨덴 대사가 갈리마르 출판사로 카뮈를 찾아와 공식적으로 수상 소식을 전했다. 그리고 말했다. "귀하는 코르네유의 주인공처럼 레지스탕스에 가담한 인물이며, 부조리에 어떤 의미를 부여하고 심연의 밑바닥에서도 비록 지난한 것일지라도 희망을 가질 필요를 역설하고 이 분별력 없는 세계 속에서 창조와 행동과 인간의 고귀함을 위한 자리를 마련할 수 있었던 반항인입니다."

당시 파리의 마튀랭 극장에서는 포크너 원작을 카뮈가 각색한 「어느 수녀를 위한 진혼곡」을 상연하고 있었다. 극장 측은 급히 새 포스터를 인쇄했다. 연극이 두 노벨 문학상 수상자의 작품임을 강조하기 위해서였다. 포크너는 카뮈에게 축하 전보를 보냈다. "끊임없이 자신을 찾고 자신에게 질문을 던지는 영혼에게 인사를 드린다." 한편 프랑스 내의 반응은 전체적으로 카뮈를 '꽃다발 더미 속에 매장하는 의식'의 형국이었다. 그의 친구들 못지않게 적들 역시 기뻐했다. 그의 적들에게는 카뮈를 비판할 수 있는 좋은 기회였기 때문이다. 《예술》의 자크 로랑은 이렇게 꼬집었다. 스웨덴 한림원은 언제나 "끝장난 작품"에, 어떤 방식으로건 "보편적 가치"를 표방하는 작품에 상을 주지 않았던가? 보편적 가치란 곧 "가장 관습적인 도덕"이라고 해석할 수 있는 것이다. 그런가 하면 이 기회를 이용해 카뮈의 '패배주의적 유토피아 정신'을 비판한 이도 있었다.

한편 《콩바》는 그 신문이 과거에 카뮈의 신문이었다는 사실을 까마득하게 잊은 듯 "작은 나라들은 완벽하고 예절 바른 작은 사상가들을 좋아한다."라고 스웨덴 한림원의 결정을 비꼬는 평을 실었다. 반면 모리스 블랑쇼는 '우정'이라는 제목의 글에서, 카뮈의 작품은 끝장났다고 몰아붙인 사람들에게 가장 적절한 해석으로 응답했다. "카뮈는 자주 자신의 저서들에 의해 더 이상 움직일 수 없도록 발이 묶여 버리는 것을 보면서 일종의 거북함을, 때로는 초조함을 느꼈다. 단순히 그 책들의 성공이 가져온 광채 때문만이 아니라 그 자신이 그 책들에 부여하려고 노력한 완결된 성격으로 인해 그렇게 된 것이다. 그는 사람들이 그 완전함의 이름으로 자신을 때 이르게 완성된 작가라고 판단하는 것을 보면 즉시 그 완결된 성격에 등을 돌리고 싶어지는 것이다."

카뮈는 어머니에게 전보를 보낸 직후인 11월 19일, 알제의 옛 초등학교 스승 루이 제르맹에게 편지를 보냈다. "선생님이 아니었다면, 선생님이 그 당시 가난한 어린 학생이었던 저에게 손을 내밀어 주시지 않았다면, 선생님의 가르침이 그리고 손수 보여 주신 모범이 없었다면 이런 모든 것은 있을 수 없었을 겁니다. 저는 이 영예를 지나치게 중요시하지는 않습니다. 그러나 적어도 선생님이 저에게 어떤 존재였으며 지금도 여전히 어떤 존재인지 말씀드리고, 선생님의 노력, 일 그리고 거기에 바치신 너그러운 마음이 나이를 먹어서도 결코 선생님께 감사하는 학생이기를 그치지 않았던 한 어린 학생의 마음속에 언제나 살아 있음을 선생님께 말씀드릴 기회는 되는 것입니다." 한 달 뒤 카뮈는 '스웨덴 연설'을 루이 제르맹 선생에게 바침으로써 그 깊은 감사의 마음을 구체적으로 증명해 보였다.

수상식에 참여하기 위해 카뮈 부부는 스웨덴으로

떠난다. 카뮈는 생제르맹 데 프레의 뷔시가에 있는 상점에서 검은색 정장 양복 한 벌을 대여한다. 아내 프랑신은 친구들에게서 장신구와 밍크코트를 빌린다. 카뮈 일행은 파리의 가르 뒤 노르역에서 기차를 탄다. 갈리마르 출판사 사람들과 미국 출판사 사장 블랑슈 크노프가 동행했다. 그들은 12월 9일 스톡홀름에 도착한다.

수상식은 이튿날인 10일 목요일 스톡홀름의 콘서트홀에서 거행되었다. 시상식 후 그는 시청에서 연설을 한다. 여기서 그는 당시 '예술과 작가의 역할'과 관련해 그의 마음을 사로잡던 문제, 즉 예술가와 사회 현실의 상관 관계, 자기 시대와의 유대에 대한 생각을 피력한다. 그는 예술의 여러 가지 수단을 통해 "이름 모를 한 수인의 침묵"을 메아리치게 하는 데 자신의 존재 이유가 있다는 것을 밝힌다. 이것은 곧 어떤 "공동체의 감정"을 전제로 하는데, 그러기 위해서는 작가라는 직업의 위대성을 보증하는 "두 가지 짐", 즉 "진실에 대한 섬김과 자유에 대한 섬김"을 감당해야 한다. 그리고 그는 이렇게 결론을 내린다. "진실은 신비롭고 달아나기 쉬운 것이어서 늘 새로이 전취해야 합니다. 자유는 위험하고 우리를 열광하게도 하지만 그만큼 체득하기가 어렵습니다. 우리는 이 두 가지 목표를 향해 힘겹게, 그러나 꿋꿋하게 걸어

나가야 합니다.” 그는 ‘예술’과 ‘예술가’라는 표현을 열세 번이나 사용하면서 때로는 상투적이고 때로는 밀도 있는 이 연설에서 끊임없이 자신으로 돌아온다.

12월 12일 목요일 오후 5시 30분에 스톡홀름 대학교 학생회관에서 학생들과 만남의 자리가 마련되었다. 카뮈가 좋아하는 ‘토론’ 형식이었다. 그러나 진지하지만 자유로운 대화 도중에 갑자기 삼십 대로 보이는 한 알제리 젊은이가 연단에 올라와 카뮈를 비난하기 시작했다. “당신은 지금까지 동구 여러 나라를 위해서는 많은 탄원서에 서명했으면서 삼 년 전부터는 알제리에 대해 단 한 번도 서명을 하지 않았습니다.” 그는 알제리 민족해방전선(FLN)의 일원이거나 대표자는 아니었다.

카뮈는 대답했다. “나는 일 년 팔 개월 동안 입을 닫고 지냈습니다. 그렇다고 행동마저 하지 않은 것은 아닙니다. 그때나 지금이나 두 민족이 평화롭고 평등하게 살아갈 수 있는 정의로운 알제리의 지지자입니다. 나는 양편의 증오가 변해 그들의 선언이 테러를 더 격화시킬지도 모르기에 지식인의 개입이 더 이상 필요하지 않을 때까지 알제리 민족의 권리를 인정해 주고 완전히 민주적인 제도를 만들어 줘야 한다고 거듭 주장해 왔습니다. 분리하기보다는 하나로 묶기에 적절한 때까지 기다리는 게 더 나은 것 같습니다. 하지만 나는 당신들 스스로는 모르는 어떤 작전 덕분에 오늘날 살아 있는 친구들이 곁에 있다는 사실을 분명히 말할 수 있습니다. 이런 식으로 말하는 내 기분이 좋은 것은 아닙니다. 나는 언제나 테러를 비난해 왔습니다. 알제의 거리에서 맹목적으로 자행되는, 그래서 어느 날 나의 어머니와 가족을 해칠지도 모르는 그런 테러리즘에 대해서도 마찬가지로 비난하지 않을 수 없습니다." 그리고 그는 말했다. "나는 정의를 믿습니다. 그러나 정의에 앞서 나의 어머니를 더 옹호합니다."(《르몽드》 1957년 12월 14일 자) 정의와 어머니에 관한 이 유명한 마지막 말은 그 후 파리 사람들과 카뮈와 참여의 문제를 말하는 사람들의 입에 자주 오르내리게 된다. 그러나 이 말은 카뮈의 생각의 전체 맥락과 분리해 격언처럼 되풀이할 성격의 것이 아니다. 카뮈의 어머니가 불의의 상징이 아니듯 카뮈 자신도 결코 정의에 반대하는 것은 아니었다. 토론이 끝난 뒤 카뮈는 그런 식으로 "형제에게서 증오의 얼굴"을 만나게 된 것을 고통스러워했다. 한 스웨덴 일간지는 '매력적인 카뮈, 공격적인 알제리 대학생을 무장해제시키다'라는 제목을 달았다. 세상의 역사는 이처럼 오해와 오독으로 점철되어 있는 것이다.

한편 스웨덴의 알제리인 연합회는 토론 중에 불쑥 나타난 그 '훼방꾼'은 자기 의지로 나온 것일 뿐 그들

단체의 일원도 아니고 어떤 민족주의 단체 소속도 아니라는 편지를 카뮈에게 보내온다. 그러나 카뮈는 파리로 돌아온 뒤 《르몽드》 편집국장에게 편지를 보낸다. "강연 도중에 뛰어들었던 그 알제리 사람에 대해 덧붙이고 싶은 것이 있습니다. 알제리를 알지도 못하면서 알제리에 대해 말하는 수많은 프랑스 사람보다는 그 알제리 사람을 나는 더 가깝게 느꼈습니다. 그는 자신이 하고 있는 말이 무엇인지 잘 알고 있었습니다. 그의 얼굴은 증오의 얼굴이 아니라 절망과 불행의 얼굴이었습니다. 저도 그 불행을 공유하고 있으며, 그의 얼굴은 곧 내 조국의 얼굴입니다."

14일 토요일, 카뮈는 웁살라 대학교에서 '예술가와 그의 시대'라는 제목으로 두 번째 강연을 한다. 이곳은 스톡홀름에서 북쪽으로 약 70킬로미터 떨어진 곳에 위치하고 있다. 이 강연에서, 오늘날 모든 예술가는 좋든 싫든 "자기 시대라는 노예선"에 몸을 싣고 있다는 시대적 조건을 상기시킨 카뮈는 이 조건 속에서 진정한 예술가는 예술지상주의 문학과 선전 문학, 예언 문학을 모두 배격해야 한다고 주장한다. 카뮈의 예술관은 바로 이 두 가지 오류의 한가운데에서 위험하고도 힘든 균형과 창조를 위해 끊임없는 노력과 투쟁을 계속하는 데 있다.

결과적으로 노벨 문학상은 카뮈에게 한 가지 꿈을 실현하게 해 주었다. 그는 마침내 남프랑스의 작은 마을 루르마랭에 시골집을 구하고 고향 알제리에 살고 계시는 어머니를 모셔 올 수 있었다. 그의 어머니는 그 집에 잘 적응하지 못했지만, 카뮈는 “파리를 견디지 못하는 나는 남프랑스에 물러나 앉아 한동안 작업을 할 수 있었다.”라고 1959년 12월에 친구에게 쓴 편지에서 털어놓았다. 불과 며칠 뒤, 카뮈는 그 시골집에서 파리로 돌아오다 불의의 자동차 사고로 문학과 세상과 삶을 떠났다. 그리고 그 한적한 시골 마을의 공동묘지에 묻혀 영원히 잠들었다.

연보

알베르 카뮈 연보

일생의 스승, 루이 제르맹과 장 그르니에를 만나다

1913년 알제에서 동쪽으로 195킬로미터 떨어진 몽도비에서 포도원 관리로 일하는 아버지 뤼시앵 카뮈와 그의 아내 카트린 사이에서 11월 7일, 알베르 카뮈 출생한다.

1914년 독일이 프랑스에 선전 포고(1차 세계 대전)를 하고 아버지 카뮈는 알제리 원주민 보병으로 징집당해 프랑스 본토에 투입된다. 어머니는 남편이 입대하자 두 아들과 함께 알제의 동쪽 연병장 거리에 있는 리옹가 17번지 친정으로 이주한다. 카뮈 부인은 친정 어머니 생테스 부인 밑에서 동생 에티엔 및 조제프와 함께 가난한 생활을 한다. 10월 마른 전투에서 부상당한 아버지 뤼시앵 카뮈 사망. 문맹인 어머니는 빈약한 종신 연금을 받으며 가정부로 일해 집안 살림을 꾸려 나간다.

1921년	카트린 카뮈와 그의 가족은 리옹가 17번지에서 93번지로 이사한다.(시내에서 떨어져 있어서 집세가 저렴하기 때문이다.) 권위적인 동시에 희극적인 외할머니 생테스가 회초리를 들고 집안의 질서를 잡는다. 그녀의 딸 카트린은 말수가 적고 사고 능력이 온전치 못하다. 카뮈는 산문집 『안과 겉』에서 오직 말 없는 눈길로 애정을 표시할 뿐인 어머니의 침묵을 감동적으로 증언한다.
1923년	동네 공립학교에서 카뮈는 2학년 담임인 교사 루이 제르맹의 눈에 들어 무료 개인 교습을 받으며 중고등부 장학생 시험을 준비한다. 그는 일생 동안 이 스승에 대한 감사의 마음을 잊지 않았고, 1957년 12월 노벨 문학상 수상 기념 연설인 「스웨덴 연설」을 스승에게 헌정했다.
1924년	카뮈의 첫 영성체. 장학생으로 선발된 그는 알제의 그랑 리세에 입학한다.
1925~1928년	고등학교 친구들과 어울리면서 그는 자기 집의 가난을 더욱 뚜렷하게 의식한다. 훗날 그는 이 점을 수치스럽게 생각했다고 고백한다. 학생 대부분이 백인들로 아랍인은 드물었다. 그러나 축구 덕분에 아랍인 친구들과 어울리면서 같은 팀의 우정을 맛볼 기회를 얻었다. 여름이면 그는 알제 중심가 철물점의 점원, 해변 대로변 선박 회사의 사원으로 일하여 생활비를 보탠다.

1929년 알제 번화가인 미슐레 거리 근처에 살고 있는 이모부 귀스타브 아코(앙투아네트 이모의 남편)가 놀라울 정도로 훌륭한 책들을 소장한 서재를 갖고 있었다. 카뮈는 그의 서재에서 처음으로 앙드레 지드를 발견한다.

1930년 바칼로레아 시험 제1부에 합격하여 가을 학기에 철학반으로 진급한다. 철학 교사 장 그르니에가 그에게 결정적인 영향을 끼치게 된다.

공산당에 가입하고 '노동극단'을 창단하다

1932년 3월에 《쉬드》에 「새로운 베를렌」을, 5월에 「제앙 릭튀스—가난의 시인」을, 6월에 「세기의 철학」(베르그송론)과 「음악에 대한 시론」을 발표한다. 바칼로레아 제2부에 합격한다. 장 그르니에의 권유로 앙드레 드 리쇼의 소설 『고통』을 읽는다. 『일기』를 읽고 지드를 더 잘 이해하게 된 그는 그 어떤 작가보다 지드를 높이 평가한다. 장 그르니에 덕분에 프루스트를 발견하고 프루스트는 그에게 '예술가'의 표상이 된다. 10월에는 그랑제콜 입시 준비반에 들어간다.

1933년 독일에서 히틀러가 권력을 장악하자 카뮈는 반파시스트 운동 조직인 암스테르담-플레옐에서 활동을 시작한다. 4월, 『안과 겉』에 수록될 산문 「아이러니」의 초고인 「용기」를 쓴다. 5월, 장 그르니에가 짧은 에세이집 『섬』을 출판한다. 카뮈는 1959년 이 책의 신판에 서문을 쓴다. 10월, 「지중해」와 「사랑하는 존재의 상실」을 쓴다. 「죽은 여자 앞에서(보라! 그 여자는 죽었다……)」, 「신과 그의 영혼의 대화」, 「모순들(삶을 받아들이고……)」, 「가난한 동네의 병원」(무스타파 병원에 입원했던 때의 기억) 등의 글도 이 무렵에 쓴 것으로 추정된다. 건강상의 이유로 고등사범학교 입시 준비, 즉 대학교수가 되는 꿈을 접고 알제 문과대학에서 수학하며 장 그르니에와 르네 푸아리에 교수의 강의를 수강한다.

1934년 1~5월, 여러 미술 전시회 평을 《알제 에튀디앙》에 발표한다. 다시 두 번째 폐가 감염된다. 6월 16일, 스무 살의 매력적이고 바람기 있는 모르핀 중독자 시몬 이에와 결혼한다.

1935년 『안과 겉』을 집필하면서 철학 학사 과정을 마친다. 5월, 『작가수첩』을 쓰기 시작한다. 6월, 철학 학사 학위를 취득한다. 8월, 화물선을 타고 튀니지까지 가려고 했으나 건강 문제로 여행을 중단하고 돌아온 뒤 알제 서쪽으로 68킬로미터 떨어져 있는 로마 유적지 티파사에서 사나흘을 보낸다. 이 장소를 기리는 글이 『결혼』의 첫 번째 산문 「티파사에서의 결혼」이다. 8월 혹은 9월, 프레맹빌과 장 그르니에의 설득에 따라 공산당에 입당하여 이슬람교도 계층을 파고드는 선무 공작을 담당한다. 가을에는 친구들과 함께 '노동극단'을 창단한다.

집필과 배우로 활약, 잡지 지면을 통해 정치 신념을 밝히다

1936년 5월, 카뮈는 논문 「기독교적 형이상학과 신 플라톤 철학: 플로티노스와 성 아우구스티누스」로 철학 고등 디플롬을 받는다. 7월 17일, 스페인 내전 시작. 아내와 친구 이브 부르주아와 더불어 중부 유럽으로 여행을 떠나 인스브루크, 잘츠부르크에 이른다. 그곳에 우체국 유치 우편으로 도착한 편지를 열어 보게 되면서 아내 시몬에게 마약을 공급해 주는 의사가 그녀의 정부라는 사실을 알게 된 카뮈는 그녀와 헤어지기로 결심한다. 여름 동안은 교직이나 언론계에서 새 일자리를 구할 계획을 세운다. 시몬과 헤어지는 것은 기정사실화되었으나 법적인 이혼은 1940년 2월에야 확정된다. 11월, 카뮈는 라디오 알제 극단의 배우로 발탁된다.

1937년 1월, 카뮈는 『작가수첩』에 '칼리굴라 혹은 죽음의 의미, 4막극'이라고 적는다. 2월 8일, 카뮈가 주동하여 세운 알제 문화원에서 「원주민 문화. 새로운 지중해 문화」를 강연한다. '노동극단'이 3월에 아이스킬로스의 「사슬에 묶인 프로메테우스」와 벤 존슨의 「에피코이네」, 푸슈킨의 「돈 후안」을, 4월에 쿠르틀린의 「아치

330」을 무대에 올린다. 4월, 군중 집회에서 카뮈는 일정한 수의 알제리 이슬람교도들에게 프랑스 시민권을 부여하는 것을 골자로 하는 블룸-비올레트 법안을 지지한다. 5월 10일《안과 겉》 출간. 8월, 『행복한 죽음』을 위한 구상 계획을 세운다. 8~9월, 재발한 폐결핵 치료와 요양을 위하여 알제를 떠난다. 파리, 마르세유를 거쳐 사부아, 오트잘프 지방, 뒤랑스강을 굽어보는 고산 지대인 앙브렁에 체류한다. 그 후 이탈리아의 피사, 피렌체, 제노바, 피에솔레 등을 여행하고 알제리로 돌아와 『행복한 죽음』 집필을 계속한다. 10월, 오랑현에서 교사직을 제안받았으나 거절한다. 한편 공산당이 국제적 전략상 반식민주의 운동을 우선순위에서 제외하기 시작하자 카뮈는 공산당에서 탈당한다. 가을에 오랑 출신의 여성 프랑신 포르를 처음 만난다. '노동극단'을 해체하고 '에키프 극단'을 조직한다.

1938년 산문집 『결혼』을 완성하고 희곡 「칼리굴라」를 위한 메모를 하는 한편 『행복한 죽음』을 포기하지 않은 채 장차 『이방인』에 활용될 단편적인 텍스트들을 작가 수첩에 메모한다. 철학적 에세이를 집필할 계획으로 니체, 키르케고르, 멜빌의 작품들을 읽는다. 5월, '에키프 극단'이 도스토옙스키의 『카라마조프가의 형제들』을 각색 상연하고 카뮈는 이반 카라마조프 역을 맡는다. 『작가수첩』에 메모해 둔 한 대목("양로원에서 노파가 죽다.")이

훗날의 『이방인』을 예고한다. 10월, 폐결핵 후유증으로 인한 공직 부적격이라는 신체 검사 결과로 철학 교수 자격 시험에 응시하려던 계획이 좌절된다. 새로운 일간지 《알제 레퓌블리캥》의 편집 기자로 활동하는 동시에 '독서 살롱' 난에 문학 작품에 대한 일련의 서평들을 싣는다.

1939년 3월, 알제를 방문한 앙드레 말로와 첫 만남을 갖는다. 4월, 오랑을 여행하고, 1938년에 적은 부수의 한정판으로 출판한 『결혼』을 5월 알제 샤를로 출판사에서 정식 출간한다. 7월 25일, 크리스티안 갈랭도에게 이제 막 「칼리굴라」를 탈고했고 『이방인』 집필을 시작할 것이라는 내용의 편지를 보낸다. 9월 3일, 당국의 검열로 인하여 《알제 레퓌블리캥》 발행을 중지하고 15일 자로 《수아르 레퓌블리캥》으로 제명을 바꾼다. 카뮈는 이 신문에 알제리의 정의와 스페인 공화파를 옹호하는 글들을 싣는다.

결혼과 해고, 갈리마르 출판사에서 『이방인』 출판이 결정되다

1940년 1월, 《수아르 레퓌블리캥》이 발행 금지 처분을 받자 카뮈는 다시 오랑에 체류하며 철학 가정 교사로 생활한다. 3월 14일, 알제리를 떠나 파리로 가서 파스칼 피아의 추천으로 《파리 수아르》 편집부에서 일한다. 4월 5일, 「모리스 바레스와 '후계자들'의 다툼」을 《라 뤼미에르》에 발표한다. 5월 1일, "이제 막 내 소설을 끝냈소……. 아마도 내 일은 다 끝난 것 같지 않소."(프랑신 포르에게 보낸 4월 30일 자 편지)는 아마도 『이방인』을 두고 한 말인 듯하다. 6월 초, 독일군의 파리 점령이 임박하자 카뮈는 《파리 수아르》 편집부 사람들과 함께 클레르몽페랑으로, 보르도로, 다시 클레르몽페랑으로 피난을 간다. 12월 3일, 리옹에서 프랑신과 결혼. 《파리 수아르》의 감원에 따라 카뮈는 해고당한다.

1941년 카뮈 부부는 오랑의 아르제브가에 있는, 포르 집안에서 빌려준 아파트에서 생활하며 물질적 어려움에 직면한다. 2월 21일, 『시지프 신화』를 탈고 후 다음과 같이 메모한다. "세 가지 '부조리'를 끝내다."(『작가수첩』) 『이방인』의 원고를 받아 읽은 장 그르니에가 그에게 미온적인 칭찬의 말을 전한다. 카뮈는 건강상의 이유로 기차 여행이 어려워 주저하지만 결국 알제로 간다. 파스칼 피아와 말로는 『이방인』의 원고를 받아 읽고 열광적인 반응을 보인다. 그들과 나중에는 장 폴랑 덕분에, 이 소설과 『시지프 신화』가 갈리마르 출판사 편집 위원회의 손으로 넘어간다. 7월, 전염병 티푸스가 알제리, 특히 오랑 지역에 창궐하여 소설 『페스트』의 창작에 부분적인 영향을 끼친다. 11월 15일, 말로에게 『이방인』을 읽어 준 것에 대한 감사의 편지를 보낸다. 11월, 갈리마르 출판사 편집 위원회가 드디어 『이방인』의 출판을 결정한다.

카뮈 저서 중 가장 대중에게 사랑받은 『페스트』가 출간되다

1942년 『페스트』를 염두에 두고 멜빌의 『모비 딕』을 다시 읽는다. 1~2월, 『작가수첩』에 "반항에 대한 에세이"를 쓰려는 계획이 등장하나, 2월에 폐결핵이 재발된다. 5월 19일, 『이방인』이 갈리마르 출판사에서 나온다.(인쇄는 4월 21일) 당시에는 '수인들' 혹은 '추방당한 사람들'이라는 제목을 가졌던 소설 『페스트』를 위하여 메모를 한다. 9~10월, 『작가수첩』에 '가난한 어린 시절'에 대한 메모가 등장하는데 이는 『최초의 인간』의 몇몇 주제들을 예고한다. 10월, 『시지프 신화』가 갈리마르 출판사에서 출간된다.(9월 22일 인쇄 완료). 검열을 염려하여 카뮈는 카프카와 관련된 장을 삭제하는데 이 부분은 1943년 여름 리옹에서 비밀로 출간된 잡지 《아르발레트》에 별도로 발표되었다가 1945년판 『시지프 신화』에 '보유' 편으로 편입되었다.

1943년 6월, 「파리 떼」 리허설 때 장폴 사르트르와 시몬 드 보부아르를 만난다. 7월, 「칼리굴라」를 개작한다. 10월, 갈리마르 출판사에 「오해」와 「칼리굴라」 원고를 보낸다. 비밀 지하 조직 '콩바(Combat)'와 접촉한다. 11월, 갈리마르 출판사의 출판 편집 위원에 임명된다. 카뮈는 전국 레지스탕스 위원회 책임자 클로드 부르데를 만나 비밀 지하 신문 《콩바》의 활동에 가담하게 되고 이듬해 초 신문

편집국의 주된 책임을 담당한다.

1945년 9월 5일, 알베르와 프랑신 카뮈 사이에서 쌍둥이 남매인 딸 카트린과 아들 장이 태어난다.

1946년 8월, 방데 지방에 가서 미셸 갈리마르의 어머니 집에 머물며 소설 『페스트』를 탈고한다.
12월 1일, 부조리와 반항의 관계에 대한 성찰을 글로 쓴다. 이것은 『반항하는 인간』의 1장 초안이 된다. 카뮈 부부와 자녀들은 마침내 파리 제6구, 세기에가 18번지 아파트의 세입자가 된다. 그러나 카뮈의 건강 때문에 1947년 초까지 가족은 이탈리아 국경 지방의 마을 브리앙송에 체류한다.

1947년 3월 17일, 파스칼 피아가 《콩바》에서 사임함에 따라 카뮈가 신문의 운영을 맡는다. 6월 10일, 갈리마르 출판사에서 『페스트』를 출간한다.(5월 24일 인쇄 완료) 이 책은 카뮈의 저서들 중 상업적으로 성공한 최초의 작품(7월에서 9월 사이에 9만 6000부 판매)으로 비평가상을 수상했다.

1948년 2월 28일, 다비드 루세와 알트만이 주도하여 민주혁명연합(R.D.R.)을 창설한다. 3월 초, 알제리 오랑에 머무는 가족과 합류한다.

1949년 1월, 사르트르와 마찬가지로 카뮈 역시 R.D.R.와 거리를 둔다. 6월 30일, 마르세유에서 남아메리카로 출발하는 여객선에 승선하여 여러 날 동안 순회 강연을 하게 된다. 남아메리카에 체류하는 내내 카뮈는 신체적으로 고통스러운 나날을 보냈다. 그는 그것이 감기라고 여겼으나 프랑스에 돌아오자 자신의 폐가 심각하게 손상된 것을 확인하고 두 달 동안의 휴식과 치료를 강요받는다. 이 여행 동안 『정의의 사람들』을 마지막으로 수정한다.

『반항하는 인간』이 계기가 된 사르트르와의 논쟁

1950년 1월, 고산 요양을 위하여 알프마리팀 지방의 그라스 근처 카브리에 체류 후 서서히 건강이 호전된다. 2월, 갈리마르 출판사에서 『정의의 사람들』이 출간된다.

1951년 10월 18일, 갈리마르 출판사에서 『반항하는 인간』이 출간된다.

1952년 5월, 가스통 라발이 『반항하는 인간』에 대하여 쓴 글들에 대한 회답을 《리베르테》에 발표한다. 사르트르로부터 카뮈의 『반항하는 인간』에 대한 서평을 의뢰받은 프랑시스 장송이 《르 탕 모데른》에 격렬하고 모욕적인 글을 발표하자, 카뮈는 8월, 《르 탕 모데른》에 프랑시스 장송이 아니라 이 잡지의 '발행인' 장폴 사르트르 앞으로 보내는 6월 30일 자 카뮈의 반론 편지를 발표한다.

사르트르가 그 편지에 회답함으로써 두 사람의 우정은 깨진다.

1953년 갈리마르 출판사에서 『시사평론 II, 1948~1953년 연대기』를 출간한다. 이 해에 그는 도스토옙스키에 대한 메모를 계속하며 『악령』의 각색을 계획한다.

1955년 1월, 11일, 『페스트』를 분석한 글에 대해 롤랑 바르트에게 답하는 편지를 쓴다. 카뮈의 서문을 붙인 로제 마르탱 뒤 가르의 전집이 갈리마르 출판사의 플레이아드판으로 출간된다.

1956년 5월, 갈리마르 출판사에서 『전락』이 출간된다.

노벨 문학상 수상과 함께 찾아온 불안 증세, 그리고 자동차 사고

1957년 10월 16일, "오늘날 우리 인간 의식에 제기되는 여러 문제를 조명하는 중요한 문학 작품"이라는 선정 이유와 함께 노벨 문학상 수상 소식을 접한다. 프랑스 작가로는 아홉 번째이며 최연소(마흔네 살)였다. 12월, 연말과 그 이듬해 초에 걸쳐 심각한 불안 증세를 보인다.

1958년 1월, 1957년 12월 10일의 연설과 14일의 강연을 한데 모은 『스웨덴 연설』(갈리마르)이 출간된다. '프랑스령 알제리'를 고수하는 사람들과 알제리 독립을 주장하는 사람들을 다 같이 멀리하면서 카뮈는 이제부터 일체의 공식적 입장 표명을 자제하고 알제리를 구성하는 두 공동체의 권리를 다 함께 보호하는 연방국가적 해결책의 희망에 매달린다.

1959년 1월 30일, 도스토옙스키 원작, 카뮈 각색의 「악령」이 앙투안 극장에서 상연된다. 11월 15일, 카뮈는 다시 루르마랭에 체류하며 『최초의 인간』의 집필에 열중하다.

1960년 1월 3일, 미셸 갈리마르가 운전하는 자동차에 편승하여 루르마랭의 시골 집에서 파리로 출발. 미셸의 아내 자닌과 그녀의 딸 안이 동승했다. 프랑신 카뮈는 그 전날 기차를 타고 파리로 돌아갔다. 도중에서 일박을 하고 1월 4일, 욘 지방 몽트로 근처 빌블르뱅에서 자동차 사고로 카뮈는 즉사하고 미셸 갈리마르는 닷새 뒤 사망한다. 9월, 어머니 카트린 카뮈가 알제의 벨쿠르에 있는 자택에서 사망한다. 알베르 카뮈는 남프랑스 루르마랭 마을의 공동묘지에 묻혔다. 후일 아내 프랑신 카뮈 역시 같은 묘지에 묻혔다.

디 에센셜

알베르 카뮈

1판 1쇄 펴냄 2023년 1월 2일
2판 1쇄 펴냄 2023년 12월 8일
2판 2쇄 펴냄 2024년 8월 13일

지은이 알베르 카뮈
옮긴이 김화영
발행인 박근섭, 박상준
펴낸곳 (주)민음사

출판등록 1966. 5. 19.(제16-490호)
주소 (우편번호 06027) 서울특별시 강남구 도산대로1길 62(신사동)
강남출판문화센터 5층
대표전화 02-515-2000 | 팩시밀리 02-515-2007

홈페이지 www.minumsa.com

ISBN 978-89-374-5612-1 03860

# #

소설x에세이로 만나는
'디 에센셜' 시리즈

#1
조지 오웰

식민지 경찰에서 거리의 부랑자가 되었다가
베스트셀러 작가로 명성을 얻기까지
'가장 정치적인' 작가 오웰은 어떤 미래를 예언했나
#1984 #나는_왜_쓰는가 #코끼리를_쏘다

#2
버지니아 울프

당대 최고 수준의 지적 문화를 향유하는 환경에서
성장했지만 그 역시 남자 형제에게 이브닝드레스를 검사받는
'여성'이었다
울프가 말하는 여성, 자유, 그리고 쓰기
#자기만의_방 #큐_식물원 #유산

#3
다자이 오사무

'어떻게 살 것인가?'만큼 '어떻게 죽을 것인가?'에
천착했던 자기 파멸의 상징 다자이 오사무
그가 구했던 희망, 구애했던 인간에 대하여
#인간_실격 #비용의_아내 #여치

#4
어니스트 헤밍웨이

작가는 혼자서 쓸 수밖에 없으며, 날마다 영원성의 부재와
마주할 수밖에 없다고 말한 어니스트 헤밍웨이
그가 바라본 바다, 그리고 인간의 고독
#노인과_바다 #깨끗하고_밝은_곳 #빗속의_고양이

#5
헤르만 헤세

내면에서 솟아 나오는 참된 지성, 진정한 '나'를 찾아 나선
구도의 여행자 헤르만 헤세가 들려주는 동화 같은 이야기
#데미안 #룰루 #밤의_유희들 #까마귀

#6
김수영

시를 향한 가차 없는 열정, 생활을 향한 진심 어린 애정
오늘 또다시 새로운 시인 김수영의 모든 것
#달나라의_장난 #애정지둔 #시인의_정신은_미지

#7
알베르 카뮈

반항하는 개인, 깨어 있는 연대, 진정한 대안인 사랑을 외친
실존하는 우리 시대 '청년' 알베르 카뮈를 만나다
#이방인 #안과_겉 #결혼 #여름

#8
F. 스콧 피츠제럴드

'찰나와 같아 찬란한' 젊음과 사랑을 노래한
미국의 황금기 '재즈 시대'를 대표하는 아이콘 피츠제럴드
#위대한_개츠비 #리츠_호텔만_한_다이아몬드